Tom Liehr

Freitags bei Paolo

atb aufbau taschenbuch

Tom Liehr war Redakteur, Rundfunkproduzent und DJ. Er lebt in Berlin.

Im Aufbau Taschenbuch sind seine Romane »Radio Nights«, »Idiotentest«, »Stellungswechsel«, »Geisterfahrer«, »Pauschaltourist«, »Sommerhit« und »Leichtmatrosen« lieferbar.

Mehr Informationen zum Autor unter www.tomliehr.de.

Als sich Marie de Bruijn und Clemens Freitag auf einer langweiligen Millenniums-Silvesterparty kennenlernen, ist es eine schicksalhafte Begegnung. Die pragmatische, kluge und attraktive angehende Juristin und der hübsche, etwas schüchterne Systementwickler mit dem parodistischen Talent werden an diesem Abend quasi zum Jahrtausendpaar. Bei *Paolo*, in dem kleinen italienischen Restaurant, in das sie von der schrecklichen Party fliehen, küssen sie sich zum ersten Mal. Und beide haben sofort das Gefühl: Das hier könnte für immer sein. Einundzwanzig Jahre und genau tausend Freitage später. Marie und Clemens sind seit zwanzig Jahren verheiratet; Marie hat Clemens' Nachnamen angenommen, weshalb sie nun Marie Freitag heißt. Zu Beginn ihrer Beziehung haben sie sich geschworen, dass sie es beenden werden, wenn ihre Liebe in Routine erstarrt, und dieser Tag scheint nun gekommen. Marie und Clemens beschließen, sich zu trennen, auch, um das zu tun, was sie sich lange versagt haben – und begreifen bald, wie schwierig und herausfordernd das Leben ohne den anderen ist.

Tom Liehr

Freitags bei Paolo

Roman

atb aufbau taschenbuch

MIX
Papier | Fördert gute Waldnutzung
FSC® C083411
www.fsc.org

ISBN 978-3-7466-3940-6

Aufbau Taschenbuch ist eine Marke der
Aufbau Verlage GmbH & Co. KG

1. Auflage 2022

Satz LVD GmbH, Berlin
Druck und Binden CPI books GmbH, Leck, Germany
Printed in Germany

www.aufbau-verlage.de

What If This Is All The Love You Ever Get?

Songtitel auf dem Album »Wildness« (2018)
der Band *Snow Patrol*

Warum soll's uns auch anders gehen
Als dem Rest der Welt
Nach dem ersten »Ich liebe Dich«
Sind die Tage gezählt

»Straße« von Rio Reiser,
auf »Himmel und Hölle« (1995)
Möbius Records

Für meinen Freund Thommy,
obwohl er ein Fischdieb ist.

Oder weil.
Ja, weil.

Teil 1:
Tausend Freitage

Der letzte Freitag des Jahrtausends

Von allen Silvesterpartys, die es in Berlin zum Anlass des bevorstehenden Jahrtausendwechsels gab, war Clemens auf die langweiligste geraten. Das lag keineswegs daran, dass es zu wenige Angebote gegeben hätte – es waren im Gegenteil eher zu viele gewesen. Wenn er es sich hätte aussuchen können, und eigentlich *hätte* er es sich aussuchen können, dann wäre er mit seinem besten Freund Teddy am Abend dieses Freitags nach Mitte gefahren, wo in irgendeinem extrem angesagten Club eine gigantische Party stattfand, für die Teddy wunderbarerweise VIP-Karten hatte. Dort hätten sie getanzt und getrunken, gefeiert und geflirtet, von Freitagabend bis Sonntag früh, denn dieses einmalige Silvester eröffnete nicht nur ein neues Jahr, Jahrhundert und Jahrtausend, sondern mündete auch noch in ein Wochenende. Sie wären am Sonntagabend völlig geschafft, aber glücklich und ohne jeden Zweifel um mehrere neue Bekanntschaften reicher heimgegangen. Denn so lief das immer, wenn Clemens und Teddy unterwegs waren: Die weiblichen Menschen kamen auf sie zu, weil sie magnetisch von Clemens angezogen wurden, und Teddy war es, der sie dazu brachte, bei ihnen zu bleiben.

Aber vor zwei Wochen hatten ihn Judith und Karl eingeladen, hatten in ihrem Büro vor ihm gestanden wie Kinder, die beim Scheißebauen erwischt worden waren, hatten ihn mit traurigen Augen angeschaut und im Chor gefragt: »Aber du, lieber Clemens, du kommst doch zu unserer Milleniumsparty?« Obwohl sie es nicht ausgesprochen hatten, war da ein »wenigstens« – *wenigstens du kommst doch* – zwischen den anderen Worten zu hören gewesen, verbunden mit der Botschaft, es würde in erster Linie von ihm abhängen, ob die Party ein Erfolg oder Desaster werden würde, aber die Katastrophe stünde von vorneherein fest, käme er überhaupt nicht. Mit solchen Situationen konnte Clemens nicht gut umgehen, denn er ertrug das Gefühl nicht, derjenige zu sein, der jemandem den Spaß verdarb, vor allem, wenn sich diese Person *besonders viel Mühe* gegeben hatte. Deshalb sagte er zu häufig Ja, weil er Menschen gegenüber, die er sehr mochte, ein schlechter Lügner war und weil er beim Ausreden kläglich versagte. Und weil er die Person unmöglich kränken konnte, die sich da *besonders viel Mühe* gegeben hatte. Die Enttäuschung und Traurigkeit, die er sonst stellvertretend empfand, schaffte ihn tagelang.

Er kannte Judith und Karl seit sechs Jahren, als sie ihren ersten Laden eröffnet und für ihr Geschäft eine Software gesucht hatten. Über persönliche Empfehlungen waren sie an ihn geraten, und jetzt, mit der dritten neu eröffneten Filiale von *MBF – Meine BioFarm* bildete das von ihm geschaffene Warenwirtschaftssystem das Herz der Logistik des Biolebensmittel-Discounters, der auf dem besten Weg war, ein richtiger kleiner Konzern zu werden. Die beiden hatten Clemens schon bei ihrer ersten Begegnung das Du angeboten, aber nicht, weil das bei ihnen so üblich war, sondern weil sie seine Freundschaft aktiv suchten, um ihn an sich zu binden. Er mochte die beiden durchaus auch. Sie waren ihm sympathisch, und er fand sie auf ihre Weise originell, er mochte ihr Geschäftskonzept, und sie waren gute Kunden von ihm, aber die Entscheidung, diese Einladung anzunehmen, hatte er, seit er im Büro der beiden »Ja, klar, gerne« auf Judiths Frage genuschelt hatte, mehrere Dutzend Male bereut. Nicht zuletzt in dem Moment, als ihm an diesem besonderen Freitagabend eine heillos overdresste und überschminkte Hausherrin die Tür zur gewaltigen Dachgeschosswohnung in Berlin-Friedenau geöffnet, sich umgedreht und in die Wohnung hinter sich »Jetzt kann es losgehen, unser lieber Clemens ist da!« gerufen hatte.

Judith war mit bemerkenswertem Abstand die unattraktivste Person, die Clemens kannte. Sie sah aus wie eine keimende Kartoffel, auf die ein Kind mit Filzer ein Frauengesicht gemalt und an der es anschließend aus Kugelschreiberfedern eine Lockenfrisur montiert hatte. Das hinderte die Gute allerdings nicht daran, sich selbst für eine unwiderstehliche Charmegranate auf zwei Beinen zu halten. Judith war, wenn sie nicht gerade Geschäfte machte, worin sie meistens brillierte, überwiegend damit beschäftigt, männlichen Singles aller Altersgruppen und Körperqualitäten nachzustellen, und es spielte keine Rolle, ob Karl, ihr Gatte, zufällig anwesend war oder nicht. Fotos von Karl wiederum hätten in Lexika neben der Erklärung zum Wort »unscheinbar« gepasst. Wann immer Clemens die beiden getroffen hatte, fiel es ihm anschließend schwer, sich an irgendetwas zu erinnern, das Karl gesagt oder getan hatte, wie er ausgesehen hatte oder gekleidet gewesen war, und eigentlich war Clemens' Menschen- und Gesichtergedächtnis exzellent. Auf der Straße vor dem Büro hatte er Karl schon einige Male erst in letzter Sekunde erkannt. Der unscheinbare Mann war der Rahmen um Judith, er war derjenige, der ihr Bild begrenzte und stabilisierte, und in dieser Rolle schien er sich absolut zu genügen.

Er war Judith zögernd in die Dachgeschosswohnung gefolgt, eine sehr geräumige, aber auf kostspielige Art nüchtern eingerichtete 300-Quadratmeter-Festung in diesem – seiner Meinung nach – schönsten Teil Westberlins, einer bürgerlichen, friedlichen, echt hübschen und dennoch zentralen Ecke der Stadt, gerade noch akzeptabel, wenn man einen ökosozialen Hintergrund hatte. Das hallengroße Wohnzimmer wurde von vier riesigen Sofas beherrscht, die um eine Gruppe von Couchtischen angeordnet waren, die nach Trödel und Patina aussahen, aber, wie Clemens wusste, erst vor zwei Jahre angefertigt worden waren. Auf den Sofas saßen die Gäste – insgesamt zwölf Leute, die überwiegend recht erwartungsvoll zu Clemens aufsahen, der eine Hand zum Gruß hob und »Hallo!« sagte, sich aber wegwünschte, möglichst in diesen Club in Mitte oder wenigstens in eine Gardinenkneipe im hinteren Kreuzberg. Aus den versteckten Highend-Boxen erklang weinerlicher Siebzigerjahre-Folk, und auf den Tischen blubberten vier Fonduesets vor sich hin. Es roch so intensiv wie kurz vor Feierabend in einer Käserei. Clemens fand all diese nur zu Silvester praktizierten, geselligen Miteinander-Futter-Zubereitungs-Varianten wie Raclette oder Fondue fast so schrecklich wie Tierorgane im Essen, doch er beschloss in diesem Moment, seinen Gastgebern gegenüber so zu tun, als wäre das hier die Verwirklichung eines Traums. Und er setzte ein strahlendes Lächeln auf.

Er hatte zudem jemanden entdeckt.

Leider gelang es ihm nicht, in ihrer Nähe einen Platz zu finden, aber er schaffte es, sie während der folgenden zweieinhalb Stunden unauffällig zu beobachten und zwei, drei Mal ein paar Worte mit ihr zu wechseln. Die junge Frau, die seine Aufmerksamkeit erregte, hatte zu denjenigen gehört, die ihn *nicht* wie einen lange vermissten Angehörigen begrüßt hatten, und auch später war sie eher damit befasst, ironisch-schmunzelnd das Interieur der Wohnung zu betrachten (etwa diese eigenartige Fruchtbarkeitsstatue aus dunklem Holz, die auf dem Kamin stand, oder die schreckliche naive Malerei an der Fensterwand, die Karl zu verantworten hatte), als sich aktiv am vor sich hin mäandernden Geschehen zu beteiligen, das aus dem Einstippen von Weißbrot in Käsetunke, viel Rotwein, dem Austausch von politischen und kulturellen Allgemeinplätzen und einer erschütternden Musikauswahl – Punk, Folk, Schlager – bestand. Sie reagierte jedoch überaus höflich und freundlich, wenn sie angesprochen wurde, schenkte jedem, der sich mit ihr unterhielt, volle Aufmerksamkeit und vermittelte das Gefühl, erfreut, nachgerade begeistert von *ausgerechnet genau diesem Gespräch* zu sein. Clemens ertappte sie allerdings dabei, wie sie, wenn das Gegenüber wieder wegschaute, die Augen verdrehte, die Stirn runzelte oder ein fassungsloses Kopfschütteln andeutete. Als sie das zum ersten Mal tat, musste er lachen. Sie sah ihn in diesem Augenblick an und verstand sein Lachen offenbar, denn sie lächelte nickend und deutete ein entschuldigendes Schulterzucken an, das er mit der gleichen Geste beantwortete. Dabei versuchte er, so nett dreinzuschauen, wie ihm möglich war, aber Clemens' Fähigkeiten waren in dieser Hinsicht begrenzt. Wenn jemand ein Foto von ihm zu machen versuchte, auf dem er lächelte und entspannt aussah, dann gelang das nur, wenn Clemens nicht wusste, dass er fotografiert wurde. Auf allen Fotos, bei denen diese Voraussetzung nicht erfüllt gewesen war, zog er die grausigsten Grimassen – anders war das seltsamerweise nur, wenn er gerade Publikum hatte.

Die Frau, deren Namen er noch nicht kannte – Judiths Vorstoß, sich zuerst mit Kennenlernspielen zu befassen, hatte keine Mehrheit gefunden –, war ungefähr in seinem Alter, schätzte er, aber ihrer Aussprache zufolge war sie keine gebürtige Berlinerin. Er tippte auf den nördlichen Raum. Sie war dunkelhaarig, grünäugig – *extrem* grünäugig –, schmal, fast filigran, jedoch sportlich und wirkte sehr gepflegt. Jede ihrer eher sparsamen, eleganten Bewegungen verwies auf ein überdurchschnittlich gutes Körpergefühl. Wenn sie angesprochen wurde, war sie schlagartig präsent, aber wenn sie sich langweilte, und das geschah im Verlauf dieses Abends häufiger, ging sie vollständig auf Stand-by. Bis eine Stunde vor Mitternacht hatte er immer noch nicht herausgefunden, wie sie hieß und in welchem Verhältnis sie zu Judith und Karl stand, dafür wusste er das fast vom gesamten Rest der sehr langweiligen und vollständig partyuntauglichen Gesellschaft. Er war sich allerdings sicher, dass die Frau nach dem Jahreswechsel diese Fete so schnell, wie es die Höflichkeit zuließ, verlassen würde. Clemens würde natürlich bleiben, weil alles andere eine Enttäuschung der Gastgeber zur Folge hätte.

Um kurz nach elf erhob sich Karl. Seine Stimme war wie er selbst – wie ein gleichmäßiges, leises Pfeifgeräusch, das eine Maschine im Dauerbetrieb verursachte, ohne deutliche Betonung und einlullend. Aber er sprach einfach drauflos, und da er das selten tat, kompensierte das den ermüdenden Effekt manchmal.

»Wir alle haben uns auch Gedanken über *Why-Two-Kay* gemacht«, erklärte er fast feierlich. Einige Gäste sahen sich fragend an, einige nickten, als hätten sie darauf schon gewartet. »Über den Millennium-Bug. Abstürzende Computer überall, explodierende Kraftwerke, außer Kontrolle geratene Technik, implodierende Aktienkurse. Niemand weiß, was um Mitternacht genau geschehen wird.« Er hatte versucht, das Wort »niemand« zu betonen, aber stattdessen lediglich noch piepsiger gesprochen.

Judith schenkte Biosekt ein. Ein paar Gäste standen auf,

aber alle lauschten gebannt auf das, was der opake Gastgeber zu erzählen hatte.

»Wir möchte euch deshalb anbieten, gemeinsam mit uns unseren Schutzraum zu nutzen.« Bei diesen Worten breitete er die Arme aus, wollte wohl wie ein Guru wirken, der seine Jünger empfing, aber eigentlich sah er nur wie ein erwachsener Albatros aus, der immer noch nicht fliegen gelernt hatte und um Starthilfe bat. »Wir haben in der Mitte der Wohnung einen befestigten Raum, der eine eigene Luftversorgung hat und abgeschirmt ist, der wie ein Faradayscher Käfig wirkt und uns im Notfall für einige Stunden sicheren Unterschlupf bieten würde. Wir können den Jahreswechsel dort verbringen und abwarten, was geschieht.«

Clemens war erst verblüfft, wollte dann laut loslachen, was er sich jedoch verkniff, da zu seiner Überraschung niemand sonst lachte und er sich nicht lächerlich machen wollte. Aber er zog sein Mobiltelefon aus der Hosentasche, ein Siemens S25, das modernste Gerät, das es gab – mit Farbdisplay, Softmodem und Dual-Band-GSM. Doch er hatte es nicht herausgeholt, um damit anzugeben, sondern klickerte eine Kurznachricht herbei. Dann hielt er das Telefon hoch.

»Bei allem Respekt, meine lieben Freunde«, sagte er laut auf Bayerisch und mit der Stimme von Franz Josef Strauß, dem legendären bayerischen Ministerpräsidenten und konservativen Hardliner. Das gewährleistete ihm in diesem Umfeld die sofortige Aufmerksamkeit. Die Runde war schlagartig still, wobei ihn Judith und Karl anstarrten, als hätte er gerade ein Menschenopfer gebracht. Die Stimme von Strauß in *diesen* Räumen, wie konnte man nur! Aber Clemens fühlte sich sicherer, wenn er sein parodistisches Talent nutzte, und außerdem war ihm nicht entgangen, dass die grünäugige Frau strahlte und ihn aufmerksam beobachtete. »Ich habe einen Freund in Japan, er heißt Hiro«, fuhr er fort, allmählich zu seiner richtigen Stimme wechselnd. »Dort wurde vor über sieben Stunden der Jahreswechsel begangen. Hier, schaut. Hiro hat mir vor fünf Stunden eine Kurznachricht geschickt. Er grüßt von einer fröhlichen Party.«

»Eine Kurznachricht?«, fragte Ursula, die Steuerberaterin.

»Eine SMS«, sagte der Mann, der neben Judith saß – Uve, der im Umland mehrere Höfe hatte und MBF mit Rindfleisch belieferte. »Er hat gesimst.«

»Na ja«, sagte Clemens und legte den Kopf schief. »SMS bedeutet *Short Message Service*, also Kurznachrichten*system*. Man verschickt aber nicht ein ganzes System, sondern nur einzelne Nachrichten. Er hätte also höchstens eine Short Message, also eine SM schicken können.«

Die grünäugige Frau lachte herzlich, was Clemens kurz irritierte, bis er zu verstehen glaubte, worüber sie lachte. Judith sagte: »Unser Programmierer ist manchmal ein bisschen pedantisch«, wobei sie grinste, und einige Gäste kicherten. Clemens verzog das Gesicht. Er war kein armseliger Programmierer, sondern ein Systementwickler. Und er war ganz sicher nicht pedantisch. Und er war auch nicht *ihr* Programmierer.

»Japan ist ein hoch technisiertes Land«, fuhr er fort. »Und was ist passiert?« Er pausierte kurz, aber alle starrten ihn nur schweigend an. »Alle Kraftwerke laufen noch, es gibt keine Katastrophen und keine Ausfälle. Sogar das Kurznachrichtensystem funktioniert nach wie vor.« Die Frau zwinkerte ihm zu, und jetzt war er sicher, dass sie auf seiner Seite war, sich möglicherweise sogar für ihn interessierte, was ihn in leichte Euphorie versetzte. »Wenn wirklich Software von der Problematik betroffen sein sollte, dann nur in sehr kleinem Maßstab. Branchenlösungen, die aus den Achtzigern stammen, so etwas. Wenn es etwas zu befürchten gäbe, dann hätten wir aus den Ländern, in denen der Jahreswechsel bereits stattgefunden hat, davon gehört.« Er wies zum Rückprojektions-Großbildfernseher, der stumm geschaltet in einer Ecke lief und Bilder vom Brandenburger Tor in Berlin zeigte, wo sich beinahe eine halbe Million Menschen versammelt hatten. »Aber dann wäre auch diese Sendung da längst unterbrochen worden.«

Judith räusperte sich und lächelte wie eine Lehrerin, die einem Kind zugehört hatte, das sich soeben bei einem Vortrag *besonders viel Mühe* gegeben, aber das Thema leider verfehlt hatte. »Danke für deine Anmerkungen, lieber Clemens«, sagte sie. »Wir alle wissen das zu schätzen.« Einige der anderen Gäste nickten, möglicherweise hielten sie das für einen besonderen Partygag, der ihnen gerade von Clemens versalzen wurde.

Er wollte etwas antworten, seine Ausführungen untermauern, fing aber den Blick der hinreißenden jungen Frau auf, die ihn fest mit ihren grünen Augen ansah und mimisch »Nein, das lohnt sich nicht« formulierte. Er spürte ein starkes Kribbeln. Dieses schimmernde, intensive Augengrün ließ ihn an eine leere Weinflasche denken, die auf einem Fensterbrett stand und von hinten von der Sonne angestrahlt wurde. Er verspürte den völlig irrationalen, aber starken Wunsch, mit dieser Frau ab sofort sein Leben zu verbringen, doch er ahnte gleichzeitig, dass ihn die Erfüllung dieses Wunsches in permanente Eifersucht versetzen würde. Unvorstellbar, von ihr nicht fasziniert zu sein, fand er. Sie war, wie er in diesem Augenblick meinte, die mit Abstand interessanteste Frau, die er je getroffen hatte, und inmitten dieser merkwürdigen Silvestergesellschaft war sie wie ein mehrkarätiger Edelstein auf einer selbst gestrickten Pudelmütze.

»Wer nicht mit in den Schutzraum möchte, kann gerne hier sitzen bleiben, die Aussicht genießen und auf uns warten«, sagte Karl, wobei er zu den riesigen Dachfenstern zeigte, die in zwei halbkreisförmigen Gauben einen atemberaubenden Blick auf die Teile der Stadt zuließen, die noch aus dem Nebel der vielen verfrüht gezündeten Feuerwerkskörper ragten. Clemens sah die anderen an, die sich wiederum gegenseitig ansahen. Judith nahm ihr Glas und ging vor. »Folgt mir«, sagte sie. Und zu Clemens' großer Verblüffung folgten ihr *alle*, trotteten dem Paar hinterher, als gäbe es keine andere Wahl. Nur er selbst und die grünäugige Frau blieben. Im Durchgang zum Flur drehte sich Karl zu ihnen um. »Habt ihr keine Angst?«, fragte er stirnrunzelnd. Er schien ehrlich besorgt zu sein, weshalb Clemens augenblicklich den Wunsch verspürte, doch noch aufzustehen und sich mit ihm, Judith und den elf anderen Gestalten in diesen wirklich bescheuerten Schutzraum zu pferchen, damit sich Karl keine Sorgen mehr um ihn machte, aber dann fing er abermals den Blick der Frau auf, die lächelnd in Richtung des Gastgebers mit dem Kopf schüttelte. »Uns wird schon nichts passieren, lieber Karl«, sagte sie. »Und danke für das Angebot. Ich bin absolut sicher, dass es nichts zu befürchten gibt.« Sie wandte sich an Clemens. »Oder?« Clemens konnte nur nicken, also zuckte Karl die Schultern und ging davon. Ein paar Sekunden später kehrte er zurück und starrte die beiden an. »Wirklich nicht?«, fragte er.

Sie schüttelten synchron die Köpfe.

Karl nickte und war schon im Begriff, sich wieder abzuwenden, aber dann sagte er lächelnd: »Ihr seid einzeln schon der Hammer, aber so nebeneinander, alle beide ... großer Gott.« Dabei strich er sich mit der flachen Hand durchs schüttere Haar, zwinkerte mit einem Auge und zockelte in Richtung Schutzraum davon.

»Ein Schutzraum, im sechsten Stock«, sagte sie, als der Gastgeber verschwunden war. »Unglaublich.« Sie nahm ihr Weinglas vom Tisch, dann fiel ihr offenbar etwas ein, und sie stellte es wieder ab. »Ich bin übrigens Marie.« Sie hielt ihm eine schlanke, perfekt manikürte und äußerst schöne Hand entgegen.

»Clemens.« Er schüttelte die Hand und musste sich zwingen, sie wieder loszulassen. Dann prosteten sie sich zu, was sich gut anfühlte, aber er hatte trotzdem leichte Gewissensbisse, weil er nicht mitgegangen war.

»Willst du doch noch hinterher?«, fragte sie schmunzelnd.

»Nein, natürlich nicht. Aber ich bin sehr ungerne unhöflich.«

»Wenn Höflichkeit zur Dummheit wird, ist es okay, unhöflich zu sein.« Sie lehnte sich auf dem Sofa zurück und schlug die Beine übereinander. Dabei musterte sie Clemens, der sich zwingen musste, die Beine nicht anzustarren. »Du siehst nicht wie die Leute aus, mit denen sich Judith und Karl normalerweise umgeben.«

»Du auch nicht«, sagte er und freute sich unbändig über das Kompliment. »Woher kennst du sie?«

Sie seufzte. »Wir sind im gleichen Kreisverband, und ich will bald für das Abgeordnetenhaus kandidieren. Die beiden unterstützen mich.«

»Welche Partei?«

»Im Ernst?«

Clemens nickte.

»Die *Pfundis,* natürlich«, erklärte sie, beinahe feierlich. »Ich bin dort engagiert, weil ich Umweltschutz für das wichtigste Thema der Gegenwart halte, und Judith und Karl ...«

»Profitieren auch von der Partei und von dir«, beendete er den Satz. Marie nickte und sah auf die Uhr.

»Und was machen wir beiden Schönen jetzt?«, fragte sie, aber es war eigentlich eine Feststellung. »Es sind noch fast vierzig Minuten bis Mitternacht, und wie ich die Bagage einschätze, kommen die frühestens um eins wieder aus ihrem Kabuff. Willst du so lange hier sitzen bleiben? Und anschließend weiter klebriges Käsefondue mampfen?« Sie beugte sich über einen Topf; Karl hatte natürlich alle Brenner gelöscht. »Es hat schon eine *Haut.*«

Wenn ich dich dabei anschauen darf, esse ich sogar davon, dachte Clemens. Er wiegte den Kopf hin und her; das konnte er gut, solche diffusen Gesten. Je nachdem ging das als Kopfschütteln oder Nicken durch. »Wir können doch nicht einfach von der Party verschwinden«, sagte er zögerlich, aber er nahm an, dass ihn sein Grinsen verriet.

»Welche Party?« Marie zog eine Augenbraue hoch.

»Stimmt auch wieder.«

»Ein paar Straßen weiter, keine zwei Minuten von hier, gibt es ein kleines italienisches Restaurant.« Sie stellte ihr Weinglas ab und stand auf. »Da findet eine private Silvesterfeier statt, zu der ich eingeladen bin. Hast du Lust auf Pasta und Prosecco statt Biosekt, Schlager und Schutzraum?« Marie beugte sich zu ihm herunter. »Ich möchte ungerne alleine gehen.« Sie zwinkerte. »Und ich könnte es mir nicht verzeihen, dich hier sitzen zu lassen.«

Clemens' Ohrläppchen fingen Feuer.

Obwohl die einzigen Geräusche von der Stereoanlage und vom nur leicht schallgedämpften Feuerwerk draußen kamen, schlichen sie durch den Flur und in die geräumige Diele, wo sie erst nach ihren Klamotten suchen mussten. Clemens zog die Tür vorsichtig hinter ihnen ins Schloss und hatte dabei Gewissensbisse. Er wusste, dass es keineswegs unhöflich war, wegzugehen, denn schließlich hatte man sie beide alleine gelassen, aber so war er nun einmal gestrickt. Doch das war schnell wieder vergessen.

Wie kleine Kinder sprangen sie laut polternd ab dem fünften Stockwerk die Treppen hinunter, und als sie schließlich die große Altbautür hinter sich ins Schloss fallen hörten, mussten beide lachen.

»Nicht zu fassen«, sagte sie. »Flucht von einer Millenniumsparty.«

»Ich war schon auf besseren bei weniger spektakulären Jahreszahlen.« Er kam sich ein wenig schäbig vor, als er das sagte.

»Aber hallo. Komm!« Marie nahm seine Hand und zog ihn zu einem roten Smart, der ein paar Meter weiter am Straßenrand geparkt war. Wenige Minuten später stellte sie das Auto vor einem Restaurant ab, das *Paolo* hieß. Es war ein kleiner Eckladen, der bescheiden und gemütlich aussah. Der Schriftzug über der Tür wirkte gleichzeitig zurückhaltend und einladend.

»Warst du hier schon?«, fragte er.

Marie schüttelte den Kopf. »Sieht nett aus«, sagte sie, ohne ihn dabei anzusehen.

Bevor sie das kleine Restaurant betraten, aus dem Musik und Gelächter zu hören war, atmete Clemens tief durch. Es roch nach Schwefel und Regen, die neblige Luft war erfüllt vom Pochen der überall explodierenden Knallkörper, und zum ersten Mal an diesem Tag hatte er tatsächlich das Gefühl, dass dies ein besonderer Tag werden könnte.

Es war turbulent und voll im Gastraum, es duftete nach Essen, Kerzen, Rauch, Alkohol und zu vielen Menschen. Aber Clemens fühlte sich sofort deutlich wohler als in der nüchternen Dachwohnung zwischen den paranoiden Biokäsefondueessern. Marie zog ihn an der Hand zum Tresen, hinter dem drei gut gelaunte Kellner hin und her wuselten, und nur Sekunden später stießen sie mit Prosecco an. Dann scharten sich mehrere Gäste um Marie, offenbar Jurastudenten kurz vor dem Staatsexamen, wie sie selbst, und während Clemens am Getränk nippte und die entspannte Atmosphäre aufnahm, spürte er leichte Eifersuchtsstiche. Die jungen Männer buhlten um Maries Aufmerksamkeit, aber Marie erweckte den Eindruck, das nicht einmal zu bemerken.

Minuten später begann der Countdown, das Geschrei um Mitternacht war groß, und sie fielen sich allesamt um den Hals. Nicht wenige versuchten, von Marie geküsst zu werden, während Clemens seinerseits zwei, drei Frauen freundlich, aber bestimmt abwehren musste, die aus ihren Neujahrsglückwünschen etwas mehr zu machen versuchten, mit Zungeneinsatz und Händen an seinen Oberschenkeln. Dann verlor er Marie aus den Augen, es waren doch viel mehr Menschen in dem kleinen Restaurant, als er zuerst vermutet hatte, und zu seiner Enttäuschung wurde er von der Menge nach draußen geschoben, wo man versuchte, etwas vom Feuerwerk am Brandenburger Tor zu sehen, aber eigentlich nur in einen mit Lichtflecken gesprenkelten, kompakten Nebel glotzte, der kaum Sicht bis zur anderen Straßenseite erlaubte. Es war der lauteste Nebel, den Clemens je erlebt hatte.

Und das Brandenburger Tor war sowieso viel zu weit weg, um etwas von dort zu erkennen. Er hätte nicht einmal sagen können, in welcher Richtung es sich genau befand, aber eigentlich war ihm das auch egal. Er sah sich suchend um, war frustriert, weil zwar Frauen in seiner Nähe seinen Blick suchten, jedoch nicht die, die er wirklich anschauen wollte.

Dann stand sie plötzlich vor ihm, machte ein freudiges Geräusch, so ein mädchenhaftes Kieksen, ließ ihren Becher fallen und nahm seine beiden Hände. »Wir haben noch nicht, oder?«, fragte sie strahlend, das Gesicht gerötet, und als er lächelnd den Kopf schüttelte, stieg Marie auf die Zehenspitzen und küsste ihn.

Sie küssten sich sehr lange. Als sie lächelnd nach Luft schnappten, sagte Marie: »Schon als du in die Wohnung gekommen bist, dachte ich: Neben dem würde ich gerne einmal aufwachen.«

Clemens' Herz setzte aus, einerseits vor Freude. Andererseits ...

»Nur einmal?«, fragte er gegen.

Marie brummte etwas, kicherte und zog ihn wieder an sich. Es war ein sensationelles Gefühl, eines, das sich so unglaublich richtig anfühlte, sozusagen die emotionale Perfektion. Als sie sich etwas atemlos voneinander trennten, sah er, dass die Leute, die um sie herum standen, nicht zum Himmel schauten, sondern zu ihnen. »Ihr seid echt das Paar des Jahrtausends«, brüllte eine Frau gegen den Lärm, und sie lächelte dabei. Die anderen um sie herum nickten.

»Wenn ihr das sagt«, erklärte Marie fröhlich.

Freitag, morgens

Tag eins

1/1000 Freitage

Es war schon fast elf, als Marie zum Joggen aufbrach, aber Clemens lag noch in ihrem Bett und schlief. Er atmete ruhig, machte fast kein hörbares Geräusch, wirkte äußerst entspannt. Sie hatte ihn betrachtet, erst vor dem Aufstehen und dann, während sie sich leise anzog. Und sie hatte dabei lächeln müssen, nicht nur über seine Hand, die mit der Handfläche nach oben auf der Bettdecke lag, als würde er etwas erwarten. Es war sicher nicht der beste Sex ihres Lebens gewesen, vor allem das erste von den beiden Malen, die sie es in der vergangenen Nacht – oder eigentlich schon am frühen Morgen – getan hatten, aber sie hatte sich noch nie nach dem Sex so gut gefühlt wie an diesem Ersten Ersten im Jahr zweitausend.

Der alte Mann, der immer im Park auf der Bank am Spielplatz saß und auf die Kinder wartete, war schon da, obwohl es Neujahr war und die meisten heute vermutlich erst am Nachmittag kämen, wenn überhaupt, denn das Wetter lockte nicht nach draußen. Die Temperatur lag bei wenig über null Grad, und es nieselte aus einem trüben Himmel. Der Mann, der vielleicht fünfundsiebzig war, hockte in seinem hellgrauen Trenchcoat auf der abgeschabten Bank, neben sich die Tupperbox mit Apfelschnitzen, von denen er hin und wieder einen nahm und langsam aß, aber wenn ein Kind kam und höflich fragte, war er spendabel. Das hatte Marie schon mehrfach beobachten können. Ganz erstaunlich, dachte sie jedes Mal, wenn sie am Spielplatz vorbeijoggte, dass die übereifrigen Mütter – es gab kaum Väter hier – das duldeten. Vor zwei Jahren hatte es große Aufregung um diesen Ort gegeben, weil einige Frauen meinten, die hölzerne Märchenfigur, die einen Zwerg darstellte und neben den Schaukeln stand, hätte eine zu deutliche Ausbeulung in der Hose und würde ihre Kinder sexuell irritieren. Inzwischen stand die Figur anderswo. Marie hatte den lustigen Zwerg gemocht. Aber die schratige Hexe hatte die Aufregungen überlebt, obwohl sie, wie Marie fand, in mancherlei Hinsicht viel anstößiger war. Wenn sich nur eine der Frauen das in den Kopf setzte, wäre diese Figur vermutlich auch bald weg. Und irgendwann würde es auch den alten Mann erwischen. Es gab kaum etwas Gnadenloseres als selbstgerechte Mütter. Sie lächelte bei dem Gedanken. Mutter sein, das war allerdings nichts, das in ihrer Lebensplanung vorkam, und wenn sie an ihre eigene Mutter dachte, musste sie staunen, dass sie, Marie, es trotz dieser Mutter geschafft hatte, ein recht okayer Mensch zu werden. Gut, ein ziemlich prima Mensch sogar.

Sie trabte gemächlich vor sich hin, wollte nur ein bisschen auf Touren kommen, vielleicht irgendwo Brötchen kaufen und dann zu diesem netten Jungen zurückkehren, der so gut zu ihrem Bett passte. Bei diesem Gedanken musste sie lächeln, trotz des Nieselns, der leichten Alkoholkopfschmerzen und der Tatsache, dass ihr MD-Walkman vor einigen Minuten den Geist aufgegeben hatte, weil sie vergessen hatte, die Akkus zu wechseln. Schade, denn auf ihr Lieblingsalbum *Songs for Polarbears* hätte sie jetzt große Lust gehabt. Sie sog die immer noch etwas verbrannt riechende, kühle Luft ein, blinzelte das leichte Pochen im Hinterkopf weg und dachte an die vergangene Nacht.

Er hatte sich beim ersten Mal so ungeheure Mühe gegeben, nichts falsch zu machen, dass der Versuch beinahe auf halber Strecke versandet wäre, und Marie hatte an sich halten müssen, um nicht loszulachen, was beim ersten Sex einfach keine gute Idee war, ganz egal, wie viel Empathie es zwischen ihnen gab. Dann hatten sie noch eine Flasche Wein aufgemacht und sich entspannt; er hatte zwar immer noch versucht, ihr nach allen Regeln der Kunst ein gutes Gefühl zu verschaffen, aber es hatte beinahe geklappt, und auch wenn sie nicht in explosiven multiplen Orgasmen gekommen war, was, wie Marie annahm, ohnehin ein eher seltenes Phänomen war, hatte sie sich sehr gut gefühlt.

Sie war erstaunt, wie gut sie sein Aussehen visualisieren konnte, denn ihr Gesichtergedächtnis war weniger gut, selbst bei Menschen, die sie sehr interessierten oder regelmäßig traf. Aber sie konnte jetzt Clemens' kantiges, zweitagebärtiges Gesicht vor sich sehen, die wasserhellen Blauaugen, das markante Kinn, die krause, leicht gelockte Frisur, den schlanken Oberkörper, der nackt etwas weniger sportlich aussah, als sie erwartet hatte. Sie lächelte wieder, beschleunigte ein bisschen und hielt auf eine Filiale von *Bäckman* zu, der Industrieteig-Fertigbackkette, die Judith und Karl so hassten. Im Namenszug war das C wie die Pacman-Figur geformt. Es gab sogar eine Warteschlange, weil kaum ein anderer Laden offen hatte.

Nach dem Einkauf blieb sie einen Moment draußen stehen und überlegte, Khaled anzurufen, ihren besten Freund, den sie seit der Grundschule kannte. Khaled, der Räuber, der sie seit ein paar Jahren *Pumalady* nannte. Und mit dem nie etwas passieren würde, weil er eben ein Räuber war, aber sie keine Beute, außerdem missfiel ihr sein dick aufgetragener Machismo, und er war schlicht nicht ihr Typ (und umgekehrt). Marie zog das Telefon aus der Tasche. Das Gefühl, dass an diesem Tag etwas Besonderes passierte, war sehr stark, und sie *musste* darüber sprechen – nicht, um anzugeben, sondern um es in der Realität zu verankern. Aber es war erst kurz vor zwölf am allerersten Neujahrstag des neuen Jahrtausends. Wie sie Khaled kannte, würde er heute bis zum späten Nachmittag schlafen. Das galt vermutlich auch für ihre WG-Mitbewohnerin Donna, die wahrscheinlich so etwas Ähnliches wie ihr zweitbester Freund war. Marie wusste nicht einmal, wie früh oder spät es gerade in Kanada war, wo die junge, robuste Frau ihre äußerst wohlhabende Familie über die Feiertage und den Jahreswechsel besuchte. Früher, oder? Die Sonne ging zuerst im Osten auf, Kanada lag im Westen, vermutlich war dort also noch tiefe Nacht. Aber so nett Donna auf ihre burschikose Weise auch war, sie war sowieso nicht die Person, mit der Marie jetzt hätte sprechen wollen. Dafür gab es noch nicht genug Vertrauen zwischen ihnen, und Donna hatte auch immer ein bisschen stinkstiefelig reagiert, wenn Marie ihr am Frühstückstisch oder abends bei einem gemeinsamen Glas Wein von nächtlichen Eroberungen erzählt hatte. Sie steckte das Telefon wieder in die Hosentasche und trabte heim.

Auf dem Rückweg kamen ihr mehrere Frauen einzeln entgegen, Frauen in den Vierzigern, die alleine mit ihren Hunden Gassi gingen, überwiegend mit Mischlingen, in dieser handlichen Größe mitten zwischen Zwergpudel und Schäferhund. Den Frauen war anzusehen, dass sie keineswegs das kleinere Streichholz gezogen hatten an diesem Neujahrstag, sondern dass sie alleine unterwegs waren, weil sie alleine *waren*. Auf der kurzen Strecke bis nach Hause zählte Marie sechs solcher Begegnungen. Die Frauen waren auf schlichte Weise elegant-sportlich gekleidet, hatten allesamt praktische, aber unscheinbare Frisuren, waren nur wenig geschminkt, und sie trugen diese einsame Traurigkeit vor sich her, wie sie ihre trotzigen Hunde hinter sich herzogen. Marie, die über zwanzig Jahre jünger war und die von einer wirklich *netten* neuen Bekanntschaft zu Hause im warmen Bett erwartet wurde, empfand Mitgefühl. Aber dann war da noch etwas.

Sie sah sich plötzlich selbst in genau der gleichen Position. Sie konnte Marie de Bruijn sehen, mit vierundvierzig, einem Border Terrier an der Leine, dem Mobiltelefon in der Hosentasche, auf Vibration gestellt, damit sie einen Anruf sofort spüren könnte, einen von diesen wenigen wirklich privaten

Anrufen, die an einem Sonntag hereinkämen. Sie wäre in der Woche natürlich stark eingespannt, als Anwältin gefragt und beliebt, wahrscheinlich wäre sie auch politisch aktiv, und sie hätte zwar einen großen Freundeskreis, aber einen zugleich sehr distanzierten, eher also einen Bekanntenkreis. Weil all ihre Freunde in Beziehungen stecken würden und das von anderen auch erwarteten, vor allem aber, weil es nicht ihre Art war, Verbindlichkeit und Nähe zuzulassen. Was nicht nur daran lag, dass ihre Eltern versucht hatten, sie von Festlegungen und folgenreichen Entscheidungen im zwischenmenschlichen Bereich abzuhalten, sondern vor allem daran, dass sie das einfach nicht beherrschte, diesen energischen, verbindenden Schritt aufeinander zu. Dieses Verschenken von Vertrauen. Sie dachte an ihre Mutter und was die wohl dazu sagen würde, dass sich die Tochter, die eine so rollenfremde und emanzipatorische und konfliktpädagogische Kindheit hatte verbringen dürfen, Gedanken darüber machte, welchen Einfluss die Tatsache, ob sie in einer festen Beziehung stecken würde oder nicht, auf ihre zukünftige Lebensqualität haben würde. Wahrscheinlich würde sie ihren sehr runden und kraushaarigen Kopf schütteln, auf dem irgendeine sehr originelle Kopfbedeckung schwankte, und sich dann wieder etwas Wichtigerem zuwenden, wie sie das immer getan hatte.

Marie bemerkte, dass sie stehen geblieben war, sie musste kurz lächeln, dachte dann an Clemens, und sofort wurde die leichte Melancholie von Freude verdrängt. Sie griff die Brötchentüte etwas fester und rannte das letzte Stück.

Als sie die Wohnung betrat, roch es nach frischem Kaffee und außerdem nach Pancakes, aber Maries Mitbewohnerin Donna, die nichts anderes frühstückte, war ja in Vancouver. Tatsächlich hatte Clemens den winzigen Küchentisch gedeckt, und an die kleine Vase mit der einzelnen Margerite – Marie liebte diese Blumen, schon seit ihrer Kindheit, als sie sie noch »Riesen-Gänseblümchen« genannt hatte – hatte er das Polaroidfoto gelehnt, das Paolo, der Inhaber des Restaurants, vor dem Aufbruch von ihnen gemacht hatte, begleitet vom begeisterten »Was für ein wunderschönes Paar!«, das er durchs Ristorante hatte schallen lassen. Clemens sprang auf, als Marie in die Küche kam, aber dann wusste er offenbar nicht weiter. Sie machte zwei Schritte auf ihn zu und küsste ihn. Dann schob sie ihn ein Stück von sich und wies auf den Teller, auf dem sich die dampfenden Pfannkuchen stapelten.

»Du hast Pancakes gemacht?«

Er grinste. »Du hast Ahornsirup im Regal. Es gibt nur eine einzige Verwendung für Ahornsirup.«

Sie lächelte und wollte schon den Mund öffnen, um das Missverständnis aufzuklären. Sie hatte Clemens noch nicht davon erzählt, dass sie diese Wohnung nicht alleine bewohnte, und es rührte sie ganz enorm, welche Gedanken er sich gemacht hatte und welche Freude er dabei empfand, sie auf diese Weise zu überraschen, dabei aß sie Pancakes nicht übermäßig gerne. Manchmal nahm sie sich einen, während Donna ganze Stapel davon zum Frühstück verschlang und mit literweise Frischmilch herunterspülte, aber frische Brötchen mit einer ordentlichen Portion Leberwurst mochte sie deutlich lieber.

Doch sie entschloss sich, nichts zu sagen. »Das ist sehr süß von dir«, meinte sie stattdessen lächelnd. »Aber ich habe Brötchen gekauft.« Sie hielt die Papiertüte mit dem *Bäckman*-Logo hoch.

»Die essen wir zum Abendbrot«, erwiderte er mit großer Selbstverständlichkeit. Dann zog er die Augenbrauen zusammen. »Aber du hast keinen Tee im Haus, nur Kaffee und sehr viel Milch. Ich trinke nicht so gerne Kaffee.« Er verzog das Gesicht. »Oder Milch.«

Marie ignorierte das mit dem Tee und der Milch. »Zum Abendbrot?«, fragte sie.

Er sah verunsichert auf die Uhr. »Ist ja nicht mehr so lange hin.« Dabei errötete er.

Später erinnerte sich Marie an diesen Moment als denjenigen, in dem sie sich in Clemens Freitag verliebt hatte. Bis über beide Ohren und noch einige Gigameter darüber hinaus.

Freitags Nachbarn

40/1000 Freitage

»Wow«, sagte Marie und meinte das auch so. Sie stand mit Clemens vor dem Eingang des Hauses in der Rheinuferstraße 17 und betrachtete die wirklich hübsche Fassade. Das Gründerzeithaus mit seinen vier Stockwerken und der kürzlich ausgebauten Dachetage war hellgrau angestrichen, aber die Ornamentierung und die Einsäumungen der Loggien hatte man, passend zu den Fensterrahmen, weiß hervorgehoben. Die oben abgerundete Eingangstür war breit und aus dunkelbraunem, schwerem Holz, das glänzend poliert war. Es gab eine gewaltige Klinke und ein flächiges Klingelbrett aus Messing. Links von dieser Tür befand sich eine weitere, deutlich kleinere, aber sehr ähnliche Tür, die zur Bar namens *Dr. Met* im linken Erdgeschoss führte. Über dem großen Fenster, dessen untere Hälfte mit einer hellen Gardine blickdicht gestaltet war, hing der dezente Schriftzug, daneben verriet ein beleuchtbares, aber jetzt unbeleuchtetes Schild die Biermarke, die es am Hahn gab. Es war vierzehn Uhr dreißig an einem sehr kalten Samstag Anfang November. Die Bäume entlang der Rheinuferstraße streckten ihre dunklen, blattlosen Äste in einen milchiggrauen Himmel.

Clemens und Marie legten die Köpfe synchron in die Nacken, ihre Atemwolken stiegen nebeneinander auf. Oben rechts, im vierten Stock, befand sich die Wohnung, die sie sich gleich anschauen würden. Marie meinte, anhand der Fenster zu erkennen, dass sie vollständig geräumt war, dass sie also, wie die Maklerin am Telefon versprochen hatte, zügig einziehen könnten, sollte ihnen die Unterkunft gefallen. Auch diese Wohnung hatte eine breite Loggia mit einem Halbrund nach oben hin, aber es gäbe auch noch einen Balkon auf der Rückseite, zum Innenhof des Ensembles, das dieses Haus mit einem weiteren, sehr ähnlichen links und einem angestaubt wirkenden Eckhaus auf der anderen Seite bildete. Dort waren in der braungrauen, schmutzigen Fassade sogar noch ein paar Weltkriegs-Einschusskrater zu sehen. Marie konnte sich gut vorstellen, in dieser Loggia zu sitzen, Kaffee zu trinken, an ihrem Computer zu arbeiten und hin und wieder über die Dächer der anderen Häuser zu blicken.

»Friedenau ist der kleinste Ortsteil Berlins«, dozierte Clemens. »Aber der am dichtesten besiedelte.« Er drehte sich zur schmalen Straße um, wo die Mittelklasseautos Stoßstange an Stoßstange standen, und nirgendwo war eine Lücke zu sehen, nicht einmal direkt gegenüber, an einer auf der Fahrbahn frisch markierten Stelle, neben der ein blaues Schild mit einem stilisierten, weißen Rollstuhl aufgestellt war. »Gut möglich, dass es hier ein Problem mit den Parkplätzen gibt.« Auf dem Behindertenparkplatz stand ein Kleinlieferwagen mit einem Essen-auf-Rädern-Schriftzug auf der Seitenfläche. Die Illustration über dem Schriftzug zeigte eine grinsende, weißhaarige Frau, die einen Teller mit Rouladen, Rotkohl und Klößen in die Höhe hielt, als würde sie damit beim Diskurswerfen antreten. Es sah jedenfalls eher aus, als würde sie das Essen fröhlich wegwerfen, statt sich auf die Verspeisung zu freuen.

»Eigentlich braucht man in Berlin keinen PKW«, sagte Marie. *Woher er all dieses Zeug immer weiß*, dachte sie dabei, und obwohl er im Grunde ironisch war, hatte der Gedanke auch eine bewundernde Komponente. Ohne Clemens an der Seite hätte sie sich im Leben nicht dafür interessiert, wie viele Leute in Friedenau wohnten. Von keinem der drei Orte, an denen sie bisher gelebt hatte, wusste sie das. Sie hätte es nicht einmal schätzen können.

»Wenn man es nicht eilig hat, dann nicht«, stimmte er grinsend zu. »Und wenn einem die eigene Gesundheit egal ist. Oder man nie schwere Einkäufe zu transportieren hat. Oder den Bezirk nie verlässt.« Er kicherte. »Oder das Haus.«

»Aus dir wird kein Umweltschützer mehr.« Marie seufzte, lächelte jedoch dabei.

»Ich *bin* ein Umweltschützer«, widersprach er. »Aber es gibt zwischen totalem Verzicht und ausschweifendem Luxus jede Menge Abstufungen.«

»Sie müssen die Freitags sein!«, behauptete in diesem Moment von rechts eine tiefe Frauenstimme. Sie drehten gleichzeitig ihre Köpfe und sahen eine Mittvierzigerin energisch auf sie zuhalten, die ein graublau kariertes Kostüm trug, das Marie an die eigene Großmutter väterlicherseits erinnerte, die den Kosenamen *Eumchen* getragen hatte, obwohl nichts an der ruppigen, unfreundlichen Frau irgendeine Verniedlichung gerechtfertigt hätte. Den Eindruck, den die Maklerin machte, verstärkte der strenge Dutt, zu dem ihre dunklen, stumpf wirkenden Haare frisiert waren. Die Frau war ziemlich blass, und sie hatte zum schwarzen Kajalstrich über den Augen einen dunkelroten Lippenstift aufgetragen, der die an Weißheit grenzende Blässe noch verstärkte. Marie musste an Gruften und bluttrinkende Untote denken. Als die Frau jetzt ganz unvampirisch zu lächeln begann, war sie etwas enttäuscht, dass die Eckzähne im Oberkiefer normal groß aussahen.

»Müssen wir«, bestätigte Clemens, obwohl sie überhaupt nicht verheiratet waren, und streckte die Hand aus. Marie war froh, dass er nicht gleich mit einer Parodie eröffnet hatte. Immerhin war der Berliner Wohnungsmarkt vor allem im ehemaligen Westteil zurzeit zwar ziemlich entspannt, aber Marie wollte nicht, dass die Maklerin darüber entschied, ob sie die Wohnung bekämen oder nicht, sondern sie selbst.

»Ich bin Sabine Böttcher«, sagte die Frau. Und dann, zu Marie, ihr die Hand entgegenstreckend: »Wir haben telefoniert.«

Marie nickte, schüttelte die Hand und verkniff sich ironische Erwiderungen. Sie mochte Ironie und Lakonie, aber sie wusste auch, wann sie damit haushalten musste.

»Na dann«, sagte Sabine Böttcher. »Wenn Sie Fragen haben, nur zu. Das Haus stammt aus dem Jahr 1897 und ist kürzlich sehr aufwendig restauriert worden, innen wie außen.« Sie zog die Stirn kurz kraus. »Bis auf die Fenster, aber fragen Sie mich bitte nicht, warum – möglicherweise waren die Mittel aufgebraucht. Die Dachetage ist ausgebaut worden und wird in knapp zwei Monaten bezogen.« Sie hob die Hände, wies dann mit der rechten auf den Bereich über der leer stehenden Wohnung im vierten Stock. »Sie bekämen also Nachbarn über sich. Das mag nicht jeder.«

Wir sind nicht jeder, wollte Marie sagen, verkniff sich allerdings auch das.

Als sie den Hausflur betraten, wusste Marie sofort, dass sie in diesem Haus wohnen wollte, zusammen mit Clemens. Vielleicht nicht für immer, aber jetzt, zu diesem Zeitpunkt, war dieses Haus genau richtig, das erkannte sie, ohne die Wohnung gesehen zu haben. Die breite, holzparkettierte und mit einem roten Teppich belegte Treppe hatte ein hölzernes Geländer, dessen Säulen wie zwei fußseitig übereinanderstehende Mensch-ärgere-dich-nicht-Figuren gedrechselt waren. Die Briefkästen im Eingangsbereich rechts waren wie das Klingelbrett draußen aus poliertem Messing, der Boden war im Schachbrettmuster gefliest. Es wirkte schon hier unten so hübsch und wohnlich, dass es oben nur mindestens genauso schön sein konnte. Und das Haus war kaum fünfhundert Meter vom *Paolo* entfernt. Zweimal links und dann durch den kleinen Park, keine fünf Minuten. Es wäre auch noch ein recht schöner Weg, dachte Marie. Selbst bei solchem Wetter wie heute.

Die Maklerin zeigte nach links, auf eine schlichte Wohnungseingangstür. »Hier ist der Hintereingang zur Bar.

Manchmal gibt es etwas Lieferverkehr, aber das ist meistens schnell vorbei. Der Inhaber wohnt in der Wohnung darüber, im ersten Stock. Meines Wissens gibt es keine Familie mit Kindern im Haus, von den Krauses abgesehen, die die Dachwohnung beziehen werden. Aber für die Wohnung im Parterre rechts ...« Sie wies auf die Tür. »... hat sich eine türkische Familie beworben.«

Marie musterte ihr Gesicht, doch Sabine Böttcher kommentierte diese Information, von der sie gemeint hatte, sie sei besonders erwähnenswert, nicht mimisch.

»Kommen Sie«, bat sie stattdessen.

Die Treppe ächzte leise, während die Maklerin voranging, Marie folgte, und Clemens kam hinterdrein. Marie wusste, dass Clemens, der ganz hibbelig vor Neugierde war und am liebsten schon eine Stunde vor dem Besichtigungstermin hier gewesen wäre, nur deshalb hinter ihr die Treppe hochstieg, damit er ihr Hinterteil betrachten konnte, weil er ihr Hinterteil beim Treppensteigen einfach hinreißend fand, wie er zu betonen nie müde wurde, und sie musste bei dem Gedanken daran lächeln. Sie kannten sich noch kein ganzes Jahr, aber Marie wusste über ihren ... *Freund* schon viel mehr als über alle anderen Menschen, die sie im Laufe ihres Lebens kennengelernt hatte. Sie drehte sich kurz um und erwischte seinen Blick. »Wusste ich's doch«, sagte sie liebevoll, und Clemens strahlte. Aber er heftete seinen Blick sofort wieder auf ihren Hintern. »Geh weiter«, befahl er sanft. »In Bewegung ist er unfassbarerweise *noch* schöner.«

Die Wohnung war ein Traum. Marie musste vor Aufregung tief durchatmen, als sie zu dritt in der geräumigen Diele standen. Hundertzehn Quadratmeter, abgezogene Fußböden, hohe, weiß gestrichene, helle Räume, überall Stuck, die geräumige Loggia, hinten ein Balkon, dazu ein modernes, nicht allzu großes Bad, dafür eine große Küche mit viel Gestaltungsspielraum – und all das zu einem bezahlbaren Tarif. Marie fühlte sich in ihrer positiven Vorahnung bestätigt. Selbst die Vorratskammer hinter der Küche begeisterte sie, sie fand die kleinen Metallkörbchen vor dem Milchglasfenster zum Hof hin richtig *neckisch* (sie dachte dieses Wort tatsächlich, obwohl sie es normalerweise nicht benutzte) und stellte sich vor, darin Kräuter zu ziehen. Sie folgten der Maklerin zum Abschluss der Besichtigungsrunde in das kleinere der zwei Schlafzimmer, die beide zum Hof wiesen und Türen zum lang gestreckten Balkon hatten. Als sie den Balkon betraten, war sich Marie so sicher, wie man nur sein konnte. Der Hof wurde von einer großen Linde beherrscht, die selbst jetzt, ohne Blätter, beeindruckend wirkte. Es gab die klassische Teppichklopfstange, deren Metall dunkel und abgewetzt war, zwei Gartenbänke am Stamm der Linde und ordentlich winterfest gemachte Beete an den Abgängen zu den Kellern. Marie fiel es nicht schwer, sich diesen Hof im Frühling vorzustellen, wenn die Sonne durch das milde, frühe Grün der Blätter scheinen würde. Clemens drückte ihre Hand, als sie ins Schlafzimmer zurückkehrten. Sabine Böttcher hatte die Arme vor der Brust verschränkt und grinste. Sie wusste, dass sie längst gewonnen hatte, das war ihr anzusehen.

In diesem Moment donnerte es über ihnen. Eine Frau schrie einige Worte – einen Befehl, eine Ermahnung, einen Fluch –, aber es war nicht zu verstehen, was sie genau schrie. Es war allerdings deutlich zu bemerken, dass die Frau wütend war, mit massiver Tendenz zu cholerischen Anfällen. Das Donnern stoppte, dann pochte es zweimal – jemand hatte aufgestampft, aber eine kleinere Person als die, die das Donnern verursacht hatte. Der Blick der Maklerin flackerte kurz. »Krauses haben schon die Schlüssel für ihre Wohnung. Es hört sich an, als wäre die Trittschalldämmung noch nicht verlegt.« Sie versuchte ein Lächeln, schaffte es allerdings nicht ganz.

»Krauses«, sagte Clemens und legte den Kopf in den Nacken.

»Sie sind die einzigen Eigentümer. Der Rest des Hauses gehört der WoBoWAG. Es ist aber keine weitere Umwandlung geplant.«

»Bei den derzeitigen Zinsen wäre das auch der Wahnsinn«, sagte Marie.

»Aber hallo«, erwiderte die Maklerin nickend. *Aber hallo.* Diese Phrase verbreitete sich derzeit schnell.

»Wir nehmen die Wohnung«, sagte Clemens und drückte Maries Hand fest. Sie spürte, wie sich ihre Nackenhaare aufstellten, wie ihre Kopfhaut plötzlich spannte, wie etwas ihre Unterarme überzog, aber sie konnte bloß nicken. Er hatte lediglich ihren stumm gefassten gemeinsamen Beschluss verkündet. *Wir werden hier zusammenwohnen,* dachte Marie. *Clemens und ich. Ich und Clemens. Wir werden hier schlafen und kochen und frühstücken und arbeiten und Liebe machen und streiten und darauf warten, dass das Badezimmer frei wird, und uns versöhnen und was weiß ich noch alles. Ich möchte unbedingt, dass es sofort anfängt. Gleich. Jetzt.*

Es donnerte abermals vom Dachgeschoss herunter. Dieses Mal war auch zu verstehen, was die Frau brüllte, denn sie gab sich wirklich Mühe, sehr, sehr laut zu sein. »Paul, ich reiße dir den Schädel ab, wenn du nicht *sofort* damit aufhörst!« Dann knallte etwas, aber das konnte kein Knallen von einer Hand gewesen sein, die ein Gesicht getroffen hatte, redete sich Marie ein. Allerdings setzte jetzt lautes Heulen eines Kindes ein, das sofort wieder aufhörte, weil die Frau abermals etwas schrie, jedoch wieder unverständlich.

»Wir nehmen sie trotzdem«, sagte Marie.

Sabine Böttcher sah auf die Uhr. »Wir können uns übermorgen treffen, um die Verträge zu machen. Ich muss jetzt leider weiter, ich habe gleich bei einem Hausverkauf in Lankwitz vier Interessenten. Möchten Sie noch einen Moment hierbleiben?«

Clemens und Marie nickten gleichzeitig und grinsten dabei. *Vielleicht probieren wir kurz ein Schlafzimmer aus, das geht auch ohne Möbel,* dachte Marie. Bevor sie mit Clemens zusammengekommen war, hatte sie mit nicht wenigen Männern Sex gehabt, vielleicht sogar mit mehr als drei Dutzend, grob überschlagen, aber nur mit einer Handvoll davon häufiger als ein einziges Mal. Es hatte sie nie wirklich zufriedengestellt, es war ihr immer wie eine Leistungsschau vorgekommen, wie verdammter *Sport,* und zugleich wie etwas, bei dem es emotional nur um einen – ihn – selbst ging. Mit Clemens war das ganz anders, ob bei einem Quickie oder abendfüllendem Geschlechtsverkehr – es ging um sie beide, um sie beide *gleichzeitig* und um diese Zeit, nicht um das Ergebnis oder um Erektionsstärken, Feuchtigkeitsgrade, die Anzahl der Orgasmen oder so etwas. Sex mit Clemens war wie ein Heraustreten aus der Zeit und der Welt und körperlich sowieso ohne Vergleich.

»Okay, Sie müssen nur die Tür zuziehen. Ist ja quasi schon Ihre Wohnung.« Sie wandte sich zur Eingangstür, drehte sich dann aber noch einmal zurück. »Das ist keine Maklerphrase. Sie sind ein tolles, wirklich bemerkenswertes Paar. Ich kann mir keine besseren Bewohner für diese schöne Wohnung vorstellen.« Dann hüstelte Sabine Böttcher, die tatsächlich ein ganz kleines bisschen rot geworden war, machte auf dem Absatz kehrt und hastete davon.

Eine Viertelstunde später öffneten sie die Tür zum Treppenhaus, obwohl sie gerne noch geblieben, am liebsten sogar gleich eingezogen wären. Sie hatten schon die Aufstellplätze für die Möbel und die Zimmerverteilung und die Wandfarben und die Küchenausstattung geplant. Über ihnen klackte im gleichen Moment ein Türschloss. Ein rhythmisches Poltergeräusch kündigte das Kind an, das die Treppen heruntersprang und beinahe an ihnen vorbeigerauscht wäre.

»Hallo, Paul«, sagte Marie.

Der etwa zehn Jahre alte Junge blieb wie angenagelt stehen und starrte Marie an. Auf seiner linken Wange war eine leichte Rötung zu sehen, und eine kleine Schramme in der Mitte der roten Fläche ließ vermuten, dass Frau Krause mit der rechten Hand zugeschlagen hatte, an der sich vermutlich der Ehering befand.

»Wer sind Sie denn?«, fragte der schmale, blauäugige Junge, der kurze, schwarze Haare hatte. Schüchternheit und Neugierde kämpften erkennbar in ihm, und er wusste nicht, ob er den Kopf gesenkt halten sollte, woran er nach Maries Eindruck gewöhnt war, oder ob er ihnen in die Gesichter schauen durfte.

»Wir sind Marie und Clemens. Wir ziehen hier bald ein.«

Ein Lächeln huschte über das Kindergesicht. Aber er traute sich nicht, die Fragen zu stellen, die offensichtlich in ihm drängten: Seid ihr nett? Darf ich euch mal besuchen? *Habt ihr Kinder?*

»Alles okay bei dir, Paul?«, fragte Marie.

»Woher wissen Sie, wie ich heiße?«, fragte der Junge gegen. Dabei tastete er nach seiner Wange.

»Deine Mama hat nach dir gerufen«, sagte Clemens freundlich. »Wir konnten sie durch die Zimmerdecke hören. Die Trittschalldämmung ist noch nicht verlegt.« Den letzten Satz hatte er beinahe mit der Stimme von Sabine Böttcher gesagt. Er traf sie nicht ganz, weil ihm das bei Frauenstimmen natürlich schlechter als bei Männern gelang, aber er war dicht dran.

Frau Krause kam auf ihrem Treppenabsatz an. Seit sehr langer Zeit war das die erste Frau, die Marie in einer Kittelschürze in der Öffentlichkeit sah, einem geblümten, weißgrauen Ding mit ausgebeulten Taschen und braunfleckigem

Rand. Früher, in ihrer Kindheit, war dieser Anblick im heimischen Reinbek bei Hamburg schon eine Seltenheit gewesen, aber Oma Böckler, die Oma mütterlicherseits, hatte ständig eine Schürze angehabt, bei fast jeder Gelegenheit, wodurch die Enkel immer das Gefühl gehabt hatten, sie bei irgendeiner Arbeit zu stören. Frau Krause trug einen unförmigen, dunkelbraunen Wintermantel mit Kunstpelzkragen offen über ihrer Schürze; sie war in den späten Dreißigern, sah aber verbrauchter aus, abgearbeitet und müde, und die Ungeduld, die sie akustisch bereits wahrgenommen hatten, war ihr anzusehen – sie stand unter schwerem Dampf, musste wahrscheinlich mehr schultern, als ihre Kräfte eigentlich zuließen. Marie musste bei ihrem Anblick an ein Brauereipferd denken, denn Mutter Krause war breit, kräftig und schwer, ohne korpulent zu wirken. Sie hatte gelockte, ungepflegte Haare und ein flächiges, flaches Gesicht mit einer sehr kleinen Nase in der Mitte. Für eine Frau hatte sie gewaltige Hände, die zwei große, prall gefüllte Baumarkttüten hielten, aus denen Holzreste herausschauten. Am Ringfinger der rechten Hand befand sich ein großer Goldring mit einem kleinen Stein darin. Es hätte Marie nicht überrascht, daran Blutspuren zu entdecken.

»Wer sind Sie denn?«, wiederholte sie die Frage ihres Sohnes, der sich bei ihrer Ankunft automatisch ein paar Schritte wegbewegt hatte.

»Wir haben die Wohnung besichtigt«, sagte Clemens.

»Und wir konnten Sie hören«, ergänzte Marie. *Möglicherweise Sie uns auch,* dachte sie und konnte sich ein Lächeln nicht verkneifen.

»Mir doch egal«, blaffte die Frau, die ohne Umwege in die Defensive ging.

»Mmh«, machte Marie. »Kann es sein, dass Sie Ihr Kind geschlagen haben?«

»Geht Sie das was an?«, knurrte Frau Krause. Ihr Blick huschte zwischen Marie und Clemens hin und her. Paul kratzte mit dem Finger an der Zarge der gegenüberliegenden Wohnungstür. Sein Wunsch, auf der Stelle unsichtbar zu werden, war unübersehbar.

»Wenn es so wäre«, sagte Marie und nickte dabei langsam, »dann ja.«

»Da sind Sie im Irrtum«, erklärte die andere, nahm beide Tüten in eine Hand, griff nach Pauls mit der anderen und zerrte ihn die Treppe hinunter. Marie schaute den beiden hinterher und spürte, wie sich etwas in ihr zusammenzog, wie der Wunsch, ein Unrecht auf keinen Fall hinzunehmen, gegen ihre eigenen Interessen ankämpfte, etwa dasjenige, in diesem Haus, in dem sie unbedingt wohnen wollte, nicht schon vor dem Einzug Feinde zu haben.

»Wir nehmen die Wohnung trotzdem«, murmelte Clemens.

»Jetzt erst recht«, sagte Marie und meinte das auch so, und außerdem würde sie etwas unternehmen, aber was genau, das wusste sie noch nicht. Clemens zog die Tür hinter ihnen zu. »Ich werde mich übrigens auf Familienrecht spezialisieren«, sagte sie und ging voran, ohne Clemens' Reaktion abzuwarten. »Das habe ich gerade entschieden.«

Unten sahen sie noch, wie Frau Krause die Baumarkttüten

in den Essen-auf-Rädern-Kleinlieferwagen lud, der auf dem Behindertenparkplatz stand.

Drei Wochen später lenkte Teddy den gemieteten Siebeneinhalbtonner auf den abgesperrten Bereich vor der Rheinuferstraße 17. Vom Abschleppwagen, der hier bis vor einer halben Minute in der zweiten Reihe gestanden hatte, war in einiger Entfernung noch die entschwindende Heckpartie zu sehen. Auf der Ladefläche trug er einen BMW, der in der Halteverbotszone gestanden hatte, die hier schon seit zwei Wochen für ihren heutigen Umzug markiert war. Marie hoffte, dass der abgeschleppte Wagen niemandem aus dem Haus gehörte, aber andererseits war sie nicht der Typ, der nett zu Arschlöchern war, nur weil sie etwas von den Arschlöchern wollte. Vorausgesetzt, der Wagenbesitzer war ein Arschloch. Vielleicht war es aber auch eine schwächliche alte Dame, die den Fünfer-BMW kürzlich vom nach schwerer Krankheit verstorbenen Gatten geerbt hatte und die das viel zu große Auto nur fuhr, weil sie keinen Käufer dafür fand. Marie lächelte. So war es natürlich ganz sicher nicht, obwohl Clemens auf diese Variante geschworen hätte, weil er immer an das Gute im Menschen glaubte. Breit bereifte Fünfer-BMWs mit Metalliclackierung und M5-Signet gehörten nicht älteren Herren, die schwächliche alte Damen hinterließen, sondern, ganz nüchtern statistisch betrachtet, meistens Arschlöchern.

Clemens winkte ihr vom Beifahrersitz aus zu, während Teddy den Laster in der Haltebucht so hin und her manövrierte, dass dahinter noch Platz für Donnas Auto wäre – und dafür, dass sie und ihre Helfer gut an das kämen, was sich im gewaltigen Laderaum des Transporters befand: der ehemalige Inhalt zweier Single-Wohnungen, die hier zu einer Paarwohnung fusionierten. Marie stand am Rand des Gehwegs und fuchtelte mit den Händen, weil sie dachte, dass das von ihr erwartet wurde, aber wenn der merkwürdige beste Freund von Clemens etwas gut konnte, dann, mit großen Autos umgehen. Er fuhr privat einen riesigen, uralten Daimler, der schon beim Anlassen so viel Benzin verbrauchte wie Maries Fiat Uno auf dem Weg nach Hamburg und wieder zurück. Verbraucht *hatte*. Etwas wehmütig dachte sie an das kleine grüne Auto, das sie verkauft hatte, als sie endgültig nach Berlin umgezogen war. Clemens hatte nicht ganz unrecht – vieles war einfacher, wenn man ein Auto besaß. Aber sie hatten ja jetzt eines, das von Clemens, zusammen.

Zusammen.

Gerade als Teddy die Ladetür herunterfahren ließ, trafen Khaled und Donna in Donnas klapprigem Austin 1100 ein – einem Auto, das noch älter war als Teddys Strich-Achter, wie Clemens' Freund seinen riesigen Daimler nannte. Marie war gerührt, dass ihr Jugendfreund Khaled mehr oder weniger extra zur Hilfe aus Hamburg angereist war (Khaled hatte, wie er das nannte, in praktisch jedem größeren Hafen ein Schiff vor Anker, und ab spätestens um sieben müsste er zur Körperpflege zurück ins Hotel), aber sie war etwas in Sorge wegen Donna, die sich zwar überschwänglich dazu bereit erklärt hatte, beim Umzug zu helfen, die sich Clemens gegenüber jedoch ziemlich eigenartig verhielt. Deshalb hatte ihr Marie auch nicht direkt verraten, dass es um einen Zusammenzug ging, sondern immer nur von einem Umzug in eine größere Wohnung gesprochen. Donna konnte sich die WG-Wohnung auch bequem alleine leisten, und eigentlich war sie auf der sozialen Ebene auch nicht kompromissbereit genug, um wirklich zur WG-Mitbewohnerin zu taugen. Die beste Zeit hatte Marie in der gemeinsamen Wohnung verbracht, wenn Donna mehrere Tage lang unterwegs war. Die Kanadierin erinnerte sie ein bisschen an ihre Kindheit in Reinbek, wo es ebenfalls nicht üblich gewesen war, vor dem Betreten irgendeines Zimmers anzuklopfen, die Badezimmertür beim Duschen geschlossen zu halten oder bekleidet im Haus herumzulaufen, wenn man nicht alleine war. Allerdings hatte sie bei Donnas Verhalten das eine ums andere Mal das Gefühl beschlichen, dass sie es richtiggehend genoss, Marie bei intimen Vorgängen zu überraschen.

»Nice«, sagte sie, als sie sich auf der rechten Autoseite aus dem fünfunddreißig Jahre alten britischen Wagen geschält hatte und an der Fassade des Hauses hochschaute. Der gut zwei Meter große Khaled, der links auf dem Beifahrersitz gehockt hatte, stieg breit grinsend aus.

»Gute Wahl, Pumalady«, sagte er.

»Scheiße, Scheiße, Scheiße!«, brüllte in diesem Moment ein Mann, der aus dem Haus Rheinuferstraße 17 herausgestürmt kam. »Was habt ihr Idioten mit meinem Auto gemacht?«

So lernten sie Dr. Jackzo kennen, der als Chirurg im nicht weit entfernten Virchow-Klinikum arbeitete. Er war ein dünner, großer Mann in den späten Vierzigern, grauschwarzhaarig, dunkeläugig und mit pandamäßigen Ringen um die dunklen Augen herum (später würden sie ihn deswegen *Pandadoktor* nennen), zu jeder Jahreszeit in einen flatternden Kaschmirmantel gekleidet, und er war einer der wenigen Männer, die das Ende der Männerhandtaschenmode verpasst hatten. Dr. Jackzo wiederum lernte Marie kennen, der es nicht gefiel, von jemandem als Idiotin bezeichnet zu werden, obwohl diese Bezeichnung auf ihn selbst besser gepasst hätte, denn die Beschriftung der Halteverbotsschilder war wirklich leicht zu verstehen. Der Disput zwischen den beiden fiel kurz und energisch aus, und Marie gewann haushoch nach Punkten.

Nachdem der Arzt, immer noch wütend, seine Wut aber weniger lautstark von sich gebend, davongestiefelt war, um sich ein Taxi zu fangen, trugen die vier Kisten, Kartons und zerlegte Möbel in den vierten Stock, wo Clemens und Marie staunend und glücklich dabei zusahen, wie sich die leere zu einer gemeinsamen Wohnung füllte. Sie machten viele Pausen, in denen Khaled und Marie feierten, sich zum ersten Mal seit vier Jahren zu sehen, und Donna skeptisch beobachtete, was Clemens in Maries neuer Wohnung tat. Bis sie es begriff und ihre Gesichtszüge kurz zerfielen und Flecken auf ihren Wangen erschienen, sie hektisch auf die Uhr zu starren begann und sich mit einer fadenscheinigen Entschuldigung zurückzog.

Dafür schleppte auf einmal ein etwas käsig aussehender, aber freundlicher Mann etwa im Alter von Dr. Jackzo einen

Karton mit Büchern in die Wohnung. Er trug Arbeitsschuhe, einen Blaumann und ein zerschlissenes weißes Hemd darunter, er roch intensiv nach Zigaretten und ein wenig nach einem Bier zu viel am Vorabend, auf seiner Stirn stand kalter Schweiß. Es war Peter Krause, der Vater von Paul und Petra, der Mann der kittelschürzigen Patrizia.

»Eine Alliterationsfamilie!«, rief Clemens, als der dem irgendwie abgenutzt aussehenden Mann die Hand schüttelte. Clemens imitierte dabei Heinz Erhardt, und das beinahe perfekt.

»Das war Patrizias Idee«, murmelte Peter Krause grinsend, und im Subtext schwang mit: *Alles ist immer Patrizias Idee.* »Ich muss hoch, sie kommt gleich«, ergänzte er noch, verabschiedete sich und stapfte ins Obergeschoss. Als ihm Marie hinterrief, dass er, wenn wollte, später gerne auf ein Bier oder ein Glas Sekt herunterkommen könnte, schüttelte er nur stumm den Kopf, ohne sich zu ihr umzudrehen.

Khaled verließ sie als Letzter, wollte aber am Sonntagvormittag zum Frühstück vorbeikommen. Während sie ihren ersten Sonnenuntergang in Friedenau erlebten, zwischen Kartons und halb aufgebauten Möbeln, auf dem Sofa, das Clemens mitgebracht hatte, einem Geschenk von Judith und Karl, konnte Marie es kaum glauben.

»Meinst du, das wird gut gehen?«, fragte sie, doch genau genommen richtete sie die Frage an sich selbst.

»Nein«, antwortete Clemens. »Es wird perfekt gehen. Besser als *alles.* Das hier ...« Er breitete die Arme aus. »... ist richtig. Du und ich. Und überhaupt.« Er strahlte. Dann vögelten sie auf dem Sofa.

Später gingen sie spazieren, nicht zu *Paolo*, sondern in Richtung eines Steakhauses an der Bundesallee (was sie bereuen würden). Sie gingen Hand in Hand, schweigend und staunend darüber, dass sie jetzt zusammenwohnten und dass sie gerade dabei waren, ihre neue Heimat zu erkunden – Friedenau, wofür sie eigentlich zu jung waren, aber genau das bestätigte Maries Gefühl, dass hier gerade etwas geschah, das möglicherweise nachhaltiger sein würde als alles, was sie bisher erlebt hatte.

Die kleinen Straßen mit ihren vier- oder fünfstöckigen, über hundert Jahre alten Miethäusern ähnelten einander, aber dann wieder nicht, weil die Fassaden und die Vorgärten und die Gestaltungen so unterschiedlich waren. Doch dann war da plötzlich ein zwei Stockwerke hohes Einfamilienhaus, eingebettet, allerdings keineswegs eingezwängt zwischen zwei hohen Gründerzeithäusern, mit gelbroter Klinkerfassade, einem holzeingefassten Wintergarten zur Straße hin und einem gepflegten, kleinen Vorgarten, in dem es einen Buddelkasten gab. Clemens blieb wie angewurzelt stehen und starrte das Haus an, das wie übersehen wirkte, wie ein Relikt, aber dann wieder, schwer zu sagen, gemütlich und, ja, begehrenswert. Marie fand es hinreißend.

»Irgendwann«, sagte Clemens, als sie weitergingen, und er nickte dazu und drückte ihre Hand. »Irgendwann.«

Bollo Freitag

70/1000 Freitage

Maries Eltern hatten die Villa mit großem Grundstück in Reinbek geerbt, aber sie lebten darin wie in einem Hotel, weil sie alles, was andere, normale Familien mit ihren Häusern und Gärten taten, für spießig, konformistisch, langweilig, zeitraubend und viel zu wenig künstlerisch hielten. Zähneknirschend wurde zwar Wäsche gewaschen, Geschirr gespült, der Müll rausgestellt und hin und wieder der Staubsauger angeworfen, doch alles, was der Instandhaltung, gar der Verschönerung gedient hätte, verweigerten sie konsequent. Das steigerte sich noch beim Garten, der beim Einzug der Familie de Bruijn gepflegt und ordentlich, fast pittoresk ausgesehen hatte, auf den sie aber, wie sie meinten, ohnehin keinen Anspruch hätten, weil er den Tieren und Pflanzen gehörte – der Natur eben, und am liebsten hätten sie die Zäune weggerissen, dabei hätten die Nachbarn jedoch kaum mitgemacht, die ohnehin augenrollend und vor sich hin schimpfend beobachteten, was die de Bruijns da so auf ihrem Anwesen taten. Allerdings stellten Maries Eltern ohne Rücksicht auf die Natur im Sommer gerne Liegen, Tische und Gartenstühle raus, warfen Picknickdecken ins hüfthohe

Gras und tranken in der Nachmittagssonne Wein mit all den Freunden und Bekannten, die auf dem Gelände ein und aus gingen. Und mit ihren Zigarettenkippen, Flaschenkorken und Käserändern nur wenig auf den Anspruch der Pflanzen und Tiere achteten. Es gab Vögel, Mäuse, in heißen Sommern Eidechsen, jederzeit Dutzende Eichhörnchen, im Frühling Laubfrösche und im Herbst riesige, dunkelbraune, mit behaarten Beinen ausgestattete Gartenspinnen. Nur die Katzen machten merkwürdigerweise einen Bogen um das Grundstück, sogar zu Paarungszeiten, wenn die Hausbesitzer in der Umgebung die beim Sex wild schreienden Tiere aus ihren Gärten vertrieben, wofür einige sogar Luftgewehre oder Schreckschusspistolen benutzten.

Gebäude und Garten der de Bruijns verwahrlosten ziemlich schnell, nachdem die Familie eingezogen war, wodurch allerdings auch die Gefahren für die Kinder etwas größer wurden. Aber Marie, ihr zwei Jahre älterer Bruder Marc und deren Freunde liebten das immer mehr zu einem urwaldähnlichen Abenteuerpark verwildernde Grundstück, auf dem es zahllose Verstecke gab und unendlich viele Spielmöglichkeiten – vor allem, weil nie ein Erwachsener kam, der irgendwas untersagte, denn Verbote waren bei den de Bruijns verboten. Man konnte in diesem Garten einen Meter voneinander entfernt sein, ohne sich zu sehen, oder stundenlang in einer der drei Süßkirschen sitzen, Kirschkerne in die Gegend spucken und das umtriebige Geschehen auf dem Anwesen beobachten, ohne entdeckt zu werden. Marc montierte irgendwann zwei alte, große Bretter in eine Astgabel des größten Kirschbaums, so dass Marie dort sogar bequem sitzen und in ihren Büchern lesen konnte.

Als Marie achtdreiviertel war, fand sie im Garten eine braune Feldmaus, die so klein war, dass sie kaum ihren Handteller ausfüllte. Dem Tier fehlte ein Stück vom Schwanzende, es war sehr schwach und ungewöhnlich zutraulich. Marie setzte es in einen Karton mit Sägespänen, etwas Wasser und allem, was sie im Haus fand und das nach ihrem Dafürhalten als Mäusenahrung taugte – Käsestückchen, Beeren, Körner, Brotreste, Möhren, Speck, Haferflocken und Cornflakes; die kleine Maus fraß tatsächlich alles. Marie reinigte die Kiste regelmäßig, streichelte das zitternde kleine Tier stundenlang und sprach leise mit ihm, bis es zu zittern aufhörte, schließlich sogar Haselnüsse aus Maries Handfläche futterte und sich in der kleinen Kiste aufstellte, wenn sie ins Zimmer kam, die Pfoten an der Kartonwand abgestützt. Wann immer Marie von ihrem besten Freund Khaled besucht wurde, versuchten sie gemeinsam, dem Nager Kunststücke beizubringen, was beinahe funktionierte. Als die kleine Maus ihrer Meinung nach gesund genug war, setzte Marie das Tier wieder in den Garten. Es blieb noch eine Weile neben ihr hocken und futterte die Körner auf, die sie ins Gras gestreut hatte, dann schaute es sich neugierig um, hielt auf die Büsche bei den Kirschen zu und verschwand darin.

Ein paar Tage später bekam Marie die Röteln, und sie lag mit starken Gliederschmerzen, hohem Fieber, enorm geschwollenen Lymphknoten und Ausschlag im Bett, litt fürchterlich und konnte sich kaum bewegen. Ihr Zimmer befand sich im Erdgeschoss der Villa, und von ihrem Bett aus konnte sie durch ein großes, bis zum Fußboden reichendes Fenster in den Garten schauen. Dabei las sie meistens in einem der *Fünf-Freunde*-Bücher von Enid Blyton, die sie über alles liebte. Als es ihr jetzt so schlecht ging, konnte sie sich allerdings kaum aufs Lesen konzentrieren, und wenn sie nicht schlief, schaute sie ins wilde Grün. Irgendwann bemerkte sie, wie ein kleiner, brauner Schatten dicht vor ihrem Fenster hin und her huschte, und tatsächlich blieb die winzige Feldmaus sogar so sitzen, dass Marie ihren teilamputierten Schwanz erkennen konnte. Sie freute sich ungeheuer darüber, das Tier wiederzusehen, aber sie schaffte es kaum, sich im Bett so aufzurichten, dass sie es auf sich aufmerksam machen konnte.

Und dann sah sie die Katze. Sie war schwarz, ihr Fell glänzte trügerisch, und sie hatte sich nur wenige Meter von Maries Fenster entfernt im hohen Gras versteckt, von wo aus sie die Maus belauerte. Aber kaum dass Marie den Angreifer entdeckt hatte, sprang das schwarze Tier mit einem eleganten Satz heran, schnappte die braune Feldmaus im Nacken – und dann musste Marie mitansehen, wie ihr Schützling zu Tode gespielt wurde. Sie schrie und weinte hinter dem Fenster, was niemand hörte, weil sie allein im Haus war, aber die Katze warf ihr nur einen kurzen Blick zu, befand wohl für sich, dass von Marie keine Gefahr ausging, und dann schleuderte sie die kleine, schon halb bewusstlose Maus wieder mit der Pfote ein Stück von sich, ging in Lauerstellung, wartete auf die erste Bewegung der Beute und stürzte sich wieder darauf. So ging es fast eine halbe Stunde lang, bis die Maus keine Lebenszeichen mehr zeigte. Da nahm die Katze das tote Tier wieder im Nacken und trug es davon, um es irgendwo in Ruhe aufzufressen.

Das war der Tag, an dem Marie de Bruijn, spätere Freitag, Katzen zu hassen begann. Ab diesem Tag mied sie jeden Kontakt mit diesen Tieren, die sie für gemein, ehrlos und gefährlich hielt, für Wesen, die Spaß daran hatten, wenn es anderen Wesen schlecht ging, die andere, Schwächere gerne zu Tode quälten. Die ältere Marie beendete One-Night-Stands, wenn ihr im Flur des Mannes ein maunzendes Etwas entgegenkam, und sie besuchte Freunde nicht in deren Zuhause, wenn es dort Katzen gab.

Erst ungefähr dreizehn Jahre später berührte sie zum ersten Mal in ihrem ganzen Leben eine Katze. Marie und Clemens wohnten seit einigen Monaten in der Rheinuferstraße 17, und an einem Nachmittag im späten Spätsommer klingelte es aufgeregt an der Wohnungstür. Im Treppenhaus stand die kleine Petra Krause, ein zartes, dunkelhaariges, großäugiges, ungewöhnlich blasses Kind, das immerzu dicke Augenringe hatte, als würde sie unaufhörlich Nachtschichten im Bergbau ableisten. Sie war zu diesem Zeitpunkt sieben Jahre alt und wurde von ihrem etwas größeren Bruder Paul liebevoll »Pitti« genannt. Pitti hielt die Arme auf etwas seltsame Wiese vor der Brust verschränkt, trampelte aufgeregt mit beiden Füßen und drängte sich nach einem geflüsterten »Hallo«

sofort an Marie vorbei in die Wohnung. Sie wurde hin und wieder von den beiden Krause-Kindern besucht, die das vor ihren Eltern zu verheimlichen versuchten, aber Marie nahm an, dass es Patrizia und Peter Krause wahrscheinlich schlicht egal war, was ihr Nachwuchs tat, wenn sie beide nicht dabei waren. Hauptsache, sie *waren* nicht dabei.

Die kleine Krause versteckte etwas unter ihrer roten Strickjacke, das verdächtige Geräusche machte.

»Hast du da eine Katze?«, fragte Marie skeptisch. Wie fast immer, wenn sie an Katzen dachte oder Katzen sah, musste sie an jenen Nachmittag denken, als sie eine Nachbarskatze dabei hatte beobachten müssen, wie sie diesen heimtückischen, genießerischen Mord an der kleinen Feldmaus beging.

Pitti stürmte ins Wohnzimmer, setzte sich dann aber recht vorsichtig auf Sofa und öffnete ihr Jäckchen. Der winzige, braun-weiß-schwarz gefleckte Kopf eines blauäugigen Katzenbabys kam zum Vorschein. Marie fand das Tier zu ihrem eigenen Befremden sofort ziemlich niedlich. Tatsächlich sah das kleine Ding hinreißend aus. Petra Krause streichelte es fachmännisch am Kinn, und das Fellknäuel schnurrte beeindruckend laut los.

»Sie heißt Muffin«, erklärte das Mädchen bestimmt. Marie nickte anerkennend. Pitti neigte nicht dazu, solche Namen zu vergeben, indem sie einfach ein »I« oder »Chen« an die Bezeichnung hing, wie viele Kinder ihres Alters das taten, sondern sie war wirklich kreativ. Ihre Lieblingsplüschtiere – ein Koala, ein Teddy, eine Art Einhorn ohne

Horn und ein grinsendes Krokodil – hießen Walter, Jojo, Keinhorn und Mister Grün. Marie hatte sie alle bereits kennengelernt.

»Wo hast du die her?«

»Die war im Hof hinten. Bei den Mülltonnen. Ich glaube, sie hat Hunger. Hast du was, das kleine Katzen fressen?«

»Wir haben, glaube ich, ein bisschen Milch.« Marie war kurz irritiert, weil sie meinte, winzige Pünktchen von dem Tier aus senkrecht in die Höhe springen und wieder darauf landen zu sehen. Sie blinzelte. *Flöhe?*

»Nein!«, protestierte das Mädchen. »Davon kriegen Kätzchen Bauchweh. Keine Milch! Hast du vielleicht eine Dose mit Fisch oder so? Oder Katzenfutter?«

»Ich glaube nicht, dass wir Fisch haben«, sagte Marie. *Und ganz sicher kein Katzenfutter.*

»Ich geh mal gucken«, beschloss die Kleine, zog die Katze aus der Jacke und setzte sie auf Maries Schoß. »Halt du mal.« Dann verschwand sie in die Küche.

Auf Maries Oberschenkeln drehte sich das Katzenjunge sofort auf den Rücken, wedelte mit den Vorderpfoten in der Luft herum und schnurrte wie ein Weltmeister bei jeder Berührung. Als Pitti zurückkam, einen Teller mit Wurststückchen, einem kleinen Klumpen Butter, Käse und eigenartigerweise etwas Gurke balancierend, war das winzige Viech in Maries Armbeuge eingeschlafen. Es schnurrte immer noch, allerdings sehr leise. Pitti steckte sich die Gurke in den Mund.

»Sie war wohl vor allem müde«, sagte Marie.

»Vielleicht hatte sie vorher Angst.« Die kleine Krause-Tochter strahlte und schmatzte dabei. »Und jetzt fühlt sie sich sicher.«

»Deine Eltern mögen keine Haustiere.« Das wusste Marie von Paul, aber sie hatten auch ein, zwei Streite mitangehört, bei denen es unter vielem anderen um dieses Thema gegangen war.

Pitti schüttelte traurig den Kopf. »Nimmst du sie? Du und Clemens? Dann kann ich sie bei euch besuchen.«

»Süße, das geht nicht. Die ist zwar wirklich niedlich, aber ich mag keine Katzen.«

»Du magst keine Katzen?«, schrie das Mädchen entsetzt, wobei einige winzige Gurkenstückchen in Maries Richtung flogen. Das Tier schlief unbeirrt weiter. »Du magst keine Katzen?«, wiederholte sie leiser.

»Nicht sehr«, erwiderte Marie vorsichtig. »Und Clemens und ich, wir wollen keine Haustiere, weil wir uns nicht richtig um sie kümmern könnten. Wir arbeiten auch beide, wie deine Eltern.«

»Aber dann wird Muffin *sterben*«, erklärte Pitti theatralisch. Ihre Unterlippe begann zu beben.

»Nein, Süße.« Am liebsten hätte sie Pitti Krause auf der Stelle adoptiert. »Wir hängen Zettel raus, vielleicht vermisst sie jemand. Und wenn sich niemand meldet, bringe ich sie ins Tierheim. Die kümmern sich wirklich sehr gut um kleine Tiere. Und die finden auf jeden Fall Leute, die gerne ein so süßes kleines Kätzchen hätten.«

Muffin wohnte eine Woche lang bei Marie und Clemens im vierten Stock, Pitti Krause verbrachte so viel Zeit wie nur irgend möglich bei ihrem Fund, aber wenn Marie vorschlug, mit ihren Eltern darüber zu sprechen, ob das Kätzchen vielleicht bei ihnen wohnen könnte, schüttelte sie nur traurig den Kopf. Clemens bekam Muffin erst am fünften Tag zu sehen, weil er vier Tage in Schwerin verbracht hatte, wo er zusammen mit seinem Freund Teddy damit beschäftigt gewesen war, die Infrastruktur für eine neue Filiale von Judiths und Karls *Meine BioFarm* in Betrieb zu nehmen. Teddy lieferte und installierte das Computernetzwerk, und Clemens sorgte dafür, dass seine Software funktionierte (Judith und Karl würden die Filiale ein halbes Jahr später wieder schließen – Schwerin war noch nicht bereit dafür, stellten sie fest). Als er heimkam und sie ein ziemlich langes und sehr zärtliches Begrüßungsritual hinter sich gebracht hatten, stellte Marie ihm die kleine Katze vor. Inzwischen hatte sie sich an das Tier gewöhnt, obwohl sie sich trotz der Winzigkeit nur dann wirklich wohlfühlte, wenn sie genau wusste, wo Muffin gerade war, aber das Behelfs-Katzenklo leeren zu müssen empfand sie als extrem widerlich, und der zwar leichte, doch deutlich wahrnehmbare Geruch nach Katze (und nach *Katzenfutter*) in der Wohnung störte sie sehr. Und ihre traumatischen Erinnerungen und Sorgen waren eben auch nicht so leicht vom Tisch zu wischen – *ein* netter Vertreter machte noch nicht die ganze Art zur Kuschelgruppe. Andererseits war das winzige Vieh ungeheuer anhänglich und ziemlich lustig, und wenn sich Marie abends zum Lesen aufs Sofa setzte, wartete die Katze dort schon, krabbelte auf ihre Schulter, drückte sich an ihren Hals und schlief in Sekundenschnelle laut schnurrend ein. Wenn Marie abends die Schlafzimmertür hinter sich schloss, protestierte Muffin noch minutenlang draußen, doch auch wenn das Tier nicht viel größer als ihre Handfläche war, hätte sie bei offener Tür kein Auge zutun können.

Clemens fand die Katze auch herzig, schüttelte aber den Kopf. Also fasste sich Marie ein Herz, kraxelte die Treppe hoch ins Dachgeschoss, wobei sie das kleine Tier mit einer Hand vorsichtig an der Brust hielt, und klingelte bei *Krause*. Sie war bis zu diesem Zeitpunkt noch nie hier oben gewesen. Auf dem Treppenabsatz vor der Tür stapelten sich Schuhe und außerdem mehrere leere Kisten Bier. Nach dem sehr lauten Big-Ben-Klingelton, den sie in ihrer Wohnung darunter auch gut hören konnten, dauerte es fast eine halbe Minute, bis sich die Tür öffnete, woraufhin Marie sofort von typischem Renovierungsgeruch umweht wurde – Tapetenkleister und Dispersionsfarbe; die Arbeiten dauerten bereits Monate, würden aber noch einige weitere in Anspruch nehmen. Patrizia Krause trug wieder eine Kittelschürze und hatte hellrote Blutspuren an den Händen. Es gab oft Gulasch bei den Krauses, weil Peter Krause Gulasch liebte. Das hatte Pitti erzählt.

»Was?«, blaffte sie.

»Wir haben dieses Kätzchen im Hof gefunden«, log Marie. »Und dachten, es könnte vielleicht schön für Ihre Kinder sein, wenn sie sich darum kümmern dürften.«

Mutter Krause starrte Marie an, als hätte sie ihr soeben vorgeschlagen, gemeinsam ins BDSM-Prostitutionsgeschäft einzusteigen. Dann holte sie Luft und brüllte: »Sind Sie jetzt völlig bescheuert geworden, Sie dämliche Kuh?«, und knallte die Tür zu. Clemens, der unten in ihrer Wohnungstür gestanden und mitgehört hatte, wollte die Frau unbedingt zur Rede stellen, aber Marie hielt ihn davon ab.

Sie warteten gemeinsam noch einen letzten Besuch von Petra Krause ab, die sich vor ihren Augen in Tränen auflöste, während sie mit offenem Mund erschütternde Klagelaute von sich gab, und brachten den Winzling anschließend ins Tierheim Lankwitz.

Clemens stand am Fenster, gegen das der Regen pladderte und das vom heftigen Wind leicht vibrierte. Es war ein Altbaufenster, zweiflüglig, das man zuerst innen und dann außen öffnen musste, und im Zwischenbereich sammelte sich das Kondenswasser – manchmal so viel davon, dass sich auf dem weiß lackierten Holzsims zwischen Außen- und Innenflügeln kleine Pfützen bildeten. So war es auch an diesem Tag. Das Holz des Fensters knirschte vom Wind, doch das tat es auch, wenn er nicht so stark wie heute war. Clemens genoss es, auf der trockenen, warmen Seite dieses Fensters zu stehen. Er mochte Stürme, starken Regen, sogar Hagel und erst recht Schnee – er liebte es, Wetter körperlich zu fühlen und zu erleben. Aber in diesem Moment, jetzt, hier und heute gab es nichts Besseres, als auf der warmen Seite genau dieses Fensters zu stehen, auf die regennassen Fassaden der

Häuser drumherum zu blicken und den Duft von Kaffee in einem kerzenbeleuchteten Zimmer einatmen zu können. Er trank nicht gerne Kaffee, der ihm als Getränk zu bitter und zu intensiv war; Clemens war passionierter Teetrinker, doch er liebte den Duft. Wenn er in einen Raum kam, der nach Kaffee roch, entspannte er sich sofort – es kehrte bei ihm eine nostalgische Ruhe ein, die möglicherweise etwas mit seiner Oma zu tun hatte, die es geliebt hatte, in ihrem Wintergarten zu sitzen, auf den Park zu blicken und heißen, frisch gebrühten Filterkaffee zu trinken.

Clemens ging zum Tisch, wo Marie saß und blinzelnd aus ihrem Kaffeetopf schlürfte, den sie mit beiden Händen hielt. Außer den Kerzen und den Getränketöpfen stand auf dem Tisch eine kleine Glasschale mit Kastanien, die Clemens an diesem Morgen im Park gesammelt hatte. Obwohl die großen und braun glänzenden Früchte den unzweifelhaften Herbstbeginn markierten, sammelte er sie ein, sobald er welche sah. Ab und an nahm er dann eine zur Hand, betrachtete und befühlte sie ehrfürchtig – und fühlte sich dann wie zurückgeworfen in seine Grundschulzeit, als er mit seiner Mutter Kastanien an den Straßenrändern aufgeklaubt und daraus dann eigenartige Tiere gebastelt hatte, mit Zahnstochern oder Streichhölzern als Beine, und die Tiere fielen, ganz egal, wie stabil man sie baute, schon nach zwei, drei Tagen wieder von alleine um. Verdammt, warum war er heute so nostalgisch? Lag etwas in der Luft? Oder war es nur der bevorstehende Herbst, den er doch eigentlich so mochte?

Clemens setzte sich, nahm sich seinen Becher mit schwarzem Tee und roch daran. Dieses Gefühl, auf der richtigen, der sichereren Seite des Fensters zu sein, wurde mit einem Mal wieder sehr stark. Er betrachtete Marie und lächelte. Eine Welle der Dankbarkeit überflutete ihn, einfach so, obwohl es im Prinzip ein ganz normaler Sonntag war.

»Was ist?«, fragte Marie schmunzelnd.

»Wir haben es so unfassbar gut, in jeder Hinsicht. Das ist ein legitimes Wunder.« Dabei nickte er glücklich und drehte sich kurz zum Fernseher. Marie ließ den Fernseher gerne stumm geschaltet laufen, obwohl das mit ihren Grundsätzen eigentlich nicht vereinbar war. Aber sie mochte es, wenn das Gefühl von Bewegung im Raum war, dazu das wechselnde Licht. Seltsamerweise lief eine Sendung, in der es um Ostern zu gehen schien. Mittelalte Frauen in Dirndln saßen an einem großen Holztisch und malten Eier an, wobei sie miteinander plauderten und vermutlich Zithermusik eingespielt wurde; auf dem Tisch war weitere Osterdekoration zu sehen. Dabei war Oktober.

»Was wollen wir nächstes Jahr zu Ostern machen?«, fragte er grinsend und nahm einen Schluck Tee. Weil Marie nicht antwortete, drehte er sich zu ihr. Sie starrte ihn an, als wäre er mit einem Mal transparent geworden. »Ist was?«, fragte er.

»Möglicherweise sind wir Ostern zu dritt«, antwortete sie.

»Zu dritt? Kommt etwa deine Mutter? Oder …« Er schnaufte. »… sogar dein Vater?« Er musste eine leichte Irritation verbergen. Ostern war kein besonderes Fest für sie, sondern eine Reihe von freien Tagen, deren Ursache ihnen nichts bedeutete. Clemens und Marie waren gleichermaßen Atheisten.

»Nein.« Marie schüttelte den Kopf, ihr Gesichtsausdruck war rätselhaft. »Aber vielleicht ihr Enkel.«

Clemens zog die Augenbrauen zusammen.

»Sie haben doch überhaupt keine Enkel. Du bist ihr einziges Kind.« Er dachte an ihren Bruder, Marc, der vor über fünfzehn Jahren gestorben war. Sie hatte von ihm erzählt, wenn auch nicht sehr viel, und ohne jede Melancholie – sie war darüber hinweg, ihr Pragmatismus hielt sie von später Trauer ab, aber es war ja auch verdammt lange her. Maries Eltern hatten sie seit der Hochzeit nicht mehr gesehen. Ihr Vater, mit dem Marie regelmäßig telefonierte, lebte noch in Hamburg, in einer großen Altbauwohnung in Eppendorf, die er mit dem Verkauf des Anwesens in Reinbek finanziert hatte. Er war seit Ewigkeiten Herausgeber einer kleinen, linken Literaturzeitschrift, die seit der ersten Ausgabe dagegen ankämpfte, in der Bedeutungslosigkeit zu versinken. Maries Mutter, die sich gestört fühlte, wenn sie angerufen wurde, lebte irgendwo im Südosten Portugals, wohin sie einem Polizisten gefolgt war, der im Rahmen eines Austauschprogramms dorthin versetzt worden war, sie und den Ort aber nach wenigen Monaten wieder in Richtung Heimat verlassen hatte. Maries Eltern waren schon seit über zwanzig Jahren geschieden und gingen seither getrennte Wege, waren aber zur Hochzeit nach Berlin gekommen. Während die anderen tanzten und feierten, hatten sie sich lautstark gestritten, fast unaufhörlich, sogar beim Essen, aber auf eine Art, bei der jedem klar war, dass es keine Eskalation geben würde, dass der Streit Regeln folgte, die nur die beiden kannten. Maries Mutter – Clemens wusste nicht einmal ihren Vornamen – machte ihrem Exgatten den Vorwurf, er habe ihr Leben ruiniert. Und er machte umgekehrt ihr den gleichen Vorwurf. Noch vor Mitternacht waren die beiden im Hotelzimmer des Vaters verschwunden, aber das war eine einmalige Sache geblieben, meinte Marie. Clemens fand die beiden egozentrischen Alt-Bohèmiens ziemlich unsympathisch.

»Sie haben *noch* keine Enkel«, korrigierte Marie und lehnte sich lächelnd zurück. Dann nahm sie einen weiteren Schluck Kaffee und musterte ihren Mann über den Rand der Tasse hinweg.

Es war das erste Jahr ihrer Ehe, das zweite ihres gemeinsamen Lebens. Wenn ihn jemand fragte, wie es wäre, wie es sich anfühlte, fehlten Clemens die Worte. Dass er mit Marie zusammen war und sie mit ihm, dass sie sich gefunden hatten und diese Einheit bildeten, dass sie dieses Leben gemeinsam führten, das überstieg einfach alles.

Und nun, begriff er endlich, würden sie ein Kind bekommen. Clemens sprang auf, riss dabei beinahe den Tisch um. Sein Becher mit Tee ging zu Boden. Im Fernsehen wurden in diesem Augenblick die Dirndlträgerinnen von Krankenschwestern abgelöst.

Keiner von beiden wollte das Geschlecht des Kindes wissen, aber wenn sie darüber sprachen, taten sie, als wäre es bereits auf der Welt, ein fester Bestandteil ihrer bald aus drei Personen bestehenden Familie. Clemens konnte es nicht fassen, dass dieser Begriff bald auf sie zuträfe: *Familie*. Marie nannte den Fötus irgendwann aus Spaß *Bollo* (sie hatte eigentlich etwas anderes sagen wollen, dachte Clemens, fragte aber nie nach), was sich als Arbeitsname rasant durchsetzte, und sie begannen damit, auch in Gegenwart anderer diesen Namen zu verwenden. Bollo. Es war Bollo Freitag, der Ostern bei ihnen sein würde. Sie wären dann Marie, Clemens und Bollo. Vermutlich würden sie das Kind auch nach der Geburt noch so nennen, obwohl es dann tatsächlich Lukas oder Antonia oder Finn oder Kim oder sonst wie heißen würde.

»Bis Bollo kommt, ist noch etwas Zeit«, sagte Marie beispielsweise, wenn sie auf ihren Bauch angesprochen wurde.

»Bis *was* kommt?«, wurde meistens gegengefragt.

»Nicht bis was. Bis wer.« Und dabei strahlte sie.

Clemens drehte beinahe durch vor Freude und konnte sich auf nichts anderes mehr konzentrieren. Während der ersten Wochen nach jenem Sonntagnachmittag im Oktober, als es draußen gestürmt und ihm die Frau seines Lebens drinnen verraten hatte, dass sie bald zu dritt sein würden, fand er praktisch kein anderes Thema mehr. Er redete unaufhörlich von Bollo, natürlich mit Marie, aber auch mit Leuten, die er so traf, von Judith und Karl über andere Kunden bis hin zu den Kassiererinnen in der Edeka-Filiale an der Bundesallee. Er plante das Kinderzimmer, die Zeit direkt nach der Geburt, sah sich nach Spielplätzen und Parks und sicherheitshalber auch schon nach Grundschulen in der Gegend um. Selbst seinen besten Freund Teddy, der ein vehementer

Gegner davon war, sich sein Leben mit Kindern zu ruinieren, spannte er ein, schickte ihn in Fachgeschäfte für Babybedarf und ließ ihn Listen mit Telefonnummern von Tagesmüttern zusammenstellen. Clemens kümmerte sich um alle denkbaren Vorsorgeuntersuchungen, um einen Schwangerschaftskurs (»Ich brauche keinen dämlichen Schwangerschaftskurs, ich *bin* schon schwanger!«, schimpfte Marie lachend, ging aber mit ihm das eine Mal hin, das beiden reichte, um zu erkennen, dass diese Veranstaltung nichts für sie war), um eine Hebamme (»Schon diese *Berufsbezeichnung* macht mich völlig fertig« – aber dann wurden Marie und die knurrige Frau sogar fast Freundinnen), er las Testberichte über Höschenwindeln (»Höschenwindeln machen zwanzig Prozent des Hausmülls aus, wusstest du das?«, nörgelte sie, hielt aber den Mund, als er gegenfragte, ob sie tonnenweise Baumwollwindeln waschen wollten) und Kindersitze für das Auto und Spielzeug und Schnuller und Ergänzungsmilch und alles mögliche andere. Er machte Schlafpläne für sie beide, besorgte ein riesiges Schwangerschaftskissen, für das sie unendlich dankbar war, und er erfüllte ihr jeden Wunsch, und wenn er noch so absurd war oder morgens um drei geäußert wurde – oder beides wie in jener Nacht, als sie mehr als alles auf der Welt unbedingt Sardinen in Öl essen wollte und er erst nach sieben Tankstellenshops fündig wurde, aber beim Zurückkommen keinen Parkplatz fand und das Auto mit leerem Tank in zweiter Reihe an der Bundesallee abstellen musste, von wo es abgeschleppt wurde, bevor er mit dem Taxi und dem teuer an der achten Tankstelle erworbenen Reservekanister nach Hause kam.

Dann bekam Marie recht plötzlich eine Grippe oder grippeähnliche Symptome – Fieber, Gelenkschmerzen, ihre Lymphknoten schwollen stark an. Als sich ihre Augen zu entzünden begannen und ihre Netzhäute Feuer zu fingen schienen, erzählte sie das ihrer Hebamme am Telefon. Die legte sofort auf und rief zwei Minuten später wieder an, atemlos, weil sie inzwischen einen Notarztwagen zu den Freitags bestellt hatte. Der fuhr kurz darauf vor, mit eingeschaltetem Blaulicht, das an den Fassaden in der Rheinuferstraße entlanggeisterte, während Marie ihre Sachen packte und in ihre Stiefel stieg. Sie schaffte es gerade noch, Clemens Bescheid zu sagen, der gerade irgendwas in der Zentrale von *Meine BioFarm* zu tun hatte. Der Krankenwagen brachte sie ins Virchow, wo Dr. Jackzo arbeitete, den sie aber nicht zu Gesicht bekam. Es war ein alter, breitschultriger Arzt, der sehr müde wirkte, der Marie in der Notaufnahme empfing und ihr drei Stunden später, da saß Clemens längst an ihrem Krankenbett, die Diagnose mitteilte, während die auf den Verdacht hin verabreichten Antibiotika bereits in ihrem Blut und in Bollos Blut schwammen. *Toxoplasmose.* Vermutlich von Muffin auf Marie übertragen. Weil Marie vor Muffin nie in Kontakt mit Katzen gekommen war, bestand eine echte Gefahr.

Und am nächsten Tag starb Bollo Freitag.

Freitags Antrag

100/1000 Freitage

Als Marie knapp dreizehn Jahre alt war, ging ihr allmählich auf, dass auch die Erziehungsmethoden ihrer Eltern etwas eigenwillig waren und nicht nur die Art, wie Haus und Haushalt geführt wurden. Sie begann allmählich, zu verstehen, was es damit auf sich hatte. Diese Erkenntnis setzte ein, nachdem Marie an einem Sonntagnachmittag ein ausführliches Telefonat mit einer Freundin geführt hatte. Die beiden Mädchen hatten sich lange unterhalten und dabei sehr amüsiert, sie hatten sich über ihren neuen Englischlehrer lustig gemacht und sich über den neuen Mitschüler ausgetauscht, einen großen, strubbelhaarigen, schweigsamen, aber freundlichen Jungen, der aus Dänemark stammte und dessen Familie nach Hamburg umgezogen war.

»Mit wem hast du telefoniert?«, fragte die Mutter, die während des gesamten Telefonats in einem abgeschabten Sessel nicht weit von Marie entfernt gesessen und in einem Roman von Simone de Beauvoir gelesen hatte. Geheimnisse waren im Haus de Bruijn unerwünscht, was zwar mit der Maxime kollidierte, dass es keine Verbote gab, aber das Offenheitsgebot hatte noch höhere Priorität. Dazu gehörte auch, dass man auf Privatsphäre verzichtete, also mit großer Selbstverständlichkeit Dinge vor anderen tat, für die sich andere, *normale* Menschen voreinander zurückzogen.

»Mit Steffi.«

»Ist Steffi deine beste Freundin?« Maries Mutter legte das Buch in den Schoß, musterte die eigene Tochter aufmerksam, während sie auf die Antwort wartete. Von oben war ein lautes Gitarrensolo zu hören; Maries größerer Bruder Marc hatte kürzlich Heavy Metal für sich entdeckt. Marie überlegte extralange, obwohl die Antwort klar war und auch ihrer Mutter bekannt sein müsste.

»Kann man schon sagen«, erwiderte sie grinsend. Ihr bester *Freund* war Khaled, aber danach hatte die Mutter ja nicht gefragt.

»Und, äh, bist du auch mit anderen befreundet?« An den kleinen Äh-Tick ihrer Mutter würde sich Marie Jahrzehnte später häufig erinnern, wenn Tobias »Äh-Tobi« Suttel als Anwaltsgehilfe bei ihr arbeiten würde. Im Gegensatz zu Tobi ähte die Mutter vor allem dann, wenn sie sich bei etwas unsicher war oder sie sich unwohl fühlte. Warum das jetzt, in diesem Augenblick, der Fall war, konnte sich Marie nicht erklären.

Sie zählte im Kopf und kam auf ein halbes Dutzend Mädchen, die sie als durchaus gute Freundinnen bezeichnet hätte. Sie nickte als Antwort auf die Frage.

»Und mit anderen Arten von Menschen?«

»Was für Arten?« Marie zog die Stirn kraus. »Welche Arten von Menschen gibt es denn?«

»Na, ich meine, äh, andere. Also nicht nur, äh.« Die Mutter fuchtelte mit den Händen herum, Simone de Beauvoirs *Alle Menschen sind sterblich* ging unbeachtet zu Boden. »Also, äh, Mädchen aus deiner Klasse.«

»Du meinst, ich sollte mich auch mit Mädchen aus anderen Klassen anfreunden? Warum das denn?«

»Nein, nicht mit Mädchen aus anderen Klassen. Mit anderen, äh.«

»Anderen Arten von Kindern?« Marie lachte. »Was meinst du denn damit?«

»Zum Beispiel Jungs.« Jetzt knetete die Mutter ihre Hände ineinander.

»Jungs? Jungs sind andere Arten von Menschen?« Marie kam aus dem Lachen nicht mehr heraus, aber die Mutter schien es ernst zu meinen.

»Sie sind jedenfalls anders als die Mädchen aus der 8c«, sagte sie bestimmt, und Marie hörte auf zu lachen. »Ich, äh, ich meine, wir fänden es schön, wenn du, äh, auch Menschen in dein Leben lassen würdest, die nicht wie Steffi Buchholz oder diese, äh, Andrea?« Marie nickte. »Genau. Wie diese Andrea aufgewachsen sind.«

»Wie sind die denn aufgewachsen?«

»So wie du.« Maries Mutter nickte ernst. »Privilegiert. Töchter aus sogenannten gut situierten Häusern. Sorglos, beschützt, *gesund*, in ihre Rollen hineinerzogen.«

»Wie bitte?« Marie hatte keine Orientierung, aber sie hatte eine Ahnung, was die Mutter zu sagen versuchte. Sie und ihr Mann, also Maries Vater, hatten von Beginn an alles unternommen, um Marie in einem Umfeld aufwachsen zu lassen, das sich, soweit das ging, sämtlichen gesellschaftlichen Klischees verweigerte. In ihrer Villa in Reinbek tummelten sich ungeheuer viele Leute, die im örtlichen Supermarkt Aufsehen erregt hätten (und das auch taten, wenn sie für die ausufernden Partys Nachschub holten). Marc hatte bis zu seinem achten Lebensjahr auch Röcke und Kleider im Kleiderschrank gehabt, allerdings nie angezogen, außer bei harmlosen Verkleidungsspielen mit der Schwester. Jedes Mal, wenn Marie ihren Lieblingsrock oder das graue Kleid trug, das sie sich für die Beerdigung von *Eumchen* ausgesucht hatte, zog ihre Mutter die Augenbrauen zusammen und erklärte wie nebenbei, dass Hosen auch gut aussehen würden. Ihre Eltern waren anders als andere Eltern, und sie legten großen Wert darauf, dass das auch beachtet wurde.

»Kinder, die anderswo herkommen und anders sind, verstehst du?«

Sie verstand, und sie erzählte von Khaled, ihrem besten Freund, den sie in der Schule in jeder Pause traf und mit dem sie viel Spaß hatte, der aber nach der Schule nie konnte, weil er im Geschäft der Eltern helfen musste. Sie sah ihn manchmal sonntags.

Maries Mutter lächelte glücklich, als sie das hörte.

»Der muss uns unbedingt mal besuchen«, erklärte sie.

Marie antwortete nicht.

»Wenn man Entscheidungen trifft und sich auf etwas festlegt, entscheidet man sich zugleich gegen alles andere«, dozierte die Mutter ernst und bückte sich dabei nach dem Taschenbuch. »Wenn man einen Weg einschlägt und zu gehen beschließt, sieht man nicht, was an allen anderen Wegen geboten wird.« Sie legte die Stirn in Falten, und Marie, die das mit den Wegen nicht ganz logisch fand, tat es ihr gleich. »Was ich damit sagen will.« Die Mutter beute sich vor. »Halte dich von allem fern, das eine langfristige Verpflichtung darstellt. Du schadest nur dir selbst und anderen. Bleib für alles offen, halte dich für alles offen. Versuch, ein Mensch zu sein, der in kein Schema passt.«

»Aber warum?«

Die Mutter stöhnte, versuchte sich dann aber an einem Lächeln und griff nach Maries Händen. »Das ist der einzige Weg in eine bessere Welt, glaub mir.«

*

Paolo brachte die dritte oder vierte Vorspeise – das gehörte zu ihrem ritualisierten Ablauf. Während Marie und Clemens über die vergangene Woche und alles mögliche andere sprachen, hangelten sie sich durch eine vom Restaurantinhaber höchstpersönlich getroffene Auswahl mediterraner Antipasti, und danach ging es allmählich, aber ohne jede Eile zu den Hauptgängen. Marie und Paolo arbeiteten gemeinsam an der Verfeinerung der ultimativen *Tagliatelle alla Maria*, seit inzwischen fast zwei Jahren. Dabei ging es genau genommen um eine Tomatensoßen-Basis, die aber jedes Mal anders gewürzt oder um weitere, feine Zutaten ergänzt wurde – die Liste war bereits ziemlich lang. Marie mochte es scharf und fruchtig, doch sie war auch eine Freundin sahniger, cremiger Elemente – und sie liebte die Einfachheit. Clemens hangelte sich währenddessen an den Hauptgerichten der nicht sehr umfangreichen Karte, die alle paar Wochen wechselte, systematisch entlang. Er war ein Allesesser, jemand, dem alles schmecken konnte, jedenfalls was man in Europa so standardmäßig auf den Tisch bekam. Er hatte sogar schon einmal *Surströmming* gegessen und nicht davor, dabei oder danach gekotzt, während Marie schon wegen des Geruchs dieser skandinavischen Spezialität aus monatelang vergorenem Hering schreiend das Weite gesucht hatte. Nach dem Öffnen der Dose stank es noch tagelang bestialisch in der ganzen Wohnung und im Hausflur. Nachbarn kamen, um nachzufragen, ob sie im Fußboden eine verweste Tierleiche oder Schlimmeres entdeckt hätten. Sogar die Krauses trauten sich wegen des Geruchs zu klingeln.

Clemens hatte eben noch von Judith und Karl erzählt, die mit ihrem Geschäft fröhlich weiter expandierten, und während er darüber nachdachte, was das für ihn bedeuten würde, sahen Marie und er schweigend aus dem Fenster, vor dem wenige Leute unterwegs waren, denn es war Anfang Februar und draußen ziemlich kalt. Auch dieses Schweigen, dieses gemeinsame Innehalten gehörte zum Ablauf. Seit einem halben Jahr stießen sie außerdem mit dem Aperitif auf Bollo an, aber Marie inzwischen alkoholfrei, denn sie war wieder schwanger, was sie beide einerseits in Euphorie versetzte, andererseits auch ungute Gedanken mit sich brachte, die für Marie nicht leicht zu verdrängen waren. Sie hatten sich während der Zeit nach der Fehlgeburt keine Sekunde aus den Augen gelassen, Clemens hatte vier Wochen lang nicht gearbeitet, jeden Termin abgelehnt und so den Schock gemeinsam überwunden, meinten sie jedenfalls. Marie spürte immer noch einen Stich, jedes Mal, wenn sie an das Kind dachte, das es nicht auf die Welt geschafft hatte, und manchmal liefen ihr die Tränen. Clemens drückte sie dann sofort an sich, strich ihr über das Haar und pustete ihr sanft ins Ohr, und dann und wann spürte sie dabei, wie seine Tränen ihren Hals benetzten. Als sie das Ritual bei *Paolo* wieder aufnahmen, brachte Clemens mit seinem ersten Glas einen Toast auf Bollo aus – eine Tradition, die sich schnell etablierte und die sie fortan an jedem Freitagabend beibehalten würden.

Während sie jetzt für einen Moment schwiegen, lag Clemens' Hand auf der von Marie. Ihr kleiner Tisch rechts vorne im Restaurant war wie immer mit einer rot-weiß karierten Decke bedeckt, auf der eine kleine, schmale Vase stand, in der eine einzelne Margerite steckte – seit Clemens Paolo von Maries Lieblingsblume erzählt hatte, war das so. Ihr Platz befand sich direkt neben der großen Scheibe, die durch schmale, dunkle Holzleisten in Rechtecke segmentiert war, was dem Ensemble etwas sehr Gemütliches gab, aber das *Paolo* war ohnehin ein sehr heimeliger Laden, auf unspektakuläre Art, wie beiläufig oder ganz natürlich, als wären sie in einem kleinen Ort in der Toskana und nicht in Berlin-Friedenau. Jemand hatte in die Sockelleiste des Fensters »B + W, 1998« geritzt und daneben ein krakeliges Herz. Paolo hatte das Restaurant im Sommer 1998 eröffnet, aber als sie ihn gefragt hatten, wusste er nicht, wer B und W gewesen waren, ob es sich um ein Hetero- oder Homopaar, Kinder, Touristen oder schlicht einen Ulk gehandelt hatte. Jedenfalls war die Schnitzerei bei der Eröffnung noch nicht dort gewesen, und Clemens betrachtete sie sehr gerne. Er fand es schön, solche Spuren anderer Menschen anzuschauen und sich darüber Gedanken zu machen. Er hoffte sehr, dass B und W immer noch zusammen waren. So, wie er hoffte, dass Marie und er noch sehr lange zusammenbleiben würden. Sehr, sehr lange. Also, für immer.

»Ähem«, machte Marie plötzlich. Zu Clemens' Überraschung war sie aufgestanden. Sie lächelte, und sie wirkte ein bisschen unsicher. Sie waren seit gut zwei Jahren zusammen, aber diesen Zug hatte er an ihr bisher selten gesehen. Die Worte *Marie* und *Unsicherheit* passten in nicht viele sinnvolle Sätze.

»Alles okay?«, fragte er.

»Halt die Klappe«, antwortete sie freundlich, beugte sich zu ihm herunter und küsste ihn kurz. »Ich will was sagen. Hör mir einfach zu.«

»O-kay«, gab er leise zurück und nahm einen Schluck Bier. Er konnte aber nicht verhindern, dass seine Ohrläppchen zu glühen begannen.

»Ich war eigentlich nie ein Freund von Ritualen und Symbolen«, begann sie. »Das bist eher du. Du feierst Weihnachten mit einer Hingabe, die fast schon etwas Missionarisches hat, dabei sind wir beide Atheisten.« Clemens wollte einwerfen, dass die Christen das Fest auch nur annektiert hätten und dass die meisten Rituale drumherum von den Heiden geklaut waren, bis hin zum Termin selbst, aber Marie räusperte sich, bevor er den Mund öffnen konnte. »Doch dieses Ritual hier ...« Sie breitete die Arme aus. »... mag ich sehr gerne. Es ist jedes Mal schöner, und ich freue mich oft schon am Samstagmorgen auf den nächsten Freitagabend. Ich beginne zu verstehen, warum man so etwas macht und wie beruhigend diese Art von Routine sein kann.« Sie pausierte und sah ihm in die Augen. »Heute ist übrigens unser hundertster Abend hier.«

Clemens musste heftig schlucken. Er hatte nicht damit gerechnet, dass Marie das wusste. Er hatte natürlich mitgezählt, sie hatten während der vergangenen zwei Jahre und vier Wochen nur acht Freitagabende ausfallen lassen, vor allem wegen Bollo, aber auch seinen dreißigsten Geburtstag, den er natürlich gerne bei *Paolo* verbracht hätte, aber Marie hatte eine Überraschungsparty organisiert, auf der später auch ihr Lieblingsgastronom aufgetaucht war.

»Ich dachte eigentlich auch, dass ich kein Freund von Bindungen und Versprechen wäre«, fuhr sie fort. »Ich hatte als Sechzehnjährige den Traum, eine aktive Weltverbesserin zu werden und mir alle Orte auf dem Planeten, die es zu heilen gilt, selbst anzuschauen. Aber ich habe es gerade mal nach Djibouti, Daressalam, Bangladesch und Iquitos geschafft. Immerhin ist die Idee, als Umweltanwältin mitzuhelfen, noch nicht beerdigt, vorausgesetzt, ich schaffe dieses bescheuerte Staatsexamen, doch ich glaube nicht mehr, dass man überall selbst gewesen sein muss, um dabei helfen zu können, den Planeten zu retten.« Sie hob die Hände an die Hüften. »Aber nach Haiti möchte ich auf jeden Fall noch einmal, am liebsten zusammen mit dir. Jedenfalls, was ich sagen will. Ich *bin* inzwischen in gewisser Hinsicht ein Freund von Bindungen und Versprechungen.« Sie nahm die rechte Hand von der Hüfte und griff nach der von Clemens. »Das, was wir beide haben, ist so unglaublich und so wunderbar, dass ich gerne versprechen möchte, alles zu tun, was mir möglich ist, damit es so bleibt.« Marie zwinkerte. »Und zwar ...« Sie atmete tief durch. »... für immer. Das denke ich andauernd. Ich möchte das für immer.«

Clemens öffnete den Mund, um etwas zu sagen, aber sie schüttelte den Kopf.

»Ich bin noch nicht fertig.« Sie nahm einen Schluck Wasser, während Clemens dagegen ankämpfen musste, vor Rührung loszuweinen. »Ich verspüre eine so große Nähe zu dir, dass ich manchmal nicht zwischen uns unterscheiden kann. Ich kann mit verschlossenen Augen im Bett spüren, wie und wo du liegst. Ich kann nach deiner Hand greifen, ohne hinschauen zu müssen. Du bist, was ich am Abend zuletzt sehe und am Morgen zuerst, und ich kann mir keinen großartigeren Anblick vorstellen. Wir können die Sätze des anderen beenden oder uns das Ende eines Satzes ersparen, weil wir wissen, dass der andere weiß, was wir sagen wollten. Wir lachen über dieselben Dinge. An einem Abend vor einer Weile habe ich zu dir gesagt, dass ich Lust auf tanzen hätte, und du hast geantwortet, wir könnten ja ins Ballett gehen.

Dann haben wir uns angeschaut und gleichzeitig losgelacht. Ich weiß, das ist ein albernes Beispiel, aber wir schwingen einfach zusammen. Wir sind sprichwörtlich auf einer Wellenlänge.« Sie zeigte auf den Tisch. »Dabei mögen wir nicht immer dasselbe. Du kannst alles essen, mir schmecken nur bestimmte Sachen. Du kannst keinen Small Talk, aber ich finde das äußerst interessant, Leuten dabei zuzuhören, wie sie versuchen, mit Belanglosigkeiten von sich selbst abzulenken. Du bist ein geborener Komiker, hast aber *Stage Fright*, und ich kann problemlos vor tausend Leuten reden, doch ich kacke ab, wenn ich einen Witz erzählen soll. Ich mag Sport, und du schaust lieber anderen beim Sport zu, dabei hast du einen halbwegs sportlichen Körper. Wir lieben es beide, wenn wir nachts den Mond sehen können, weil unser Schlafzimmer keine Vorhänge hat, und ich betrachte gerne die kleinen Kleckse, die du beim Zähneputzen auf dem Badezimmerspiegel hinterlässt, weil du den Mund beim Putzen zu weit aufmachst. Ich weiß, dass du versuchst, das nicht zu machen, und ich finde hinreißend, dass du es einfach trotzdem nicht schaffst, weil deine Gedanken wahrscheinlich ganz woanders sind. Und überhaupt ... Du bist ungeheuer witzig, wahnsinnig empathisch, du bist ein großer kleiner Junge und manchmal so verantwortungsvoll und verlässlich wie ein echter Gott. Gäbe es einen.« Marie hüstelte. »Und dann siehst du auch noch toll aus.« Sie senkte die Stimme. »*Und* du bist der Wahnsinn im Bett.«

Marie nahm wieder einen Schluck Wein, richtete sich auf und sah ihm in den Augen.

»Was ich zu sagen versuche: Ich kann es nicht leiden, meinen Nachnamen buchstabieren und dann auch noch erklären zu müssen. Ich möchte lieber Freitag heißen.«

»Du willst nicht wissen, wie viele Robinson-Witze ich mir schon anhören musste«, sagte Clemens, fast reflexartig, während ihm gleichzeitig zu dämmern begann, was ihm Marie da gerade zu erklären versuchte. »Oder Kalauer darüber, dass ich mich im Wochentag geirrt hätte.«

»Halt die Klappe«, wiederholte sie.

Seine Ohren glühten.

»Und für den Nachfolger von Bollo wünsche ich mir das auch«, sagte Marie und strich sich mit der rechten Hand über ihren Bauch, an dem noch nichts zu sehen war, was sich allerdings bald ziemlich drastisch ändern würde. »Ich will nicht auf die Knie gehen«, erklärte sie, während es in ihren Augen zu schwimmen begann. »Weil dieser Moment nicht durch eine Geste der Unterwürfigkeit eingeläutet werden sollte. Aber ich habe das hier.« Sie zog eine kleine, dunkelgraue Schachtel aus der vorderen Tasche ihrer Jeans und klappte sie auf. Auf einem Bett aus hellgelber Watte lagen zwei schlichte silberne Ringe. »Wir haben nie über das Heiraten gesprochen, deshalb ist das hier für mich ein ziemlicher Sprung ins eiskalte Wasser. Also, möchtest du, Clemens Freitag, mir, Marie de Bruijn, die Ehre geben, mit mir in den völlig unheiligen Stand der standesamtlich besiegelten Ehe einzutreten, ein schlichtes, aber schönes Hochzeitsfest mit unseren engsten Freunden zu feiern und einem von uns beiden – vorläufig aber dir – eine wesentlich bessere Steuerklasse zu verschaffen?«

Es klirrte. Clemens drehte sich um, Marie zur Seite. Da stand Paolo mit zwei Tellern, und von dem einen war gerade eine kleine Gabel gefallen. Antipasti.

»Sag ja«, bat er Clemens. »Bitte, sag Ja. Schnell. Alles andere wäre ein Weltuntergang.«

»Wie lange stehst du schon da?«, fragte Clemens, dem der Kopf schwirrte, während sein Herz mit der vierfachen Normalfrequenz pochte. Seine Tränendrüsen bereiteten einen massiven Ausbruch vor.

»Ähem«, machte Marie.

Clemens stand auf. Er schob seine linke Hand umständlich in seine Jeans, die obenrum etwas zu eng war, weil das Anprobieren von Kleidung in einer Kaufhauskabine nicht wirklich sein Ding war. Er zottelte eine kleine Schachtel aus der Tasche, die derjenigen ziemlich ähnelte, die Marie zutage gefördert hatte, und legte sie auf den Tisch.

»Ich wollte bis zum Dessert mit der Frage warten«, sagte er grinsend, beugte sich vor und küsste Marie.

»Santa Madre!«, seufzte Paolo feierlich, der genauso Atheist war wie die seit ein paar Sekunden frisch Verlobten.

Am nachfolgenden Samstagnachmittag kramte sich Marie durch die Postkarten, die sie während der vergangenen paar Jahre von ihrer Mutter bekommen hatte. Magda de Bruijn hatte sich nach dem jähen Ende des Idylls in Reinbek alleine auf den Weg gemacht und seither nicht mehr damit aufgehört. Alle paar Wochen, manchmal aber auch nur alle paar Monate hatte sie eine Ansichtskarte nach Berlin geschickt, derzeit immer noch an die Adresse der WG mit Donna, und hin und wieder hatte sie unter die Abschiedsformel eine Telefonnummer gekritzelt, unter der sie bis auf Weiteres möglicherweise erreichbar wäre, meistens allerdings vergaß sie die Vorwahl. Solche Karten hatte Marie aus Kopenhagen, Odense, Antwerpen, Cambridge, Inverness, Montpellier, Madrid, von diversen spanischen Inseln und zuletzt, wenn sich Marie recht erinnerte, aus Porto bekommen. Einige Male hatte sie tatsächlich angerufen, einfach, um zu erfahren, wie es der Mutter ging, und sich auf Englisch mit lustigen Menschen unterhalten, die überwiegend kaum Englisch sprachen und zwar gerne mit ihr telefonierten, aber durch die Bank zu träge oder desinteressiert waren, um in offenbar großen, wuseligen Häusern oder auf weitläufigen Landsitzen nach der komischen, geschwätzigen Deutschen zu suchen, die so viel trank und allen das Gras wegkiffte. Zweimal hatte Marie Magda tatsächlich an die Strippe bekommen, einmal in der Gegend von Amsterdam und einmal in Dijon, aber sie hatte beide Male nicht den Eindruck gehabt, dass sich die Mutter sonderlich darüber freute, mit der Tochter ein von starkem Knacken und Rauschen begleitetes Gespräch zu führen. Sie erzählte ungewöhnlich wenig von sich selbst, war aber auch nicht übermäßig daran interessiert, Neuigkeiten von Marie zu erfahren. So einsilbig hatte Marie ihre Mutter während ihrer Kindheit und Jugend nie erlebt.

Da sie jetzt aber das dringende Bedürfnis verspürte, Magda davon zu erzählen, dass sie heiraten würde, und sie zu bitten, dann auch nach Berlin zu kommen, musste das sein. Die letzte Karte, die sie fand, war in Portugal abgeschickt worden, das Motiv zeigte die Algarve – braune Felsformationen und türkisfarbenes Meer –, aber die Telefonnummer war sehr lang, erstaunlicherweise leserlich und begann mit einer Doppelnull. Marie tippte sie sorgfältig ab, wartete dann Ewigkeiten, bis ein fernes Tuten erklang, und das musste sie sich zwanzig Mal anhören, bis es krachte und anschließend eine tiefe Männerstimme »Olá?« murrte. Der Mann hörte sich an, was Marie zu sagen hatte, und dann waren nur noch Knacken und Rauschen zu hören. Bis es, nach ungefähr einer Minute, klapperte und Maries Mutter etwas mürrisch »Marie? Was gibt es? Ist etwas Schlimmes passiert?« fragte.

Marie lächelte, aber zugleich war sie auch ein bisschen verärgert, weil die Mutter so offenkundig zeigte, dass sie kaum an einem Telefonat mit der Tochter interessiert war.

»Nichts Schlimmes«, erwiderte sie laut. »Wie geht es dir, Magda?« Schon als kleines Kind hatte sie die Mutter mit dem Vornamen anreden müssen und den Vater ebenso, aber ihr Gefühl dafür, wer diese Person war, die sie »Magda« nennen sollte, hatte sich dadurch nicht geändert. Das war die Mutter, fertig. Die Frau, in deren Leib sie neun Monate lang zum Menschen herangewachsen war. Und zwar nicht zufällig, sondern weil Magda und Edgar de Bruijn das gewollt hatten.

»Ich habe gerade geschlafen.«

»Tut mir leid. Und wie geht es dir?«

»Mmh-mmh. Es ist schön hier.«

»Wo bist du genau?«

»Der kleine Ort heißt Fuseta. An der östlichen Algarve. Hier sind nicht so viele Touristen, aber im Februar ist es an der Küste sowieso still.«

»Und was machst du?«

Magda schwieg für einen Moment. »Wie meinst du das?«

Marie war von der Frage kurz überrascht. »Ich meine, arbeitest du an etwas?«, fragte sie dann. »Gibt es ein Projekt oder so? Was machst du den ganzen Tag? Bist du bei Freunden?«

»Willst du das wirklich wissen?« Marie hörte trotz der schlechten Verbindung, dass die Mutter etwas trank. »Rufst du deswegen an?«

»Nein, eigentlich nicht. Ich wollte dir mitteilen, dass ich heiraten werde.«

Jetzt schwieg Magda länger. Dann sagte sie nüchtern: »Aha.«

»Und ich würde mich freuen, wenn du kommen könntest. Zur Hochzeit, meine ich.«

Wieder blieb es still. »Ich dachte, du wärst klüger«, sagte die Mutter schließlich.

Marie spürte, wie sich etwas in ihr zusammenzog, aber sie wollte sich nicht provozieren lassen. Andererseits ...

»Du meinst, klüger als du selbst?«, fragte sie freundlich.

»Mmh-mmh«, machte Magda wieder, bestätigend. Und noch einmal Trinkgeräusche.

»Du hast mir schon erzählt, dass man sich auf nichts festlegen soll, da war ich, keine Ahnung, sechs oder sieben Jahre alt.«

»Und ich habe recht gehabt.«

»Wegen dieser Theorie, dass mir ja morgen ein Blumentopf auf den Kopf fallen könnte, dass man sich gegen alles andere entscheidet, wenn man eine Wahl trifft und so. Liebe Magda, ich halte das wirklich für Unsinn. Wahrscheinlicher ist, dass ich so um die achtzig Jahre alt werde. Daran scheitern *Carpe diem* und *Lebe jeden Tag, als wenn es der letzte wäre.* Ich finde den Gedanken schön, auf Dauer ein gutes Leben zu führen. Und ich finde ihn um Längen schöner als den, jeden Tag Silvester zu feiern.«

»Du übertreibst.«

»Oder morgens nicht zu wissen, was mittags sein wird«, fuhr Marie fort. Dann lächelte sie. »Oder am Freitagabend.«

»Freitagabend?«

»Was hast du gestern gemacht, Magda?«

»Ich war, äh, bei Leuten. Wir haben, mmh, gegessen.« Das hörte sich an, als würde sie sich nicht genau erinnern können.

»Bei Leuten?«

»Bei Bekannten, was weiß ich. Ich achte nicht so auf Wochentage. Oder darauf, was dann und dann passiert. Darauf kommt es nicht an.«

»Sondern?«

»Es kommt nicht auf etwas Bestimmtes an, sondern, äh, darauf, wie zentriert man ist.«

Marie lachte.

»Du sollst mich nicht auslachen. Du bist meine Tochter.«

»Aber ich darf nicht *Mutter* zu dir sagen. Als Kind hätte ich so gerne *Mama* gesagt. Aber ich musste dich immer Magda nennen.«

»So heiße ich doch auch. Und ich bin keine Rollenfigur, ich bin nicht, äh, irgendeine *Aufgabe*. Ich lasse mich darauf nicht reduzieren.«

»Es geht bei diesen Begriffen nicht um Reduktion, sondern um Orientierung, *Mama*.«

»Sag das nicht. Ich komme mir alt vor. Und eingeengt.«

Marie stöhnte, musste aber grinsen. »Du bist fünfundvierzig, Magda. Du bist nicht alt.«

»Echt?« Die Mutter klang überrascht. »Ich bin erst fünfundvierzig? Ich dachte, ich wäre schon achtundvierzig.« Eine männliche Stimme rief etwas von hinten. »Marie, ich muss Schluss machen. Wann ist, äh, diese Hochzeit?«

Marie gab ihr den Termin durch.

»Okay, ich schaue mal«, sagte Magda und legte auf.

Freitags nie

180/1000 Freitage

Glenda Brombach saß hinter ihrem riesigen Schreibtisch wie ein Industriemogul in einem alten Film. Auf dem vollständig zugemüllten Arbeitsmöbel stand irgendwo ein Aschenbecher, aus dem es qualmte, aber die Luft des Raumes bezeugte locker zwei Schachteln Zigaretten, die heute bereits inhaliert worden waren, und es war erst kurz vor zwölf. Clemens hustete freundlich, bedankte sich bei der Assistentin, die ihn hereingeführt hatte, und sagte: »Hallo, ich bin Clemens Freitag.«

Die Agentin und Managerin erhob sich aus ihrem Stuhl und wurde dadurch kaum größer. Sie war nach Clemens' Gefühl sechzig oder ein paar Jahre drüber oder drunter, hatte energische blaue Augen – und sich wohl bei der Auswahl ihrer Lippenstiftfarbe etwas vertan, denn das knallige Karmesinrot wirkte wie der Mittelpunkt einer Zielscheibe im sonst glattweißen Gesicht. Außerdem waren ihre Kopfhaare rasiert, was durch die riesigen Kreolen, die an ihren Ohrläppchen hingen, besonders hervorgehoben wurde. Clemens hatte noch nie von Angesicht zu Angesicht eine ältere Frau mit Glatze gesehen, stellte er fest. Als er etwas näher kam, konnte er erkennen, dass ihre Kopfhaut mit einem sehr feinen Flaum überzogen war, wie ein vergessenes Graubrot, auf dem Schimmel zu wachsen beginnt.

Sie bemerkte seinen Blick und strich sich mit einer Hand über den Schädel. »Ja, sie sind schon wieder viel zu lang. Heute Abend sind sie fällig.« Ihre Stimme passte zum Zigarettenkonsum.

»Clemens Freitag«, wiederholte Clemens, reichte seine Hand über den Schreibtisch und schüttelte die ihre. Die Agentin hatte einen ordentlichen Händedruck. Sie war, wie ihm in diesem Moment bewusst wurde, die erste Agentin, die er traf. Diesen Berufszweig hatte er immer für etwas seltsam gehalten, ohne sagen zu können, warum genau.

»Warum haben Sie eine Glatze?«, fragte er. Es interessierte ihn einfach zu sehr, aber nachdem er die Frage gestellt hatte, verspürte er einen Anflug von Panik. Das war möglicherweise nicht die richtige Eröffnungsfrage für eine Partnerschaftsanbahnung.

Sie zeigte grinsend auf den Freischwinger auf seiner Schreibtischseite und setzte sich. »Ich finde Haare einfach schrecklich unpraktisch, meine Haare sehen aus wie Holzwolle, sind störrisch und kaum zu bändigen. Und ich muss niemanden mehr bezirzen. Ich habe keine Beziehung und suche auch keinen Mann für mein restliches Leben.« Sie pausierte kurz und taxierte ihn. »Nur wer möglichst wenige soziale Bindungen hat, bekommt eine Ahnung davon, was Freiheit bedeuten kann.« Dann lachte sie. »Klingt vielleicht etwas exaltiert, aber ich bin tatsächlich jemand, der tut, was er will. Was nicht heißt, dass ich meine Versprechungen nicht einhalte.« Sie zwinkerte. »Ich mache nur nicht sehr viele.«

»Man riskiert auf diese Weise jede Menge Einsamkeit.«

Glenda Brombach nickte. »Aber man vermeidet es, sich aus den falschen Gründen verpflichtet zu fühlen. Wirklich, mein Junge, mir geht es prächtig. Und wenn ich Bedarf habe, rufe ich mir jemanden.«

Mit der Stimme von Hubertus Bengsch, der Richard Gere synchronisierte, sagte Clemens: »*Wenn du mit mir schläfst, erfährst du mehr über mich, als wenn ich dir etwas über mich erzähle.*« Einerseits hielt er das für eine gute Idee, das zu sagen, andererseits wurden seine Ohrläppchen sofort heiß, als er zu Ende gesprochen hatte.

»Alle Achtung!«, brummte die Agentin und schüttelte eine Zigarette aus einer Schachtel, obwohl es auf dem Schreibtisch nach wie vor qualmte. »Ist das aus *Ein Mann für gewisse Stunden*?«

»Ich bin nicht sicher.« Clemens hob die Hände. »Aber Richard Gere hat das mal gesagt, das weiß ich. Ob er sich trauen würde, so etwas heutzutage noch von sich zu geben, weiß ich allerdings nicht.«

»Wirklich beeindruckend.«

»Soll ich Sie mal nachmachen?«

Sie lachte etwas krächzend und wedelte abwehrend mit den Händen. »Nein, lieber nicht. Ich möchte nicht wissen, wie ich mich für andere anhöre.«

»Das kann ich verstehen.«

»Auch eine?« Sie hielt Clemens die Zigarettenschachtel hin. Er schüttelte höflich den Kopf. »Stört es Sie?«, ergänzte die Agentin.

Er schmunzelte und fühlte sich plötzlich sehr entspannt. »Selbst wenn ich jetzt Ja sagen würde – die Luft hier drin erfüllt wahrscheinlich die Kriterien für chemische Kampfmittel, mit Verlaub und bei allem Respekt, und ich werde direkt im Anschluss zu einem Facharzt für Atemwegserkrankungen gehen müssen. Eigentlich mag ich den Geruch von Tabakrauch, nur nicht in jeder Dosierung. Aber nein, um Ihre Frage zu beantworten. Es stört mich nicht. Jedenfalls nicht sehr.«

Sie lachte herzlich. »Das ist nett.« Der Lungenzug, der dann folgte, wurde mit einem kurzen, krächzenden Husten ausgeleitet.

»Ihnen ist aber schon klar, dass dieses Zeug in großen Mengen mit gewissen Gefahren verbunden ist?«, fragte er mit der Stimme von Reiner Schöne, der seiner Erinnerung nach mal den Marlboro-Mann gesprochen hatte.

»Wir sind hier, um über Sie zu reden und nicht über mich. Aber danke für die Gratisvorstellung.«

»Okay.«

»Also.« Sie lehnte sich im Stuhl zurück und nahm ihn ins Visier. »Was sollte ich über Sie wissen, falls ich mich dafür entscheide, Sie zu vertreten?« Sie legte den Kopf in den Nacken und ließ eine Rauchwolke zur Decke steigen, die sich allerdings auf halbem Weg im dort schon vorhandenen Qualm verlor.

»Mein Hauptberuf ist eigentlich Programmierer, also Systementwickler. Ich mache Software für ein paar Leute. Ich könnte das zwar herunterfahren, aber es bliebe mein Hauptjob.«

»Interessant.«

»Ich erweise keine sexuellen Gefälligkeiten, um mir einen Vorteil zu verschaffen.«

Sie kicherte. »Gut zu wissen.«

»Und ich arbeite nicht an Freitagen«, erklärte Clemens.

Glenda Brombach hustete und beugte sich dabei vor. »Ist das ein Witz? Oder meinten Sie *Feiertage*?«

Er schüttelte den Kopf. »Nein, ich meine den Freitag. Ich weiß, dass das im Livegeschäft einer der wichtigsten Tage ist. Die meisten Premieren sind an Freitagen, die Preisverleihungen, die Kleinkunstfestivals und was weiß ich noch alles. Aber ich gehe an jedem Freitagabend seit fünf Jahren mit meiner Frau zu unserem Stamm-Italiener essen, und es gibt wirklich nur wenig in meinem Leben, das mir wichtiger ist.« Er verspürte einen Anflug enormen Glücks, als er das sagte, und er konnte nicht verhindern, selig zu lächeln, was vermutlich als debiles Grinsen ankam. Auf seinen Unterarmen hatte sich Gänsehaut gebildet. »Sehen Sie?«, fragte er und zeigte seinen rechten Arm. Glenda Brombach betrachtete ihn und nickte. Es war schwer zu sagen, wie sie das aufnahm, aber er hatte das Gefühl, einen Hauch von Melancholie wahrzunehmen. Clemens atmete tief ein. »Jedenfalls – ich trete freitags nicht auf. Keine Diskussionen. Keine Ausnahmen, außer, Paolo hat geschlossen, meistens für zwei Wochen im Sommer und in der Woche zwischen Weihnachten und Neujahr.«

»Wahnsinn.«

»Wenn Sie das sagen.«

»Na ja.« Sie nahm einen weiteren Zug. »Wenn Sie ein Haus mit einem Programm für einen längeren Zeitraum buchen wollen, ist da der Freitag immer bei. Wie Sie gesagt haben – die Premieren sind ja meistens freitags. Ich kann mir kaum vorstellen, dass man Clemens Freitag für zwei Wochen ins Haus holt, außer eben freitags. Das ist wie ein Restaurant, das mittags und abends zu hat. Und die müssten dann einen Ersatz für diese Tage finden. Das ist absurd.«

»Ich …«, setzte Clemens an.

»Aber beeindruckend«, unterbrach Glenda Brombach. Sie schien dieses Wort sehr zu mögen. »Und dann heißen Sie auch noch so«, fuhr sie fort. »Witzig. Vielleicht kann man da was draus machen. Programmtitel wie *Freitag Ruhetag* oder *freitags nie* oder so.« Sie zog einen Block aus einem wackeligen Stapel, fand irgendwo einen Kuli und begann damit, sich Notizen zu machen. Clemens fragte sich, wie viele Notizen, die in solchen Situationen entstanden waren, wohl im Nirwana der Papierberge auf dem Schreibtisch verschollen waren. Es sah nicht aus, als würde sie dort Sachen ablegen, um sie wiederzufinden. Die Anordnung hatte etwas Endgültiges.

»Was ist Ihr besonderes Ding?«, fragte sie, ohne vom Notizblock aufzuschauen. »Also sozusagen Ihr Alleinstellungsmerkmal?«

Clemens überlegte kurz. »Ich parodiere nicht nur die Menschen, die jeder parodieren kann, weil sie so prägnante Stimmen haben, also Lindenberg, Strauß und solche Leute, ich bevorzuge Synchronsprecher, und ich beherrsche auch die Nuancen.« Er nickte, um sich selbst zu bestätigen. »Ich mache mich über die Figuren nicht lustig, sondern zeige sie als Normalmenschen in Alltagssituationen. Genscher beim Einkaufen, Richard Gere beim Abwaschen, solche Sachen. Meistens ist es so, dass ich Geschichten erzähle, wahre oder halb erfundene Anekdoten aus dem, äh, richtigen Leben, und dann spiele ich mit der Idee, wie es bestimmten Prominenten wohl in der gleichen Situation erginge. Das funktioniert ziemlich gut.« Er zog die Stirn kraus. »Und ich habe so ein Seitenprojekt, zusammen mit einem befreundeten Musiker, Norbert Altmann. Ich singe die direkt eingedeutschten Fassungen von Achtzigerjahre-Hits mit den Originalstimmen. Ist Ihr Rechner an?«

Sie nickte.

»Gehen Sie mal bitte auf MySpace, suchen Sie nach Clemens Freitag und klicken Sie dann auf *Genießen Sie die Ruhe*.«

»Genießen Sie die Ruhe?«, fragte sie, während sie tippte.

»Das ist die direkte Übersetzung von *Enjoy The Silence*, einem Hit von Depeche Mode.«

»Verstehe.« Kurz darauf zog sie die Augenbrauen hoch. »Beeindruckend. Das hat über tausend Kommentare.« Sie klickte ein wenig umher. »Die meisten sind ziemlich begeistert.«

»Echt?« Clemens war überrascht, er beugte sich vor. Glenda Brombachs Computermonitor war fettverschmiert und sicher seit Monaten nicht geputzt worden, die Buchstaben waren etwas unscharf. Das Video zu *Genießen Sie die Ruhe* hatte er vor einem halben Jahr hochgeladen, und nachdem sich ein paar Dutzend Leute positiv geäußert hatten, hatte er es aus dem Blick verloren, außerdem mochte er MySpace irgendwie nicht, fand es zu unstrukturiert und zu frickelig, und es gab definitiv zu viele Irre dort. »Wow. Es sind nur vierzig Sekunden, wir haben das Originalvideo mit Zeichnungen und Fingerpuppen nachgestellt. Das war eigentlich der größte Aufwand.« Und die Ladezeit, natürlich. Es dauerte Stunden, Videos hochzuladen, und wenn die Verbindung zwischendrin unterbrochen wurde, musste man wieder von vorne anfangen.

Sie startete die Wiedergabe, und ein paar Sekunden später hörte er sich selbst singen, mit der Stimme von Dave Gahan, zum recht gelungenen Backing Track von Norbert, aber die Qualität des Videos war leider längst nicht so gut wie im Original. »*Wörter wie Gewa-halt. Das Schweigen brechen. Komm stürz rei-hein. In meine kleine Welt.*« Und so weiter. Die ziemlich wörtliche Übersetzung von »*Words like violence, break the silence, come crashing in, into my little world*«. Glenda Brombach lachte, ein Lachen wie eine Abrissbirne. Aber er fand es sympathisch, und er überlegte, wie sie wohl als junge Frau ausgesehen hatte. Das war nicht leicht, nicht nur aufgrund der fehlenden Haare und der knalligen Lippenfarbe. Oft konnte man bei älteren oder spätadipösen Leuten sozusagen das frühere Ich noch durchscheinen sehen, aber bei Glenda Brombach fiel ihm das schwer.

»Das ist gut«, sagte sie und keuchte ein wenig atemlos. »Gibt es mehr davon?«

Er nickte. »U2, Soft Cell, Springsteen und einige andere. Aber wir haben nicht alles hochgeladen.«

»Können Sie das auch live?«

Er nickte wieder. »Wenn ich einen guten Techniker zur Verfügung habe, der das mit dem Playback hinkriegt, klar. Norbert tritt nicht auf.«

»Schön.« Sie zündete die nächste Zigarette an. »Ich habe Sie in Braunschweig gesehen, in diesem kleinen Club, vor einem halben Jahr.«

»Aha.« Er erinnerte sich recht genau an diesen Abend, Open Stage zusammen mit einigen wirklich schrecklichen Leuten, von denen die meisten nicht auf eine Bühne gehörten, aber sie hatten im Anschluss trotzdem zusammen ordentlich einen abgebissen, als wären sie seit Jahrzehnten Showkollegen und als wäre das im Showbusiness wirklich so, das mit dem *ordentlich einen abbeißen*. Glenda Brombach hatte er im überschaubaren Publikum nicht bewusst wahrgenommen, allerdings war er am Anfang, wenn das Publikum noch zu sehen war, auch zu aufgeregt für so etwas, und er konzentrierte sich später auf die vorderste Reihe. Immerhin hatte er den Publikumspreis abgeräumt – ganze fünfzig Euro und ein Freibier.

»Sie wissen nicht, wohin mit Ihren Händen, Ihr Timing

ist schrecklich, und Sie machen angestrengte Grimassen. Außerdem atmen Sie völlig falsch. Aber davon abgesehen war es sehr unterhaltsam und wirklich lustig. Sie sind echt talentiert.«

»Verstehe.« Er wusste nicht, ob er beleidigt sein oder sich freuen sollte.

»Was ich sagen will: Sie brauchen Coaching, besser noch Schauspielunterricht. Und ein bisschen konzeptionelle Arbeit am Programm.«

»Aha«, wiederholte er.

»Aber damit könnte es etwas werden.«

»Etwas?«

»Na ja.« Sie schob die Papiere und den Monitor weg und beugte sich zu ihm. »So in zwei, drei Jahren mittelgroße Theater und kleine Säle, zweihundert Leute, vielleicht dreihundert. Wäre das was?«

Er schnaufte zustimmend und nickte. »Das wäre echt eine Größenordnung.« Er war noch nie vor einem dreistelligen Publikum aufgetreten.

»Also gut.« Glenda Brombach klatschte in die Hände. »Dann wäre das ja geklärt. Ich kriege zwanzig Prozent von allem.«

»Außer Tiernahrung«, erwiderte er reflexartig mit der Stimme von Manfred Lehmann, der durch die Synchronisation von Bruce Willis berühmt geworden war und Werbung für einen Baumarkt machte, der zwanzig Prozent *auf alles* gab, außer eben auf Tiernahrung, aus welchen Gründen auch immer. Clemens konnte sich eigentlich nicht vorstellen, dass die Einkaufskonditionen von Tierfutter deutlich schlechter waren als die von Akkuschraubern.

Glenda Brombach lachte.

»Zehn«, sagte er dann mit seiner eigenen Stimme und möglichst ernst. Sein Gesicht glühte sofort. Er hasste Verhandlungen.

»Siebzehn.«

»Fünfzehn.«

»Weil Sie es sind. Und obwohl Sie freitags nicht auftreten.« Sie pausierte kurz und lächelte. »Beeindruckend.«

Er stand auf und reichte ihr die Hand.

»Brauchen wir einen Vertrag?«, fragte sie.

»Meine Frau ist Anwältin«, antwortete er und legte ein schiefes Lächeln auf.

»Das ist dann wohl ein Ja. Okay, ich lasse Ihnen das zuschicken.« Sie stand auch auf. »Das wird gut, denke ich. Ich freue mich darauf.«

»Ich auch.« Er drehte sich zur Tür und dann doch wieder zurück. »Was ich noch fragen wollte ...«

»Ja.« Sie nickte. »Mein Vorname. Alle wollen wissen, ob der von Glenda Jackson kommt, obwohl die wenigsten wissen, wer das ist.«

»Eine Schauspielerin.«

»Richtig. Aber sie war nicht meine Namenspatin, sondern die Heilpraktikerin meiner Mutter.«

»Die Heilpraktikerin?«

Sie brummte eine Zustimmung. »Mit der meine Mutter ein heimliches Verhältnis hatte. Bis zu ihrem Lebensende.«

Dabei trat wieder kurz dieser seltsame Ausdruck in ihr Gesicht, und Clemens war sich sicher, dass Glenda Brombach einige ihrer Entscheidungen bereute.

Freitags Kindergarten

250/1000 Freitage

Als die Zwillinge ins kitareife Alter kamen, wuchs in Marie die Befürchtung, sich ab sofort und dann bis mindestens zum Ende der Grundschulzeit – also während der kommenden plusminus zehn Jahre – privat mit Menschen auseinandersetzen zu müssen, mit denen sie das freiwillig nie tun würde. Sie hasste den Gedanken, sich mit *anderen Eltern* beschäftigen, möglicherweise sogar anfreunden zu müssen, nur weil die Zwillinge dezentes Interesse an deren Nachwuchs zeigten, wofür als Indiz schon reichte, wenn sie ihnen die laktosefreie und fair gehandelte Schokolade ins Gesicht schmierten (»Sieh doch, wie intensiv sie *interagieren*!«, hatte eine begeisterte Mutter auf dem Spielplatz kommentiert, als ihr Kind ein anderes mit schlammigem Wasser übergossen hatte). Tatsächlich bestätigte der Vorbereitungs-Elternabend in der Kita Käsekuchen solche Befürchtungen; Clemens und Marie waren nach einem zähen und frustrierenden Auswahlprozess bei dieser Einrichtung gelandet. Kindergärten mit selbstausbeuterischer »Elternbeteiligung« kamen für beide nicht infrage, nicht nur, weil sie beide gut zu tun hatten, und eine kirchliche oder sonstwie esoterische Trägerschaft – zu ihrer Überraschung gab es in fußläufiger Entfernung sogar einen prächtig ausgestatteten Hare-Krishna-Kindergarten – ebenso wenig. Blieben eine hinreißende Kindertagesstätte, die leider für die Nachkommen von Seeleuten reserviert war, und ein paar private Träger mit staatlicher Förderung. Die Kita Käsekuchen hatte als einzige davon noch Platz für zwei Mädchen. Und einen Kräutergarten, einen kleinen Streichelzoo mit Kaninchen und einer Ziegenfamilie, einen Wasserspielplatz und einen Haufen Kettcars in einem Geräteschuppen auf dem Hof hinter dem Haus. Die Mädchen liebten Kettcars.

Die Leiterin, eine dürre Endvierzigerin, hatten sie bereits beim Besichtigungstermin getroffen, der aber glücklicherweise von einer fröhlichen, hyperagilen und, wie Marie fand, irgendwie *niedlichen* Erzieherin namens Gina Ribeiro geleitet wurde, die so klein war, dass sie mit den Kindern im direkten Wortsinn auf Augenhöhe arbeiten konnte. Frau Schlenz, die Chefin, kam nur kurz dazu, um die Formalitäten zu klären, schaute in ihre Unterlagen, musterte Clemens und Marie ausgiebig, blickte wieder in die Papiere und dozierte dann, offenbar von der eigenen Autorität Kindern gegenüber verwöhnt: »Mehrlinge sind zunehmend häufig Folgen von Hormonbehandlungen.«

»Bei uns waren sie Folge eines emotional indizierten vollbiologischen Zeugungsvorganges«, erwiderte Marie. Frau Schlenz, von der sie erst später erfuhren, dass sie geschieden und kinderlos war, zog die Augenbrauen hoch. »Bei dem wir viel Spaß hatten«, ergänzte Marie lächelnd.

»Was mich viel mehr interessiert …«, sagte Clemens mit der Stimme von Armin Maiwald, der seit Jahrzehnten die Audiospur von *Die Sendung mit der Maus* lieferte. Er zwinkerte. »… ist der Käsekuchen hausgemacht, oder kommt er aus dem Backshop?«

Frau Schlenz verzog keine Miene und reichte ihnen die Anmeldeformulare. Dass die Frau nicht wusste, wie man Humor praktizierte, setzte sich als Vermutung fest, aus der im Laufe der kommenden Wochen Gewissheit wurde.

Beim Kennenlern-Elternabend hockten sie auf bunten und leicht abgeschabten Ministühlchen im wuseligen Spielzimmer der Apfelkuchen-Gruppe. Es roch nach Früchten, Tee und feuchtem Schmutz, und es gab eine sehr dezente Kopfnote von Kinderausscheidungen aller Art, obwohl Möbel und Spielzeug vor Sauberkeit blitzten. Die Gruppe, der die Zwillinge fortan angehören sollten, bestand noch aus acht weiteren Kindern. Deren Eltern wurden an diesem Abend ausnahmslos durch die Mütter vertreten. Von Clemens und Marie abgesehen war nur noch ein weiteres vollständiges Elternpaar anwesend, was aber nicht sofort klar wurde, da es sich um Meryem und Francoise handelte, zwei lässig gekleidete Frauen in den Dreißigern.

Während eines sehr ermüdenden Vortrags über Erziehungskonzepte, vorschulische Sozialisation und frühkindliche Lernziele beobachtete Marie die Frauen, deren Männer glaubten, etwas Wichtigeres zu tun zu haben, und insgeheim gab sie diesen Männern recht. Was an diesem Abend an Informationen gereicht wurde, war ihnen längst bekannt und unterm Strich homöopathisch, und natürlich ging es in erster Linie ums Kennenlernen, also um praxisorientierte Cliquenbildung. Die hier vertretenen Eltern besaßen ein gemeinsames Interesse, dieser Abend sollte sie auf das kommende Gruppendasein einstimmen, und der Name und zugleich Zweck der Gruppe lautete: Eltern der Apfelkuchenkinder. Man würde Fahrgemeinschaften bilden, sich per SMS über Kinderkrankheitssymptome informieren, Läusewarnungen austauschen, Allergieinformationen teilen, sich Kindergeburtstagseinladungen schicken und die anderen nach Tipps für Spielplätze mit geringem Verletzungsrisiko befragen. Folgerichtig beschnupperte man sich intensiv, aber die meisten Nasen waren ohne Zweifel auf Marie und Clemens gerichtet – und die Augen der Frauen leuchteten dabei. Das war keine neue Erfahrung, doch sie fiel hier besonders stark aus, weil sie als einziges biologisches Elternpaar anwesend waren und damit offenkundig eine Form von Umgang vorlebten, die für die alleinvertretenden Frauen – von Meryem und Francoise abgesehen – eine unerreichbare Utopie darstellte. Und dann auch noch in dieser ästhetischen Qualität. Dabei hatte Marie einfach beim Losen den Kürzeren gezogen, und Clemens hatte sich anschließend auf eine Zusatzwette eingelassen, die wiederum er verloren hatte – wahrscheinlich sogar absichtlich, wie Marie vermutete, denn sonst hätte er den ganzen Abend lang ein schlechtes Gewissen gehabt. Doch wirklich hier sein wollte keiner von ihnen beiden. Weder Marie noch Clemens glaubten, dass es eine besonders komplexe Aufgabe wäre, Tagesstättenkinder zu haben. Jedenfalls betrachteten sie den Laden als Service, den sie in Anspruch nahmen, und nicht als etwas, wofür sie sich zu engagieren hätten. Dass es sich hierbei um eine Fehleinschätzung handelte, wurde ihnen allerdings schneller klar als die pathologische Humorlosigkeit von Frau Schlenz.

Die sieben Solomütter biederten sich an, drängten sich auf, balzten um sie. Währenddessen erfuhr Marie einiges über die Schicksale. Zwei von ihnen waren alleinerziehend, und die eine, die weniger attraktive dieser beiden Frauen, hatte zwei Kinder von unterschiedlichen Männern. Die anderen Mütter hatten ihre Karrieren in Einzelhandel, Bibliothek, Arztpraxis (Helferin) und Hochschule unterbrochen und hofften nun darauf, dass ihnen die Kita Käsekuchen jene Freiheit verschaffen würde, die sie seit der Geburt der Kinder vermissten. Von ihrer Arbeit wusste Marie, dass dieser Fall viel seltener eintrat, als die Frauen erwarteten.

Meryem und Francoise schwiegen schmunzelnd und sahen zu. Als die letzte Frau, die Annegret hieß, ihre Lebensgeschichte und, vor allem, die ihres Mannes Luke erzählt hatte – er war Pilot bei Air Berlin, was sie offenbar mit ungeheurem Stolz erfüllte –, beugte sich Meryem auf dem Stuhl vor und fragte die Erzählerin: »Dein Mann heißt Luke? So wie Lucky Luke? Luke Perry? Und Luke Skywalker?«

Die Frau nickte irritiert und antwortete leise, dass sein Vater ein großer *Star-Wars*-Fan sei.

»Bemerkenswert«, sagte Meryem lächelnd.

»*Star Wars*?«, nahm die alleinerziehende Mutter mit den

zwei Kindern den Faden auf. Sie hieß Lea oder Sarah, Marie hatte nicht genau hingehört. »Das ist doch *Krieg der Sterne*, oder?« Als Annegret, die Luke-Gattin, wieder nickte, fuhr die andere ohne erkennbare Ironie fort: »Ich hoffe, das bedeutet nicht, dass unsere Kinder mit Kriegsspielzeug zu tun bekommen.« Dabei blickte sie beifallheischend in die Runde, und zuletzt sah sie Clemens und Marie an.

»Mein Großvater hieß Adolf«, erklärte Marie trocken, wobei sie den Blick erwiderte. »Aber das heißt nicht, dass er in seiner Freizeit Genozide veranstaltet hätte.« Sie griff nach Clemens' Oberschenkel und drückte ihn sanft. »Ich weiß, dass du jetzt gerne etwas wie *Wollt ihr die totale Kita?* mit der Stimme von Hitler rufen würdest«, flüsterte sie ihm ins Ohr. »Aber tu's bitte nicht.«

»Das war sowieso Goebbels«, wisperte Clemens zurück und nickte gleichzeitig. »Das mit dem totalen Krieg.«

Daraufhin wurde es ein wenig turbulent. Zwei Frauen fanden es *schwierig*, dass Hitlers Vorname in einem Raum genannt worden war, in dem ihre Kinder einen wichtigen Teil der Kindheit verbringen würden, weil nicht auszuschließen war, dass die Nennung toxisch auf den Raum wirkte, während die anderen darüber zu debattieren begannen, ob Kriegsspielzeug bereits dann problematisch sei, wenn es sich nur im gleichen Haushalt wie die Kinder befinde, und sei es in Form von Filmszenen auf einer Blu-Ray-Disc. Meryem und Francoise schwiegen weiterhin schmunzelnd, und Clemens flüsterte in Maries Ohr: »Du hattest doch überhaupt keinen Opa, der Adolf hieß, oder?« Marie nickte grinsend und legte eine Hand auf seinen Oberschenkel. »Keine Sorge«, flüsterte sie zurück. »Das wird schon nicht rauskommen.«

Als sich die Runde wieder ein wenig beruhigt hatte, wobei sich die beiden Adolf-Gegnerinnen darin zu überbieten versuchten, Marie klarzumachen, dass sich ihre Kritik nicht gegen sie richtete, wurden Adressenlisten herumgereicht, in die jeder Mailadresse und Mobilfunknummer eintragen sollte. Marie und Clemens wollten allerdings nicht. Gina Ribeiro bat sie so freundlich darum, dass sie es schließlich doch taten.

Bei der abschließenden Begehung des Außengeländes hielten sie sich abseits, genau wie das Frauenpärchen, während die anderen Damen besorgt und alle erdenklichen Gefahren antizipierend die Wasserpumpe, die Fahrzeuge in der Garage, die Schaukeln und das immerhin beinahe zwei Meter hohe Klettergerüst untersuchten. Eine sprang sogar im Sand herum, in dem das Gerüst aufgebaut war, um zu testen, wie hart möglicherweise ein Aufprall wäre.

»Das Problem ist, dass sie es nicht merken, wenn man ihnen die kalte Schulter zu zeigen versucht«, sagte plötzlich jemand neben Marie, die mit dem Schuh gerade im Sandkastensand herumschabte und eine halb verrottete Barbiepuppe mit Sand zu verdecken versuchte, die sie versehentlich ausgegraben hatte. »Für Meryem und mich ist das schon die dritte Kita, aber wir werden noch von Frauen aus der ersten gestalkt.« Francoise hatte einen dezenten, aber absolut hinreißenden Akzent, fand Marie. Sie sprach ganz klassisch das *Ch* als *Sch* aus und sagte beispielsweise *für misch*. »Diese

Frauen sind so dickköpfig, wie sie überzeugt davon sind, die besten Kinder auf der Welt zu haben.«

»Wir könnten einen Kaffee zusammen trinken gehen, wenn das hier vorbei ist«, hörte sich Marie sagen und lächelte dabei. »Dann haben wir's hinter uns und können immer noch entscheiden, ob wir einander stalken wollen.«

Als die vier zusammen das Kitagelände verließen und, miteinander plaudernd, eine Richtung einschlugen, in der Clemens ein Café vermutete, spürte Marie die eifersüchtigen Blicke der anderen Frauen im Nacken. Vor allem den von Gina Ribeiro, was sie ein bisschen merkwürdig fand.

Freitags Urlaub

330/1000 Freitage

»Das sieht aber nicht aus wie im Katalog, der uns dann wohl betrog«, schüttelreimte Clemens mit der Stimme von Heinz Erhardt. Den ahmte er besonders gerne nach.

Marie kicherte, aber nicht wegen der Parodie, sondern weil Clemens so verzweifelt aussah, als er das sagte, und zugleich den Eindruck von ungebremstem Optimismus und Urlaubsvorfreude aufrechtzuerhalten versuchte. Tatsächlich war ihr eher nicht zum Lachen zumute. Es herrschten achtunddreißig Grad, im Auto mindestens zwanzig mehr, die Sonne brannte senkrecht auf sie runter, die Zwillinge kreischten nach Eis, sie hatten fünfzehn Stunden Fahrt hinter sich, Marie roch nach Schweiß und Schmutz und Raststätten-Fast-Food. Sie konnte sich nicht mehr daran erinnern, wann sie sich zum letzten Mal die Zähne geputzt hatte, stand auf einem staubigen Fußweg auf einem (zugegeben: hübschen) Hügel in der Provence und war durstiger als die Wüste Gobi. Am Ende dieser langen und mächtig anstrengenden Fahrt hätte eine »rustikale, gemütliche Villa im traditionellen provencalischen Stil« auf sie warten sollen, fünf Zimmer und zwei Bäder auf zwei Etagen, dazu ein »sich natürlich in die

Landschaft fügender Swimmingpool« und »ein wie verzaubert wirkender, parkähnlicher Garten«. All das hatte wahrscheinlich gestimmt.

So ungefähr vor dreißig, vierzig Jahren.

Das Haus war, wie viele Häuser in dieser Region, aus Natursteinen gebaut, was einer der Gründe gewesen war, warum sie sich für dieses Objekt entschieden hatten, und wenn man die Augen zusammenkniff, war eine gewisse, aber längst vergangene Pracht noch zu erahnen – also die von den zweifelsohne verjährten Fotos, die sie im Katalog gesehen hatten. Marie wollte allerdings nicht während der kommenden drei Wochen mit zusammengekniffenen Augen herumlaufen. Mit geöffneten Glubscherchen sah man einen verwilderten, dornigen Garten, in dem die Kinder auf keinen Fall auch nur eine Sekunde ohne Aufsicht spielen könnten, einen kleinen, gefährlich aussehenden, nierenförmigen Pool, der eher einem Froschteich ähnelte und dessen Wasser schwarzgrünlichdunkel in der Sonne schimmerte, und ein Wohngebäude, das zu betreten eine Mutprobe wäre. Auf der schäbigen Terrasse standen verrostete, eiserne Gartenmöbel, und unter der mit Stockflecken übersäten, träge im lauen Wind flatternden, ausgefransten Markise hingen gleich drei Wespennester, von denen mindestens zwei bewohnt waren, wie Marie sogar aus einiger Entfernung erkennen konnte. Vielleicht schliefen die Wespen im dritten Nest aber auch nur, dachte sie. Es war jedenfalls das passende Wetter, um es in einem kühlen Haus zu verdösen. *Wespensiesta.*

»Ich rufe bei InterVacation an«, sagte sie bestimmt und kramte nach ihrem Mobiltelefon.

»Da wird samstags niemand zu erreichen sein«, erwiderte Clemens. »Lass uns doch erst mal reingehen.«

Marie kicherte wieder. »Du willst *da* wirklich reingehen?«

Er nickte munter. Hinter ihnen kletterten die Mädchen aus dem Auto.

»Ich will baden!«, rief Lara, stolperte an ihren Eltern vorbei und hielt stracks auf den Froschteich zu. Ein kleiner, gemeiner Teil von Marie, der müde und genervt und ein bisschen enttäuscht war, wollte sie laufen lassen, hin zu diesem trüben, schlierigen Wasser, in dem möglicherweise giftige Molche lebten, sollten Molche in vergessenen Pools wohnen, aber die liebende Mutter, die sie natürlich zum weitaus größeren Teil war, machte einen langen, zielsicheren Ausfallschritt, der sie selbst überraschte, und packte das Kind rückseitig am Shirt, auf dessen Vorderseite Peppa Pig gedruckt war. Marie mochte Peppa Pig. Die Zwillinge fanden die Cartoon-Fernsehserie ein bisschen langweilig. Dafür liebten sie *Feuerwehrmann Sam*, und das war das mit Abstand Dämlichste, das Marie je gesehen hatte. Norman Price, den dusseligen, unsympathischen Siebenjährigen, der die meisten Feuer verursachte, hasste sie nachgerade, aber dass die Bewohner des fiktiven, aber permanent brandgefährdeten *Ponty Pandy* bei jedem Scheiß die Feuerwehr riefen, das empfand sie als Beleidigung selbst eines Kinderintellekts. Davon abgesehen war die Serie grauenhaft animiert.

»Nein, Kleine, wir müssen uns das erst genauer anschauen«, sagte sie möglichst sanft zu Lara.

»Da ist eine riesige Spinne!«, kreischte Jenny hinter ihr, doch es klang eher fröhlich als erschrocken. Marie drehte sich um und sah eben noch etwas Handtellergroßes, Hellgraues in die trockenen Büsche flitzen, das ihrer Meinung nach verdächtig einem Skorpion ähnelte.

»Gibt es in Südfrankreich Skorpione?«, fragte sie Clemens leise.

Er nickte wissend, sah allerdings nicht in die Richtung, in der Jenny die vermeintliche Spinne entdeckt hatte, sondern betrachtete das Hausdach. »Wenn die Sommer besonders heiß sind«, antwortete er. »Aber die sind nicht sehr gefährlich. Es tut weh, wenn sie stechen, und wird dann ein bisschen taub, doch wenn man nicht allergisch ist, ist es nicht schlimmer als ein Hornissenstich.« Er hielt inne und beugte sich vor. »Meinst du, dass das da ein Loch im Dach ist? Am Schornstein?« Er zeigte zum offenbar baufälligen Schornstein.

»Ach du Scheiße!«, entfuhr es ihr laut, aber sie meinte nicht das Dach, das ihr vorläufig herzlich egal war, sondern die Informationen über die Skorpione. *Hornissenstiche.* In ihrer Kindheit hatte es geheißen, zehn Hornissenstiche würden ein Pferd töten, fünf einen erwachsenen Mann, und drei genügten für ein Kind. Man hatte ihr jedoch auch erzählt, dass sich die Augäpfel nach hinten drehen, wenn man die Augen schließt, dass sich Kirschkerne im Blinddarm sammeln, bis der platzt, und heruntergeschluckte Kaugummis den Darm verkleben, so dass nichts mehr hindurchkommt. Und dass man vom Küssen Kinder kriegt, insofern man dabei die Zunge einsetzt, was das Allerekligste war, das sie als achtjähriges Mädchen gehört hatte. Wenn sie sich recht erinnerte, waren es vor allem andere Kinder gewesen, die ihr diese Weisheiten eingepflanzt hatten. Zu der Sache mit den Kirschkernen hatte ihre Mutter allerdings bestätigend genickt. Das hatte sie zu nicht vielen Sachen getan, denn Maries Eltern hatten sich zurückgehalten, damit die Tochter ihre eigenen Lebenserfahrungen sammeln könnte.

»Mami hat Scheiße gesagt!«, frohlockte Jenny und drehte sich tanzend auf der Stelle. Lara schloss sich dem Tanz sofort an. Marie bewunderte, dass die Mädchen nach dieser Tortur noch so viel Energie hatten, allerdings hatten sie auch elf der fünfzehn Stunden auf der Rückbank verschlafen.

»Das tut Mami leid«, sagte sie. »Man soll das nicht sagen.«

»Da geht die Bildung in den Arsch«, flüsterte Clemens mit der Stimme von Mario Barth, wobei er grinste.

»Bitte nicht auch noch Mario Barth«, flehte Marie leise. »Sonst springe *ich* in diesen Pool und komme nicht mehr hoch.«

In diesem Augenblick klingelte ihr Telefon. Sie fischte es aus der Umhängehandtasche und betrachtete das Display. »Das ist Meryem«, stellte sie fest und suchte Clemens' Blick. »Was soll ich den beiden sagen?«

Er zog die Stirn kraus, sah aber gleich wieder zum Dach, wobei sich das jungenhafte Lächeln andeutete, das sie an ihm sehr liebte. »Frag sie erst mal, wo sie sind.«

Marie nickte müde und klickte das Telefon an. »Hey, meine Hübsche. Wo seid ihr denn?« Sie pausierte kurz und zog dabei Grimassen. Dann drehte sie sich um, in Richtung Fuß des Hügels, auf dem sich die Villa befand. »Ach, doch so nahe.« Pause. »Nein, wir sind schon oben beim Haus.« Sie sah Clemens an und verzog noch einmal das Gesicht. »Na ja, es ist nicht ganz wie im Katalog. Um ehrlich zu sein ...« Aber sie wurde von einem Hupen unterbrochen. Der alte Opel von Francoise scherte, eine etwa fünfzig Meter lange Staubschleppe in der Luft hinterlassend, in die Einfahrt ein, das Rasseln des antiquierten Motors übertönte kurz die Zikaden, die hier in Heeresstärke vertreten sein mussten. Wie sahen Zikaden eigentlich aus? Marie brummte, klickte das Telefon aus und steckte es in die Tasche.

»Tante Yemmi!«, riefen Jenny und Lara wie aus einem Mund und rannten dem Auto entgegen. Marie mochte es nicht, wenn die Kinder Verwandtschaftsbezeichnungen verwendeten, wo keine Verwandtschaft war, aber der Versuch, das Fünfjährigen zu erklären und auszureden, scheiterte nicht zuletzt daran, dass sich Meryem und Francoise selbst als Tanten bezeichneten, um Marie zu necken, die ja hauptberuflich damit beschäftigt war, Verwandtschaftsverhältnisse zu ändern. Immerhin verstanden die Zwillinge noch nicht, was das Wort »lesbisch« bedeutete, sonst würden sie es auch ständig wiederholen und für alle Frauen verwenden, die sie zum mindestens zweiten Mal trafen. Aber der Zeitpunkt war nicht mehr fern, fürchtete sie. Doch vor allem freute sie sich in diesem Moment, dass ihrer beider Freundinnen eintrafen, und jetzt hauchte ihr Clemens auch noch einen Kuss in den Nacken. Sie bekam eine Gänsehaut, nicht nur wegen der überraschenden, liebevollen Berührung, sondern auch wegen der Geste. Sie roch seinen Schweiß, spürte seine Hitze und ahnte seine Erschöpfung, und sie wusste mit enormer Sicherheit, dass einfach alles auszuhalten war, wenn er in der Nähe war. Ihre Liebe für ihn war in diesem Moment stärker als das Licht der Sonne, und das war ordentlich stark. Tatsächlich konnte sie sich nicht erinnern, wann sie zuletzt Sonnenlicht als so intensiv empfunden hatte.

Oder gedanklich solche kitschigen Vergleiche angestellt hatte.

»Glaub mir, das wird ein schöner Urlaub«, sagte Clemens, wobei er gleichzeitig die rechte Hand hob und den Freundinnen winkte.

Und Marie glaubte ihm. Sie beide zusammen konnten aus *allem* etwas Gutes machen.

Francoise trug den schlafenden Bradley auf dem Arm, Meryem den Maxi-Cosi mit der neun Monate alten Justine, bei deren Adoption Marie viel geholfen hatte, aber das Vormundschaftsproblem war bei der eingetragenen Lebenspartnerschaft immer noch nicht gelöst, sodass Francoise die Mutter von Bradley war, während Meryem das für Justine sein würde, aber andersherum gab es keine rechtliche Grundlage. Marie kämpfte an allen Fronten – und nicht alleine – dafür, dass diese Lücke im Lebenspartnerschaftsgesetz endlich geschlossen wurde, sie hatte jedoch wenig Hoffnung, dass das bald erledigt wäre. Bradley, der so hieß, weil Meryem ein Fan von Brad Pitt war, hatte Francoise nach einer Samenspende bekommen, aber danach hatte nichts mehr von dem geklappt, was die beiden Frauen versucht hatten, um auf halbwegs biologischem Weg nochmals schwanger zu werden.

»Ist ein bisschen älter geworden seit Drucklegung der Kataloge, oder?«, sagte Meryem, in Richtung des Hauses nickend und zugleich grinsend. »Das war früher mal ein sehr schönes Haus«, ergänzte sie.

»Sehr viel früher«, schnarrte Marie, die noch immer vorhatte, bei InterVacation zu intervenieren.

»Vielleicht ist es drinnen hübscher«, meinte Francoise und zockelte voran, als käme sie gerade vom Einkaufen. Clemens schloss sich ihr an, wobei er ihr einen Arm über die Schulter legte und ihr Haar zur Begrüßung küsste. Marie umarmte Meryem, dann folgten sie den beiden. Jenny und Lara standen schon vor der Tür.

»Der Schlüssel liegt unter einem Stein neben dem Eingang«, erinnerte sich Clemens.

»Hier sind jede Menge Steine neben dem Eingang«, sagte Marie. Aber es war schon der achte, den sie anhoben, wobei sich Marie zurückhielt, denn sie meinte sich zu erinnern, mal gehört zu haben, dass sich Skorpione tagsüber unter Steinen versteckten. Sekunden später standen sie alle in dem riesigen Zimmer, das das Erdgeschoss fast vollständig einnahm – ein Wohnzimmer mit gleich zwei großen Kaminen, die sie vermutlich nicht benutzen würden, und einer offenen

Küche, die von einem breiten, gußeisernen Herd beherrscht wurde. Es gab nicht weniger als drei braunlederne Sitzgruppen und außerdem eine lange Esstafel, und es sah hinreißend gemütlich aus, musste sich Marie eingestehen. So, wie man sich einen Landsitz vorstellte.

»Hab ich's nicht gesagt?«, fragte Clemens lächelnd, als hätte er's wirklich gewusst.

»Das Dach kann uns immer noch auf den Kopf fallen«, antwortete sie. »Oder in diesem sogenannten Pool werden wir von Monstern gefressen.«

»Es gibt Monster!«, jubelten die Zwillinge. Erstaunlich, fand Marie. Auch nach mehr als fünf Jahren vergaß sie immer noch manchmal für ein paar Sekunden, dass sie zwei Kinder hatte.

Und eines verloren. *Bollo.*

Oben war es ebenfalls recht kuschelig, und nachdem die Mädchen ein Zimmer für sich ausgesucht hatten, wie sie jedenfalls meinten, denn eigentlich waren sie von Marie bei der Auswahl ziemlich übel manipuliert worden, schleppten Clemens und Meryem das Gepäck ins Gebäude. Marie wählte die Hotline von InterVacation und bekam tatsächlich jemanden zu greifen.

»Marie Freitag, hallo. Ich stehe gerade auf dem Balkon von Objekt STA447b, das wir für drei Wochen gemietet haben. Es ähnelt der Darstellung im Katalog allerdings nur marginal.«

»Es ist nicht ungewöhnlich, dass die Villen im Laufe der Saison etwas unter der Nutzung leiden«, erklärte eine Frau recht routiniert und ein bisschen müde. »Deshalb sind die Fotos im Katalog manchmal im Detail nicht ganz zutreffend.«

»Falls Sie das Foto auf der Seite 127 des Katalogs für Südfrankreich vor sich haben, sehen Sie links vom Gebäudeeingang einen kleinen Olivenbaum.« Sie hatten nach der Buchung die Katalogseite herausgerissen und mit Magneten an den Kühlschrank gepinnt, und Marie konnte das Foto mit geschlossenen Augen vor sich sehen.

»Was ist mit der Olive?«

»Auf dem Bild ist sie hüfthoch. Und jetzt kann ich den ausgewachsenen Baum vom Balkon im ersten Stock aus berühren, ohne mich in Gefahr zu bringen. Wie schnell wachsen Olivenbäume? Fünf Meter pro Halbjahr?«

Die Frau schwieg einen Moment, Marie hörte das Rascheln von Papier. »O-kay«, sagte die Hotlinefrau dann vorsichtig. »Wir haben das Objekt erst seit kurzer Zeit im Angebot, und ich fürchte, es waren noch keine Inspektoren vor Ort, ganz gegen die Gepflogenheiten von InterVacation. Was kann ich für Sie tun?«

»Ich sollte Ihnen zunächst sagen, dass ich Anwältin bin. Ich kehre das nicht gerne hervor, aber jetzt scheint es mir geboten zu sein. Also.« Marie zwinkerte Clemens zu, der einen Koffer in ihr Schlafzimmer schleppte, sein hellgraues Shirt war im Bereich der Brust dunkelgrau vom Schweiß. »Heute ist Samstag. Ich erwarte, dass am Montagmorgen, spätestens aber am Vormittag jemand kommt und den Pool in einen Zustand versetzt, der es uns erlaubt, darin ohne Gesundheitsrisiko zu baden. Ebenfalls am Montag sollte sich jemand darum kümmern, das Gestrüpp zumindest von den Gartenwegen so weit zu entfernen, dass man den Garten auch betreten kann. Für die anderen, zahlreichen Mängel würden wir eine Verringerung der Miete um vierzig Prozent akzeptieren.«

Wieder blieb es ein paar Augenblicke still. »Das ist recht viel, was Sie verlangen.«

»Mit weniger geben wir uns nicht zufrieden. Es liegt mir fern, Ihnen zu drohen, aber mit dieser Lösung fährt Ihre Firma noch recht gut. Alle anderen Fahrten würden sehr holprig werden.«

»Ich muss das mit meinem Supervisor klären. Erreiche ich Sie unter der Rufnummer, die ich im Display sehe?«

»Ich erwarte eine Antwort innerhalb der nächsten Stunde.« Marie klickte die Verbindung weg und nahm Clemens eine Kosmetiktasche aus den Händen.

»Um die Wespennester, die Terrassenmöbel und die Gartenflächen kümmere ich mich«, sagte er und küsste sie auf die Stirn. »Danke für deinen Einsatz.«

Marie nickte lächelnd. Sie wusste, dass Clemens' Kümmern zum Erfolg führen würde. Er hatte zwar, wenn es um handwerkliche Verrichtungen ging, zwei linke Hände, hätte man jedenfalls gesagt, als es noch keine Diskriminierung von Menschen mit Sinistralität dargestellt hatte, solche Phrasen zu verwenden, doch er war ein exzellenter Organisator. Im Gegensatz zu Marie glaubte er an die reine Kraft der alle Eventualitäten berücksichtigenden Planung. Marie fand zwar auch, dass man sich gegen die eine oder andere Attacke, die das Leben überraschend fuhr, wappnen konnte, aber Clemens trat dem Schicksal mit reiner Statistik entgegen. Er war es, der für die Reisen der Familie packte, nach einem geheimen System, dessen Ergebnis immer ein randvolles Auto war, wobei Marie davon überzeugt war, dass sie auch mit einem Drittel des Gepäcks sehr bequem ausgekommen wären. Wenn jedoch ein Problemchen auftrat, etwa eines der Kinder Fieber bekam oder sich eine Schnittverletzung zuzog oder Symptome einer Krankheit zeigte, von der Marie noch nie gehört hatte, griff Clemens fast blind in die Gepäckberge und zog genau das hervor, was man gerade brauchte, und das konnte auch ein Mehrzweckwerkzeug, ein Reinigungstuch, eine Schirmmütze oder ein Flicken für Aufblasspielzeug sein. Das galt im Prinzip für jede denkbare Situation, und für seine eigenen Touren gab es noch ein spezielleres System. Ohne diese akribische und allumfassende Planerei hätte er vermutlich noch mehr Lampenfieber gehabt, dachte sie. Das war Clemens' Art, dem Leben zu begegnen: immer die richtige Waffe griffbereit zu haben. Und wenn Marie ehrlich zu sich war, was sie meistens war, mochte sie das.

»Fahrt ihr am Montag doch an die Côte d'Azur, und wenn ihr zurückkommt, ist das hier ein kleines Paradies«, schlug er vor.

Meryem und Francoise fuhren am Nachmittag in den Ort, um einzukaufen, und kamen eine Stunde später schwer beladen zurück. Zum Einkauf gehörten drei Dosen mit einem starken Insektenspray, um das Clemens gebeten hatte.

»Du kannst doch nicht einfach Wespennester mit etwas Paral einsprühen«, sagte Marie, und sie meinte damit eigentlich, dass es für sie nicht *ganz* okay wäre, die Tiere massenweise zu töten, obwohl es nur angriffslustige, predatorische Insekten waren, die ihnen hier das Leben zur Hölle machen würden, während Clemens das wohl als pragmatischen Hinweis auffasste.

»Das ist *etwas* stärker als Paral«, erwiderte er lächelnd und zeigte auf die Phalanx aus Warnsymbolen auf den rückseitigen Dosenetiketten. »Und ich glaube kaum, dass wir hier kurzfristig einen Kammerjäger bekommen. Also bleibt einfach alle für ein paar Minuten im Haus, und ich probiere das mal.« Er schüttelte eine der Dosen, schnappte sich die anderen beiden und ging dann auf die Terrasse. Die Frauen versammelten die Kinder um sich, Francoise schloss vorsorglich die Fenster.

»Was macht Papi?«, fragte Jenny.

»Papi vertreibt die Wespen«, erklärte Marie.

»Papi macht die Wespen *tot*!«, krähte Lara fröhlich.

»Heilige Scheiße!«, rief Clemens von draußen. Laras Augen leuchteten auf, aber sie verkniff sich, etwas wegen der Wortwahl anzumerken. Die beiden Mädchen starrten aufgeregt zum Fenster, hinter dem ihr Papa die stechlustigen Tiere zu bekämpfen versuchte.

»Was ist?«, rief Marie zurück.

»Das Zeug tötet sie im Flug. Sie fallen einfach runter, direkt nach dem Treffer. Ist ja der Hammer.« Er schwieg für einen Moment, sie konnten das Gezische des Insektensprays hören, sogar die Zikaden verstummten, möglicherweise aus Angst. »Wir brauchen Besen und Schaufel«, erklärte er kurz darauf, als er wieder hereinkam. »Das sind Hunderte. Es ist eine verdammte Massenvernichtungswaffe, was Meryem und Francoise da gekauft haben.« Das klang genauso fröhlich wie Laras Ruf »Papi macht sie tot!« kurz vorher. Clemens grinste.

Er entfernte noch die papierartigen Nester, und wenig später konnten sie auf der Terrasse sitzen, ihren ersten Schluck Rotwein trinken und den Duft der Provence genießen. Meryem und Francoise brachen mit Bradley und den Zwillingen noch einmal auf, um sich nach einem Spielplatz umzuschauen. Marie fand, dass es eigentlich zu heiß dafür wäre, aber sie fand außerdem den Gedanken, zusammen mit Clemens etwas Ruhe zu haben, sehr reizvoll. Justine lag in ihrem Maxi-Cosi im Schatten und schlief. Sie hatten nach der Abfahrt der anderen noch rasch gevögelt, ein intensiver Ankunftsquickie, während der Staub des alten Opel gerade am Fuß des Hügels verwehte, und hatten sich dann auf die verrosteten Eisenstühle gesetzt. Jetzt hielten sie sich an den Händen. Es war ein unfassbar schöner Moment, fand Marie.

»Was heißt *Ich liebe dich* auf Französisch?«, fragte Clemens mit geschlossenen Augen.

»Das weißt du nicht?«, fragte sie überrascht zurück.

»Ich hatte Russisch an der Schule. Und ein bisschen Englisch erst an der Uni, in einem Förderseminar. Französisch war im Osten nicht so populär.«

»Aber trotzdem weiß man doch, wie man *Ich liebe dich* in den bekannteren Fremdsprachen sagt. Wie geht das auf Russisch?«

Clemens musste einen Moment lang nachdenken. »Ya tebya lyublyu.«

Marie versuchte, es nachzusprechen. »Klingt ein bisschen grob.« Sie kicherte. »Wie ein Befehl, irgendwas Böses zu tun.« Sie lachten beide.

»Und du sagst, das sollte man in verschiedenen Sprachen kennen?«, fragte er. »Wie heißt es denn auf Spanisch?«

»Te quiero.«

»Alle Achtung. Und auf, äh, Portugiesisch?«

»Das weiß ich nicht sicher, aber ich glaube, es geht so ähnlich wie auf Italienisch. Da heißt es *Ti amo.*« Sie griff nach seiner Hand. »Je t'aime«, hauchte sie.

»Jettäm?«

»Das ist französisch.«

»Jettäm«, wiederholte er und strahlte sie an. »Das klingt nett.«

Justine begann zu nöckeln. »Meryem hat gesagt, da ist eine fertige Flasche in ihrer Handtasche«, sagte Clemens. »Ich hole sie.«

»Ich bin näher dran.« Marie stand auf und ging ins Haus, wo auf dem Tisch der dickbäuchige Kunstlederbeutel stand, den Meryem als Handtasche verwendete. Sie kramte ein bisschen darin herum, was ihr einerseits unangenehm war, was sie andererseits aber auf eigenartige Weise faszinierte. Die große Tasche war randvoll mit Krempel. Die vorbereitete Flasche steckte in einem Flaschenwärmer. Als Marie beides aus der Tasche zog, fiel ein Zettel zu Boden, der auffällig sorgsam zusammengefaltet war und offenbar zufällig an der Außenhülle des vom Kondenswasser feuchten Flaschenwärmers geklebt hatte.

»Eu te amo«, stand darauf, daneben war ein Herzchen gekrakelt. Richtig, *das* hieß *Ich liebe dich* auf Portugiesisch. Darunter standen die Initialen G. R. – das war nicht schwer zu erraten. Gina Ribeiro. *Fuck,* dachte Marie. *Meryem hat ein Verhältnis mit der Kindergärtnerin.*

Als sie alles wieder zurückgepackt hatte, Justine auf dem Schoß schaukelte und ihr die Flasche gab, erzählte sie Clemens von dem Fund. Er machte keinen sonderlich überraschten Eindruck. »Die haben schon am Kennenlernabend im Käsekuchen heiße Blicke getauscht«, behauptete er, doch Marie hatte das anders in Erinnerung. Alle Blicke waren auf sie beide gerichtet gewesen, auf Clemens und Marie.

Was sie aber tatsächlich erschütterte, war der ungeheuer liebevolle Umgang zwischen den beiden Frauen, den sie während des gesamten Urlaubs an den Tag legten. Marie versuchte, Anzeichen zu erkennen, aber da war nichts. Meryem verhielt sich nachgerade hinreißend, und die beiden ließen keine Gelegenheit aus, um einander zu umsorgen, sich gegenseitig zu berühren, zu herzen oder etwas ins Ohr zu hauchen.

Fünf Jahre später trennten sich die Frauen, weil eine von Meryems Affären aufflog, woran die enttäuschte, wenige Wochen zuvor fallen gelassene Gina Ribeiro einen gewissen

Anteil hatte. Nach einem kurzen Versuch, sich im Guten voneinander zu lösen, geriet das Beziehungsende zu einer blutigen, bitteren Schlammschlacht, vor allem um das Sorgerecht für die Kinder. Alle Versuche von Marie und Clemens, irgendwie zu schlichten, scheiterten, und dann verloren sie die beiden aus den Augen.

Aber wenn sie sich später an diesen Urlaub erinnerte, was sie sehr gerne tat, gehörte er zu den schönsten, die sie je erlebt hatten. Sie saßen nächtelang Wein trinkend und Leckereien essend auf der Terrasse, verscheuchten spatzengroße Motten, Gottesanbeterinnen und Skorpione, fanden Sternbilder, die sie als Kinder vergeblich am Himmel gesucht hatten, und sie lachten so oft, dass Marie noch Tage nach dem Urlaubsende einen Bauchmuskelkater hatte – oder zu kichern begann, weil ihr ein lustiger Moment aus dem Urlaub einfiel. Sie lachten viel über Clemens, der an seinem zweiten Programm *Dankt Gott, es ist Freitag!* arbeitete (seine Agentin Glenda setzte später ein *Danke* statt des *Dankt* und ein Komma zwischen *Danke* und *Gott* durch) und ihnen einzelne Parodien daraus vorführte, aber sie lachten auch über viele andere Anlässe, und manchmal einfach nur, weil es so schön war und sie drei Wochen lang unfassbar glücklich waren. Sie alberten mit den Kindern, die es liebten, mit ihren Eltern zu spielen, sie tobten und badeten oder spielten Federball, sie lagen im Garten schweigend nebeneinander auf den knirschenden, hölzernen Liegen, lasen und lächelten dabei (und beugten sich hin und wieder zum anderen, um einander ein

Jettäm ins Ohr zu flüstern), sie erkundeten ein wenig die Gegend, und ein paar Male fuhren sie ans Mittelmeer, aber viel seltener, als sie ursprünglich geplant hatten.

Sie reisten noch acht weitere Male nach Südfrankreich in die Vier-Vier-Sieben, wie sie das alte, aber liebenswürdige Haus in den Hügeln hinter Saint-Ambroix nannten, zweimal mit Meryem und Francoise, und einmal sogar mit Teddy und seiner Diana, die allerdings nur ein paar Tage blieb, bis einer der harmlosen Skorpione in ihren Stoffturnschuh migrierte und ihren Fuß betäubte, als der sich zum Kieferklauenträger zu gesellen versuchte. Gut möglich, dass Teddy anschließend den allerbesten Urlaub seines ganzen verheirateten Lebens verbrachte, aber dafür nach seiner Rückkehr mehrere Monate in den inneren Kreisen der Hölle – obwohl es Diana gewesen war, die ihm nachgerade verboten hatte, mit ihr abzureisen, aber so war Diana eben: irrational und selbstgerecht. Es gab nur wenige Menschen in ihrem Umfeld, die Marie schlimmer fand. Obwohl sie jede Form von Gewalt strikt ablehnte, hätte sie sie dieser Frau gegenüber manchmal begrüßt. Oder sogar begeistert gefeiert.

Sie fuhren dann nicht mehr dorthin, weil es für die Mädchen zu langweilig wurde, mit ihren Eltern und deren Freunden auf einem Hügel in Südfrankreich zu sitzen und über Lavendelfelder zu blicken, die Füße im lauwarmen Poolwasser, eingehüllt von den berauschenden Düften und den Geräuschen der vielen Vögel und Zikaden. Die Zwillinge wollten lieber mit anderen Kindern spielen, sie wollten Action und

Unterhaltungsangebote, sie wollten Wasserrutschen, Minidiscos (bald auch ohne das Präfix *Mini*), Fahrten auf der Banane und, vor allem, die Möglichkeit, ohne ihre Eltern Spaß zu haben. Aber als sie das letzte Mal die Vier-Vier-Sieben hinter sich abschlossen, schworen sich Clemens und Marie, ihren ersten Sommerurlaub ohne die Kinder an genau diesem Ort zu verbringen, wenn es denn so weit wäre. Es war ein Schwur, der weit mehr als nur ein Urlaubsziel betraf, es war ein Versprechen, das nicht weniger als die Ewigkeit einschloss. Und sie glaubten zu diesem Zeitpunkt beide fest daran, es auf jeden Fall einhalten zu können.

Freitags Samstag

500/1000 Freitage

Allmählich begannen die Samstage – wenigstens vormittags – wieder wie früher zu werden, denn seit die Zwillinge zur Schule gingen, und dort bereits in die dritte Klasse, rückten ihre Aufwachzeitpunkte an den Wochenenden immer weiter nach hinten, erst in Richtung später Vormittag und dann sogar bis zum Mittag. Das gab Marie und Clemens an den Samstagvormittagen ein wenig von jener gemeinsamen Freiheit zurück, die sie vor der Geburt und an guten Wochenenden in der Säuglingszeit genossen hatten. Aber irgendwann hatten sie vollständig in den Servicemodus wechseln müssen, in den sie fast zehn Jahre lang eingespannt geblieben waren.

Wenn Clemens am Samstagabend keinen Auftritt in der Ferne hatte und also nicht in aller Frühe ins Auto springen musste, stand er vor Marie auf und bereitete das Frühstück vor. Er war nicht immer ein Frühaufsteher gewesen, ganz im Gegenteil – hohe Intensität hatte das erst mit seiner Karriere als Comedian erreicht, aber auch schon vorher, als Lara und Jenny zur Welt gekommen waren, hatte er seinen Tagesablauf umgekrempelt, um eine respektable Arbeitsteilung zwischen Marie und sich zu verwirklichen, jedenfalls in Bereichen, wo das technisch möglich war. Sie war meistens ziemlich stolz auf seine Bemühungen, die auch in den Zehnerjahren des neuen Jahrtausends noch nicht selbstverständlich für alle jungen Eltern waren, selbst solche, die sich nach außen als fortschrittlich und geschlechtergerecht und rollenklischeeverneinend verkauften. Meistens gönnten sich die Papas immer noch nur die guten und coolen Sachen mit den Kids wie die Hüpfburgenbesuche und die Samstagnachmittage am Fußballfeld oder in der Volleyballhalle, während die Mütter wie in den Fünfzigerjahren des vergangenen Jahrhunderts Haushalt, Erziehung, Versorgung und Ausstattung an der Backe hatten – und das nach Maries Eindruck wie gottgewollt hinnahmen, während ihnen die Partner immerhin einen eigenen Beruf zugestanden, ohne dass das erst vor Gericht erstritten werden musste.

Allerdings hatten Clemens' Bemühungen auch nicht immer gefruchtet und waren manchmal an der Lebensrealität gescheitert, aber der sehr ernsthafte Versuch, der auch noch vollständig und ohne viel Aufhebens von ihm ausgegangen war, rührte sie sehr. Und angesichts der Tatsache, dass er immerhin gleich zwei Jobs ausfüllte, davon einen, der mit intensiver Reisetätigkeit verbunden war, war es meistens okay für sie, dass sie so ungefähr fünf bis fünfundzwanzig Prozent mehr Last mit den Mädchen hatte, die zum Glück auch ziemlich pflegeleicht waren. Redete sie sich jedenfalls ein. Manchmal, wenn sie wusste, dass Clemens gerade in einem Hotel ausschlief, nach einem erfolgreichen Abend und einer langen After-Show-Party, wurde sie ein kleines bisschen wütend, weil sie in derselben Nacht viermal hatte aufstehen müssen, um die Zwillinge zu versorgen, um dann um sechs aufzustehen, die Kinder fertig zu machen, zur Tagesmutter zu bringen, die außerdem seit dem ersten Lebensjahr der Kinder ihr Freitagabends-Babysitter war, und um neun halb schlafend in einem Seminarraum zu sitzen oder hinter ihrem kleinen Schreibtisch, der ihr als Referendarin im Amtsgericht Tiergarten zugewiesen war, und nur mit großer Mühe die Augen offen zu halten. Diese Anflüge vergingen jedoch schnell wieder. Schon als sich Bollo ankündigte, hatten sie viel darüber gesprochen, wie es sich im Alltag gestalten würde, wenn sie Kinder hätten, und dann beim zweiten Versuch auch noch zwei auf einmal, und sie hatten die denkbaren Szenarien durchgespielt. Und immerhin war Marie es gewesen, die Clemens gedrängt hatte, es ernsthaft als Komiker zu versuchen, womit er von Jahr zu Jahr erfolgreicher wurde. Inzwischen sprachen ihn manchmal Leute auf der Straße an. Dass er vor allem aus Treue Judith und Karl gegenüber immer noch dieses Softwarezeug durchzog, ärgerte sie.

An diesem Morgen nach der Feier ihres fünfhundertsten Freitags bei *Paolo* war der Komiker im Hause Freitag wirklich früh draußen, und als Marie erwachte, duftete es bereits nach frischem Kaffee.

Und, wie immer samstags, nach Pancakes.

Sie hatte während der vergangenen zehn Jahre Hunderte dieser fluffigen Eierpfannkuchen gegessen, immer an den

Samstagen, und sie konnte kaum noch zählen, wie oft sie währenddessen darüber nachgedacht hatte, das Missverständnis, das sich zu einer jahrelangen Lüge entwickelt hatte, endlich auffliegen zu lassen. Aber dann saß sie in der Küche, beobachtete diesen wunderbaren, liebevollen Mann, der sich so darüber freute, ihr seinerseits diese vermeintliche Freude machen zu können, und sie brachte es einfach nicht übers Herz. Stattdessen goss sie den klebrigen Ahornsirup Samstag für Samstag über das Gebäck und schaufelte es anschließend in sich hinein, wobei sie genauso strahlte wie er, was sie hin und wieder schockierte, denn dass sie es schaffte, ihn über eine solch lange Zeit so anzuflunkern, ohne dass er auch nur den Hauch eines Verdachts schöpfte, widersprach einer grundlegenden Übereinkunft zwischen ihnen beiden. Und es war ohne jeden Zweifel ein Vertrauensbruch. Natürlich ein kleiner, harmloser, aber trotzdem ...

Als sie die Füße aus dem Bett schwang, dachte sie statt an Pancakes an den gestrigen Abend, und sie musste lächeln. Paolo hatte für sie beide ein Festmahl zubereitet und sogar ein eigenartiges Musikerduo aufgetrieben, einen Akkordeon- und einen Geigenspieler, beide in den späten Siebzigern, die, von kurzen Rauchpausen unterbrochen, stundenlang tapfer an ihrem Tisch gestanden hatten, um ein schreckliches italienisches Folklorestück nach dem anderen zu dudeln, manchmal unterbrochen von bekannten Schlagern und Filmmusiken. Was sie beide und die anderen Gäste über alle Maßen amüsiert hatte, und bei nicht wenigen Stücken hatte schließlich der ganze Laden aus vollem Hals in falschem Italienisch Dinge wie »Amore!« und »Cantare!« mitgesungen. Danach hatte Clemens etwas getan, was er sonst nie machte, weil er sich Auftritte – von seinen ständigen Parodiezitaten abgesehen – ausschließlich für die Bühne vorbehielt. Er hatte eine halbe Stunde lang ein kleines Best-Of gegeben, und einigen Gästen war dabei vor Lachen das Essen aus den Gesichtern gefallen. Sie hatten sowieso viel gelacht, noch mehr als sonst, und während sie jetzt ihre Füße in die kuscheligen Plüschschlappen schob und nach ihrem noch kuscheligeren Bademantel griff, einem nicht ganz legalen Mitbringsel aus einem von Clemens' Tourhotels (sie vermutete allerdings, dass er den Bademantel doch noch verschämt an der Rezeption bezahlt hatte, obwohl aus dem Diebstahl in seiner Erzählung ein echtes Husarenstück geworden war), wurde aus ihrem Lächeln ein breites Grinsen. Als sie um zwei Uhr morgens endlich ins Bett gekommen waren, hatte sich dort eine Form von Zärtlichkeit entwickelt, die Marie richtig glücklich gemacht hatte.

Verdammt, hatten sie es gut.

Verdammt, hatten sie es gut getroffen. Es war ein legitimes Wunder.

Auf dem Frühstückstisch stand eine einzelne, frische Margerite in der kleinen Vase, und daran lehnte das Polaroidfoto, das Paolo an ihrem ersten Abend gemacht hatte. Clemens stand mit dem Rücken zur Tür und hantierte an der Pfanne; es zischte und qualmte, manchmal verbrannte er einen Pancake ein bisschen, denn Kochen gehörte nicht zu seinen Kerntalenten. Aber es duftete außerdem nach frischem Kaffee, und es war gemütlich und ihr Zuhause und überhaupt, und, *Scheiße*, sie liebte ihn einfach über alles. Das Gefühl war mit einem Mal so unbeschreiblich stark, dass ihr Tränen in die Augen traten. Marie blinzelte und wischte sich mit der Fingerkante an den Augen entlang, dann räusperte sie sich.

Clemens drehte sich um, und erst jetzt sah sie, dass er ein krakelig bemaltes Shirt trug. »Jettäm« stand darauf, und die Zahl 500, umkränzt von etwas, das er vermutlich als Lorbeerblätter angelegt hatte, und es sah wirklich überaus scheußlich aus. Marie lachte. »Heilige Scheiße«, sagte sie dann. »Haben das die Kinder gemacht? Und standen sie währenddessen wohlmöglich unter Drogen?«

Er sah an sich herunter und schüttelte dann den Kopf, und er versuchte, verschämt und ein bisschen beleidigt dreinzuschauen, aber es misslang. Dann kam er auf sie zu, sie umarmten und küssten sich, ziemlich lange sogar, bis der beißende Rauch sie unterbrach.

»Verdammt«, schimpfte er. Die Pancakes waren angebrannt.

»Lass es verbrennen, halb so schlimm«, sagte Marie. Sie atmete tief durch, hielt seinen rechten Unterarm fest und sah ihm in die Augen. »Weißt du, ich mag Pancakes nämlich eigentlich überhaupt nicht. Das war damals ein Missverständnis, und ich habe es nicht übers Herz gebracht, das aufzuklären. Aber es ist Donna gewesen, die immer Pancakes gegessen hat. Nicht ich. Ich mag Leberwurstbrötchen viel lieber. Eigentlich hasse ich Pancakes sogar ein bisschen.«

Und dann schob sie leise eine Formel hinterher, die sie sonst nie verwendete: »Um ganz ehrlich zu sein.«

Sie rechnete damit, dass seine Gesichtszüge entgleiten würden, dass sein Lächeln zerfiele und er richtig in Tränen ausbräche, aber Clemens tat nichts davon. Stattdessen grinste er.

»Ich habe das die ganze Zeit gewusst«, erklärte er. »Eigentlich schon seit dem zweiten Samstag. Aber ich fand es spannend, dass du nichts gesagt hast und dass du immerhin zehn Jahre lang so getan hast, als würde ich dir eine Freude machen.« Er drehte sich zum Herd und schaltete das Gas ab.

Marie war so verblüfft, dass ihr zunächst keine Erwiderung einfiel.

»Ich hab dich immer beobachtet«, sagte er. »Du hast so getan, als wäre das ein Festessen für dich, aber wenn du gemeint hast, ich würde gerade nicht hinschauen, war es dir deutlich anzusehen. Du bist keine gute Lügnerin.«

»Du, du ... *Schuft*!«, schimpfte Marie. *Schuft*? Großer Gott. Dass sie dieses Wort überhaupt *kannte*.

»Ich liebe dich auch«, sagte er.

Und dann lachten sie fast so laut wie am Abend vorher beim gemeinsamen Absingen von *Azzurro*.

Er hatte noch frische Brötchen geholt und sich sogar an der Wursttheke bei REWE angestellt, um feine Leberwurst (»Kalbsleberwurst wirklich nur, wenn nichts anderes da ist!«) für sie zu besorgen, was am Samstagvormittag echt hart war, und als Marie zufrieden und glücklich den letzten Schluck

Kaffee trank, hätte sie am liebsten die Arme ausgebreitet und all das mit aller Kraft umarmt, an sich gezogen und energisch festgehalten. Und als hätte er ihre Gedanken gelesen, was er hin und wieder wirklich konnte, davon war sie fest überzeugt, fragte Clemens, der selbst wie ein Honigkuchenhengst strahlte: »Wie schafft man das, dieses Gefühl nie enden zu lassen?«

»Du meinst im Sinne von ›An der Liebe arbeiten‹?«

Er legte den Kopf kurz zweifelnd schief und nickte dann aber.

»Ich glaube nicht, dass das geht«, sagte sie nach einem Augenblick des Nachdenkens. »Wenn sich das Gefühl breitmacht, man müsse etwas tun, um die Liebe wiederzubeleben oder sogar zu retten, ist es schon zu spät. Das geht auch einfach nicht. Ich glaube, bei der Liebe gibt es nur ganz oder gar nicht. Die wird nicht weniger, sie ist entweder da oder nicht. Und wenn sie weg ist, ist sie weg. Man kann sie nicht zurückholen, indem man, keine Ahnung, romantische Wellnesswochenenden unternimmt oder sich summend brummendes Sexspielzeug kauft.«

»Das klingt ja nicht sehr optimistisch.« Marie konnte Clemens gut ansehen, wie er sich mit dem Gedanken an Sexspielzeug beschäftigte. Sie vertrat die Überzeugung, dass ihre Körper Spielzeug genug waren, aber er unterschied sich bei dieser Frage kaum von anderen Männern.

Sie hielt sich den Kaffeetopf noch einmal an den Mund, obwohl sie wusste, dass er leer war. »Das ist zumindest meine Erfahrung von der Arbeit«, sagte sie. »Es scheint mir ein Naturgesetz zu sein. Licht an, Licht aus. Wenn es aus ist, hilft kein zusätzlicher Heizkörper. Dann wird es zwar wärmer, aber trotzdem nicht mehr *hell.*«

»Also müssen wir dafür sorgen, dass keiner von uns an den Lichtschalter kommt«, erklärte er und räumte den Tisch ab.

»So in etwa«, murmelte sie, obwohl sie die Analogie allmählich doof fand. Es klingelte. Marie sprang auf und ging zur Tür.

»Oder wir montieren den Lichtschalter einfach ab!«, rief er ihr noch in den Flur hinterher. Sie drehte sich, rückwärtsgehend, zu ihm um und zeigte ihm einen Vogel.

Wenig später kam sie in Begleitung von Paul Krause zurück. Der Junge war inzwischen zwanzig und natürlich sehr viel größer, aber ansonsten hatte er sich kaum verändert. Seine Haare waren immer noch kurz und sahen aus wie mit der Nagelschere selbst geschnitten, seine Augen waren nach wie vor blau, wirkten vielleicht ein bisschen heller als damals, vor zehn Jahren, als sie ihn zum ersten Mal gesehen hatten, mit dieser Schramme auf der Wange, im Treppenhaus. Sie hatten im ersten Jahr noch zwei ähnliche *Vorfälle* mitangehört, dann hatte sich Marie ans Telefon gehängt und beim Jugendamt durchgefragt. Überraschenderweise nahm Patrizia Krause die Hilfsangebote an, die man ihr von Amts wegen machte, und die Situation des Jungen verbesserte sich zusehends, aber wenn sie sich im Treppenhaus begegneten, tat Frau Krause, als wäre Marie aus Luft. Aus *verpesteter* Luft. Und da es ihr trotz der Betreuung durch Sozialarbeiter und

Psychologen nicht immer gelang, sich vollständig in den Griff zu bekommen, bot man Paul schließlich an, in eine betreute WG umzuziehen, als er fünfzehn war. Als er das annahm und aus der Rheinuferstraße 17 auszog, wurde es oben wieder lauter, sehr viel lauter, und die Freitags fürchteten, dass sich die Wut jetzt gegen Pitti richten würde, doch das geschah nicht – Patrizia tobte sich stattdessen an ihrem Gatten aus, der hin und wieder ordentlich Widerstand leistete. Und als Rache klebte während der folgenden Monate ab und zu mal etwas (vermutlich menschliche) Kacke an der Türklinke im vierten Stock, oder die Post von Marie und Clemens lag in säuberlichen Fetzen auf dem Boden des Flurs, und schließlich erwischte Clemens Patrizia Krause in flagranti dabei, wie sie soeben mit ihrem Wohnungsschlüssel eine lange Schramme in die Beifahrerseite von Clemens' Auto implantierte. Für den Verzicht auf eine Strafanzeige nahm er ihr das Versprechen ab, mit dem Mist aufzuhören, und das tat sie auch. Das Einzige, was sie nie ließ, war allerdings, besonders laut aufzustampfen, wenn sie im Zimmer über dem Schlafzimmer der Freitags war und glaubte, die Nachbarn unter ihr würden zu schlafen versuchen.

Seit seinem Umzug in die WG besuchte Paul seine Familie nur noch an besonderen Feiertagen oder wenn Pitti Geburtstag hatte, die ihn wiederum regelmäßig in der WG besuchte. Er war ein ruhiger junger Mann geworden, in sich gekehrt, aber freundlich und klug. Er hatte ein gutes Abitur gemacht und studierte inzwischen Chemie, und um das zu finanzieren, jobbte er an den Wochenenden und in den vorlesungsfreien Zeiten bei einer Umzugsfirma. Eigenartigerweise wirkte sich das nur geringfügig auf seinen Körperbau aus; Paul Krause war zwar nicht mehr eins zwanzig, sondern über eins achtzig, aber immer noch so schlank wie damals.

Dass er die Freitags oft besuchte, wenn er sicher war, dass seine Eltern nicht im Haus waren, wusste nur seine Schwester Petra. Manchmal kam sie dazu. An diesem Samstag aber nicht. Dafür schlurfte eine sehr verschlafene Lara in die Küche, kaum dass sich Paul an den Küchentisch gesetzt hatte. Sie rieb sich die verquollenen Augen und fragte: »Ist was Besonderes?«

Als die drei Erwachsenen am Tisch nur lächelnd schwiegen und die Köpfe schüttelten, sagte Lara: »Na dann«, drehte sich um und taperte wieder zurück ins Bett.

»Die werden mal ungeheuer hübsch«, sagte Paul, der ihr hinterhersah.

»Das sind sie längst, junger Mann«, protestierte Clemens. »Es gibt keine schöneren Achtjährigen. Wir haben das prüfen lassen.« Er parodierte jemanden, aber Marie erkannte die Stimme nicht. Möglicherweise ein Prominenter, von dem er meinte, Paul würde ihn kennen. Der lachte höflich.

»Was gibt es?«, fragte Marie. »Du warst letzte Woche erst hier.«

»Ich gehe zum Bund«, sagte Paul und legte die Handflächen auf den Tisch.

Frag Freitag

650/1000 Freitage

Auch im fünften Jahr seiner überschaubaren, aber stetig steiler werdenden Karriere war es immer noch dasselbe: Clemens bekam Buchungen rein und freute sich wie ein Schnitzel über die anstehenden Auftritte. Wenn er die Termine jedoch ein paar Minuten später in den Kalender eingetragen und den Stift auf seinem Schreibtisch abgelegt hatte, neben dem ein gerahmtes Schwarz-Weiß-Bild von Lenny Bruce hing, hätte er am liebsten nach dem Telefon gegriffen und alles gleich wieder abgesagt, und gegen diesen Wunsch musste er wirklich energisch ankämpfen. Denn das Lampenfieber begann sofort damit, sich bei ihm anzuschleichen. Hätte ihn jemand in solchen Augenblicken danach gefragt, hätte er gesagt, dass er Auftritte vor Publikum hasste, dass er es nicht ertrug, vor fremden Menschen zu spielen (eigentlich aber auch nicht vor ihm bekannten Menschen, genau genommen war das, von wenigen Ausnahmen abgesehen, sogar noch schlimmer), und dass er um keinen Preis auf *irgendeiner* Bühne stehen wollte. Der Gedanke daran versetzte ihn in pure Panik, und er war sich sicher, dass er überhaupt nicht konnte, was man da von ihm verlangte. Er kam sich vor wie ein Vegetarier, der dazu gezwungen wurde, ein dreipfündiges, blutiges Porterhouse-Steak zu essen. Oder wie der Typ aus dem Alten Testament, der sein eigenes Kind diesem hinreißenden Gott opfern sollte, um zu beweisen, dass er an ihn glaubte.

Es war verblüffend, dass sein Herz das überhaupt aushielt. Wenn er auf Tour war und mehrere Termine nacheinander hatte, wachte er morgens mit dem Gedanken daran auf, dass er am Abend auf einer Bühne stehen müsste, und die Sorge deswegen wuchs über den Tag hinweg an, so dass er kaum genießen konnte, was ihm der Ort um die Location herum zu bieten hatte, was meistens allerdings nicht viel war. Es spielte keine Rolle, ob ihn das Publikum am Vorabend gefeiert hatte oder nicht – aber seine Shows floppten selten, ganz im Gegenteil. Unwesentlich war auch, wie die Vorverkäufe liefen. Clemens hatte schon in knackvollen, großen Häusern gespielt und in winzigen Clubs, die manchmal auch noch leer waren, weil gleichzeitig im Ort ein Feuerwehrfest, eine prominente Hochzeit oder etwas Ähnliches stattfand, oder weil alle vor den Fernsehern hockten und sich WM-Qualifikationsspiele oder das *DSDS*-Finale anschauten. Die Größe des Publikums war ihm zwar nicht egal, doch für seine Gefühle vorher irrelevant, und wenn es dann so weit war, spielte er sowieso, als wenn die Hütte bis auf den letzten Platz gefüllt wäre, und das auch noch mit Leuten, deren Leben davon abhing, dass er sie zum Lachen brachte. Aber die Zeit bis zum Auftritt war eine unglaubliche Folter für ihn. Und er haderte jedes Mal mit der Entscheidung, Comedian geworden zu sein. Glenda Brombach, seine Agentin, ging nicht mehr ans Telefon, wenn er ein paar Minuten vor einem Auftritt anrief, seit er ein paar Mal völlig hysterisch versucht hatte, sie kurz vor dem Vorhang dazu zu drängen, den Abend und alle anderen Shows einfach abzusagen. Aber wenn er versucht hatte, sie zu erreichen, meldete sie sich später am Abend bei ihm zurück, um zu erfahren, wie es gelaufen ist, und dann war er über alle Maßen euphorisch. Es gab dann nichts Besseres auf der Welt als diese zwei Dinge: mit Marie Freitag geborene de Bruijn verheiratet und Komiker sein zu dürfen.

Die Entscheidung, das überhaupt zu tun, hätte er ohne sie nie getroffen, und meistens war er ihr unendlich dankbar dafür, außer an Auftrittstagen tagsüber. Schon am Abend ihres Kennenlernens, an jenem legendären letzten Freitag des vergangenen Jahrtausends, hatte sie sein parodistisches Talent bewundert und ihn immer wieder gedrängt, damit unbedingt etwas anzufangen. Sie besuchten gemeinsam viele Shows und Veranstaltungen im sogenannten Kleinkunstbereich, waren in wohnzimmergroßen Theatern, in kleinen Kabarettbühnen und in den großen Häusern. Marie, die das Theater eigentlich nicht mochte, weil sie es nur schwer ertrug, dass Leute allabendlich genau das Gleiche auf einer Bühne taten, was man einfacher auch abfilmen und auf einer Leinwand zeigen könnte, versuchte auf diesem Weg, ihn allmählich zu überzeugen, auch mal einen Auftritt zu wagen. Aber sein pathologisches Lampenfieber war zu groß. Manchmal empfand er es sogar stellvertretend für die Leute auf der

Bühne. Er saß neben ihr, verknotete die Hände ineinander und starrte die Bühne an wie ein Kaninchen, das in einen Scheinwerferkegel geraten ist.

Schließlich hatte sie ihn zu einem Open Mike geschleppt, in einen etwas abgerockten Laden nicht weit von ihrer Wohnung, wo Countrybands aus der zweiten oder dritten Liga spielten oder faltige, graubärtige Singer-Songwriter mit kratzigen Stimmen auftraten, die das Ende ihrer Karriere verpasst hatten. Marie hatte sich mit dem Wirt, der zugleich als Conférencier der Shows agierte, vorher abgesprochen, und der Mann, ein zur Fettleibigkeit neigender, etwas schmutzig wirkender, aber sehr freundlicher Typ, hatte sich nach der zweiten Nummer an den Rand der Bühne gestellt, einen zerknüllten Zettel aus der Hose gezogen, scheinbar irritiert ins Publikum geschaut und gesagt: »Ist ein Clemens Freitag hier? Das ist wichtig. Sorry, dass ich das Programm dafür unterbreche. Clemens Freitag?« Clemens hatte vorsichtig die Hand gehoben und fragend zu Marie geschaut, die die Schultern zuckte und ihrerseits überrascht tat. Also war er auf die Bühne geklettert, ohne auch nur zu ahnen, was ihm bevorstand, und als ihn Marie später fragte, was er gedacht hatte, das der Typ von ihm wollte, fiel ihm keine Antwort ein. Aber als er oben stand und zu ihr runterschaute und der dicke Mann ihm erklärte, er solle doch bitte mal für ein paar Minuten sein parodistisches Talent zeigen, weil er so viel Gutes darüber gehört hätte, lächelte Clemens, nickte und legte mit großer Selbstverständlichkeit einfach los, als wenn er das vierundzwanzig Stunden am Tag tun würde. Er improvisierte, sprang zwischen einem Dutzend Figuren hin und her, und obwohl nur zwanzig, fünfundzwanzig Leute im Raum saßen, brannte nach wenigen Minuten die Luft. Er gewann die Abstimmung per Applaus am Ende mit großem Abstand – genau genommen klatschten für die anderen Kandidaten nur deren Begleitungen –, und er hatte Blut geleckt, denn das Gefühl dort oben war einfach unbeschreiblich. Umso schlimmer war die Wartezeit hinter der Bühne.

Wenn es irgendeine Möglichkeit gab, diesen Grusel zu toppen, dann dadurch, dass er gemeinsam mit anderen Künstlern im Backstagebereich warten musste – anderen, die auch noch vor ihm auftreten würden. So wie an diesem Abend, in einem Nest in Niedersachsen, vierzigtausend Einwohner. Es hieß Metting. Er hatte hier schon zweimal gespielt, sie hatten ihn gefeiert, und die Euphorie danach, die sich genauso verlässlich einstellte wie sein Lampenfieber davor, hatte alles wieder wettgemacht. Aber trotzdem war es kaum auszuhalten. Und andererseits das Größte überhaupt.

Er kannte Natalie Penner von früheren gemeinsamen Gigs. Sie war eine zarte, feenhafte, unglaublich schöne Frau mit großen, braunen Rehaugen, die mit ihrem Wesen die Brutalität ihrer Shows in makabrer Weise unterstrich. Natalie kannte keine Tabus. Sie war eine Stand-Upperin, die mit so gnadenloser Härte und Präzision in die offenen Wunden stach, dass es schon beim Gedanken daran schmerzte. Sie war der plüschige Kuschelteddy, der einem nachts, während man schlief, in die Kehle biss und den Leichnam anschließend bis zur Unkenntlichkeit zerfetzte. Und der dann morgens kulleräugig im Bett lag, als wäre nichts passiert.

»Ich heiße natürlich nicht wirklich Natalie Penner«, hatte Clemens gehört, als er beim ersten gemeinsamen Auftritt hinter der Bühne gesessen und auf seine flatternden Hände gestarrt hatte. »Sondern eigentlich *Jeanine* Penner. Aber, Scheiße, wer will schon Jeanine heißen?« Und dann, in das Gelächter des Publikums: »Ihr lacht über einen Witz, der noch älter ist als die dritten Zähne von diesem Typen hier vorne, und die haben sich wahrscheinlich durch zwei Weltkriege gebissen.« Lachpause. »Nein, den Nachnamen finde ich passend. Penner hat ja mehrere Bedeutungen. Leute, die auf der Straße leben, weil sie nichts mehr auf die Reihe kriegen oder von anderen, die eben noch Freunde oder Familie waren, einfach so fallengelassen wurden. Oder gemeine Menschen. Ich bin so einer. Ich bin ein gemeiner Penner. Also, stellt euch darauf ein, ihr Penner.«

Die Show nannte sich »Comedy-Duell«, Natalie und er traten im Wechsel für jeweils eine Viertelstunde auf, aber sie duellierten sich natürlich nicht wirklich (obwohl Clemens der Kollegin zugetraut hätte, mit geladener Waffe auf einer Comedybühne zu hantieren). Nach seinem ersten Set war Clemens' Lampenfieber – wie immer – verschwunden, und der Abend machte nur noch Spaß, sogar sehr großen Spaß. Weil Natalie und er so unterschiedlich waren, sie eher politisch, oft ungeheuer persönlich und pausenlos zynisch, während er die Leute unterhalten und zum Lachen bringen wollte und genau genommen keine Botschaft außer »Seid fröhlich, hört euch gegenseitig zu und seid und nett zueinander!« hatte, brachten sie den Club gemeinsam zum Kochen, ohne zusammen auf der Bühne zu stehen, außer beim Schlussapplaus nach den letzten beiden Zugaben. Wie meistens im *Lachbeutel*, wie der überschaubare Laden in der Fußgängerzone der Kleinstadt hieß, ging das Duell unentschieden aus, und Karim, der Inhaber, überreichte beiden kleine Blechpokale, wie bei einem Kindergeburtstag. Während Clemens seinen beidhändig triumphierend hochhielt wie eine Trophäe, die er im erbitterten Kampf errungen hatte, zog Natalie Penner vernehmlich durch die Nase hoch und rotzte in ihren hinein, wobei sie so anzüglich grinste, dass das Publikum – vor allem das männliche Publikum – fast ausrastete. Anschließend nahmen Natalie und er im Vorraum des Theatersaals ihre Plätze ein, um Fanartikel zu verkaufen. Für sie beide war das ganz selbstverständlich, aber es gab nicht wenige Kollegen, die sich divamäßig davor zierten, ihr Publikum persönlich zu treffen, oder die sich zu schade dafür waren, CDs oder Bücher zu signieren. Und auch noch Wechselgeld hervorzukramen. Oder sich die unvermeidlichen Versuche ihrer Fans anzuhören, lustiger als ihre Idole zu sein. Wenn man *gegen die Tür* spielte, also statt einer festen Gage nur einen Teil des Eintrittsgeldes bekam, war der Umsatz mit dem Merchandising nicht selten höher als die Einkünfte fürs Auftreten. Clemens hatte einen Stapel Autogrammkarten dabei, auf denen er noch deutlicher als ohnehin schon dem amerikanischen Schauspieler Paul Rudd ähnelte, und vor allem seine erfolgreiche CD, die »Frag Freitag«

hieß. Darauf beantwortete er mit den Stimmen diverser Prominenter Alltagsfragen, etwa als Arnold Schwarzenegger diejenige, ob Gewalt als Konfliktlösungsoption probat wäre. Als Peter Kautz, der Vorsitzende der Pfundis, der eine ziemlich prägnante Stimme hatte, erklärte Clemens, wie man Müll ordentlich trennte, unter Zuhilfenahme von Skalpellen, Papierscheren, Stichsägen und kleinen Mengen TNT. Die CD hatte es nach ihrem Erscheinen kurz in die Charts geschafft, Clemens hatte zusammen mit der Autorenlegende Gerhardt Roberts die Texte verfasst, aber Roberts war leider inzwischen an den Folgen einer HIV-Infektion gestorben.

Natalie saß neben Clemens, sie signierten Karten und grinsten für Selfies. Manchmal wollte ein Zuschauer, dass sie beide mit ihm auf dem Bild waren, dann nahmen sie ihn zwischen sich und schnitten Grimassen. Die unbegleiteten Männer wollten häufiger Fotos mit Natalie, die Solo-Frauen standen überwiegend bei Clemens an, und bei Leuten, die Teil eines Paares waren, war es genau umgekehrt: Die Männer kamen zu Clemens und stierten begehrlich zu Natalie, wenn sie sich von ihren Frauen unbeobachtet fühlten, und die Frauen standen bei Natalie und lächelten Clemens verschämt zu, wenn der dazugehörige Kerl gerade nicht guckte.

»Gehen wir anschließend was essen?«, fragte die Kollegin zwischen zwei Fans.

»Meinst du, hier hat noch was offen?« Jeder Künstler, der wie sie auch in kleinen und kleinsten Städten unterwegs war, hatte immer ausreichend Snacks im Gepäck, weil nach den

Gigs und etwaigen After-Show-Partys oft nicht einmal mehr eine Hotelbar zur Verfügung stand, geschweige denn ein Zimmerservice oder wenigstens ein kleiner Kühlschrank im Zimmer, in dem mit weißer Schicht überzogene Snickers oder sich krümmende BiFis lagen. Wenn sie überhaupt in Hotels untergebracht waren; nicht wenige Veranstalter buchten winzige Pensionen oder private Unterkünfte, um Geld zu sparen, und da saß man dann morgens bei alten Leuten in der Küche, die ihre Rente aufbesserten, indem sie die Zimmer ihrer Kinder vermieteten, die längst selbst Eltern waren, was deren Erzeuger aber nicht daran hinderte, stoisch auf die Rückkehr des Nachwuchses ins elterliche Heim zu warten, weshalb man die Zimmer auch nicht veränderte. Dort bekam man morgens fertig geschmierte Leberwurstbrote, braun angelaufene Apfelschnitze und Instantkaffee vorgesetzt. Glenda Brombach sorgte allerdings dafür, dass Clemens nicht mehr privat untergebracht wurde, seit eine Wirtin, eine Mittfünfzigerin, die sich recht gut gehalten, aber seine Freundlichkeit falsch verstanden hatte, nachts in sein Zimmer geschlichen war und versucht hatte, nackt unter seine Bettdecke zu kriechen, als er aufwachte.

»Karim sagt, es gibt einen Italiener, ein paar Häuser weiter.«

Eine halbe Stunde später saßen sie einander gegenüber in einem viel zu großen Gastraum, an dessen gut zwanzig Tischen sich um diese Uhrzeit noch eine Handvoll Leute verlor, davon zwei kleine Grüppchen, die ihnen aus dem *Lachbeutel* gefolgt waren und jetzt versuchten, die beiden mittelbekannten Komiker total unauffällig zu beobachten. Normalerweise hätte Clemens die Leute herangewinkt, aber heute war ihm nicht danach.

Das Interieur der Pizzeria sah aus wie vom Sperrmüll, sozusagen der diametrale Gegenentwurf zum *Paolo,* die Dekoration war ein heilloses Durcheinander, Karim hatte jedoch behauptet, das Essen sei prima, und außerdem gab es um halb elf an einem Mittwochabend in der niedersächsischen Provinz nicht viele Alternativen. Sie bestellen Pasta und Bier. Clemens tippte unter dem Tisch eine Kurznachricht an Marie, in der er ihr mitteilte, er sei noch mit Natalie Penner etwas essen gegangen, und beendete den Text mit dem traditionellen »Jettäm«, gefolgt von einer Wagenladung Herzchen und Kusssmileys. Für die Dauer eines Wimpernschlags vermisste er in diesem Moment die starke Dringlichkeit, die er immer empfand, den enormen Wunsch, sich schnellstmöglich nach einem Auftritt bei Marie zu melden und ihr zu versichern, wie sehr er sie liebte. Es war ihm immer noch enorm wichtig, aber es war inzwischen ein bisschen auch eine Verpflichtung, fand er.

Marie schickte Sekunden später ein Foto zurück, das Natalie Penner bei der Verleihung des Bayerischen Kleinkunstpreises zeigte. Sie hatte dort ein halbtransparentes Kleid getragen, das nur aus der Vorderseite bestanden hatte, wodurch sich die Rückseite ihrer Bekleidung auf das schmale und auch noch hautfarbene T ihres G-Strings beschränkt hatte. Von hinten hatte sie wie vollständig nackt ausgesehen. Fotos von diesem Abend waren sofort viral gegangen und hatten

Natalie schlagartig deutlich bekannter gemacht, allerdings nur für ein paar Wochen. »Ist das die?«, schrieb Marie und ergänzte es um ein Zwinkersmiley. »Sie hat heute Abend mehr an, auch hintenrum«, antwortete Clemens. »Da bin ich ja beruhigt«, schrieb Marie zurück. Und: »Hab einen schönen Abend, ich liebe dich.« Als er das las, zum wahrscheinlich mindestens zehntausendsten Mal, wurde Clemens von heftiger Rührung und ungeheurer Sehnsucht erfasst, verbunden mit einem starken Glücksgefühl, was eine eigenartige Mischung ausmachte, die er aber längst gut kannte, denn sie suchte ihn häufig heim, wenn er unterwegs war, meistens schon im Auto oder im Zug, kurz nach dem Losfahren. Er atmete tief durch und schob das Telefon in die Hosentasche. Der Wimpernschlagmoment, in dem sich das Melden bei Marie wie eine Verpflichtung angefühlt hatte, war längst vergessen.

»Ich bin für *Komischer Besuch* angefragt worden«, sagte Natalie, die tatsächlich Svenja Borowski hieß (»Genau wie der Tatort-Kommissar, aber ich bin nicht mit Axel Milberg verwandt.«). Clemens nickte langsam und runzelte die Stirn. Das war eine Scripted-Reality-Show, bei der mehr oder weniger bekannte Comedians – eher aber weniger bekannte, also die zweite Liga, zu der sich Clemens realistisch betrachtet auch selbst zählte – ein Wochenende bei »normalen« Menschen verbrachten, irgendwo in den Suburbs, in gruseligen Neubaugebieten oder im Hinterland, beobachtet von einem kleinen Filmteam und haufenweise versteckten Kameras, deren Positionen natürlich allen Beteiligten bekannt waren. Das Format gehörte zu den Überbleibseln des Comedy-Overkills, den die Privatsender in den Nullerjahren ausgelöst hatten, als jeder, der auch nur das Wort »Comedy« buchstabieren konnte, seine eigene Primetime-Show bekommen hatte. Auch Clemens war mehrfach angefragt worden, aber er trat grundsätzlich nicht im Fernsehen auf und erst recht nicht bei der Sendergruppe, die *Komischer Besuch* produzierte. Das war sozusagen die Proktodäaldrüse der deutschen Fernsehunterhaltung, Leute, denen nichts heilig war, von ihrem eigenen Kontostand abgesehen.

»Martin Seitenmüller hat sich da zum Obst gemacht«, sagte er, während die Kellnerin ihre Biere auf den Tisch stellte. Sie prosteten sich kurz zu, Clemens nahm einen Schluck und fand es fantastisch, etwas so Leckeres wie ein gut gezapftes, frisches und kühles Fassbier trinken zu dürfen. Marie amüsierte sich regelmäßig über seine Begeisterung für solche Sachen, aber er wusste auch, dass sie ihn deswegen liebte. Unter anderem deswegen.

»Zum Vollobst«, sagte Svenja. »Zum Obervollobst. Er hat die Messlatte für Peinlichkeit um Lichtjahre nach oben verschoben. Aber er hat danach ein halbes Jahr lang große Säle ausverkauft.«

»Wenn du um nur ein Prozent noch aufregendere Kleidung anziehst, kannst du Stadien füllen«, sagte Clemens und bereute es umgehend. Es stimmte zwar, was er gesagt hatte, denn Svenjas Outfit an diesem Abend war zwar längst nicht so ... *originell* wie damals beim Bayerischen Kleinkunstpreis, aber man durfte es »aufreizend« nennen, ohne sich den Vorwurf, sexistisch zu sein, anhören zu müssen, doch den Nachklang dessen, was er gesagt hatte, empfand er trotzdem als unschön. Nichts lag ihm ferner, als Svenja Borowski anzumachen. Oder sie auf ihre Attraktivität zu reduzieren.

Sie zwinkerte und nestelte am Dekolleté ihrer halbdurchsichtigen Bluse herum, als wäre ihr peinlich, was Clemens gesagt hatte. »Wenn du das meinst.«

Die Pasta wurde serviert, und sie waren beide angenehm überrascht, wie vortrefflich sie schmeckte, also bestellten sie weitere Biere und dazu ein paar Schnäpse. Clemens würde irgendwann am Vormittag ins Auto springen müssen, der Weg nach Berlin war nicht weit, er könnte ausschlafen. Außerdem vertrug er Alkohol gut. Viel zu gut, sagte Marie hin und wieder und zog dabei die Augenbrauen zusammen.

»Und? Nimmst du an?«, fragte er beim vierten Bier. Sie warteten auf das Dessert.

»Was meinst du?« Inzwischen waren sie alleine im Restaurant; ihre Groupies hatten sich noch Selfies abgeholt und ihnen stammelnd erklärt, im Leben noch keinen so lustigen Abend verbracht zu haben. Clemens hatte eine Serviette signiert, Svenja einen recht behaarten männlichen Unterarm (was sie mit »Da bekommt man Lust auf ein Haustier« kommentiert hatte, aber freundlich lächelnd).

»*Komischer Besuch*. Machst du es?«

Sie legte den Kopf auf die Seite. »Machst du es?«, wiederholte sie grinsend, und dann hatte er plötzlich ihren bestrumpften Fuß im Schritt. Bevor er hastig zurückrutschen konnte, hatte sich sein Paarungsreflex gemeldet, was Svenja bemerkt haben musste. Sie schob den Fuß etwas auf und ab. Sie hatte wirklich hinreißende Füße, musste Clemens feststellen.

»Bitte«, sagte er und schnaufte. »Mach das nicht.«

»Mindestens ein Teil von dir will es«, sagte sie, zog aber ihren Fuß zurück, allerdings sehr langsam. Clemens bekam eine Gänsehaut.

»Der Teil, der das anscheinend will, ist mental nicht ausreichend kompetent«, murmelte er.

»Es kommt einem legitimen Wunder gleich, dass ein Hetero-Mann, der zwei Liter Bier und ein paar Schnäpse intus hat und nicht unter chronischen Erektionsproblemen leidet, ein solches Angebot ablehnt.« Sie nahm einen Schluck Bier und zwinkerte.

»Ich liebe meine Frau sehr. Und ich könnte es mir niemals verzeihen, das zu tun.«

Svenja zog die Stirn kraus. »Du bist vier, fünf Tage die Woche unterwegs, weit weg von zu Hause. Und du siehst ziemlich gut aus.« Clemens wurde rot. »Das weißt du selbst.« Er wurde noch röter. »Und du willst mir erzählen, dass du all den Verlockungen des Tourlebens widerstehst?«

Clemens nickte nur und kippte sich einen Schluck Bier in den Hals.

»Das ist unfassbar. Du musst deine Frau wirklich sehr lieben. Weiß sie, was sie an dir hat?«

»Wenn du sie kennen würdest, würdest du diese Frage nicht stellen«, sagte er und wurde dabei sofort wieder von dieser gewaltigen Rührung erfasst, die ihn oft ergriff, wenn er von Marie erzählte oder auch nur an sie dachte, wobei er sich in diesem Augenblick kurz fragte, ob es ihr wohl auch so erging. »Aber, um deine Frage zu beantworten – ich denke schon.«

»Solltest du dir das irgendwann anders überlegen ...«, säuselte sie.

»Nicht dein Ernst«, sagte Clemens und schaffte es sogar zu lachen. »So was sagen sie nur in schlechten Filmen.« Er überlegte, ob ihm eine Szene einfiel und eine passende Stimme, aber er war langsam ganz schön angegangen und zu müde dafür.

»Ich meine es so. Komm, lass uns noch ein paar Schnäpse trinken.« Svenja winkte nach der Kellnerin.

Wenig später warf man sie höflich aus der Pizzeria, und dann schwankten sie, Svenja bei Clemens eingehakt, durch die Fußgängerzone des Ortes und suchten ihr kleines Hotel. Als sie an einem Friseur mit dem Namen *Kamm Inn* vorbeikamen, stimmte Svenja das Lied von den *Zehn nackten Friseusen* an. Clemens fand die Arbeit von Mickie Krause scheiße, aber er bewunderte den Mann als Profi sehr. Also sang er mit dessen Stimme mit, das war nicht schwierig.

Als sie am Hotel ankamen, ließ Svenja die Wimpern klimpern. »Letzte Chance?«, säuselte sie und wedelte mit ihrem Zimmerschlüssel herum, an dem eine klobige, abgeschabte Holzkugel hing. Clemens küsste sie auf die Wange und schüttelte vorsichtig den Kopf. »Ich sage Bescheid, sollten sich bei mir Eheprobleme abzeichnen. Aber rechne nicht mehr in diesem Jahrtausend damit.«

»Das hat gerade erst vierzehn Jahre auf dem Buckel.«

Er lächelte und hob die Hände.

Aber als er zwanzig Minuten später einzuschlafen versuchte, dachte er nicht, wie sonst immer, an Marie, sondern an eine andere Frau.

Ausnahmefreitage

760/1000 Freitage

»Hey, Süße«, sagte Glenda Brombach.

»Hallo, Glenda«, erwiderte Marie. »Clemens ist nicht zu Hause. Ich denke, er ist bei irgendeinem Kunden.« *Wahrscheinlich bei Judith und Karl,* dachte sie. Und: *Dass er das immer noch macht, so eine treue Tomate.*

Sie hatte Clemens' Agentin nicht oft am Telefon, aber sie mochte die Frau sehr und sprach gerne mit ihr. Glenda Brombach verkörperte eine Form von Eigenständigkeit, von sprichwörtlichem Über-den-Dingen-stehen und damit von Selbstsicherheit, die Marie bewunderte und für sich selbst auch gerne in Anspruch genommen hätte. Marie war zwar durchaus selbstbewusst, im besten Wortsinn, aber Glenda legte da noch zwei bis zehn Schippen drauf. Was Marie weniger mochte, das war die Art der Frau, mit ihrer eigenen Gesundheit umzugehen. Da war noch ziemlich viel Luft nach oben. Beziehungsweise Zigarettenqualm. Andererseits war natürlich auch das ein Ausdruck von Freiheit, Individualität und Nonkonformismus. Maries Eltern hätten Glenda Brombach vergöttert.

»Umso besser«, sagte die Agentin und lachte krächzend.

»Obwohl ich das scheiße finde, dass er immer noch dieses Computerzeug macht, und das auch noch an einem Samstag. Du musst mir helfen.«

»Ich?«

»Ja, Süße. Ich bin in Schwierigkeiten. Michael Buchner hat mir gerade was abgesagt.«

Michael »Das Buch« Buchner, »der sanfte Schwabe«, wie er sich selbst nannte, war neben Clemens eines der Comedy-Rennpferde in Brombachs Stall. Buchner hatte seine größte Fangemeinde im süddeutschen Raum, wo er beinahe Heldenstatus genoss und selten mit Clemens kollidierte – sie waren keine Konkurrenten. Sie hatten schon einige Male zusammen gespielt, Clemens war hin und wieder in Buchners Mixshow zu Gast gewesen, die einmal im Monat in irgendeinem historischen, von japanischen Touristen überlaufenen Ort mit dem Suffix »Lingen« am Namensende stattfand, und Buchner hatte die Freitags auch schon das eine ums andere Mal in Berlin besucht. Wenn Clemens einen Freund in der Branche hatte, dann war es dieser Mann, ein ungeheuer entspannter und sympathischer Typ, der außerdem ein exzellenter Musiker war – und Clemens manchmal bei den Arrangements seiner auf Deutsch gesungenen Achtzigerjahre-Hits half. Buchner trat auch als Musiker auf, solo mit der Gitarre, und sang dann Stücke von Herbert Grönemeyer und Heinz-Rudolf Kunze. Diese seltenen Shows galten als Geheimtipps und waren beinahe so schnell ausverkauft wie Clemens' Vorpremieren im Upi-Werk.

»Und wie kann ich dir da helfen?« Marie sah aus dem

Fenster auf die Rheinuferstraße. Mutter Krause lud gerade kistenweise Pfandflaschen in ihr Auto. Ihre Bewegungen waren langsam und zeugten von der großen Mühe, die ihr diese Arbeit machte. Die Frau war schnell gealtert, vor allem, seit Paul in Afghanistan schwer verwundet worden war. Außerdem litt Peter, ihr Mann, unter beidseitiger Retropatellararthrose, weshalb er die Treppen kaum noch schaffte. Man meinte förmlich, seine verschlissenen Kniegelenke knirschen zu hören, wenn er an der Wohnungstür vorbeiächzte, wobei er nicht selten lautstark darauf schimpfte, eine ihre Verhältnisse sowieso maßlos übersteigende Eigentumswohnung in einem Haus gekauft zu haben, das nicht über einen verdammten Aufzug verfügte.

»Ich brauche Clemens als Ersatz. Ich habe sonst niemanden, und wenn ich keinen mindestens gleichwertigen Ersatzkünstler liefere, buchen die nie wieder was über mich.«

»Das verstehe ich trotzdem nicht.« Aber dann kam ihr ein Gedanke. »Okay, es geht um einen Freitag, richtig?«

»Mmh-mmh«, machte Glenda Brombach, und Marie hörte, wie sie sich eine Zigarette anzündete. Sie zählte gedanklich mit: *Drei, zwei eins.* Dann kam das Husten – der ultimative Soundtrack für eine Rauchen-Abschreckungskampagne; wer dieses Husten gehört hatte, überlegte es sich zweimal, je im Leben eine Zigarette anzuzünden. »Genau genommen geht es um zwei Freitage«, gurgelte die Agentin. Anschließend atmete sie tief und viel zu gut hörbar durch und ergänzte: »Und zwölf weitere Tage drumherum. Ich hatte Buchner als Comedian bei einer Kreuzfahrt vermittelt, das ist neuerdings *der* Renner. Aber jetzt liegt er mit einer Blinddarmentzündung in der Klinik und wird jede Minute operiert. Da kann er natürlich unmöglich auf eine Kreuzfahrt nach Südostafrika gehen.« Sie lachte ihr berühmtes Kettensägenlachen.

»Clemens wird das nicht machen«, sagte Marie bestimmt. »Mir ist das nicht so wichtig wie ihm, aber der Freitag bei *Paolo*, unserem Stamm-Italiener, der ist ihm heilig. Was sage ich, von wegen *heilig*. Ohne die alleraller*aller*größte Not lässt er den Abend nicht sausen. Eine Woche ohne Freitag bei *Paolo* ist für Clemens wie, keine Ahnung, *Columbo* ohne Trenchcoat. Oder die Erde ohne die Sonne.« *Er glaubt fest daran, dass diese Abende unser Glück gleichsam absichern*, ergänzte sie gedanklich. Sie räusperte sich. »Ich könnte damit leben, das gelegentlich ausfallen zu lassen. Doch die paar Male, die es nicht stattgefunden hat, obwohl Paolo geöffnet hatte, waren wirklich echte Notfälle.« Sie dachte an den Freitag nach der Geburt der Zwillinge, als die beiden Mädchen noch im Krankenhaus in ihren Wärmebetten gelegen hatten, aber Marie nebst überfürsorglichem Ehemann von den Ärzten dringend nach Hause geschickt worden waren, wenigstens für eine Nacht. Clemens war so traurig gewesen, zwei Tage nach der wirklich heftigen Niederkunft nicht mit ihr zu Paolo gehen zu dürfen, dass sie es gegen die körperlichen Widerstände versucht hatte, dabei hatte sie überall Schmerzen, eine strikte Ruheanordnung von Hebamme und Arzt und dazu noch Fieber gehabt. Trotzdem hatte sie, zitternd und schwitzend, schon auf der Bank im Flur gesessen und damit gekämpft, ihre Schuhe anzuziehen, als Clemens ankam, kurz lächelnd den Kopf schüttelte, sie einfach von der Bank auflas und ins Schlafzimmer zurücktrug. Nie zuvor hatte er sie getragen, und er tat es auch danach nie wieder; sie mochte diese Form der Demonstration männlicher Stärke nicht, die oft als Überlegenheit missverstanden werden sollte, und er wusste das, mochte es genauso wenig, aber an diesem Freitagabend hatte sie es nachgerade genossen, von ihm auf diese Weise in Sicherheit gebracht zu werden. Paolo hatte zwanzig Minuten später persönlich die Pasta geliefert. Marie musste schlucken, als sie jetzt kurz an jenen Freitag vor, Moment, *dreizehn Jahren* dachte. Heilige Scheiße, so lange war das schon her.

»Ich weiß, aber ich habe sonst niemanden, der passen könnte und halbwegs verfügbar wäre«, sagte Glenda Brombach. »Und die werden nicht mehr mit mir arbeiten, wenn das platzt, weil ich letztens schon … ach, egal. Jedenfalls wäre das, na ja, vielleicht nicht gleich mein Ruin, aber es ginge schon ans Eingemachte. Mit Clemens könnte ich die Sache noch drehen. Oder sogar verbessern. Buchner ist wirklich liebenswürdig und ein fantastischer Künstler, doch wenn sein Publikum kein Schwäbisch versteht, funktioniert die Hälfte seiner Gags nicht.«

»Zwei Wochen, sagst du? Ab wann?«

»Übermorgen. Es wären nur sechs Auftritte insgesamt, sonst müsste er nichts weiter tun, könnte Urlaub machen und faulenzen, und er bekäme die ganze Zeit über VIP-Behandlung. Und eine sensationelle Außenkabine mit großem Balkon und Jacuzzi.«

»Der Jacuzzi wird ihn überzeugen.« Marie lachte. Tatsächlich fand Clemens Whirlpools furchtbar unhygienisch. Und faulenzen war nichts, was er wirklich gerne tat.

»Bitte, Süße. Ich bin wirklich in Not.«

»Okay. Ich sehe, was sich machen lässt.«

Am Abend, nach entspanntem Zubettgeh-Sex, den sie nach wie vor ziemlich oft hatten (und außerdem Mitten-in-der-Nacht-Sex, Morgensex, Sonntagsnachmittag-ohne-Kinder-im-Haus-Sex und einige andere Varianten), kuschelte sich Marie an Clemens, nahm seinen Duft wahr, das noch leichte Vibrieren seines Körpers, seinen sich allmählich entspannenden Atem, und sagte sanft: »Du, wir müssen zwei Freitage bei *Paolo* ausfallen lassen.«

Clemens erstarrte. »Nein«, knurrte er in Richtung Schlafzimmerdecke. Das war kein einfaches Nein, sondern ein kategorisches, absolutes, ein Nein, zu dem es kein passendes Ja gab.

»Doch. Glenda ist in Schwierigkeiten. Du musst ihr helfen.«

Sein Körper verlor ein wenig Spannung. »Was ist passiert?«

»Buchner liegt im Krankenhaus, und du bist der einzige denkbare Ersatz.«

»Michael? Ach du Scheiße. Was hat er?«

»Blinddarm.«

»Schlimm?«

»Glaube nicht. Aber er wird wohl gerade operiert.«

Clemens schnaufte und schüttelte dabei den Kopf. »Ich mache das nicht. Wenn ich einmal nachgebe, hört es nicht mehr auf. Glenda versucht andauernd, mich *ausnahmsweise* zu Freitagsauftritten zu überreden. Aber wenn ich einmal eine Ausnahme mache, ist es vorbei.«

»Die Agentur bekommt Probleme«, sagte Marie. »Und es ist eine ganz besondere, einmalige Sache. Eine Kreuzfahrt.«

Clemens schnaufte wieder; es war eher ein Stöhnen. »Daran ist nichts *besonders*. Tausend Idioten, umgeben von Megatonnen Blech, mitten im Ozean. Liegenreservieren, Buffetschlachten und schlechtes Kasperletheater der Animateure. Und hast du eine Ahnung, was so ein Kreuzfahrtschiff an Abgasen raustut? Mit dem Dieselverbrauch könnte man eine Kleinstadt jahrelang heizen.«

»Viele Dinge, die unvernünftig sind, aber Spaß machen und das Leben würzen, kosten Ressourcen. Es kommt auf die Dosierung an. Die Umwelt zu schützen heißt nicht, in totaler Askese zu leben.«

»Lass das mal deinen Peter Kautz hören«, murrte er, lächelte aber.

»Ich glaube, du würdest Glenda wirklich sehr helfen. Sie ist ja nicht so offen, aber es hörte sich an, als würde sie richtige Schwierigkeiten kriegen, wenn sie keinen guten Ersatz anbieten kann. Und du bist der beste, den man sich wünschen kann.«

»Aushilfskraft auf einem Dampfer im Nichts«, nörgelte Clemens mit der Stimme von Rüdiger Bahr, der Ed O'Neill in dessen Paraderolle als Al Bundy synchronisiert hatte, und er grinste dabei. »Andererseits würde ich dort Situationen erleben, in denen ich noch niemals war, und ich hatte eigentlich schon auf der Agenda, mal ein Programm über Urlaub und Tourismus zu machen.«

Marie antwortete nicht, sondern sah ihn nur weiter von der Seite an. Clemens war dabei, sich selbst zu überreden, und da war es am besten, einfach zu schweigen.

»Ich könnte in der vielen freien Zeit Beobachtungen anstellen und schreiben.« Er zog die Stirn in Falten. »Und vielleicht tatsächlich ein bisschen entspannen.«

Marie schwieg.

»Mmh«, machte er und sah sie an. »Aber dann müssten wir auch noch einmal zusammen in so eine richtige Touri-Hölle. Nach Malle oder Hurghada oder Phuket oder so, mit Lara und Jenny, alles inklusive. Gleich in diesem Sommer.«

Marie antwortete nicht sofort, weil es nun für sie schwierig wurde. Eine Pauschalreise mitzumachen, dann könnte sie sich auch russisch-orthodox taufen lassen, in einem Stripclub anheuern und für eine Echthaartransplantation in den Anusbereich anmelden. Pauschaltourismus und überhaupt alles, was mit zusammengewürfelten, in sozial-mentaler Hinsicht aber eher homogenen Gruppen (und Herden) zu tun hatte, die gemeinsam ihre Freizeit verbrachten, war ihr streng zuwider, vom Breitensport-Verein bis zum Karneval. Seit es den Zwillingen in der Vier-Vier-Sieben zu langweilig war, versuchten die Mädchen immer wieder, sie zu einem Cluburlaub zu überreden, doch bisher hatte sie sich dem beharrlich und erfolgreich verweigert – und immer gute Kompromisse gefunden, zum Beispiel schöne Ferienhäuser mit kindgerechter Infrastruktur in der Nähe oder kleine, feine Hotels nicht weit von einem actionreichen Strand entfernt. Die beiden waren jedoch längst keine Kinder mehr. Vielleicht sollte sie sich einen Versuch gönnen. Denn sie fand die Idee, Clemens mal vierzehn Tage am Stück weit weg zu wissen, gut umsorgt, aber meilenweit entfernt von jeder Gefahr, durchaus reizvoll. Sie würde ihn natürlich schon am ersten Tag vermissen, wie sie ihn auch an jedem einzelnen Tourtag ganz fürchterlich vermisste, vor allem kurz vor dem Einschlafen und gleich nach dem Aufwachen, aber sie würde sich gerne mal ein Wellnesswochenende gönnen, von Freitag bis Montag in einem dieser fantastischen Landhaushotels im Spreewald, vielleicht mit Donna, die käme sicher mit, obwohl sie sich schon eine Weile nicht mehr gesehen hatten. Und an dem anderen Freitagabend tanzen gehen oder so, ganz alleine. Und ein Steak essen. *An einem Freitag ein Steak*. Plötzlich wollte sie nichts lieber als das.

»Okay, einverstanden«, sagte sie. »Du machst die Kreuzfahrtvertretung, und wir fahren im Sommer zusammen in einen Robinson-Club.«

»Die Freitags im Robinson-Club.« Clemens lachte und richtete sich auf. »Das ist doch längst mal fällig. Daniel Defoe würde sich den Arsch abfreuen.«

»Wen hat der gespielt?«

»Der hat es *geschrieben*.«

»Dass mir ein professioneller Komiker mal meine eigenen Witze erklärt – ich danke Gott für diese Erfahrung«, sagte

Marie gekünstelt theatralisch, und sie konnte sehen, dass Clemens längst dabei war, gedanklich die Koffer zu packen.

Die drei Tage mit Donna im Spreewald waren wirklich großartig, obwohl es sich als Fehler herausgestellt hatte, ein Doppelzimmer zu nehmen, aber nach einem kurzen, peinlichen Augenblick war auch dieses Thema gegessen; Donna versuchte es kein zweites Mal. Und am zweiten Freitag ging Marie tatsächlich in ein Steakhaus essen, wo sie sich ein riesiges, medium-rare gebratenes Dry-Aged-Black-Angus-Steak bestellte und dazu nichts weiter als ein großes, frisch gezapftes Bier, das sie auf Clemens trank. Anschließend fuhr sie mit dem Taxi auf eine dieser Partys, die seit Jahren von einem Radiosender veranstaltet wurden und auf denen sich angeblich halbwegs gesittetes, *erwachsenes* Publikum traf. Das stimmte vielleicht, galt allerdings bestenfalls für einen Teil der Anwesenden. Der andere Teil, der in der Hauptsache männlich war, ging auch im einundzwanzigsten Jahrhundert nach der angeblichen Geburt des Heilands davon aus, dass Frauen allgemein und im Speziellen Marie Freiwild waren. Sie wurde während der drei Stunden, die sie in dem eigentlich sehr netten Club bei eigentlich sehr guter Musik verbrachte, geschlagene vier Dutzend Male angebaggert, mitunter recht energisch, was in zwei Fällen in Aggressivität umschlug, als sie mitzuteilen versuchte, dass sie nicht deswegen hier war. Nicht wenige der Herren, die es – teilweise mehrfach – versuchten, befanden sich bereits in Begleitung, hielten aber ganz offenkundig Marie für die bessere Wahl. Dass sie nur alleine laute Musik hören und tanzen und ein paar Proseccos trinken wollte, verstand keiner der Männer. Ganz im Gegenteil. Marie wünschte sich, Clemens wäre dabei gewesen, denn er tanzte gerne, und als sie gegen Mitternacht verschwitzt und in einer seltsamen Stimmungsmischung aus Glück, Sehnsucht und Genervtsein vor der Tür stand, wo wiederum drei Kerle nacheinander zum Balztanz mit Testosteronorchesterbegleitung antraten, beschloss sie, baldmöglichst eine dieser Partys zusammen mit ihm zu besuchen. Sie waren schon zu lange nicht mehr zusammen tanzen gewesen.

Sie vermisste ihn sehr. Sie saß sehr früh morgens allein am Frühstückstisch, während sich die pubertierenden Körper der inzwischen dreizehn Jahre alten Zwillinge jede Minute der nächtlichen Erholung nahmen, die sie bekommen konnten, schlürfte ihren Kaffee, sah aus dem Fenster auf die obersten Äste der kahlen Linde im Hof und sehnte sich nach Clemens, der sich immer morgens zu ihr in die Küche setzte, ganz egal, ob er erst sehr spät in der Nacht nach Hause gekommen war oder vormittags eigentlich frei gehabt hätte – oder beides. Vor drei oder vier Jahren hatte er alle möglichen Handarbeitskurse besucht, vom Häkeln über das Töpfern bis zur Aktmalerei, weil das im Zentrum seines kommenden Programms hatte stehen sollen (es hieß »Freitags Ruhetag«), und im Töpferkurs an der VHS hatte er ganz klassisch einen Aschenbecher hergestellt, obwohl keiner von den Freitags rauchte und sie das auch nicht in ihrer Wohnung duldeten, nicht einmal auf den Balkonen (weshalb sie von Glenda Brombach noch nie zu Hause besucht worden waren). Das fertige Ding, ein hässliches, grandios unförmiges Monster, glänzend in scheußlichem Dunkelbraun lackiert, hatte er ihr anschließend feierlich überreicht, verbunden mit den Worten: »Wenn du *das* anschaust, kannst du nicht anders – du musst an mich denken.« Dieser Eumel von einer missglückten Handarbeit stand jetzt auf dem sehr spärlich gedeckten Frühstückstisch, zwischen Zucker und Butter, und Marie musste gegen Tränen ankämpfen, wenn sie ihn ansah und mit dem Zeigefinger die – sehr deutlichen – Spuren von Clemens' Händen darauf nachzeichnete. Sie vermisste es, ihn in der Nähe zu spüren, ihn einfach ansehen zu können, zu wissen und sicher sein zu können, dass er da war, dass es ihn gab. Sie konnte die über zehntausend Kilometer, die zwischen ihnen lagen, körperlich wahrnehmen. Es war anders, als wenn er in München oder Mannheim oder Magdeburg oder Metting war; jetzt war er auf Madagaskar, hatte sogar einen Landausflug unternommen, und ihm machte die Reise tatsächlich Spaß – er hatte ihr unaufhörlich begeisterte Mails und Nachrichten geschickt und sie dreimal täglich angerufen. Sie wäre so gerne bei ihm gewesen. Sie wollte nie, nie wieder länger als für die paar Tourtage von ihm getrennt sein, und das Freitagsritual bei *Paolo* gewann für sie plötzlich an Bedeutung, gerade durch sein Ausbleiben. Möglicherweise hatte Clemens recht damit, dass es ihr Glück absicherte. Marie war überrascht, als sie diesen Gedanken in sich entdeckte.

Sie begann die Stunden zu zählen, bis Clemens' Schiff in Kapstadt anlegen, er in ein Flugzeug steigen und einen guten halben Tag später in Berlin landen würde. Schon zwei Stunden vor der Landung saß sie im Terminal und starrte auf die Auskunftstafeln.

Als sie ihn endlich aus dem Zollbereich herauskommen sah, bekam sie einen Schreck.

Endlich Freitag

Marie schob sich an den Wartenden vorbei, die nach vorne drängten, und huschte auf einen freien Platz in der Mitte der vorletzten Reihe. Das legendäre Upi-Werk in Berlin-Tempelhof war nicht sehr groß, der Saal fasste nur knapp hundertfünfzig Leute, und sie wollte auf keinen Fall so weit vorn sitzen, dass Clemens sie im Publikum ausmachen könnte. Das führte nämlich unweigerlich dazu, dass er ständig ihren Blick suchte und anhand ihres Gesichtsausdrucks zu prüfen versuchte, ob das Programm gut lief – oder eher nicht so. Deshalb war es ihr lieber, wenn sie möglichst weit hinten saß, und ihm vermutlich auch, wenn er in dieser Sache ehrlich gewesen wäre, aber er mied Ansagen, die ein Verletzungsrisiko bargen, deshalb würde er das nie zugeben. In diesem Moment saß er hinten im Backstagebereich und hatte, wie er das selbst nannte, fünfundvierzig Grad Lampenfieber. Während dieser Wartezeit würde er ein T-Shirt vollständig durchschwitzen und fundamental mit der Entscheidung hadern, Auftrittskünstler geworden zu sein. Das war seit seiner ersten Show so und würde auch bis zur allerletzten so bleiben; aber wenn dann jemand die Tür zum Kabuff hinter der Bühne oder, in guten Fällen, zur Garderobe kurz öffnete, um »Noch fünf Minuten!« hineinzurufen, wäre es damit schlagartig vorbei.

Sie kam nicht gerne zu seinen Auftritten. Marie war unendlich stolz auf ihren Mann, sie bewunderte seine Arbeit, seine Souveränität, sein Talent und seinen Durchhaltewillen in dieser wirklich eigenartigen Branche, und die Freude, die es bei ihr auslöste, wenn er gute Besprechungen bekam, lobend erwähnt oder sogar mit einem Preis bedacht wurde, sprengte alle Grenzen, aber trotz der großen Selbstsicherheit, die er schließlich auf der Bühne ausstrahlte, empfand sie ein starkes Gefühl der Verletzlichkeit, wenn sie live dabei war. Das war eine besondere Situation, den geliebten Mann bei so etwas zu erleben, und sie fürchtete sich davor, ihn vor Publikum scheitern sehen zu müssen. Das war zwar nicht eben wahrscheinlich, schließlich machte er das schon fast fünfzehn Jahre, doch es ging dabei auch nicht um Rationales.

Er gab die Vorpremiere eines neuen Programms traditionell an diesem Ort. Die Leute vom Upi-Werk hatten ihn von Anfang an unterstützt und auch für längere Zeiträume gebucht, als er noch nicht so bekannt gewesen war, und vermutlich hatten sie dabei das eine ums andere Mal draufgezahlt, wahrscheinlich finanziert mithilfe der mehr oder weniger geheimen Plantage in den Gewächshäusern im hinteren Bereich des gewaltigen Grundstücks. Als Gegenleistung, jedoch auch, um einen letzten Feinschliff vorzunehmen, trat er ein paar

Wochen vor der eigentlichen Premiere jeweils mit seinem neuesten Programm hier auf. Die Shows waren regelmäßig schon nach sehr kurzer Zeit ausverkauft, und im Publikum saßen beinahe nur Fans. Bei seinen klassischen Zugaben wie *Genießen Sie die Ruhe* sangen dann alle lauthals mit – ein Moment, der ihr schon beim Gedanken daran eine Gänsehaut verschaffte, aber leider würde sie darauf noch mindestens zwei, eher zweieinhalb Stunden warten müssen.

Marie zählte sich ohne jeden Zweifel auch zu den Fans von Clemens, allerdings auf eine andere, intensivere und viel persönlichere Art, doch am liebsten wäre es ihr, er würde die Shows aufzeichnen und ihr zu Hause einfach die Aufnahmen zeigen. Das ging natürlich nicht, und da sie so gut wie nie mitreiste, wenn er im Bundesgebiet unterwegs war, wie gebürtige Westberliner immer noch zu den alten Bundesländern sagten, musste sie wenigstens dabei sein, wenn er größere Termine in der Stadt hatte. Außerdem senkte es sein Lampenfieber um zwei, drei Grad, wenn er wusste, dass sie irgendwo im Publikum saß. Behauptete Clemens. Und sie sah ihn ja auch gerne auf der Bühne, sie lachte herzlich über seine hinreißenden Parodien und Wortspiele und klug ausgedachten Sketche, selbst über die, die sie schon Dutzende Male gesehen und gehört hatte, aber sie wurde das Gefühl einfach nie los, in gewisser Weise selbst mit auf der Bühne zu stehen.

Das hatte sie an genau diesem Ort vor zwei Wochen getan. Das Upi-Werk, in den Zwanzigern des vorigen Jahrhunderts gegründet und bis in die Sechziger großer und namhafter

Hersteller von Asbestdeckenplatten, hatte lange leer gestanden und war in den späten Siebzigern abgerissen worden, bis auf ein paar Nebengebäude und die kleine Mehrzweckhalle, die angeblich nie mit auch nur einem Asbestmolekül in Kontakt geraten war und in der jetzt die Vorpremiere stattfand. Das Gelände war Mitte der Achtziger von jenen Leuten besetzt worden, die später die *PFUND* gegründet hatten, die *Partei für Umwelt- und Naturschutz Deutschlands*, der Marie schon seit zwei Jahrzehnten angehörte. Und die *Pfundis*, wie sie sich selbst nannten, blieben ihren Wurzeln treu. Obwohl die Öko- und Friedenspartei längst aus der rebellischen Kindheitsphase herausgewachsen war und vielerorts Regierungsmitverantwortung trug, kehrte man gerne an die Traditionsplätze zurück, zumal Jörg Meier, der das Kollektiv des Upi-Werks anführte, selbst ein engagierter Pfundi der ersten Stunde war. Vor zwei Wochen hatte hier eine kleine Bezirksdelegiertenkonferenz stattgefunden, mit Peter Kautz, dem aktuellen Parteivorsitzenden als Gast (den Clemens gerne parodierte, weil er eine prägnante Stimme hatte, sich aber oft in seinen klugen Bandwurmsätzen verhedderte), und Marie hatte am Ende einen kurzen Vortrag zum aktuellen Umweltrecht gehalten. Als die Konferenz vorbei war und Marie von vielen – überwiegend männlichen – Delegierten ins Freie begleitet wurde, weil die Herren, allen voran Peter Kautz, angeblich unbedingt noch loswerden wollten, wie beeindruckend und fachlich versiert sie ihren Vortrag gefunden hatten, stand da bereits Clemens mit einem kleinen Strauß Margeriten in der Hand und verneigte sich formvollendet.

»Ich bin ungeheuer stolz auf dich, und ich liebe dich so sehr, dass eine eigene Sprache erfunden werden müsste, um das in Worte fassen zu können«, hatte er in ihr Ohr geflüstert, als sie ihn umarmte, wobei sie vor Rührung eine Gänsehaut bekommen hatte. Die begeisterte Zuschauergruppe hinter ihr löste sich auf wie Zuckerkristalle in warmem Wasser. Nur Peter Kautz kam noch kurz heran, schüttelte ihr beidhändig die rechte Hand, begann einen Bandwurmsatz und verabschiedete sich mittendrin. Clemens kniff derweil die Lippen so stark zusammen, dass sie sich bläulich färbten.

Marie nippte an ihrem Prosecco, während sich die Leute um sie herum setzten oder um die letzten zusammenhängenden Sitzplätze kabbelten. Es war ganz schön warm in dem alten, schlecht isolierten Saal. Einige Gäste kamen ihr bekannt vor, es gab ein paar Prominente aus der zweiten oder dritten Reihe darunter, aber es waren natürlich auch Freunde hier. Irgendwo musste beispielsweise Clemens' bester Freund Teddy mit seiner eigenartigen Frau Diana herumwuseln, die Marie jetzt nicht in ihrer Nähe haben wollte. Später, an der Bar, würde sie alle begrüßen, umarmen (sogar Diana), sich mit ihnen und vor allem mit Clemens freuen, aber jetzt duckte oder drehte sie sich weg, wenn ein bekanntes Gesicht in ihre Richtung wies. Zum Glück ging es nun endlich los; der dritte Gong ertönte, das Saallicht dimmte langsam herunter, die letzten Zuschauer suchten ihre Plätze und fanden dabei vor allem die Füße der bereits Sitzenden. Ein Spot erhellte einen Zwei-Meter-Kreis auf dem etwas schäbigen roten

Vorhang, auf dem ein Stoffbanner mit dem aktuellen Programmnamen hing: *Endlich Freitag.*

Es war natürlich kein Freitag, sondern ein Donnerstag.

Als Clemens herauskam und sich lächelnd im freundlichen, lang anhaltenden Begrüßungsapplaus verneigte, spürte sie seine Aufregung und sein abklingendes Lampenfieber körperlich. Ihre eigenen Hände wurden feucht und begannen zu zittern, sie konnte das Sektglas kaum noch halten. Aber das war schnell vorbei, sowohl bei ihr als auch auf der Bühne. Verblüffenderweise waren seine Schüchternheit und seine Zurückhaltung, vor allem aber seine Sorge davor, irgendwas auf der sozialen Ebene zu verkacken, dort wie weggeblasen. Nach wenigen Sekunden schaltete Clemens in den Profimodus, der Moment der winzigen Anfangsunsicherheit war vergessen, und dann verzauberte er sie. Es war wirklich Zauberei. Er hantierte mit nur wenigen Requisiten – mal ein Bart, mal ein Hut, mal eine rasch übergestreifte Weste, hin und wieder ein Stofftier oder eine Handpuppe –, aber schon nach kurzer Zeit hatte man das Gefühl, einem Dutzend verschiedener Leute zuzuschauen. Er turnte, tanzte, sang, krakeelte, brüllte, flüsterte, murmelte, keuchte, krächzte, skandierte – und immer wieder lachte er, gemeinsam mit den Leuten im Publikum. Als Marie auf die Uhr sah, in der Annahme, es wären höchstens dreißig Minuten seit dem Vorhang vergangen, war tatsächlich bereits fast die erste Stunde vorbei. Sie entspannte sich immer mehr, gönnte sich ein zufriedenes Lächeln, wünschte sich einen weiteren Prosecco.

Und dann kam die Eddie-Murphy-Nummer. Clemens spielte einen Familienvater, der in einem Tankstellenshop mitten in der Nacht die letzte Packung Pampers kaufen wollte, aber sie wurde ihm von Eddie Murphy direkt vor der Nase weggeschnappt. Der Vater eroberte die Packung zurück, und dann begann die deutsche Synchronstimme des quirligen amerikanischen Schauspielerkomikers damit, dem Mann stakkatohaft Angebote zu machen, um die Windeln zu bekommen, was schließlich zu einer Nebenrolle in seinem kommenden Film führte und in einer Hauptrolle gipfelte. Es war unglaublich, dass sich Clemens bei dieser Sprechgeschwindigkeit nicht verhaspelte. Murphy war eine wiederkehrende Figur in seinen Programmen, aber so hatte selbst Marie das noch nie gehört.

»Machen Sie überhaupt noch Filme?«, fragte Clemens in der Rolle des disputierenden Vaters gerade, als eine Person in der zweiten oder dritten Reihe aufsprang und die dazugehörige Frauenstimme schrie: »Das ist diskriminierend und volksverhetzend. Das ist Rassismus. Hören Sie sofort damit auf!« Direkt neben der Frau stand eine weitere Person auf und richtete die Kamera ihres Smartphones auf die Frau, die daraufhin in Richtung des Telefons wiederholte, was sie zuvor gebrüllt hatte.

Clemens hielt einen Moment inne, sah sich etwas irritiert um, entdeckte die Frau und ihre filmende Begleitung, zog eine Augenbraue hoch, schirmte seine Augen mit der Hand ab und sagte dann in Richtung Saalrückseite: »Marcel, kann ich bitte Saallicht haben?« In einem Kabuff, das in der Rückwand des Saals ein Fenster hatte, saß der Upi-Werk-Techniker und kiffte meistens, während die Programme liefen. Auch er war ein Mann der ersten Stunde. Vermutlich hatte er seit Jahrzehnten kein Sonnenlicht mehr gesehen.

Die Saalbeleuchtung flammte auf, Clemens ging in die Hocke. »Also, was haben Sie gesagt?«, fragte er die Frau, und er klang beherrscht und sehr freundlich. Einige weitere Hände mit filmenden Smartphones gingen in die Höhe.

»Sie kolportieren hier rassistische Klischees! Das ist Volksverhetzung!« Sie war nach wie vor sehr laut.

»Weil ich bitte was tue?« Einige Leute im Publikum murmelten, ein Mann sprang auf und wollte etwas sagen, aber Clemens wedelte mit einer Hand und signalisierte so, dass er mit der Frau sprechen wollte. Sofort war es wieder ruhig, der Mann setzte sich.

»Sie nutzen das schwarze kulturelle Erbe aus und kolportieren rassistische Klischees.«

»Ihnen ist schon klar, dass Randolf Kronberg, der Eddie Murphy jahrzehntelang gesprochen hat, ein Weißer war?«

»Und ein Rassist.«

»Weil er einen Schwarzen synchronisiert hat?«

»Mit einer Stimme, die den Schauspieler und damit schwarze Menschen lächerlich gemacht hat.«

»In einer Weise, die dem Original fast exakt entsprach. Eddie Murphy hat sich mehrfach enorm positiv über die Synchronisation durch Randolf Kronberg geäußert.«

»Murphy hat selbst rassistische Klischees bedient.«

»Mit der Darstellung seiner selbst? Wow.«

»Weiße sollten keine Schwarzen imitieren. Das ist *Blackvoicing*. Nur Schwarze sollten Schwarze sprechen.«

»Und warum? Nur weil sie die gleiche Hautfarbe haben? Was ist mit Blonden, dürfen die keine Rothaarigen sprechen? Dicke keine Dünnen? Alte keine Jungen? Christen keine Juden oder Atheisten? Behinderte keine Nichtbehinderten und umgekehrt? Schwule keine Heteros? Das endet im kulturellen Tribalismus.«

Marie musste lächeln; das Wort hatte Clemens kürzlich von ihr gelernt.

»Es ist längst nicht nur die Hautfarbe«, beharrte die Frau.

»Es ist aber auch eben nicht *nur* die Hautfarbe. Gute und schlechte Menschen gibt es in allen Gruppen, das ist der Hautfarbe echt egal, und man ist nicht nur deshalb besser oder schlechter, weil man ein bestimmtes Merkmal hat. Oder eben nicht. Wir sind *Menschen*.«

»Weiße haben sich jahrhundertelang der Schwarzen bedient, und Sie machen das genauso!« Sie war wieder lauter geworden.

»Ich habe in meinem ganzen Leben noch niemanden diskriminiert oder mich bei ihm oder irgendeiner Gruppe, der er angehört, äh, bedient«, sagte Clemens sehr ernst und stand dabei auf. »Bei allem Respekt, aber mir kommt eher rassistisch vor, was Sie von sich geben, und außerdem verdammt undifferenziert. Diese Trennung nach Merkmalen und Eigenschaften. Wir sind alle Menschen. Ohne Ausnahme. Und wir arbeiten intensiv daran, solche Trennungen zu überwinden. Die Sie, mit Verlaub, wieder vergrößern.«

Ein Teil des Publikums applaudierte.

»So können Sie nur reden, weil Sie von Geburt an privilegiert waren! Sie sind ein Rassist!«, insistierte die Frau, immer noch in der Hauptsache für die Kamera ihres Begleiters. »Ich verlange eine Entschuldigung an alle *People of Color*, und ich verlange, dass dieses Programm abgesetzt wird. Ich werde Strafanzeige wegen Volksverhetzung gegen Sie und den Veranstalter erstatten.«

»Sie sind aber selbst keine Person of Color«, sagte Clemens vorsichtig, doch er lächelte gütig.

»Das tut nichts zur Sache.«

»Und das ist der Punkt, dass angeblich nichts zur Sache tut, was man gegen Ihren Standpunkt sagen könnte. Sie und Leute wie Sie treffen moralische oder ethische Entscheidungen, wie Sie glauben, nerven damit andere, aber sie wollen nicht diskutieren, sondern nur recht haben und behalten, um jeden Preis. Sie schwingen sich zu Anwälten auf, ohne ein Mandat zu haben. Für Sie ist das ein Spiel. Und Sie wollen keinen Diskurs, sondern nur drangsalieren.«

In den aufbrandenden Applaus schrie die Frau: »So, wie die Nichtweißen jahrhundertelang von Weißen drangsaliert wurden.« Und dann skandierte sie: »Rassist! Rassist!«

Ein junger Mann in der ersten Reihe stand auf und drehte sich zu der Frau.

»Die Rassistin sind Sie selbst, und das wissen Sie auch«, sagte er laut, aber ruhig. »Ich habe dafür bezahlt, dieses wunderbare Programm zu sehen, aber Sie haben, nehme ich an, nur eine Karte gekauft, um sich hier aufzuspielen. Bitte verlassen Sie den Saal.«

»Das werde ich nicht tun. Nicht, solange hier dieser Rassist auf der Bühne steht.« Sie verschränkte tatsächlich die Arme vor der Brust. Marie schätzte, dass die Frau zwanzig, vielleicht zweiundzwanzig war. Aus der ersten oder zweiten Reihe tupfte Glenda Brombach ein brachiales Husten in den Saal, das wie ein abfälliger Kommentar auf die Äußerungen der Aktivistin wirkte.

Und dann standen plötzlich vier, fünf, zehn Leute auf, und kurz darauf zwanzig, dreißig weitere, und sie alle drehten sich zu der Frau. Fünfzig, siebzig, und schließlich, nach nur wenigen Sekunden, stand der gesamte Saal, auch Marie, die ein paar Rührungstränen wegblinzeln musste.

»Bitte, gehen Sie einfach«, sagte Clemens ruhig und freundlich. »Ich verspreche Ihnen, dass ich über Ihre Anmerkungen nachdenken werde, aber ich möchte Sie in aller Höflichkeit bitten, jetzt diesen Saal zu verlassen, damit wir hier zusammen weiter das erleben können, wofür die anderen bezahlt haben, und was, nebenbei bemerkt, eine der wichtigsten verbindenden Komponenten des menschlichen Daseins ist, nämlich *Kultur* – über alle Merkmale und Eigenschaften und Ethnien und Auffassungen hinweg. Sie können sich an der Kasse auch gerne das Geld für Ihr Ticket wiedergeben lassen.«

Die junge Frau sträubte sich noch etwas, aber kurze Zeit später war sie draußen, begleitet von Jörg Meier persönlich. Clemens bekam minutenlang stehende Ovationen für sein

Verhalten, und er spielte an diesem Abend fast drei Stunden.

»Das war nicht das erste Mal«, sagte er, als sie um zwei Uhr morgens im Taxi saßen. Er roch nach Schweiß, aber in einer Dosierung, die Marie nicht abstoßend fand, ganz im Gegenteil – es erregte sie sogar ein wenig. »Es wird immer schlimmer. Und es macht mich so müde.«

»Nicht zu fassen.«

»Ich habe schon überlegt, Murphy rauszunehmen.«

»Auf keinen Fall!«

»Nein, das würde ich auch nicht wollen, obwohl er seine beste Zeit echt hinter sich hat. Aber diese Leute finden immer etwas, diese selbstgerechten Selbsternannten. Es gibt Kolleginnen und Kollegen, die haben neue Programme gestoppt, einige haben sich selbst Spielpausen auferlegt, und Störungen wie heute sind keine Ausnahme mehr. Erinnerst du dich an Klaus Trofob?«

Marie nickte. »So ein saublöder Künstlername. Aber er ist lustig. Dieser Blonde aus Bochum, der so langsam spricht.«

Clemens nickte ebenfalls. »Er hat schon seit Jahren eine Figur in seinem Programm, Vera-Gabi Verzettel-Thalenberger, die Bundesmännerministerin. Bei einer Show gab es jetzt einen Eklat, wegen des Doppelnamens der Figur. Eine Frau hat die Polizei gerufen, weil das angeblich frauenfeindlich wäre, sich über solche Namen lustig zu machen, weil es ja meistens Frauen sind, die sie am Arsch haben«

»Die Polizei? Weil sie anderer *Meinung* ist?«

»Nein, weil sie der *einzig richtigen* Meinung ist, wie sie glaubte. Die ihrer Überzeugung nach direkt durch das Grundgesetz geschützt ist und also gegen alle anderen zu verteidigen wäre, mit allen Mitteln.«

»Nicht zu fassen.« Marie furchte die Stirn. Der Versuch, sich jederzeit zur größtmöglichen Diversität zu bekennen, umfassend integrativ, inklusiv und antidiskriminierend zu sein, war bei den Pfundis natürlich besonders stark ausgeprägt – diese Bewegung stammte schließlich unter anderem aus ihrer Ecke. Sie war allerdings keine sehr große Freundin davon, hielt es für den falschen Weg zu einem richtigen Ziel, und es hatte in der Realität nicht selten recht heuchlerische Züge. Ihr war auch bewusst, dass diese Strömung die Kunst erreicht hatte, aber dass ihr Mann, von dem sie ohne den allergeringsten Zweifel wusste, dass er ein guter Mensch im denkbar direktesten Wortsinn war, nun davon auch betroffen war, machte sie tatsächlich fassungslos. Außerdem sollte die Kunstfreiheit nicht davon abhängen, ob man in den Augen einiger, die meinten, das entscheiden zu dürfen, ein guter oder schlechter Mensch war.

»Programme werden abgebrochen, es gibt Eklats und Tumulte, einige Häuser buchen Künstler nicht mehr, denen so was passiert ist oder die einen Shitstorm für irgendeinen Blödsinn abbekommen haben«, sagte Clemens. »Es ist ein verdammter Eiertanz.« Er sah aus dem Taxifenster, und sie wusste, was er für ein Gesicht dabei machte.

»Was sagt Glenda dazu?«

Er lachte unfroh, und sie war plötzlich enorm traurig darüber, dass ihm der Abend, der eigentlich den vorläufigen Höhepunkt einer irren Menge monatelanger Arbeit darstellte, so verdorben worden war. »Du meinst, wenn sie nicht gerade eine Atemmaske aufhat?«, fragte er zurück.

Glenda Brombach, die tatsächlich fast fünfzehn Jahre jünger war, als Clemens bei ihrem Kennenlernen vermutet hatte, war inzwischen mit einer COPD-Diagnose konfrontiert, aber sie rauchte fröhlich weiter, immer zwischen zwei Atemzügen direkt aus der Sauerstoffflasche. Es kam einem Wunder gleich, dass sie noch nicht in die Luft geflogen war oder einen kompletten Lungenflügel abgehustet hatte. Aber sie arbeitete weiterhin als Managerin und Agentin, obwohl ihre Reaktionszeiten inzwischen zu wünschen übrig ließen. Die Premiere heute hatte sie allerdings gleich nach dem Eklat verlassen. Erstaunlich, dass sie überhaupt so lange durchgehalten hatte.

»Das geht vorbei«, ahmte er die glatzköpfige Dame nach. Marie musste lachen.

»Aber ich fürchte«, sagte Clemens, »dass es nicht so schnell vorbeigehen wird. Und es ist echt nicht lustig. Wenn man über nichts mehr lachen darf, das irgendjemand auf der Welt als Beleidigung auffassen könnte, obwohl er weder gemeint war noch direkt angesprochen wurde, endet alles, was mit Comedy, Satire und Parodie zu tun hat.« Clemens schnaufte. »Glenda hatte mir schon den ursprünglichen Programmnamen ausgeredet, aus genau diesem Grund. *Schwarzer Freitag*. Gut möglich, dass die Verwendung der Farbe oder ihre Nennung bald verboten wird.«

Er sah wieder aus dem Fenster, drückte aber ihre Hand, die, wie fast immer, wenn sie irgendwo nebeneinandersaßen, ganz automatisch mit seiner verschränkt war. Und obwohl das ein Moment großer Nähe war und obwohl Marie die Schutzbedürftigkeit ihres Mannes, seine Sorgen und seine Ängste stark spürte, beinahe so, als wären es ihre eigenen, fühlte sie da auch noch etwas anderes. Etwas, das sie irritierte, das sie in dieser Situation nicht kannte und das ihr tatsächlich auch ein bisschen Angst machte.

Sie war genervt.

Freitags Abend

950/1000 Freitage

»Wusstest du eigentlich«, begann Teddy eine Frage, unterbrach sich aber und nahm einen Schluck Bier. Als er das Glas abgestellt hatte, sah er Clemens traurig an. »Wusstest du«, begann er erneut, »dass auf Kassenbons vom Supermarkt eine verdammte *Uhrzeit* gedruckt ist?« Die beiden Freunde saßen im *Dr. Met*, der kleinen Bar im Erdgeschoss des Hauses, in dessen viertem Stock die Wohnung der Freitags lag. Die meisten anderen Hausbewohner mieden die gemütliche Kneipe, weil sie sich vom vermeintlichen Lärm und vom Rauch und den sonstigen Gerüchen belästigt fühlten – und irgendwie auch von den Gästen, die sie aber kaum zu Gesicht bekamen. Das war so, obwohl der Laden, der seit über zwanzig Jahren im Parterre logierte, für nicht wenige von ihnen seinerzeit zu den Gründen gehört hatte, dieses Haus als Wohnort auszuwählen. Es gab schon seit längerer Zeit Bestrebungen, das *Dr. Met* zu verbannen, auf juristischem Weg, durch Eingaben und unaufhörliche Anzeigen beim Ordnungsamt, aber all das war bislang erfolglos geblieben. Federführend dabei waren die *Krauses unterm Dach,* wie Marie sie nannte, und der Chirurg Dr. Jackzo, der im zweiten Stock wohnte. Björn, der Wirt, der im ersten Stock über der Kneipe seine Wohnung hatte, nahm die Attacken stoisch hin, weil die Miete unschlagbar günstig sei, er aber sowieso keinen vergleichbaren Laden in dieser Gegend mehr bekäme, hatte er Clemens mal erzählt. Und es wäre in der Stadt sowieso überall dasselbe. Erst mochten die Leute das, eine Bar im eigenen Haus zu haben, und dann wurden die Leute älter und bequemer und bekamen Kinder oder Enkel, und dann fanden sie das irgendwann fürchterlich störend, wenn es im selben Haus noch *andere* Leute gab, die nächtelang trinken konnten, wohingegen sie selbst nicht einmal mehr bis zum Ende der neuesten *Tatort*-Folge wach blieben, während das halb getrunkene Warsteiner auf dem Wohnzimmertisch in der Flasche schal wurde. Kaum einer kam damit zurecht, alt zu werden, sagte Björn, aber einige wollten dann, dass die anderen wenigstens nicht mehr ungestört jünger sein durften.

Clemens nickte auf Teddys Frage nach den Kassenbons. »Datum und Uhrzeit, natürlich. Das hat verschiedene Gründe.« Er hätte seinem Freund diese Gründe auch nennen können, aber ihm war klar, dass es darum nicht ging, also ließ er es.

»Diana hat das entdeckt. Weißt du, wir sammeln Belege und rechnen immer am Monatsende die Haushaltskosten aus, um sie unter uns aufzuteilen.« Er zog die Augenbrauen zusammen. »Nach einem recht seltsamen Verteilerschlüssel, den Diana ermittelt hat. Und bei der Abrechnung für den vergangenen Monat ist ihr irgendwie aufgefallen, dass ich für den Rückweg vom Supermarkt oft mehr als eine halbe Stunde brauche, dabei ist das REWE keine fünf Minuten von uns entfernt.« Teddy schämte sich offenbar für etwas, und zugleich hatte er das dringende Bedürfnis, sich mitzuteilen. Es geschah nicht zum ersten Mal, dass er Clemens auf diese Art etwas beichtete, und Clemens war hin- und hergerissen: zwischen Interesse, Mitgefühl und dem Wunsch, auf der Stelle zu ertauben, denn es waren meistens nahezu unerträgliche menschliche Katastrophen, um die es ging und die Teddy spätestens seit der Heirat magisch anzog. »Ich habe ihr immer erzählt, dass der Einkauf so lange gedauert hat, weil es halt samstags so voll ist. Dabei stimmt das überhaupt nicht. Seit die Läden fast rund um die Uhr offen haben, ist es am Wochenende kaum noch voller als sonst. Man muss an den Kassen höchstens zwei, drei Minuten länger warten.«

»Also hast du nach dem Einkaufen noch was gemacht?« Clemens trank einen Schluck von dem Whiskey, den ihm Teddy zum Bier spendiert hatte, und musterte seinen Freund. Dabei zog er unwillkürlich eine Augenbraue hoch. Er schwankte zwischen der Prognose, dass gleich eine sensationelle Peinlichkeit käme oder eine mittelhalblustige Pointe. Aber wahrscheinlicher war die Peinlichkeit.

»Mmh-mmh«, machte Teddy in Richtung der Flaschen hinter dem Tresen und kippte abermals etwas Bier, danach sah er sich in der Kneipe um. Am Tresen saß ein miteinander plauderndes Pärchen in den Vierzigern, und Björn, der Wirt, war hinten und leerte den Geschirrspüler, wie man deutlich hören konnte. Teddys Gesicht war leicht gerötet, aber nicht vom Alkohol. Noch ein Indiz für die Peinlichkeit, dachte Clemens.

»Weißt du, sie lässt mich nie aus den Augen. Und obwohl wir höchstens noch drei, vier Mal im Jahr Sex haben, hat sie mir verboten, zu, äh ...« Er schob die Nase ins Glas.

»Zu onanieren?«, soufflierte Clemens leise und stellte sich dabei vor, Marie würde ein solches Verbot aussprechen – eine Idee, auf die sie im Leben nicht käme, und die, davon abgesehen, auch überflüssig gewesen wäre. Diana und Teddy waren seit zehn Jahren verheiratet, hatten sich das Ja-Wort aber schon nach drei Monaten gegeben. Teddy hatte zu dieser Zeit den Traum bereits fast aufgegeben, doch noch eine Beziehung fürs Leben zu finden, wie er das nannte, und dann stolperte Diana in seinen Laden und umgarnte ihn. Geblendet von der Herrlichkeit, die Clemens und Marie umgab, die für alle, die sie kannten, als das wunderbarste Paar mindestens in ganz Berlin galten, riss Teddy die etwas cholerische, leicht narzisstische und nur mäßig empathische Diana mit so großem Schwung in sein Leben, dass sein Fundament vom Aufprall sofort Risse bekam. Noch vor der Hochzeit zeigte sich, dass die beiden eigentlich überhaupt nicht zueinander passten, aber Teddy war es so wichtig, verheiratet zu sein, dass die Frage, wen er ehelichte, zum Nebenaspekt geriet. Was Dianas Motive waren, blieb im Dunkeln. Sie war zwar nicht unbedingt deutlich attraktiver als Teddy, bewegte sich aber, was Stil und Eleganz anbetraf, in einer ganz anderen Liga. Diana hatte etwas Hanseatisches, in Richtung Elbchaussee, aber mit unrühmlichen Ästen im Stammbaum ein, zwei Generationen davor, während Teddy eher Berlin-Neukölln mit einem Tupfer Frankfurt-Sachsenhausen war.

Er nickte dankbar. »Ich bin praktisch nie alleine zu Hause und habe selten länger als ein paar Minuten für mich. Sie wuselt andauernd um mich herum, aber man hört sie nicht kommen. Manchmal steht sie wie hergebeamt plötzlich neben einem, das ist richtig gruselig. Jedenfalls – *no way*. Wenn ich länger als ihrer Meinung nach nötig auf dem Klo sitze, klopft sie laut an, ganz egal, ob sie selbst ins Badezimmer muss oder nicht. Also nehme ich mein iPad mit zum Einkaufen. Zweihundert Meter vom Supermarkt entfernt gibt es dieses Industriegelände, dort ist am Wochenende keiner, und neben so einer leer stehenden Fabrikhalle ist ein überwucherter Parkplatz, den man von der Straße aus nicht sehen kann. Da verirrt sich keine Seele hin.«

Clemens nickte nur. Er spürte, wie sich seine Ohrläppchen erwärmten, denn er antizipierte den Höhepunkt der Geschichte.

»Aber vorige Woche ist mir Diana auf dem Fahrrad hinterhergefahren, nachdem sie das mit den Bons herausgefunden hatte. Ich saß gerade im Auto, auf der Rückbank und hatte, äh, alles ausgepackt.« Er grinste verschämt und versicherte sich mit einem Blick der Tatsache, dass die anderen Gäste wirklich nicht zuhörten. Clemens und er hatten schon ein paar grenzwertige Dinge zusammen erlebt, vor allem *früher*, wie man die Zeit vor den Hochzeiten zusammenfassend nannte, aber es war anders, auf diese Weise von so etwas zu erfahren. »Und dann stand sie plötzlich neben dem Auto, als die Pornoseite gerade geladen war. Ich dachte erst, ich hätte eine grausige Vision, wäre irgendwie weggetreten. Aber sie hat die Autotür aufgerissen, sich das iPad geschnappt und gegen die Wand von der Fabrikhalle geschleudert. Und dann ist sie wieder aufs Fahrrad gestiegen und weggestrampelt. Wortlos.«

»Und?«

»Und seitdem tut sie so, als wäre ich nicht vorhanden. Sie kocht nicht mehr für mich mit, sie fläzt sich auf das Sofa, so dass da kein Platz mehr für mich ist, sie sortiert meine Wäsche aus, bevor die Waschmaschine gefüllt wird, sie lässt meine Post im Briefkasten oder wirft sie sogar in die Mülltonne. Und sie redet natürlich auch nicht mehr mit mir. Wenn jemand für mich anruft, legt sie einfach auf.«

»Das wird schon wieder«, behauptete Clemens, fand sich aber deutlich zu optimistisch. Er kannte Diana seit etwas mehr als zehn Jahren, und er wusste, dass bei ihr das alte Sprichwort von der Zeit, die alle Wunden heilt, einfach nicht zutraf. Diana war selbstgerecht, unerbittlich und wahnsinnig nachtragend. Trotzdem wollte sein bester Freund nicht ohne sie leben. Teddy wollte nicht ohne *jemanden* leben, und der einzige Jemand, der das ermöglichte, war diese, seine Frau, glaubte er.

»Weißt du, dass sie eine total gruselige Angewohnheit hat?«, fragte Teddy unvermittelt.

Nur eine?, wollte Clemens antworten. *Mir fallen, ohne eine Sekunde nachzudenken, Dutzende ein, und Diana ist nicht einmal attraktiv, um das irgendwie auszugleichen. Aber um auch nur eine einzige gute Eigenschaft von ihr zu nennen, müsste ich erst mal ein mehrstündiges Brainstorming ansetzen.* Doch statt das zu sagen, schüttelte er den Kopf. »Nein. Welche?«

»Sie kann ihren Gesichtsausdruck wie umgeschaltet wechseln. Ich habe das schon früher beobachtet, oder ich dachte, ich hätte es gesehen. Wenn ich mich zu ihr gedreht habe und sie das bemerkt hat und mich plötzlich angestrahlt hat, als wäre ich der Messias, einer von den *California Dreamboys* oder wie die heißen und Albert Einstein in einer Person. Aber eine Zehntelsekunde vorher hat sie mich noch angeschaut, als würde sie mich gleich möglichst brutal abschlachten wollen.«

»Ui«, machte Clemens.

»Und dann habe ich damit angefangen, darauf zu achten. Ich habe sogar mal Webcams aufgestellt, heimlich. Hätte sie das herausbekommen, hätte sie mich wirklich umgebracht. Jedenfalls stimmt es. Sie sieht mich manchmal an, als wäre ich ein Kinderschänder, der totale Antichrist. Und wenn ich mich zu ihr drehe, flammt ein Lächeln auf, und sie schaut mich an, als würden wir vor dem Altar stehen und ich wäre, keine Ahnung, Marky Mark Wahlberg. Den hat sie mal sehr gemocht.«

»Ach du Scheiße.«

Teddy nickte und trank einen Schluck.

»Vielleicht ist sie nur besorgt um dich, und sie macht sich Gedanken, während sie diesen Gesichtsausdruck hat«, schlug Clemens vor.

Teddy lachte kurz, aber unfröhlich. Er legte seine Stirn in Falten und dachte einen Moment lang nach. »Damals, als wir drei zusammen auf der Sommerparty bei diesen Rademachers waren, erinnerst du dich?« Clemens nickte. »An diesen Typen, der Marie aufs Klo hinterher ist?« Clemens nickte abermals. Wie könnte er sich nicht erinnern? Der Mann, ein Mittvierziger mit breitem Kreuz und Elvistolle, nach Clemens' Erinnerung der Schwager von Rademacher, einem Großkunden von Teddy, hatte Marie im Badezimmer an die Wand gedrückt und zu küssen versucht, während er seinen Unterleib gegen ihren gepresst hatte. Clemens lief jetzt noch ein Schauer über den Rücken, wenn er daran dachte, und es war *einige* Jahre her. Marie war total fertig gewesen, jedoch eher schockiert als verängstigt, und Clemens wollte losrennen und diesen Typen stellen, da stand er plötzlich vor ihnen. *Du hast mich angemacht,* behauptete er und griff nach Maries Arm. Clemens und Teddy drängten sich zwischen die beiden, Clemens verspürte zum ersten Mal in seinem ganzen Leben große, kaum bezwingbare Lust, jemanden ernsthaft, sogar schwerstmöglich zu verletzen, aber dann kam Rademachers Frau angerannt und zerrte den Typen weg, ohne ein Wort zu sagen. Als würde das ständig passieren, wie bei einem Kind, das immer wieder auf den Küchenschrank klettert, um Süßigkeiten zu stibitzen. »Wie der dich angeschaut hat, als wir uns vor Marie gestellt haben. Weißt du noch?« Clemens nickte wieder, und auch Teddy nickte. »So sieht sie mich an, wenn ich nicht hingucke.«

»Ach du Scheiße«, wiederholte sich Clemens, und er meinte es auch so. Aber wirklich überraschend fand er nicht, was er gehört hatte.

Er hätte an dieser Stelle, in diesem Moment sagen müssen: *Trennt euch, besser heute als morgen! Ihr seid aus den falschen Gründen zusammengekommen, und ihr bleibt aus anderen, noch falscheren Gründen weiter zusammen.* Diana hatte aus dem fröhlichen, freundlichen, spontanen und verblüffend geistreichen Teddy einen Kuscher gemacht, der auf einen ausgestorbenen Industrieparkplatz zum Wichsen fuhr, und Teddy hatte die kreative, anspruchsvolle und ambitionierte Diana in eine kleingeistige, schauspielernde Helikopterehefrau verwandelt (oder diese Eigenschaften verstärkt, denn eigentlich war sie nie anders gewesen), die Uhrzeiten auf Supermarktkassenbons kontrollierte. *Gebt euch die Chance, wieder etwas Farbe in eure Leben zu bekommen, etwas Sonne und frische Luft zum Atmen. Bringt Distanz zwischen euch, möglichst eine fünfstellige Kilometeranzahl, besser aber ein ganzes Sonnensystem. Ihr seid nicht gut füreinander. Ihr seid Öl und Wasser. Das Beste, was euch gelingen kann, ist eine extrem flüchtige Emulsion. Eine Verbindung entsteht da nicht mehr.*

Clemens konnte das aber unmöglich zu Teddy sagen, weil Teddy das natürlich selbst wusste und die Bestätigung durch seinen besten Freund möglicherweise Aktivitäten ausgelöst hätte, und Clemens wollte nicht die Verantwortung für die Trennung übernehmen – nicht einmal für diese. Er kam sich schäbig dabei vor. Zumal ein klitzekleiner Teil von ihm das sogar, nun, nicht *genoss*, aber zumindest als wohltuenden Kontrast empfand, wie es den beiden erging, denn es hob ihn und Marie noch weiter von allen und allem anderen ab. Er bemerkte, dass er unbewusst mit seinem Ehering spielte. Das tat er sonst nie.

»Ich bin ab morgen wieder auf Tour«, sagte er zu Teddy, eine spontane Idee in einen Vorschlag gießend. »Für vier Tage im fränkischen Raum. Nürnberg, Fürth, Bayreuth, Bamberg. Du könntest mitkommen. Vielleicht bringt dich das auf andere Gedanken.« Tatsächlich hatte ihn Teddy noch nie begleitet. Diana hätte ihn wahrscheinlich schon für die Frage um Erlaubnis misshandelt, aber da sie im Moment nicht mit ihm redete, konnte sie auch nicht Nein sagen. Andererseits. Sie hielt Teddy noch Sachen vor, die sich nicht einmal ein Elefant so lange hätte merken können.

»Sie wird mich zur Schnecke machen«, sagte Teddy, als hätte er Clemens' Gedanken erraten, und nahm einen Schluck Bier, wobei er traurig nickte. »Zu einer *Nacktschnecke.* Sie hat mich vor zwei Jahren nicht zum Klassentreffen fahren lassen, und das war nur in Potsdam, also quasi in Spuckweite. Wenn mich ihr Bruder nicht begleitet, darf ich keine Geschäftsreise antreten. Das weißt du ja.«

Clemens nickte. Gernot, der zwei Jahre jüngere Bruder von Diana, arbeitete offiziell in Teddys Geschäft – Teddy verkaufte Computer und Zubehör und betreute kleine Netzwerke –, aber Gernots eigentliche und keineswegs geheime Aufgabe bestand darin, den Ehemann der pathologisch eifersüchtigen Schwester Diana zu überwachen. Das Eigenartigste daran war, dass Diana überhaupt kein romantisches Interesse an Teddy mehr zu haben schien; sie mied seine Nähe, es gab keine Zärtlichkeiten in der Öffentlichkeit und nur homöopathischen Sex an besonderen Tagen oder wenn Diana betrunken war, was meistens zusammenfiel. Trotzdem betrieb sie einen Mordsaufwand, um ihn unter Kontrolle zu behalten, und sie ließ Teddy den Aufwand auch noch selbst bezahlen, denn Gernots Fähigkeiten im IT-Sektor hätte auch eine unter Senilität leidende Wanderschildkröte mitgebracht. Er verstand absolut nichts von Computern und wollte auch nichts davon verstehen, er hatte große Schwierigkeiten, sein eigenes Smartphone zu bedienen, und sein Sozialverhalten war nicht gerade mit einem Ladengeschäft kompatibel, bei dem es darum ging, Leuten zuzuhören und sie sogar zu beraten. Meistens saß er in einer Ecke und blätterte durch krudes Zeug wie Animes oder Softpornos. Wenn ihn Leute ansprachen, brummte er mürrisch. An guten Tagen.

»Ich wollte schon immer mal mitkommen«, sagte Teddy und blickte auf. Seine Augen leuchteten. »Die Groupies rennen dir doch nach jedem Auftritt das Hotelzimmer ein, oder?« Er stieß Clemens mit dem Ellenbogen in die Rippen; eine Geste, die zu ihren Vätern gepasst hatte, aber Clemens ließ sie unkommentiert. Sie hatten diese Frage auch schon mehrfach besprochen, doch Teddy glaubte ihm einfach nicht, dass er die vielen Avancen, die es tatsächlich gab, ignorierte.

»Absolut«, erwiderte er lächelnd. »Sie stehen vor meinem Zimmer Schlange. Und die meisten von ihnen nackt.« Er musste kurz an Svenja Borowski denken. Wie lange war das her? Sie hatten seit jenem Abend in der niedersächsischen Provinz keine gemeinsamen Gigs mehr gehabt, aber vor nicht allzu langer Zeit, bei einem Comedyfestival in Berlin, war Svenja, die einen Kurzauftritt gehabt hatte, während Clemens in der Jury saß, nach der Show an Clemens und Marie fast vorbeigerauscht. Sie hatte ein Kleid getragen, das diese Bezeichnung eigentlich nicht verdient hatte – ein drei Finger breites, rotes Band, das um ihren Körper geschlungen war, um die kritischen Stellen ansatzweise zu bedecken, während die großen Flächen, die das Band freiließ, mit transparentem Chiffon eher betont wurden. Als sie die Freitags entdeckte, blieb sie kurz stehen, musterte Marie, sagte schmunzelnd »Verstehe« und huschte weiter.

»Ich wusste es!« Teddy grinste. Dann wurde er schlagartig ernst. »Fremdficken ist ja auch kein Treuebruch. Wenn es eine einmalige Sache ist. Oder? *Kumpel?*«

Da wurde Clemens ebenfalls ernst. »Treue ist kein Gesetzbuch, an dessen Paragrafen man sich Buchstabe für Buchstabe halten muss, aber wenn man eine Lücke findet, darf man alles.« Er legte Teddy eine Hand auf die Schulter. »Das ist ein Versprechen, eine Übereinkunft, es ist eine Zusage, und dabei geht es darum, nichts zu tun, das den anderen verletzen könnte. Und das Irrste daran ist, dass man das *sowieso* nicht wollen würde, weil man sich ja liebt. Es geht also nicht darum, sich unter Kontrolle zu halten.«

»Sondern?«

»Genau genommen um eine Selbstverständlichkeit. Treue und Liebe sind dasselbe. Wer nicht treu ist oder den Wunsch verspürt, treu zu sein, der liebt auch nicht. So einfach ist das.«

»Du darfst nicht von Mister und Missis Wonderful auf alle anderen schließen, mein Guter.« Teddy blinzelte.

»Und du nicht von deiner wirklich schrägen Beziehung«, sagte Clemens schneller, als er gewollt hatte. Sein Freund lachte jedoch.

»Das mag wohl so sein.« Teddy winkte, Björn nickte ihm zu und begann damit, zwei neue Biere anzuzapfen. »Aber es ist schon so, dass ihr beiden, du und Marie, dass ihr ... wie soll ich sagen? Das ist außerhalb der Maßstäbe. Ihr seid nicht normal.«

Clemens nickte lächelnd. Dieses warme Gefühl übermannte ihn beinahe, das er so oft spürte, wenn er an Marie und sich dachte, an diese Singularität, dieses Wunder.

»Du triffst doch andere Kollegen«, sagte Teddy. »Was ist mit denen? Erliegen die den Verlockungen des Künstlerdaseins?« Er lallte inzwischen ein bisschen, und er war ziemlich aufgedreht, wegen des Geständnisses, aber auch wegen der Einladung.

Clemens nahm sein Bier entgegen, die Freunde prosteten sich zu. »Ich würde sagen, dass diejenigen, die auf Tour ihren Partnerinnen und Partnern treu sind, eine kleine, feine Minderheit darstellen, der ich auch angehöre, und zwar sehr gerne.« Er trank einen Schluck. »Mehr will ich dazu nicht sagen.«

»Aber ich«, sagte Teddy, nahm abermals einen Schluck, einen kräftigen und langen Schluck. »Ich bin dabei. Ich mache den Laden einfach für vier Tage zu und fahre mit. Das wird lustig.«

Clemens nickte. *Das wird ganz sicher lustig,* dachte er. *Vor allem danach. Wenn du nach Hause kommst. Diana wird dich mit einer Kettensäge zu Gulasch verarbeiten. Und das wird nur die Ouvertüre sein.*

Das Programm, das Clemens zu dieser Zeit spielte, hieß *Freitags Abend* und war nach offizieller Zählung sein achtes. Inoffiziell war es bereits das zehnte, denn er hatte, weil die Zeit für neue Konzepte nicht gereicht hatte, zwischendrin zwei Best-of-Mixshows gespielt, in die er nur ein paar neue Szenen eingestreut hatte. *Freitags Abend* spielte am Abend und ging um Paare aller Art, wobei immer eine der beiden Personen ein Prominenter war. Die Szenen zeigten die Paare bei der Auswahl des Fernsehprogramms, vor oder nach dem Sex, bei politischen Diskussionen, beim Kochen, Essen, bei Urlaubs- und Familienplanung und so weiter. Es war zu Clemens' eigener Überraschung sein mit Abstand erfolgreichstes Programm, und während er diesen Erfolg genoss und mit Marie feierte, fragte er sich, wo der eigentlich herkam. Er selbst fand *Freitags Abend* etwas zu gefällig, manchmal sogar seicht und etwas vorhersehbar, und er war nicht mit allen Szenen rundum zufrieden. Aber die Shows der ersten Saison waren ziemlich schnell ausverkauft, und obwohl er längst an einem Nachfolgeprogramm arbeitete, wurde dieses immer noch stark gebucht, manchmal sogar für größere Locations als am Anfang. Die Termine in Franken, zu denen er jetzt mit Teddy fuhr, waren allesamt Wiederholungstermine. Ein Privatsender hatte inzwischen die Rechte für die Show gekauft und sie vor einigen Wochen an drei Abenden im Ruhrgebiet gefilmt. Die Ausstrahlung müsste irgendwann dieser Tage stattfinden, und eigenartigerweise stieg nach derlei die Nachfrage nach dem Programm abermals, hatte sich Clemens erzählen lassen, obwohl die Leute die Show ja bereits im Fernsehen gesehen hatten. Das war ein Phänomen, das die Unterhaltung grundsätzlich betraf: Man schaute sich lieber etwas Bewährtes noch einmal an, statt einen Sprung ins dezent kühle Wasser zu wagen und etwas Neues auszuprobieren. Wenn man wusste, was man bekommen würde, war man auf eine Weise zufrieden, die von sensationellen Innovationen kaum übertroffen werden konnte. Ähnlich verhielt es sich wohl bei der Auswahl der Urlaubsorte. Man fuhr lieber zum zwanzigsten Mal irgendwohin, weil es anderswo möglicherweise *noch schlechter* war. Dieses Motiv wurde in dem Urlaubsplanungssketch verwendet, der zum aktuellen Programm gehörte.

Teddy saß auf dem Beifahrersitz und war starr und stumm vor Aufregung. Clemens ahnte, was in seinem Freund vorging, in dem irre Vorfreude auf ein paar Tage für sich (und unbeobachtete Selbstbefriedigung in Hotelzimmern) und die nackte Panik vor dem, was nach der Rückkehr ohne den geringsten Zweifel auf ihn wartete, miteinander im Streit lagen. Während der ersten Kilometer hatte er noch unaufhörlich geplappert, um sein Gefühlschaos zu ventilieren, und war dann kurz vor Leipzig in eine Art Starre verfallen. Inzwischen hatten sie das Hermsdorfer Kreuz im Rücken, es war nur noch eine gute Stunde bis nach Bayreuth, ihrem ersten Ziel. Die ungewöhnliche Begleitung minderte das

Lampenfieber, das bei Clemens sonst längst in großer Intensität eingesetzt hätte, eigentlich schon beim Einsteigen ins Auto, aber heute war es beinahe nicht vorhanden. Er beugte sich vor, schaltete das Radio ein und wählte aus Pest, Ebola, Pocken und Cholera MDR Jump. Eine nicht sehr überzeugende Moderatorin tat gerade auf besonders jugendlich, indem sie dusselige Formulierungen kindisch überbetonte. Dann startete sie die Deppentechno-Version irgendeines Neunzigerjahre-Hits. Clemens ließ es trotzdem laufen.

»Weißt du, was eigenartig ist?«, fragte Teddy plötzlich ins Gewummere.

Da das eine rhetorische Frage war, schwieg Clemens und sah nur kurz zur Seite.

»Ich liebe sie. Ich weiß, das ist nicht begründbar, und ich könnte dir nicht erklären, was es ist, das ich an ihr liebe, denn sie hat nicht viel objektiv Liebenswertes an sich, das weiß ich selbst, aber ich liebe sie *wirklich*. Das ist nicht nur Gewöhnung oder die Angst davor, alleine zu bleiben, oder irgendwas in der Art. Ich liebe Diana.« Er rieb sich mit beiden Händen über Stirn und Haaransatz. »Ich ertrage ihr Generve, ihre Ungerechtigkeit, ihre Drangsalierungen, ihr Getue, ihre Eifersucht, ihren bescheuerten Bruder, weil ich sie liebe.« Er drehte sich zu Clemens und grinste schief. »Hilf mir, Freund, damit das aufhört.«

Und dann lachten sie beide. »Vielleicht«, sagte Clemens anschließend, »solltest du ihr das einfach mal sagen. In genau diesen Worten.«

Fünf Stunden später saßen sie im Bistro, das zu dem Theater gehörte, in dem Clemens soeben den Saal gerockt hatte. Er war vom Publikum minutenlang mit stehenden Ovationen gefeiert worden, rhythmisch mit den Füßen stampfend hatten sie später dann immer wieder nach weiteren *da capos* verlangt, das Donnergeräusch war sogar in der Garderobe im Keller des Theaters deutlich zu hören gewesen – als würde eine tausend Mann starke Garnison über das Gebäudefundament marschieren. Viermal war er auf die Bühne zurückgekehrt und hatte kurze Szenen aus älteren Programmen gegeben, er hatte natürlich auch *Genießen Sie die Ruhe* und *Mit dir oder ohne dich* gesungen, und er hätte statt der üblichen maximal vier auch acht, zehn oder zwanzig Zugaben geben können, aber irgendwann musste Schluss sein, nicht zuletzt, weil die Leute im Theater nach Zeit bezahlt wurden und alle immer durstiger wurden, Clemens eingeschlossen. Und jetzt saßen sie um fünf zusammengestellte Tische – die Angestellten, die Besitzerin, zwei Männer, die für eine Lokalzeitung und einen kleinen Radiosender arbeiteten, und zwei, drei Handvoll Zuschauer, zu Teddys Vergnügen fast ausschließlich weiblich und zum Großteil recht ansehnlich. Clemens hatte sich kurz das Gesicht kalt abgerubbelt, einen halben Liter Wasser getankt und mit dem Deoroller das Gröbste an Körpergerüchen übertüncht – zwei Stunden solo auf der Comedybühne waren harte, körperlich mächtig anstrengende Arbeit. Wenn er vor der Show vergaß, den Fitnesstracker abzunehmen, den ihm Marie vor zwei Jahren zum Geburtstag geschenkt hatte, unterbrach das Gerät seine

Konzentration ständig mit Jubelmeldungen über seine vermeintlichen Trainingserfolge, und die zehntausend Schritte pro Tag, über die sich das Ding besonders freute, hatte er meistens schon nach der Hälfte des Programms hinter sich.

Umso entspannter fühlte er sich in solchen Momenten. Er saß da, die Leute um ihn herum quatschten aufgeregt durcheinander oder buhlten um seine Aufmerksamkeit, dabei war die hauptsächlich auf das kalte Bier gerichtet, das er in der Hand hielt. Aber zugleich genoss er, was er tat, was er schaffte. Diese zwei Stunden waren einfach großartig; das Gefühl *da oben* war jemandem, der das noch nie selbst getan hatte, einfach nicht zu vermitteln. Und dabei spielte kaum eine Rolle, ob das Programm gerade erst Premiere gefeiert hatte oder schon anderthalb Jahre lief. Schlussapplaus, das allmähliche Abklingen des Adrenalinstaus, das Bier danach – einfach paradiesisch. Die Erfüllung eines Traums, den er ohne Marie nie gehabt hätte. Ein Traum, den er an vier, fünf Tagen pro Woche auslebte. Jemand zu sein, der viele Menschen zum Lachen brachte. Was gab es Besseres?

Teddy hatte sich zu den Zuschauern gesetzt, von denen ab und zu einer aufstand, zu Clemens kam und um ein gemeinsames Foto bat. Clemens hatte den Eindruck, sein Freund würde aus dem Nähkästchen plaudern, gemeinsame Erlebnisse schildern, um vor allem die weiblichen Gäste für sich zu gewinnen. Er lachte und gestikulierte, schlug mit der Hand auf den Tisch, zeigte ab und an zu Clemens herüber, hörte aber auch aufmerksam zu, wenn jemand am Tisch sprach, wobei er nicht zu verbergen versuchte, dass er die

Frauen abcheckte. Clemens fühlte sich an ihre gemeinsame Zeit erinnert, an *früher,* bevor das vergangene Jahrtausend mit dieser fantastischen Begegnung geendet hatte, die aus ihm und Marie Clemens und Marie gemacht hatte. Damals wie jetzt fragte er sich, wie es eigentlich hatte geschehen können, dass Teddy und er so gute Freunde geworden waren. Und ob das überhaupt der Fall war. Und was es bedeutete.

Plötzlich stand Teddy neben ihm, während hinter ihm eine schüchterne, aber attraktive Frau auf ihn zu warten schien. Sie sah zu Boden, lugte aber hin und wieder unter ihrem Pony hervor. Dabei grinste sie verschämt.

»Wo sind wir noch mal?«, flüsterte Teddy in Clemens' Ohr.

»Bayreuth.«

»Okay, was in Bayreuth passiert, bleibt in Bayreuth. Einverstanden?«

»Ich habe nicht vor, hier irgendwas zu tun, für das ich mich schämen müsste.«

»Ich auch nicht. Eher im Gegenteil.«

»Und was ist mit dem Zeug, das du mir im Auto erzählt hast?«

»Das hat hiermit nichts zu tun, ehrlich.« Teddy drückte Clemens' Schulter; eine Geste, die Clemens nicht mochte, seit sein Vater das immer einige Zeit nach heftigen Bestrafungen getan hatte. »Deine Treuedefinition ist nicht allgemeingültig.«

»Wie du meinst.« Clemens spürte Ärger in sich aufsteigen, aber weniger darüber, was Teddy zu tun im Begriff war, sondern eher, weil es so einfach und schnell ging. »Aber morgen geht's um zehn weiter. Wenn du nicht am Auto bist, fahre ich ohne dich. In Bamberg muss ich um zwölf Soundcheck machen, weil es zwei Shows sind.«

Als Teddy davonging, dicht gefolgt von der Frau, gesellten sich zum leichten Ärger noch andere Gefühle. Er freute sich, dass Teddy ein wenig Spaß haben würde (und die junge Frau hoffentlich auch), aber da war noch etwas, eine wehmütige Seite, ein diffuser Wunsch, aufzustehen, auch nach einer fremden weiblichen Hand zu greifen und Teddy ins Hotel hinterherzulaufen. Einfach, um mal wieder zu spüren, wie sich das anfühlte.

Am Morgen saß Teddy bereits beim Frühstück, als Clemens von seinem Zimmer herunterkam, aber zu Clemens' nicht geringer Überraschung saß da auch die Frau vom vergangenen Abend, die sofort aufsprang, seine Hand beidhändig drückte und sich als Gabriele vorstellte. Teddy starrte unglücklich vor sich hin; ihm stand der Reuekater wie eine Tätowierung ins Gesicht geschrieben, und die Situation war ihm ganz offensichtlich noch peinlicher als die iPad-Supermarkt-Fabrikparkplatzgeschichte, denn er wagte es nicht, Clemens anzuschauen. Seine neue Freundin demgegenüber war fröhlich und guter Dinge, und noch während Clemens auf seinen Kaffee wartete, begann sie damit, ihn über seine Arbeit auszufragen. Dabei kündigte sie eher beiläufig an, auch nach Bamberg zu kommen, um die Abendshow zu sehen – die erste der beiden Vorstellungen wäre schon um vier am Nachmittag. Teddys Gesicht fiel bei dieser Nachricht beinahe auseinander. Wie ein Kommentar hierauf meldete sich in diesem Moment sein Telefon, mit einem Klingelton, von dem sogar Clemens wusste, wem er zugeordnet war. Das Smartphone spielte eine scheußliche Billigkeyboard-Instrumentalversion von Celine Dions *My Heart Will Go On*, dem Song zu James Camerons *Titanic*-Film, den Diana, was sie gerne stolz erzählte, seinerzeit einige Dutzend Male im Kino gesehen hatte. Teddy sah ohnehin ein bisschen blass aus an diesem Morgen, aber jetzt schlug seine Gesichtsfarbe ins Kalkige um. Er zog das Telefon mit flattrigen Händen aus der Tasche und legte es vor sich hin. Die schlimme Filmmusik spielte noch eine geschlagene Minute, während derer niemand am Tisch ein Wort sagte. Dann verstummte sie, aber kurz darauf ertönte ein Piepen, das eine Kurznachricht ankündigte. Teddy nahm das Telefon auf und tippte es an, und obwohl das kaum denkbar war, wurde sein Gesicht beim Lesen der Nachricht noch etwas weißer.

»Scheiße«, sagte er. »Ich muss zurück.«

Freitags Herausforderung

960/1000 Freitage

»Nadine Frontzecki hat dich für ein Hörbuch angefragt«, sagte Glenda.

»Wer?«

»Nadine Frontzecki. Die auflagenstärkste deutsche Autorin im Moment.«

»Kenne ich nicht. Aber ich mache keine Hörbücher.« Viele Kollegen verdienten sich damit ein recht aromatisches Zubrot, aber er fand die Vorstellung zu gruselig, tagelang aus einem Buch vorzulesen, das man weder selbst geschrieben hatte noch besonders mochte. Aber es war nicht das erste Mal, dass man ihn dafür anfragte, denn er hatte eine gute Stimme – und im Gegensatz zu vielen Schauspielern, Rundfunksprechern und Comedians, die Hörbücher einlasen, könnte er tatsächlich jede Figur anders klingen lassen. Und damit glaubhafter und authentischer.

Glenda Brombach kicherte. »Ich weiß das, und ich habe ihr das auch gesagt, also nicht, dass du sie nicht kennst, sondern dass du keine Hörbücher machst. Aber ihre Produktionsbude würde wirklich sehr, sehr ordentlich honorieren, um es noch vorsichtig auszudrücken. Deutlich über Tarif. Sie hat dich in Fürth gesehen, und sie meinte, du würdest perfekt passen. Sie ist ein Fan, soll ich dir außerdem sagen.«

Clemens ignorierte die letzte Bemerkung, das war sowieso nur eine Phrase, die jeder über jeden losließ, dabei waren viele von ihnen ausschließlich ihre eigenen Fans. »Was schreibt die?«

»Thriller. Zwei pro Jahr. Startauflage jedes Mal sechsstellig.«

»Ist das viel?«

»Ungefähr wie eine Comedypremiere in der Allianz-Arena. Sie führt seit acht Jahren mit großem Abstand die Jahres-Verkaufslisten an. Fünf oder sechs ihrer Bücher sind verfilmt, zwei sogar fürs Kino, das waren allerdings Flops. Sag mir nicht, du hast von Nadine Frontzecki noch nie gehört. Oder sie noch nie gesehen. Sie sitzt in jeder zweiten Talkshow. Die mit den langen braunen Haaren und diesen unglaublich blauen Augen. Fast wie die von Daniel Craig.«

Clemens nickte stumm. Jetzt wusste er, von wem die Agentin sprach. Frontzecki war etwa in Maries Alter, immer elegant und oft ein bisschen zu teuer gekleidet, offensiv selbstbewusst, aber zugleich stets erkennbar bemüht, nicht arrogant zu wirken, wodurch sie *ungeheuer* arrogant wirkte. Sie wurde von der Literaturkritik nicht nur miss-, sondern *ver*achtet. Jenns Bargeld, einer der populärsten Buchkritiker, attackierte die Frau unaufhörlich für ihre blutrünstigen, eskapistischen und – seiner Auffassung nach – erbärmlich geschriebenen Bücher, die er als »Literaturkot« bezeichnete. Ah, dachte Clemens. *Diese* Nadine Frontzecki. Der *Playboy* hatte ihr öffentlich ein dickes Angebot für ein Shooting gemacht, über das sie immer noch nachdachte, inzwischen seit zwei Jahren. Das hatte es sogar bis auf die *BILD*-Titelseite geschafft. Erstaunlich, dachte Clemens, dass es den *Playboy* und die *BILD* noch gab.

»Du müsstest das Manuskript natürlich vorher lesen, aber die Produktion dauert nur drei Tage. Und Sören Häkler würde produzieren und Regie führen.«

»Sören Häkler? Wow.« Häkler war *der* Mann, wenn es um gesprochene Audioproduktionen ging, er hatte Preise über Preise für seine Hörspiele und Hörbücher gewonnen und ein Abonnement auf den Deutschen Hörbuchpreis. Außerdem schrieb er selbst – lustige kleine Romane über Männer, die einfach nicht erwachsen werden wollten, aber schon weit jenseits der Vierzig waren, was beides unterm Strich auf die meisten Männer zutraf. Teddy war ein großer Fan dieser Bücher. Häkler galt als äußerst sympathisch, und Leute, die schon mit ihm zusammengearbeitet hatten, schworen auf ihn. Clemens hatte ihn schon immer mal treffen wollen.

»Häkler ist ein Wort«, sagte er.

»Und der Roman heißt auch noch *Der Komiker.*«

»Nein. Echt?«

Glenda Brombach entflammte eine Zigarette, wobei sie wahrscheinlich nickte. Clemens wartete höflich den ersten Zug, den Hustenanfall und die Normalisierung ihres Atmungsapparats ab. Das war immerhin besser als das Darth-Vader-Geräusch, das sie machte, wenn sie ihre Sauerstoffmaske aufgesetzt hatte.

»Ja«, krächzte sie. »Es geht um Serienmorde, und ein bestimmter Komiker hat wohl immer einen Auftritt ganz in der Nähe. Mehr weiß ich auch nicht. Ist ja noch geheim.«

»Mmh«, brummte Clemens. »Weißt du, jedes Mal, wenn du mich zu etwas überredet hast, das ich *eigentlich* nicht mache, ist eine Katastrophe passiert.«

»*Bitte.* Das mit der Malaria damals war deine eigene Schuld. Was machst du auch ohne Prophylaxe einen Scheiß-Landausflug nach Madagaskar? Da ziehen die Moskitos schon Wartenummern für dämliche Touristen, das weiß doch jedes Kind.«

»Mmh«, machte Clemens wieder, schmunzelte aber, was Glenda nicht sehen konnte, denn sie telefonierten klassisch. Facetime und Videocalls waren nichts für sie. »Okay, und wann?«

»So schnell du kannst. Das Buch erscheint in fünf Wochen, und das Hörbuch soll parallel rauskommen, die Herstellung ist längst eingetaktet, und die Ausstattung wartet nur darauf, deinen Namen überall einsetzen zu dürfen. Der Zeitplan ist jetzt schon ordentlich knapp. Also am besten gleich ab morgen. Du hast ja im Moment keine Termine.«

»Das muss an meiner Agentin liegen«, schnarrte Clemens gekünstelt unfreundlich.

»Oder daran, dass Sommerferien sind, bester Herr Freitag. Okay, ich gebe Häkler deine Kontaktdaten, dann wird er sich bei dir melden. Und die Frontzecki ist auch dabei.«

»Wozu das denn?«

»Keine Ahnung. Aber das macht sie immer. Sie ist bei allem dabei. Grundsätzlich.«

Sie war immer dabei, weil sie ein verdammter Kontrollfreak war – das fand Clemens zwei Tage später heraus, als er und Sören Häkler in dessen Studio in Potsdam versuchten, die ersten vier Kapitel des (nach Clemens' Überzeugung komplett idiotischen) Thrillers *Der Komiker* als Hörbuch zu adaptieren. Er hatte das bizarre Manuskript vorher zweimal gelesen, wobei es ihn fortwährend geschüttelt hatte, und nicht etwa vor Spannung. Davon abgesehen, dass Handlung, Motivation, Personalstruktur und Sprache der Geschichte vollständig *ballabulla* waren, gekrönt mit einem satten Schlag Unlogik, hatte Nadine Frontzecki auch auf jede Recherche verzichtet und sich eine schillernde, glamouröse, jederzeit saukomische, extrem kollegiale und in Mond-Gagen quasi ertrinkende Komikerszene ausgedacht, die auf keinem Planeten des bekannten Universums so existierte. Clemens begriff, dass er dadurch, dass er das Hörbuch einsprach, diesem ungereiften Käse den Ritterschlag erteilen sollte. Wenn ein immerhin recht bekannter Comedian bei dieser Sache mitmachte, konnte es so ganz falsch nicht sein, wie das von Frau Frontzecki dargestellt wurde. Er (eigentlich: Glenda Brombach) hätte zur Bedingung machen sollen, dass er das Manuskript lesen dürfte, bevor die Verträge gemacht wurden, aber Nadine Frontzecki war nicht nur vom Kontrollzwang beherrscht, sie verhandelte auch nicht. Was sie sagte, wurde getan.

Ganz anders Sören Häkler. Der kam von null auf einen der vorderen Plätze auf Clemens' Liste der freundlichsten Menschen, denen er je begegnet war. Häkler war ein großer, etwas linkischer, auf sehr saubere Art ungepflegt wirkender Typ, der zwar nicht viele Worte machte, aber erstens genau wusste, was er tat und was er tun wollte, und zweitens sehr aufmerksam zuhörte. Er saß auf einem abgewetzten Bürostuhl hinter seinem Pult, trug ein etwas eingelaufenes Shirt mit der Aufschrift »Das können wir rausschneiden«, trank Pfefferminztee, den er immer wieder aufgoss, ohne den Beutel zu wechseln, und strahlte dabei, als wäre genau *dieser* Tag der allerbeste seines bisherigen Lebens. Zu Clemens' Überraschung hatte Häkler all seine Programme gesehen, meistens sogar schon bei den Vorpremieren im Upi-Werk, und im Gegensatz zu Nadine Frontzecki war er vermutlich wirklich so etwas wie ein Fan. Während er von Häkler vor allem für seine hinreißenden Parodien von Peter Kautz gelobt wurde, beschloss Clemens, alle Romane zu kaufen und umgehend zu lesen, die der Mann geschrieben hatte. Wenn sie nur halb so freundlich und lustig und lebensbejahend waren wie Häkler selbst, mussten sie zum Niederknien sein.

Ohne Nadine Frontzeckis Anwesenheit wären sie wahrscheinlich lange vor der Zeit mit dem Ding durch gewesen. Häkler hatte sehr klare Vorstellungen davon, zu welcher Figur welche Stimme am besten passte, fand mit Clemens ziemlich schnell eine gute Lesegeschwindigkeit, half ihm beim Atmen, korrigierte seine Modulation einige Male, bis Clemens begriffen hatte, worum es ihm ging, und dann hätten sie diesen absurden Text in Windeseile verarbeiten können. Die Autorin saß schräg hinter Häkler auf einer abgewetzten Ledercouch, tickerte auf einem iPad herum, wechselte die Beinposition von linkes Bein über dem rechten zu rechtes Bein über dem linken, zog manchmal die Augenbrauen hoch, ließ aber nicht erkennen, ob sich das auf Clemens und Häkler bezog – oder doch auf etwas, das sie auf ihrem Tablet las. Jedenfalls sagte sie während der ersten Stunde nichts, aber mitten im dritten Kapitel stand sie plötzlich auf, winkte herrisch in Clemens' Richtung, der dem Regisseur gegenüber in der Sprecherkabine saß, drückte gezielt einen Knopf auf dem Pult und sagte: »So geht das nicht, meine Herren.« Sie sah Clemens an, der sie über den Kopfhörer gehört hatte. »Sie mögen das Buch nicht, oder?«

»Geht so«, log Clemens.

»Sie lesen das mit einem ironischen Unterton. So, wie ein Atheist eine Bibelpassage vorlesen würde. Damit machen Sie es kaputt.«

»Aber …«, begann Sören Häkler.

»Und *Sie* mögen es auch nicht. Das Gleiche haben Sie mit *Der Aufprall ist beim Sturz noch längst nicht das Schlimmste* gemacht.«

»Jule Finger war zufrieden.«

»Jule Finger ist viel zu nett. Ich bin nicht Jule Finger.« Sie atmete ein. »Und ich bin nicht nett.«

»*Der Aufprall* hat den Deutschen Hörbuchpreis bekommen.«

Die Schriftstellerin nickte. »Weil es ein sehr, sehr gut gemachtes Hörbuch ist. Aber es ist zugleich ein abfälliger Kommentar auf die Romanvorlage.«

»Das hat sonst keiner gemerkt«, gestand Häkler verblüfft, lächelte jedoch.

»Ich bin nicht *keiner*. Ich weiß, dass meine Bücher keine nobelpreiswürdige Hochliteratur sind, aber ich will, dass sie so gut hergestellt und vermarktet werden, wie das nur möglich ist.«

»Okay«, sagte Häkler und schmunzelte weiterhin.

»Ich weiß übrigens auch, dass die Handlung unrealistisch ist, dass die fachlichen Hintergründe nicht ganz stimmen und dass die Comedyszene nicht wirklich so ist, wie ich sie dargestellt habe. Aber die Drehbuchautoren, die den *Tatort* schreiben, erzählen auch nicht von real existierenden Ermittlern und Ermittlungsstrukturen. Und ich schreibe keine Sachbücher, sondern Unterhaltungsromane, von denen ich vor allem möchte, dass sie meinen Leserinnen und Lesern gefallen. Und diese Leute haben eine Vorstellung vom Showbusiness, die ich nicht mit der Realität ruinieren will.«

Die beiden Männer schwiegen.

»Wenn wir alle Profis sind, wovon ich ausgehe, dann erwarte ich, dass hier auch professionell gearbeitet wird«, fuhr sie fort. »Sie können mir gerne ins Gesicht sagen, wenn Sie meine Bücher scheiße finden, falls Sie das Bedürfnis verspüren, das zu tun. Damit kann ich gut leben, aber ich muss mir das sowieso tagein, tagaus anhören, also wäre es auch in Ordnung für mich, wenn Sie uns das ersparen würden. Ansonsten produzieren wir hier bitte schön ein in jeder Hinsicht gutes Hörbuch und nicht nur ein technisch gutes oder gut produziertes. Also tun Sie, lieber Herr Freitag, beim Sprechen bitte nicht so, als würden Sie dabei auf glühenden Reißnägeln sitzen, und Sie, bester Herr Häkler, achten auf solche Nuancen. Dann werden wir alle Freunde.« Sie grinste wölfisch. »Oder sogar noch ein bisschen mehr.« Sie sah auf die Uhr. »Ich hole mir kurz einen Kaffee, dann machen wir weiter.« Nadine Frontzecki ging zur Tür, drehte sich aber noch einmal um. »Wir werden zusammen mittagessen«, sagte sie zu Clemens. Und zu Häkler: »Sorry. Zu zweit.«

»Es ist sehr viel besser jetzt«, sagte sie und legte die Karte auf den Tisch. »Das wird richtig gut.«

Clemens nickte nur. Er konnte das – so tun, als ginge es ihm gut, als wäre alles super, obwohl gerade die Welt den Bach runterging. Er war Unterhaltungskünstler, er trat auch auf, wenn eine Grippe nicht mehr nur im Anflug war, sondern längst zur Landung angesetzt hatte, und er spielte vor fünf Männeken in einem stinkenden Schuppen in der Provinz, als stünde er auf der Bühne der bis auf den letzten Platz gefüllten Royal Albert Hall. Es fiel ihm nicht schwer, *Der Komiker* so zu lesen, dass der Text optimal rüberkam. Tatsächlich war er sich sicher, dass sie soeben ein preisverdächtiges Hörbuch produzierten. Und er ärgerte sich darüber, dass er sich anfangs so hatte gehen lassen. Und auch und vor allem darüber, dass er diesen Job überhaupt angenommen hatte.

Sie saßen natürlich bei einem Italiener, von dem Häkler

außerdem abgeraten hatte, aber sie wollten nicht ins Zentrum von Potsdam fahren, um in der kurzen Pause etwas Warmes essen zu können. Clemens bestellte stilles Wasser und Pasta mit Pesto, und er achtete nicht darauf, was die Autorin orderte. Er fand sie auf eigenartige Weise unangenehm. Es war ihm unangenehm, mit ihr hier zu sitzen. Sie war ohne Zweifel eine fantastisch aussehende Frau, klug und erfolgreich und selbstbewusst und weiß der Geier was noch alles, aber sie gehörte nicht zu der Art von Menschen, mit denen er gerne viel Zeit verbrachte. Möglich, dachte er, dass sie eigentlich ein Android war. Bei dem Gedanken musste er lächeln, was Nadine Frontzecki bemerkte, woraufhin sie ihm zuzwinkerte, allerdings nicht fröhlich oder kameradschaftlich oder gar flirtend, sondern in der Konnotation: *Ich weiß, was in dir vorgeht.*

Ihr wurde Wein serviert. Clemens' Wasser kam in der geöffneten Flasche auf den Tisch und war warm – er hätte darauf geschworen, dass ihm Leitungswasser gebracht wurde. Nadine Frontzecki legte einen ironischen Gesichtsausdruck auf, als sie ihm zuprostete. Sie trank ihren Wein wie Wasser. Es hätte ihn nicht überrascht, wenn sie damit gegurgelt hätte.

»Ich will, dass Sie das fest für mich machen«, sagte sie, als sie ihr Glas abgestellt hatte. »Also dass Sie alle meine Bücher einlesen. Möglicherweise sogar die älteren noch einmal. Und dass Sie mich auf Lesereise begleiten. Ich *hasse* es, aus meinen eigenen Büchern vorzulesen. Ich plaudere gerne mit dem Publikum, aber beim Vorlesen bin ich eine Niete. Mit Ihnen könnte das eine echte Show werden.«

Clemens lächelte. »Das ehrt mich sehr, dass Sie das *möchten.*« Er betonte das Verb stärker als nötig, weil sie *wollen* gesagt hatte. »Aber dieses Hörbuchding war schon eine Ausnahme. Ich bin eigentlich Bühnenunterhalter. Ich mache lustige Sachen. Bringe Leute zum Lachen. Und oft nicht einmal wenige gleichzeitig.«

In diesem Moment konnte er den Billigparmesan riechen, der hoffentlich nicht über seine Pastaportion gestreut worden war, die der Kellner balancierte, noch einige Meter von ihnen entfernt, aber auf sie zuhaltend. Als der grinsende Mann, der außerdem nach soeben gerauchter Zigarette roch, die Teller auf den Tisch stellte, waren die beiden Künstler von einer olfaktorischen Käseglocke eingeschlossen.

»Großer Gott«, sagte Nadine Frontzecki.

»Ja. Scheußlich, oder?«

Sie schaute einen Moment irritiert, dann lächelte sie. »Nein, ich meine nicht das Essen. Das ist mir egal, ist doch nur Essen, der Körper zieht das Wertvolle raus und macht aus dem Rest Scheiße, und fertig. Ich meine *Sie*. Das könnte eine irrsinnige Chance sein.«

»Ich habe eine ziemlich befriedigend verlaufende Karriere«, sagte Clemens euphemistisch und nahm eine Penne auf die Gabel. Es war tatsächlich möglich, Nudeln zu verhunzen. Die Pasta sah aus, als hätte schon einmal jemand versucht, sie zu essen. Und der Käse, der über alles gestreut worden war, roch nach einem ganz ähnlichen Vorgang.

»Wie alt sind Sie?«, fragte sie. »Vierzig?«

»Siebenundvierzig.«

»Alle Achtung.« Wieder dieses wölfische Grinsen. »Und wie lange soll das noch gehen? Wollen Sie mit sechzig oder siebzig noch auf der Comedybühne stehen? Das ist nicht mehr lange hin. Zehn, zwanzig Jahre sind schnell vorbei.«

Er antwortete nicht. Die Frage hatte er sich schon gestellt, aber nie ernsthaft versucht, eine Antwort zu finden. Altern, das war etwas, das anderen passierte. Und auf das man sich kaum vorbereiten konnte.

»Sie sind so einer, der hofft, dass alles immer gleich bleibt, oder?« Offenbar konnte sie Gedanken lesen, doch der Gedanke war auch naheliegend, und Clemens nahm an, dass sehr viele Menschen genau *das* hofften – wider die Natur einfach nicht alt zu werden und auf ewig dasselbe Leben führen zu dürfen. »Dass sich bloß nichts verändert. Leider habe ich eine schlechte Nachricht für Sie: Das tut es, und zwar immer, und es ist völlig egal, wie man das zu verhindern versucht. Aber das ist auch gut, vor allem, wenn man darauf vorbereitet ist – indem man Alternativen hat.«

Clemens roch an einer Gabel voll Pasta und antwortete abermals nicht. Er hatte nicht das Gefühl, dass sie seine Antworten hören wollte.

»Oft weiß man ja auch schon, dass sich etwas ändert, aber man ignoriert es, so lange das geht, und wenn man dann reagiert, ist es oft zu spät.« Sie winkte nach dem Kellner, weil ihr Weinglas leer war.

»Bei allem Respekt, liebe Frau Frontzecki, aber sitzen wir hier bei diesem Edelitaliener, damit ich mir Ihre Kalenderweisheiten anhören kann?«, fragte er freundlich lächelnd und legte die Gabel ab. Er hatte beschlossen, lieber hungrig in den Nachmittag zu gehen, als dieses Zeug zu essen. Sein Magenknurren könnte Sören Häkler sicher rausschneiden. »Mit Verlaub, ich bin kein Pausenclown, der Späßchen macht und Witze nacherzählt, sondern ich bin *Kabarettist.* Ich lebe davon, dass ich das menschliche Dasein beobachte und es künstlerisch kommentiere. Ich weiß also, dass sehr viele Menschen methatesiophob sind.«

»Methate*was*?«

»Methatesiophobie. Die Angst vor Veränderungen. Nie gehört?« Er sagte das mit der Stimme von Klaus-Dieter Klebsch, der Hugh Laurie synchronisiert hatte, der mit der Krankenhausserie *Dr. House* weltweiten Ruhm erlangt hatte.

Die Autorin schüttelte lachend den Kopf.

Er lachte mit. »Ich weiß das auch nur, weil ich das mal für ein Programm recherchiert habe. Es hieß *Keine Angst vor Freitag,* ich habe es bis vor zwei Jahren gespielt. Deipnophobie ist übrigens die Angst vor Essenseinladungen oder Gesprächen beim Essen.«

»Was es nicht alles gibt.«

»Eigentlich müssten Sie sich mit so was gut auskennen. Ich meine, Thriller – bei denen geht es doch um Angst.«

Sie nickte. Plötzlich war ihr Gesichtsausdruck freundlich und nachgerade entspannt. »Aber meistens nicht um Phobien, sondern um begründete Angst – in erster Linie Todesangst – in bestimmten Situationen. Oder höchstens mal um Klaustrophobie oder Agoraphobie. Als Erklärung.«

»Sie machen das sehr gerne«, stellte er fest.

»Ich *liebe* es, Scheiße noch mal.« Sie kippte das zweite Glas Wein in den Hals, und es war gut möglich, dass der Wein dabei keine einzige Geschmacksknospe berührte, was möglicherweise besser für die Geschmacksknospen war. »Als mein zweiter Roman allmählich zu einem Erfolg wurde, die Presse anfing, sich für mich zu interessieren, und mir Leute schrieben, wie unfassbar spannend sie das Buch finden würden, da bin ich fast durchgedreht. Es ist das beste überhaupt.«

»Wie hieß der Roman?«

»*Das Baby*. Es ging um eine schwangere Frau kurz vor der Niederkunft, die erfährt, dass ihr Baby genetisch manipuliert wurde und deshalb sofort sterben wird, wenn es entbunden ist.« Sie rasselte das wie auswendig gelernt herunter, aber auch mit deutlicher Begeisterung. »Und sie bekommt das Gegenmittel nur, wenn ihr Mann, der auf der ISS arbeitet, dort ein Experiment manipuliert, was aber tödliche Folgen für viele Menschen haben würde.«

»Klingt extrem realistisch.«

»Pfff«, machte sie. »Darum geht es nicht, sondern um Action, Supsense und Thrill. Also um Unterhaltung. Das ist doch bei Ihnen auch so. Wenn jede Verfolgungsjagd in den Bond-Filmen realistisch gewesen wäre, hätte es nur einen davon gegeben, und selbst der wäre nur ein paar Minuten lang gewesen. Ich habe das vorhin schon gesagt. Realismus ist für die Realität. Wir sind für den Rest.«

»Touché.« Clemens schnaufte und nippte kurz an seinem lauwarmen Wasser, während er beobachtete, wie der etwas angestaubte Mann hinter dem Tresen des Lokals hingebungsvoll in der Nase popelte. »Okay, wir können eine Lesetour machen.« Er überraschte sich selbst mit der Zusage, aber die Frau, die er vor einer Viertelstunde noch unangenehm gefunden hatte, war ihm plötzlich sympathisch. Weil sie so sehr liebte, was sie tat. »*Eine*. Aber ich lese nicht Ihre Backlist ein, und ich mache auch keinen längerfristigen Vertrag. Einverstanden?«

Nadine Frontzecki sprang auf und streckte ihm die Hand entgegen. »Klasse. Das ist viel mehr, als ich erwartet hatte.«

»Unter einer Bedingung.«

Sie legte die Stirn in Falten, aber es war auch etwas Kokettierendes in ihrem Blick.

»Ich schreibe ein kurzes Nachwort für *Der Komiker*.«

»Das Buch ist schon in der Produktion.« Sie klang ein bisschen enttäuscht.

»Dann wissen Sie ja, was zu tun ist.« Während er das sagte, kam in ihm das Gefühl auf, etwas sehr Wichtiges vergessen zu haben, aber was das war, das bekam er nicht zu fassen.

»Was hast du mit ihr gemacht?«, fragte Sören Häkler, als sich Nadine Frontzecki eine Stunde später aus dem Studio verabschiedete, weil sie noch einen Termin hatte. »Die war ja nach dem Essen wie ausgewechselt.«

»Wenn ich dir meine Familiengeheimnisse verrate, ist das dein Todesurteil«, deklamierte Clemens mit der Stimme von Gottfried Kramer, von der Marlon Brando in legendären Filmen wie *Der Pate* profitiert hatte. Häkler lachte brav. »Nein,

nein.« Clemens wedelte mit den Händen. »Sie wollte nur, dass ich sie auf einer Lesereise begleite. Und ich habe mich ein wenig bitten lassen.«

Außerdem hatte er ein schlechtes Gewissen. Normalerweise traf er solche Entscheidungen gemeinsam mit Marie – strategische Entscheidungen, die Beruf, Familie, Zukunft, Planungen und Richtungsänderungen betrafen, wozu eine Lesereise mit einer sehr medienpräsenten und als ziemlich gut aussehend geltenden Autorin von Fließbandthrillern definitiv gehörte. Sie redeten und tauschten sich über *alles* aus, über die Ausrichtung von Maries Kanzlei, über ihr politisches Engagement, über Clemens' neue Programme, über Angebote, über Optionen. Sie stimmten zwar nicht ab, aber sie stimmten einander ab. Sie holten die Meinung des anderen ein. Das war eine der Säulen ihrer Beziehung, dieser Respekt vor der Einschätzung des anderen und damit verbunden das Gefühl, selbst die Dinge, die nur einen von beiden direkt betrafen, gleichsam gemeinsam zu bewältigen. Eine Zusage wie die, die er anderthalb Stunden zuvor der Schriftstellerin gegeben hatte, war eine Ausnahme. Die es an diesem Tag zum ersten Mal gegeben hatte.

»Du weißt schon, welcher Ruf Nadine Frontzecki im Umgang mit Männern vorauseilt, die sie attraktiv findet?«

»Nein. Und da ich nicht glaube, dass sie mich attraktiv findet, spielt das auch keine Rolle.« Als er merkte, was eine mögliche Konnotation dessen war, was er gerade gesagt hatte, fügte Clemens rasch an: »Und umgekehrt. Also das mit dem Attraktivfinden.«

Häkler öffnete den Mund, um zu antworten, wurde aber von Clemens' Telefon unterbrochen. Er zog es aus der Tasche, sah kurz auf das Display, lächelte und nahm den Anruf an.

»Buchner, *oider Schwoob*«, schwäbelte er mit dessen Stimme. »Was macht die südwestdeutsche Provinz?«

»Mmh«, brummte der Kollege. »Du bist bei Stimmenimitationen unschlagbar, aber das mit den Dialekten solltest du lieber lassen.«

»Oh. Schlechte Laune?«

»Nein, ich habe schlechte *Nachrichten,* Clemens. Glenda Brombach ist heute Morgen gestorben.«

»Ach du Scheiße.« Clemens griff hinter sich, zog den Stuhl heran und setzte sich.

»So ist es.«

»Hat die Lunge versagt?«

»Nein, sie ist angefahren worden. Wohl von einem Taxi, das sie selbst gerufen hatte.«

Scheiße, dachte Clemens; Marie hätte es laut gesagt. Und während die Nachricht allmählich bei ihm ankam, er sich zu vergegenwärtigen begann, dass die gute Glenda Brombach nicht mehr da wäre, kam er darauf, was er im Gespräch mit Nadine Frontzecki vergessen hatte, welcher wichtige, essenzielle Hinweis an sie gefehlt hatte. Nämlich, dass, was auch immer sie gemeinsam täten, nichts davon an Freitagen würde stattfinden können.

Zwei Wochen später standen Michael Buchner und Clemens nebeneinander an einer schmucklosen, grasumwachsenen

Grabstelle auf dem Waldfriedhof, in der soeben die schlichte Urne mit Glenda Brombachs Asche versenkt worden war. Die Wendung »Asche zu Asche« bekam hier eine gewisse Mehrdeutigkeit, dachte Clemens und musste sich dabei ein Lächeln verkneifen. Marie hatte ihn leider nicht begleiten können, weil sie einen unaufschiebbaren Gerichtstermin wahrnehmen musste. Clemens kannte zwar einige der anderen Künstler vom Sehen, die am Grab standen, aber Glenda hatte jeden von ihnen behandelt, als würde sie ihn und nur ihn managen, und Feste für die vertretenen Künstler, wie andere Agenturen und Managements das regelmäßig machten, hatte sie für überflüssigen, absurden Quatsch gehalten, der nur Zeit und Geld verschlang. Hätte es auf ihrer Website keine Übersicht mit ihrem – teilweise ziemlich originellen – Portfolio gegeben, hätte Clemens – von Buchner abgesehen – kaum gewusst, wen sie sonst noch vertrat. Vertreten *hatte*. Dazu gehörte ein dicklicher Clown, der auf Kindergeburtstagen auftrat und jetzt in seinem Traueranzug etwas komisch aussah, eine junge Wahrsagerin, die außerdem als Burlesque-Tänzerin arbeitete, und einige andere Skurrilitäten, aber auch Nachwuchskünstler, die darauf hofften, als Stand-Upper zu reüssieren oder der nächste Mario Barth zu werden, wie Clemens bei einem jungen Mann aufgeschnappt hatte, dessen Spezialität darin bestand, mit seinen brachialen, aber nicht immer lustigen Witzen jedes denkbare Tabu zu brechen. Die er leider nicht sehr gut erzählte, doch er baute darauf, durch gewaltige Shitstorms, die er fraglos irgendwann abbekommen würde, *megaberühmt* zu werden.

Die Gruppe aus etwa dreißig Personen lauschte den müden und sehr unangebrachten Worten, die der Grabredner von sich gab, den die einzige noch lebende Verwandte von Glenda Brombach, eine Nichte, die selbst schon in den Sechzigern war, kurzfristig engagiert hatte, dann sagte Buchner ein paar Sätze, die Clemens und er aufgeschrieben hatten, und wenig später war die Versammlung aufgelöst. Eine Trauerfeier oder Ähnliches gab es nicht. Clemens und Buchner gingen zusammen ein paar Schritte und fanden eine Pizzeria.

»Zu wem willst du jetzt gehen, Buchi?«, fragte Clemens beim Bier auf Glenda.

»Mmh«, machte der Schwabe. »Ich weiß nicht, ob ich überhaupt noch ein Management brauche.« Er lehnte sich zurück und seufzte. »Ich bin jetzt schon zweimal von Veranstaltern gebeten worden, im Programm keine Frankenwitze mehr zu machen.«

»Was?«

Buchner nippte an seinem Bier und nickte dabei. »Ich meine, keine Frankenwitze machen zu dürfen. Das ist, wie nicht *kacken* zu dürfen. Es gibt keine witzophilere Subethnie in Deutschland.«

»Na ja, da fielen mir schon noch drei bis acht ein«, widersprach Clemens sanft und lächelte dabei, wurde aber sofort wieder ernster. Er beugte sich vor. »Was soll das heißen, du bist *gebeten* worden?«

»Sie wollen, dass ich Sketche weglasse, die von Menschen als Beleidigung aufgefasst werden können. Und nicht einmal von Menschen im Publikum. Es ging überhaupt nicht um Auftritte in Franken.«

»Sich über das eigenartige Verhalten einer Gruppe lustig zu machen kann immer als Beleidigung aufgefasst werden, ist aber fast nie eine«, sagte Clemens und spürte, wie er wütend wurde. »Es macht die soziale Interaktion aus, dass man auf diese Weise Defizite ausgleicht, die solche Gruppen nämlich selbst generieren. Alles andere ist strunzdummer Tribalismus.«

»Mir musst du das nicht erzählen. Aber es will keiner mehr Stress haben, niemand will anecken, und jetzt musst du schon bei verdammten *Frankenwitzen* aufpassen. Das ist das Ende der Comedy. Wenn ich alles rausstreiche, was jemanden beleidigen könnte, wenn derjenige beleidigt werden will, darf ich mich nicht einmal mehr am Anfang vorstellen. Dabei gelte ich als liebenswürdig. Als der sanfte Schwabe.«

»Und da willst du dich lieber zurückziehen?«

»Ich mache noch meine Musik. Ich habe ein paar Synchronjobs, ich spreche drei Amis fest, und die Nachfrage nach Hörbüchern steigt. Ich bin sechs Jahre älter als du. Vielleicht mache noch eine Abschiedstour und lasse die Sache mit dem Kabarett einfach.«

Freitags Parteitag

980/1000 Freitage

Ihr Platz im Veranstaltungssaal war in der drittletzten Reihe. Marie teilte sich einen Zweiertisch mit einem Mann namens Manfred Kuhweiter, wie dessen Namensschild verriet. Es war aus Recyclingpapier und klebte an einem aus grober Wolle grobmaschig gestrickten Pulli, der aussah, als wenn er eine Weile als Abdeckung für irgendwas verbracht hatte, das starken Witterungseinflüssen ausgesetzt gewesen war. Dieser Eindruck galt aber für den gesamten Mann. Er war in den Vierzigern, schätzte Marie, aber wie immer bei solchen Naturburschen, wie man diesen Schlag früher genannt hatte, war das Alter nicht präziser als auf zwei, drei Dekaden plusminus zu schätzen. Während Marie sich setzte, telefonierte Manfred Kuhweiter mit einem abgewetzten Fairphone der ersten Generation, das er sich vom Gesicht weg vor den Mund hielt, wie Jüngere das häufig taten, aber warum, das hatte sich ihr noch nicht erschlossen. Sie fand, dass das einfach nur bescheuert aussah, als würde man gegen den Wind quatschen, und akustischen Benefit gab es auch nicht her, das hatte Marie ausprobiert. Kuhweiter kam nach seinem *Gebabbel* zu urteilen aus dem Hessischen, und es war für sie kaum zu verstehen, was der Mann sagte, der sich allerdings auch leise zu sprechen bemühte. Doch es schien um Schafe zu gehen. Er nickte ihr freundlich zu, als sie sich setzte, und widmete sich gleich wieder dem Telefonat. Der Eindruck, den sein Pulli erweckt hatte, setzte sich in allen anderen Bereichen fort. Hosen und Schuhe sahen aus wie aus einem Bergsteigerfilm aus den Fünfzigern, seine schwarzen, mit vielen einzelnen weißen Exemplaren durchsetzten Haare waren vermutlich eigentlich lockig, aber dadurch, dass sie offenbar nur zu Feiertagen oder bei Regen gewaschen wurden, zu einer klebrigen Textur auf dem recht mächtigen Schädel angeordnet. Kuhweiters Hände waren groß und schwielig, seine Fingernägel abgewetzt, aber er wirkte insgesamt wahnsinnig vital und gesund. Er trug eine klassische mechanische Armbanduhr, die vermutlich auch vor Jahrzehnten hergestellt worden war, und vor ihm auf dem Tisch lagen der Block aus Recyclingpapier mit dem Logo der PFUND und ein schmuckloser Bleistift, jedoch nichts von dem ganzen anderen Krempel, den man bei der Anmeldung angeboten bekam. An seinem Pulli hatte Kuhweiter einen Button mit der Aufschrift »Kohle tötet«. Als Marie näher hinsah, erkannte sie, dass der Button selbst gemacht und handgezeichnet war. Die Plastikfolie, mit der Buttons meistens überzogen waren, fehlte.

Der Mann war ganz eindeutig ein *Jutebeutel*. So wurden innerhalb der Partei, aber auch von der Presse die Leute bezeichnet, die es mit dem fundamentalen ökologischen Ansatz bitterernst meinten und die zu keinerlei Kompromissen bereit waren. Jutebeutel hatten die Pfundis einst gegründet und etabliert, aber inzwischen hatten die *Lifestyler* das Sagen, Leute wie Peter Kautz, der georgeclooneyeske Parteivorsitzende, von dem alle umweltbesorgten Hausfrauen in den gut betuchten Vororten schwärmten, während sie ihre Kinder in den Zweit-SUVs zur Schule fuhren, die aber immerhin Plug-in-Hybride waren und manchmal sogar vollelektrisch. Die ihren Müll akribisch trennten und auf Plastiktüten für das Obst im Supermarkt verzichteten und *bio* kauften und mit ihren Kindern Wochenende für Wochenende in die Natur gingen, an Projekten teilnahmen, bei denen es um den Schutz der Störche, Lurche oder irgendwelcher anderen Viecher ging, deren Namen auf -che endete, die aber im Sommer auf die Malediven flogen oder zum Tauchen an die Reste des Great Barrier Reefs oder zum Klettern in den Himalaja. Oder die sogar verdammte Kreuzfahrten machten, für die sie immerhin CO2-Kompensation zahlten, weil sie es sich leisten konnten. Dieses Klientel *liebte* die Pfundis inzwischen, obwohl genau solche Leute in den frühen Achtzigern, den Anfangszeiten der Partei, das absolute Feindbild dargestellt hatten, das Establishment, das alle Zeichen sah, aber aus Egoismus nicht darauf reagierte – oder sogar noch eine Schippe drauflegte. Menschen, die seither am *System* mehr als ordentlich verdient hatten und jetzt über so viel Bequemlichkeit verfügten, dass sie ohne nennenswerte Verluste aus freien Stücken Verzicht im Kleinen üben konnten, wobei sie, wie sie ernsthaft meinten, die Welt retteten, die sie zuvor energisch mitruiniert hatten. Was natürlich so auch nicht stimmte und eine starke, fürchterlich ungerechte Vereinfachung war und sich des Feindbildprinzips bediente, das Marie zutiefst zuwider war. Was wiederum möglicherweise daran lag, dass sie in gewisser Weise auch zu diesen Leuten gehörte, wenn auch in viel kleinerem Maßstab. Clemens und sie hatten sich zwar immer bemüht, achtsam und umweltschonend zu leben, aber sie hätten natürlich noch viel, viel mehr tun können. So wie dieser Schrat neben ihr, der jetzt sein Telefonat beendete, Marie breit und mit einer Doppelreihe sehr gelber Zähne anlächelte und sich vorstellte. Sie nahm die Pranke und schüttelte sie freundlich. Jede Wette, dass er aus dem Hessischen zum Parteitag nach Berlin *geritten* war. Auf einem Muli.

»Du bist eine Lifestylerin, gelle?«

Marie nickte nur, lächelte aber. Die Selbstbezeichnung der Fraktion lautete eigentlich anders, war aber beinahe in Vergessenheit geraten.

»Eure Unvernunft wird uns ruinieren«, erklärte Kuhweiter fröhlich. Marie machte sich Gedanken über die Etymologie seines Namens.

»Andere für grundsätzlich unvernünftig zu erklären bedeutet, die Vernunft allein für sich zu beanspruchen, und das ist zutiefst unvernünftig«, erwiderte sie. »Denn absolute, reine Vernunft existiert natürlich nicht.« Er zog anerkennend die Augenbrauen hoch. Marie legte eine Hand auf die Schulter des, wie sie annahm, Schafzüchters. »Du weißt selbst, dass nicht acht Milliarden Menschen als Bauern leben könnten. Wir wären auch keine acht Milliarden, wenn wir alle

Bauern wären. Und unsere Lebenserwartung läge bei, keine Ahnung, achtundzwanzig Jahren oder so. Weil Bauern keine Medikamente entwickeln, keine Transportlogistik für Notfälle und keine Sicherheitssysteme. Weil Bauern früh einsam sterben, wenn drumherum ausschließlich andere Bauern sind.«

»Wäre das wirklich schlimm?«, fragte er schmunzelnd zurück. »Wenn wir keine acht Milliarden wären? Und wenn nicht alle hundert Jahre alt werden würden, beziehungsweise diejenigen, die es sich leisten können? Wobei es Bergbauern gibt, die ein sehr ordentliches Alter erreicht haben, und nicht selten ein dreistelliges.«

»Ja, Einzelexemplare. Die meisten würden sich aber gerade in die Fruchtbarkeit rüberschleppen, um vor dem natürlichen Tod wenigstens die Arterhaltung zu sichern, und das wäre es unterm Strich, *Arterhaltung*. Lass mal, ich bin gerne noch am Leben, mit meinen biblischen zweiundvierzig. Und ich kenne die Argumentation, glaub mir. Wir sind ja beide nicht seit gestern in der Partei. Lass uns doch diese beiden Tage friedlich nebeneinander verbringen, und, wer weiß, vielleicht werden wir sogar Freunde.«

»Eine von meiner abweichende Meinung hat mich noch nie von einer Freundschaft abgehalten«, erklärte der Mann und nickte. »Sonst hätte ich nämlich nahezu null Freunde, um ehrlich zu sein.«

»Marie Freitag?«, fragte in diesem Moment eine prägnante, männliche Stimme von schräg hinten, eine Stimme, die sie beide gut kannten und außerdem fast alle Bürger der

Republik. Peter Kautz stand neben ihnen, der amtierende Vorsitzende der PFUND, der an diesem Wochenende mit hundertprozentiger Sicherheit in diesem Amt bestätigt werden und seine Alleinherrschaft gegen Bestrebungen verteidigen würde, eine möglichst divers besetzte Dreierspitze zu etablieren, die alle Entscheidungen einstimmig zu treffen hätte, es sei denn, ein Vorstandsmitglied wäre aufgrund seiner oder ihrer Identität direkt davon betroffen (man wollte das *Marginalitätsveto* nennen). Sein Tross, der sich nie von ihm trennte (und umgekehrt), hielt die üblichen zwei Meter Abstand. Drei verschieden junge Menschen – zwei Frauen und ein Mann –, die iPads hielten, und zwei breitschultrige Männer in dunklen Anzügen, die versuchten, gegen das Paradoxon anzukämpfen, vermutlich aus Gründen der Mentalausstattung in der Security-Branche gelandet zu sein und gleichzeitig den Eindruck erwecken zu wollen, von großer, unersetzlicher Wichtigkeit zu sein. Wobei sich ihre Wichtigkeit darauf beschränkte, die Groupies zu ordnen, die Peter Kautz inzwischen vor jeder Veranstaltungshalle erwarteten, wie einen Rockstar. Oder einen bekannten, gut aussehenden Comedian. Etwas zwickte in Maries Hinterkopf.

»Peter«, grüßte sie zurück, erhob sich, streckte ihm die Hand entgegen. Andere Menschen wären errötet, Marie Freitag jedoch kannte dieses Phänomen an sich selbst überhaupt nicht. Aber sie war natürlich verblüfft. Dass der Mann sich an sie erinnerte! Sie hatten nach ihrem Vortrag im Upi-Werk vor – wann war das noch gewesen? – *zwei Jahren* kurz miteinander gesprochen, er hatte ihre weitsichtige Argumentation gelobt, das Handout hatte in der Partei die Runde gemacht, aber gesehen hatten sie sich nicht wieder, und Maries Engagement stagnierte nach wie vor, weil die Freitage viel verhinderten und weil sie sich noch nicht an dem Punkt angekommen fühlte, der sie in diesen energieraubenden Kosmos namens *Parteiarbeit* hineinsog. Dass sie hier war, dass sie sich zur Bundesdelegierten hatte wählen lassen, kam schon fast einem Wunder gleich.

Die Pfundis an den Tischen in Sichtweite beobachteten die Szene interessiert. Im Kern war natürlich auch diese eine Klatschpartei. Man liebte es, sich die Mäuler über irgendwas zerreißen zu können, doch gut möglich, dass sich Pfundis anschließend intensiver schämten als andere; der moralische Anspruch war einfach höher. Was die zwei, drei Dutzend Leute, die das taten, nicht davon abhielt, ihre filmenden und fotografierenden Smartphones in die Höhe zu halten.

»Hättest du in der Mittagspause Zeit, um mit mir zu essen?«, fragte er freundlich.

»Mir dir?«, fragte sie gegen, und es klang, wie sie fürchtete, viel verdutzter als beabsichtigt. »Warum?«, ergänzte sie die Gegenfrage.

Kautz nickte nachdenklich und beugte sich dann zu ihr, so dass für die anderen nicht zu hören war, was er sagte. Eine Gruppe Delegierter, die offenbar nicht erkannt hatte, wer sich da zum Tisch beugte, drängte vorbei. »Ich habe dich beobachtet. Du bist auf dem Bundesdelegiertentag, das werte ich als Zeichen deiner Bereitschaft, dich stärker einzubringen. Du wärst ein Gewinn für uns, wenn du nur wolltest. Du bist sehr klug, du kennst dich aus, du bist eloquent, du bist mit einem beliebten Prominenten aus der Comedyszene verheiratet – und, wenn ich das sagen darf, du siehst auch noch großartig aus. Für die Medien wärst du der Hammer. Und für die Partei sowieso.«

»Aha. Das waren eine Menge Komplimente auf einmal.« Sie zog eine Augenbraue hoch. »Und dieser *beliebte Prominente aus der Comedyszene* parodiert einen bestimmten anderen beliebten Prominenten besonders gerne. Wenn das kein Zufall ist.«

»Was hat er gesagt?«, fragte Manfred Kuhweiter, der sich zu ihnen gebeugt hatte.

Peter Kautz richtete sich auf und sah den fundamentalistischen Jutebeutel freundlich an. »Kuhweiter, hast du mit deinen Freunden wieder im Vorfeld versucht, den Delegiertentag zu verhindern?«

»Nicht zu verhindern«, erwiderte der Schafzüchter und lehnte sich in seinem Stuhl zurück, »sondern ins Freie verlegen zu lassen. Wir sitzen hier in einer klimatisierten Halle aus Beton, für die, die Parkplätze mitgerechnet, ein halber Quadratkilometer Boden versiegelt wurde. Das Catering ist höchstens ansatzweise nachhaltig, und was an Polymerverbindungen für das ganze Werbematerial verheizt wurde, will ich nicht wissen. Oder was diese Show an Strom verbraucht. Es wäre einer Partei, die es mit der Ökologie und dem Naturschutz ernst meint, nur angemessen, sich auf einer Wiese zu treffen und auch in der Natur zu tagen. Anreise zu Fuß oder mit dem Fahrrad oder wenigstens mit der Bahn verpflichtend für alle.«

»Im November?«

»Wenn man nur will, ist alles machbar.«

»Und dafür musst du jedes Mal das Parteigericht anrufen? Du kannst doch versuchen, einen Beschluss durchzusetzen.«

Kuhweiter lächelte breit, seine gelben Zähne gaben ihm etwas Archaisch-Angriffslustiges. »Den ich nie durchkriegen würde. Nicht, solange du mit deinen Gutwetter-Pfundis das Sagen hast. Aber ich bin tatsächlich der Überzeugung, dass das hier ...« Er breitete die Arme aus. »... unserem Parteistatut widerspricht. Wenn man es wirklich ernst nehmen würde. Was leider nicht einmal unser Parteigericht macht.«

Kautz hob ebenfalls die Hände und wandte sich wieder Marie zu. »Und?«

»Gerne.« Sie war selbst einerseits ein bisschen überrascht davon, aber andererseits wollte Peter Kautz etwas von ihr, Peter Kautz persönlich, der charmante, charismatische Pfundi-Vorsitzende, der vor allem für seine Ehrlichkeit längst zur Legende geworden war. Natürlich agierte auch er mit Machtverhältnissen und geschickter Taktiererei, doch alles, was er tat, war transparent, und er sagte nie die Unwahrheit. Viele versuchten es, aber niemand hatte ihm bislang irgendwas auch nur halbwegs Schmutziges nachweisen können, ganz im Gegenteil. Je mehr gebuddelt wurde, umso mehr Pracht kam zum Vorschein. Kautz hatte als Zwölfjähriger einem Neonazi das Leben gerettet, der vorher versucht hatte, ihn zu verprügeln – solche Sachen.

»Schön. Ich lasse dich abholen.« Er deutete eine Verneigung an und eilte dann dem Podium entgegen, wo in der Mitte des breiten Tisches, an dem bereits acht andere hochrangige PFUND-Funktionäre hinter ihren Namensschildern saßen und auf ihren Smartphones herumtickerten, sein freier Platz auf ihn wartete. Als bemerkt wurde, dass er von hinten den Veranstaltungssaal betreten hatte, kam Applaus auf. Bis er das Podium erreicht hatte, standen die meisten Delegierten an ihren Plätzen und jubelten ihm zu. Immerhin hatten sich seit Peter Kautz' Amtsantritt die Umfrage- und Wahlergebnisse der Partei beinahe verdreifacht. Und sie auf Bundesebene zur drittstärksten Kraft gemacht.

Während der Delegiertentag von Peter Kautz mit einer Keynote eröffnet wurde, dachte Marie darüber nach, ob es wirklich nur Parteiinteressen waren, die er ihr gegenüber vertrat. Seine Wange hatte ihre wie unabsichtlich kurz berührt, als er sich zu ihr herabgebeugt hatte, allerdings war er in diesem Moment auch von den vorbeidrängenden Delegierten angerempelt worden. So oder so, Kautz war nicht nur ein Womanizer, er lebte sein Interesse an schnell vorübergehenden, aber leidenschaftlichen Beziehungen voll aus – so jedenfalls wurde es in der Öffentlichkeit dargestellt. Seine etwa im Halbjahresrhythmus wechselnden Partnerinnen waren nach den ausnahmslos im Guten beendeten Affären alle voll des Lobes für ihn, doch allmählich erwartete die Republik auch mal was Festes von diesem Mann, der ohne Zweifel bald eine wichtige Position in einer Bundesregierung einnehmen würde. Und der sich zwar gerne mit den Frauen zeigte, sich allerdings verbat, dass man ihm in sein Privatleben hineinredete.

Fast ohne es richtig zu bemerken, war sie bei dem – natürlich rein hypothetischen – Gedanken angelangt, wie es wäre, nach diesen einundzwanzig Jahren mit einem neuen, anderen Mann eine Beziehung zu beginnen. Was alles neu wäre, was man wieder lernen, woran man sich abermals gewöhnen müsste. Das Aussehen morgens, abends, nach einem schweren Tag oder bei einer erfreulichen Sache, am Ende eines erholsamen Urlaubs oder an dessen Beginn. Nach drei Tagen Sonne, nach drei Tagen ohne Rasur. Lieblingsspeisen, Lieblingssprüche, Lieblingsbücher, Lieblingsserien. Dinge, über die sich der andere freute, und solche, die das Gegenteil auslösten. Ticks, Aversionen, Geräusche, Tagesabläufe. Oder die Gerüche. Wie er morgens roch, nach dem Duschen, beim Nachhausekommen, nach dem Eincremen mit Sonnenlotion, nach einem Kneipengang, nach dem Essen, nach dem Sport, nach dem Sex. *Sex*. Wie es wäre, sich erneut ein gemeinsames Sexleben erarbeiten zu müssen, vom Ertasten des jeweils anderen Signalsystems über die Gewöhnung an die Geräusche, die Bewegungen, den Rhythmus, den Krafteinsatz, die Präferenzen, die Textur der Haut, die Behaarung (Marie *hasste* Körperhaare), die Maße und das Gewicht. Sex war etwas, das für Marie zum Leben gehörte, aber nicht wie ein Kino- oder Konzertbesuch alle paar Wochen, sondern inzwischen eher wie der frische Morgenkaffee (nur deutlich seltener). Sie konnte sich nicht vorstellen, diese Sache zwischen ihnen beiden, zwischen Clemens und ihr, je wieder anders zu betrachten, aber sie wusste auch, dass man sich Dinge nur deshalb nicht vorstellen konnte, *weil* man sie sich schlicht nicht vorstellen konnte – die menschliche Fantasie konnte nicht aus dem Nichts schöpfen. Wenn es dann passierte, was man sich nicht hatte vorstellen können, ging es erschütternd einfach. Dieser Gedanke erschreckte sie so sehr, dass sie wohl ein Geräusch machte. Möglicherweise hatte sie geseufzt.

»Alles okay?«, fragte Manfred Kuhweiter, der auf seinem Fairphone Tetris spielte, während Peter Kautz vom Klimawandel sprach.

Sie nickte. Und dachte weiter. All diese Abläufe, die Rituale (*Paolo*!), die gemeinsamen Interessen, der Humor – Scheiße, ja, der *Humor* –, die Tageseinteilung, die Freundschaften, das vom anderen und über den anderen Erlernte, das wäre alles weg, zurückgesetzt, auf Anfang, auf null, fortgewischt, bedeutungslos, unbrauchbar. Man finge wieder ganz von vorne an, aber mit ungewissem Ausgang. Ob es je wieder so ... *doch, gut, ja, sehr gut, sogar weit mehr als das* ... werden würde, dafür gäbe es keine Garantie, sondern eher eine statistische Wahrscheinlichkeit, die energisch dagegensprach. Sie kannte so viele Beziehungen, die furios angefangen hatten und bald gescheitert waren. Oder die einen guten Eindruck machten, aber unter der Haube erodierten – selbst Meryem und Francoise hatte es schließlich erwischt, und zwar allerschwerst. Oder Partnerschaften, die früh gescheitert waren, aber von ihren Protagonisten festgehalten wurden, weil ihnen die sichere Scheiße lieber als das möglicherweise noch schlimmere Ungewisse war.

Das Ungewisse.

Aber vielleicht machte man sich solche Gedanken auch nur, um sich selbst zu täuschen. Um sich davon abzuhalten, etwas Neues in Erwägung zu ziehen, einen Wechsel, etwas auszuprobieren, Veränderungen zuzulassen. Nein, sagte sich Marie, so einfach konnte es nicht sein.

Mit einem Mal wurde sie von Melancholie geflutet, vom dringenden Bedürfnis, sofort mit Clemens zu reden, einfach seine Stimme zu hören, ihm *Jettäm* zuzuhauchen, die Liebesformel, die sie sich in der Provence angewöhnt hatten. Ihm zu signalisieren, dass sie bereit wäre, für dieses unglaubliche Wunder, das sie gemeinsam hatten, mit allen Mitteln zu kämpfen, obwohl sie einmal zu ihm gesagt hatte, dass das unmöglich wäre, für etwas zu kämpfen und zu arbeiten, das nur von selbst funktionierte. Dafür, dieses fantastische Paar zu bleiben, das alle beneideten.

Und dann fragte sie sich ziemlich erschüttert, wie sie auf *diesen* Gedanken gekommen war. Wem sie eigentlich etwas vergewissern wollte. Und was sie sich für die zweite Hälfte ihres Lebens wünschte.

»Ich will ja nichts sagen«, riss Manfred Kuhweiter sie mit einer oxymorotischen Phrase aus ihrer Nachdenklichkeit, »aber ich glaube, Kautz hat gerade von dir gesprochen.«

Normale Freitage

1000/1000 Freitage

Normalerweise vereinbarte Marie an Freitagen keine Mandantentermine und erst recht nicht am späten Nachmittag. An normalen Freitagen kümmerte sie sich um Korrespondenz und Nachfragen, telefonierte viel, schrieb Mails und sah dem alten Faxgerät dabei zu, wie es knatternd die Vorlagen einzog, wenn die Gegenseite auf diese anachronistische Art von Kommunikation pochte. Sanne, ihre Assistentin, kam freitags überhaupt nicht. Seit Marie die eigene Kanzlei betrieb, läutete sie an diesem Wochentag sanft das Wochenende ein; diese Freiheit gönnte sie sich, das gehörte zu den Vorzügen der Selbstständigkeit, die sie schätzte. Es störte sie nicht, ein paar Rechnungen selbst zu schreiben, Fristen zu prüfen, Termine zu bestätigen und Erwiderungen zu sichten, denn sie genoss es, dabei für sich zu sein, kein Kostüm tragen zu müssen und trotzdem arbeiten zu können, nach ihrer eigenen Taktung, ohne Termindruck, insofern es keine freitäglichen Gerichtstermine gab, die aber selten waren. Sie ließ den Stream ihres Lieblingsradiosenders laufen, trank Caffè Crema aus dem großen Pott, den ihr Clemens auf Sizilien gekauft hatte, und sah ab und zu aus dem Fenster zu den

Balkonen auf der anderen Straßenseite, wo sich Hortensien, Geranien und die ersten vereinzelten Sonnenblumen nach der Sonne streckten und wo zwischen den Pflanzen hier und da eine kleine Rauchsäule aufstieg, wenn die Bewohner zum Qualmen nach draußen gegangen waren. Ab mittags freute sie sich allmählich auf den Feierabend, auf das von Clemens so innig geliebte Ritual bei *Paolo*, das sie natürlich auch sehr mochte, aufs Ausschlafen am Samstag und das Runterkommen vom Familienrecht, einer Spezialisierung, für die sie sich zu früh entschieden hatte, was sie hin und wieder bereute. Sie verfügte über genug professionelle Distanz, um sich von all den Scheidungen und Sorgerechtsstreitigkeiten nicht zu sehr emotional belasten zu lassen, und das trübsinnige Sichten von Nebenkostenabrechnungen, mit dem ihre Mietrechts-Kollegen eine Tür weiter überwiegend befasst waren, wäre sicher auch nichts für sie gewesen, aber hätte sie noch einmal die Chance gehabt, hätte sie sich auf Umweltrecht spezialisiert. Hin und wieder erwischte sie beim Geranienbetrachten der Gedanke, auch jetzt noch das Fach zu wechseln, und die Argumente dagegen kamen ihr jedes Mal fadenscheiniger vor. Denn es gab kein zweites Leben, in dem man die Dinge, die man im ersten lange vor sich hergeschoben hatte, endlich nachholen könnte. Das war eine Gewissheit.

An diesem Freitag hatte sie noch einen Termin, sogar am späten Nachmittag und nach dem offiziellen Feierabend, nämlich um sechs. Leonard und Luise Benedickt hatten sie darum gebeten. Das seit fünfundvierzig Jahren verheiratete Paar gehörte zu den Freunden von Maries Eltern, Marie hatte die beiden sympathischen Menschen hin und wieder in kleinen, zivilrechtlichen Auseinandersetzungen betreut und außerdem ein paar Schreiben an ihre Mieter, an Handwerker und solche Leute verfasst, obwohl die Kollegen nebenan dafür qualifizierter gewesen wären. Als Leonard am Morgen angerufen und recht dringend um einen möglichst kurzfristigen Termin gebeten hatte, ohne am Telefon erklären zu wollen, worum es ging, waren sie nach einigem Hin und Her am späten Nachmittag desselben Tages gelandet, weil Leo und Lise dann sowieso in der Stadt wären, wie sie sagten (sie wohnten seit ein paar Jahren in Potsdam, waren aus der Nähe von Hamburg weggezogen), ansonsten hätte es erst in der übernächsten Woche geklappt, und das war den beiden offenbar zu spät. Also stellte Marie eine Flasche Mineralwasser auf den kleinen Konferenztisch und kochte einen Pfefferminztee, den die Benedickts ihrer Erinnerung nach bei jeder Witterung gerne tranken. Pünktlich um sechs klingelte es.

Luise war dreiundsechzig, ihr Mann sieben Jahre älter, aber die beiden sahen deutlich jünger aus, wie ziemlich fitte Mittfünfziger. Leonard war passionierter Segler, was an seinem frischen, braunen Teint deutlich abzulesen war, während Luise viel Zeit im weitläufigen Garten verbrachte, mit der Pflege des Grüns oder mit guten Büchern, die sie, in der Hängematte liegend, im Schnellleseverfahren inhalierte.

Oder sie malte in dem kleinen Atelier, in das sie den Wintergarten umgestaltet hatte. Die beiden wirkten sehr harmonisch, sozusagen wie ineinandergefügt, wie eine natürliche Ergänzung – so, wie es Marie und Clemens auch immer wieder nachgesagt wurde. Bei den Benedickts jedoch erreichte die Ähnlichkeitsintensität fast geschwisterliche Qualität, wie bei zweieiigen Zwillingen: Leo und Lise hatten optisch verblüffend viel gemein, mit ihren gebräunten Gesichtern, dem zwar weißen, aber vollen, praktisch frisierten Haar, ihren klugen blauen Augen (Luises Augen waren einen Hauch dunkler) und der modisch-saloppen, aber nicht zu teuren Kleidung, in der die gut gepflegten Körper steckten. Marie fragte sich, ob sie und Clemens sich auch auf diese Weise angeglichen hatten.

Heute allerdings stimmte etwas nicht mit den beiden, wie Marie sofort merkte. Das unsichtbare Band zwischen ihnen war stark gedehnt; Luise schritt nach der kurzen Begrüßung voran, brachte Abstand zwischen sich und Leonard, setzte sich an den Tisch, schlug die Beine übereinander und betrachtete den Tee etwas missmutig. Dabei murmelte sie etwas Unverständliches.

»Du hast nicht zufällig Prosecco im Haus, Schätzchen?«, fragte sie, als Marie an den Tisch kam und Leo seinen Stuhl etwas abgerückt hatte.

»Ich dachte ... Ihr trinkt doch nur am Wochenende was mit Alkohol. Und sonst Tee.«

»*Leonard* trinkt gerne Tee und nur samstags mal was mit

Bums«, erklärte Luise und betonte dabei den Namen ihres Mannes besonders energisch. »Ich habe das nur ihm zuliebe mitgemacht.«

Marie hob die Augenbrauen, auch ob der Vergangenheitsform, ging in die kleine Küche und zog einen Piccolo aus dem Kühlschrank. Es war klar, dass es heute nicht um Stress mit Mietern oder Handwerkern gehen würde – die Benedickts besaßen zwei Mehrfamilienhäuser in Wilmersdorf. Der Gedanke lag nahe, dass hier eine Trennungsberatung anstünde. Marie wurde ein wenig flau. Sie hatte das Paar früher bei ihren Eltern häufiger getroffen, sie waren zwar nicht die besten Freunde, aber doch recht gute und bei allen geselligen Anlässen beliebte Gäste, eben vor allem aufgrund dieser lässigen und zugleich verlässlichen Harmonie, die sie verströmten, dieser Vision vom ewigen und ewig auf einer Wellenlänge agierenden Paar.

Aber vielleicht gab's ja nur eine Krise, und das eigentliche Thema war doch ein anderes. Marie gab dieser Option allerdings kaum Chancen. Sie nahm noch eine Sektflöte aus dem Küchenschrank und ging in ihr Arbeitszimmer zurück, wobei sie auf der Schwelle das professionelle Lächeln einschaltete, das sie aber nicht lange aufrechterhalten konnte. Leonard hatte die Hände vor der Brust verschränkt und starrte ostentativ aus dem Fenster, Luise musterte den Kandiszucker auf dem Tisch.

»Wir lassen uns scheiden«, sagte sie, als Marie den Prosecco eingoss.

»Und warum?«, fragte Marie.

»Wir denken beide übereinstimmend«, begann Leonard, um seinen üblichen, großväterlichen Ton bemüht, »dass wir die Art von Leben, die wir uns für die letzten Jahre vorstellen, besser führen können, wenn wir, äh ...« Er unterbrach sich und sah hilfesuchend zu Luise.

»... den anderen nicht am Arsch haben«, sagte seine Frau. Irritierenderweise lachten dabei beide recht fröhlich, als hätten sie soeben beschlossen, für den kommenden Urlaub nicht nach Italien, sondern nach Griechenland zu fliegen.

»Warum wart ihr vorhin so knurrig?«, fragte Marie vorsichtig.

»Lise will Bono.« Leonard drehte sich wieder zum Fenster. Bono war der Border Collie der beiden, ein hinreißender, braun-weißer, dunkelbraunäugiger Supertyp von einem Hund, den selbst Marie sofort genommen hätte, obwohl sie eigentlich keine Hunde mochte, außer eben Bono. Der seinen Namen trug, weil Luise ein großer U2-Fan war.

»Du bist doch sowieso meistens auf dem Boot«, sagte Lise.

»Und warum jetzt wirklich?«, fragte Marie.

»Es war immer mein Hund«, erklärte Luise. »Ich habe ihn damals auch beim Züchter ausgesucht.«

»Nein, ich meine – warum trennt ihr euch wirklich? Ihr könnt doch, äh, auch ohne Scheidung.«

»Lise hatte im vergangenen Jahr eine Affäre«, brummte Leo, zwinkerte Marie dabei allerdings zu.

»Aber nur eine gaaaanz kurze«, übernahm seine Frau fröhlich. »Er hieß Georg, aber er wollte nicht mit einer verheirateten Frau zusammen sein.« Sie drehte sich zu Leo. »Er ist übrigens inzwischen selbst verheiratet, mit so einem jungen Ding, keine fünfundvierzig.« Sie nahm einen Schluck Prosecco. »Jedenfalls dachte ich bis dahin, dass es okay wäre, dass aus Zärtlichkeit und Leidenschaft irgendwann Vertrautheit und das warme Gefühl von Nähe wird und dass Sex okay ist, solange er alle paar Wochen stattfindet, aber keinen Höhepunkt mehr darstellt.« Sie kicherte, Leo verdrehte die Augen. »Aber, so leid's mir tut, mein Lieber.« Sie tätschelte seinen Unterarm, er grinste schief. »Es kann immer noch wie früher sein. Wie ganz früher. Das hat mich ungeheuer überrascht, und es war ein fantastisches Gefühl. Georg hat mir als Mensch nichts bedeutet. Aber zu wissen, dass man diese Leidenschaft eigentlich immer noch in sich hat, das hat mich umgehauen.«

»Bei mir ist es umgekehrt«, sagte Leo langsam. »Ich bin gerne auf dem Boot, und ich bin wirklich gerne für mich alleine. Ich bin nicht eifersüchtig, und ich gönne Lise diese Gefühle. Hoffentlich findet sie jemanden, der ihr das gibt.«

»Und du musst meine Malerei nicht mehr ertragen.«

Er schnaufte. »Es tut mir leid, dass ich sie als Kleckserei bezeichnet habe. Ein paar von deinen Bildern sind wirklich schön.«

»Danke«, erwiderte Luise trocken.

»Du bist nachtragend geworden«, ergänzte Leonard. »Deine Nachsichtigkeit mir gegenüber habe ich immer als Zeichen deiner Liebe empfunden.«

»Aber ihr werdet dann alleine sein«, sagte Marie leise und

hob die Hände. »In, äh, zehn, zwanzig Jahren, wenn es schwerer wird, wenn möglicherweise die Pflegebedürftigkeit kommt, wenn das mit dem Boot und dem Garten nicht mehr klappt.« Sie sah beiden nacheinander ins Gesicht. »Ihr werdet einsam sein.«

Luise nickte langsam. »Das ist uns bewusst. Aber es reicht als Grund nicht aus, um zusammenzubleiben, verstehst du? Davon abgesehen: Wenn wir in ein paar Jahren feststellen, dass wir Angst vor der Alterseinsamkeit haben, und niemanden finden, können wir ja immer noch einen Rückzieher machen und uns ein Apartment im betreuten Wohnen teilen.«

Leonard sagte nichts und nickte nur.

»Ich verstehe es trotzdem nicht ganz«, erklärte Marie. Sie hatte während ihrer Arbeit als Anwältin natürlich schon einige »vernünftige« Scheidungen begleitet, also Leute, die sich ohne konkreten Anlass trennten, sondern einfach deshalb, weil sie sich allmählich so sehr auf den Zünder gingen, dass sie es nicht mehr ertragen konnten. Sie hatte sich bei den anderen das eine ums andere Mal gewünscht, dass sie früher gekommen wären und nicht erst nach dem schmerzhaften Seitensprung, der tätlichen Auseinandersetzung oder dem mehrjährigen Rosenkrieg. Aber bei Leonard und Luise war es noch einmal anders.

Lise beugte sich zum Tisch und nahm den Notizblock mit dem hübschen Kanzleilogo, dazu einen der Kugelschreiber. »Schau«, sagte sie. »Diese Kurve zeigt, wie sich unsere Gefühle füreinander entwickelt haben.«

Luise hatte als Oberschullehrerin gearbeitet, Mathematik und Geografie, wenn sich Marie richtig erinnerte.

»Und diese hier zeigt, wie es um unsere Ungeduld im Umgang miteinander bestellt war«, fuhr Lise fort und zeichnete auf ein anderes Blatt Papier eine weitere Grafik.

»Wenn man die beiden Graphen übereinanderlegt, sieht man, dass sich Ungeduld und gute Gefühle füreinander inzwischen aufheben.« Sie legte die beiden Blätter übereinander, korrigierte die Position ein wenig und hielt sie dann so gegen das Licht des Kanzleifensters, dass auch Marie die Zeichnungen sehen konnte. Im letzten Fünftel kreuzten sich die Kurven – die Ungeduld hatte die Liebe abgehängt. »Wir stressen uns, einfacher gesagt«, fuhr die ältere Dame fort. »Und wir sind zu alt für solchen Stress. Wir haben ein gutes Leben und eine gute gemeinsame Zeit hinter uns, und die sollten wir nicht dadurch kaputt machen, dass wir uns während der letzten Jahre höchstens noch zähneknirschend ertragen.«

Leonard nickte, aber Marie starrte nur schockiert die Grafiken an.

»Ich muss mal kurz auf Toilette«, sagte sie und stand auf.

Aber bevor sie den Raum verlassen konnte, erklärte Luise noch: »Wir haben schon häufiger vor dieser Entscheidung gestanden, immer mal wieder während der letzten Jahre. Weißt du, was uns davon abgehalten hat, sie zu treffen?«

Marie hielt inne und schüttelte den Kopf.

»Das wart ihr. Du und Clemens. Der Gedanke daran, wie es sein kann und dass es auch bei uns mal so war. Obwohl ihr viel jünger seid, wart ihr unser Vorbild.«

Marie schüttelte wieder den Kopf und eilte zum Klo.

Freitag, der Dreizehnte

1000/1000 Freitage

Clemens hatte nach langer Suche in der Sentastraße einen Parkplatz gefunden, zwei Blöcke vom Südwestkorso entfernt, in dem das *Paolo* war. Er joggte jetzt in diese Richtung und starrte dabei auf seine Uhr, als wenn er die Zeit dadurch verlangsamen könnte; er war schon drei Minuten drüber, und das ausgerechnet an diesem Tag: am Tag ihres eintausendsten Abends bei ihrem Lieblingsitaliener. Nicht zu fassen, dass sie das geschafft hatten, dachte er heute zum mindestens hundertsten Mal und lächelte dabei, auch nicht zum ersten Mal heute. Kaum zu glauben, dass es schon neunhundertneunundneunzig Freitagabende gewesen sind, die Unterbrechungen nicht mitgerechnet – die Urlaube, Paolos kurze Auszeiten, Clemens' Krankheit, das Finale von Maries zweiter Schwangerschaft oder die Zeit nach dem frühen Ende ihrer ersten. Er sah abermals auf die Uhr, schüttelte den Gedanken an diese erste Schwangerschaft ab, zwinkerte, weil ihn der Stolz über das, was sie gemeinsam geschafft hatten, kurz zu übermannen drohte, und wurde gleich wieder ernster. Marie war Pünktlichkeit zwar längst nicht so wichtig wie ihm, aber wenn er heute zu spät käme, würde sie zumindest ironisch lächelnd auf die Uhr schauen. Und Clemens wollte Marie heute nicht ironisch lächeln sehen. Lächeln schon, aber eben nicht ironisch. Das tat sie in letzter Zeit sowieso viel zu oft, ohne dass er immer wusste, warum eigentlich, und das wiederum war untypisch für ihre Beziehung.

Er bog in die Bundesallee ein, eine Hauptverkehrsstraße, den Blick immer noch auf die Uhr gerichtet, und sah den kleinen, schwarzen Schatten, der seinen Weg kreuzte, erst, als er schon beinahe daran vorbei war. Eine Katze, eine schwarze Katze, und dazu noch eine sehr junge und winzig kleine. Obwohl Clemens darauf fokussiert war, es noch halbwegs pünktlich zu Paolo zu schaffen und nicht etwa zu stolpern und böse auf der Fresse zu landen, wurde ihm sofort klar, dass es nicht in Ordnung sein konnte, wenn eine sehr kleine schwarze Katze über den Gehweg in Richtung der stark frequentierten Fahrbahn hoppelte. Er drehte sich in der Vorwärtsbewegung, sprang dem Tier hinterher, bückte sich rasch und fing es beidhändig ab, bevor es auf die Straße tapsen konnte. Keine vier Monate alt, schätzte er, als er das Knäuel in den Händen hielt und sich aufrichtete. So leicht, so zart, die feinen Knochen waren wie dünne Strohhalme direkt unter dem weichen Fell zu spüren. Die kleine Katze wehrte sich nicht, sondern glotzte ihn interessiert mit ihren noch leicht bläulichen Augen an. Er kraulte ihren Hals mit dem rechten Daumen, was sofortiges Schnurren auslöste, dazu ein sanftes Vibrieren. Davon, eben noch in Lebensgefahr gewesen zu sein, wusste das handtellergroße Ding nichts. Clemens mochte Katzen gerne, aber Marie hasste sie, nicht erst seit Bollo. Sie war, wenn überhaupt, eher eine Hundefreundin – eines der wenigen Dinge, bei denen sie sich fundamental unterschieden, und deshalb hatte es nie ein größeres Haustier gegeben als die Wellensittiche, Zwergkaninchen und Fische, die bei schlechter Pflege jeweils eine Saison lang im Zimmer der Zwillinge gewohnt hatten, um über kurz oder lang in Schuhkartons oder im Klo zu landen. Einige der Schuhkartons hatten sie zwar feierlich, aber quasi bei Nacht und Nebel in einer Ecke des Spielplatzes zwei Querstraßen weiter vergraben.

»Großer Gott, Sie haben ihn gerettet!«, rief eine Frauenstimme hinter Clemens. Und dann: »Wotan, du dusseliges kleines Viech!«

»Wotan?«, wiederholte er, drehte sich um und starrte die Frau an, die vielleicht Anfang, Mitte dreißig war, also ungefähr fünfzehn Jahre jünger als er, blond und blauäugig, was, da sie die Abendsonne von schräg hinten anstrahlte, einen engelhaften Eindruck entstehen ließ, einschließlich einer zeitschriftencovermäßigen Corona um ihr glattes, schimmerndes Haar. Sie strahlte und machte noch zwei Schritte auf Clemens zu, so dass er die zarten Sommersprossen rund um ihre Nase hätte zählen können. Er roch ihr Parfum, eine entfernte Note von Limone und Lavendel, sehr unaufdringlich und ziemlich angenehm.

Die Frau hob eine kompakte Katzenbox hoch, deren Gittertür in den Angeln hing. »Ich habe nicht richtig zugemacht. Und dieser kleine Irre springt einfach raus.« Aber sie sah nicht zur Katze, sondern musterte aufmerksam Clemens' Gesicht, was diesen kurz irritierte, weshalb er sich räusperte und die Katze anhob, so dass sie sich zwischen ihren Gesichtern befand, nach wie vor schnurrend.

»Wotan?«, wiederholte er die Frage. Die Frau nahm ihm den Kater ab, wobei sich ihre Hände berührten, wodurch sich Clemens' Irritation verstärkte. Sie verstaute das Tier in der Plastikbox, was Wotan klaglos hinnahm, und verschloss die Tür sorgfältig. Die Katze steckte sofort die Nase zwischen die Gitter, als wenn sie Clemens auf keinen Fall aus den Augen verlieren wollte.

»Ich hoffe darauf, dass er später noch göttlicher wird«, sagte die Frau lächelnd. »Alle haben mal klein angefangen. Wahrscheinlich auch die Götter.«

»Eigentlich hieß der germanische Gott Wodan, also mit D«, erklärte Clemens, weil das einfach seine Art war, Small Talk zu begegnen – etwas, das er schlicht nicht beherrschte und auch nicht beherrschen wollte. »Das war ein anderer Name von Odin. Richard Wagner hat daraus für seinen Ring der Nibelungen Wotan mit T gemacht.«

Ich doziere hier und komme zu spät zur Verabredung mit meiner Frau, dachte er.

»Das ist ja interessant«, antwortete die Katzenbesitzerin und blinzelte fröhlich. »Möchten Sie mir vielleicht bei einem Kaffee mehr darüber erzählen? Immerhin haben Sie mein Haustier gerettet. Ich möchte mich bedanken.« Sie legte den Kopf schief. »Ganz unverbindlich.« Die Geste sagte das Gegenteil. »Mein Name ist Carolin.«

Clemens spürte, wie sich seine Gesichtsfarbe änderte. Er sah auf die Uhr, schon sieben Minuten drüber. »Ich habe einen dringenden Termin, und ich bin leider schon zu spät«, sagte er, nannte seinen eigenen Namen aber nicht. *Einen Termin?*, fragte er sich. *Ich bin mit der Frau verabredet, die ich liebe, mit der ich mein Leben teile, deren Seele mit meiner verwandt ist. Ich habe keinen Termin, sondern ein verfluchtes* Date.

»Schade«, sagte sie und zog ihr Telefon hervor. »Ich brauche aber trotzdem ein Foto von uns, vom Retter und dem Geretteten und der Gerettetenbesitzerin. Ist das okay?«

Clemens konnte nur nicken. Kurz darauf stand er Schulter an Schulter mit der schönen Frau, die die Katzenbox vor seiner Brust platziert hatte und ihr Telefon am ausgestreckten Arm hielt. »Sagen Sie *Katzenpipi*«, bat sie.

Er tat auch das, und das sogar mit seiner normalen Stimme. Und er lächelte ganz automatisch sein Selfielächeln. Nach jedem seiner Auftritte wurden Dutzende solcher Fotos gemacht.

»Geben Sie mir rasch Ihre Nummer, dann schicke ich Ihnen das Bild.«

»Ich muss jetzt wirklich weiter.«

»Zehn Sekunden, ich bitte Sie.«

»Ich schicke Ihnen eine SMS und Sie antworten«, schlug er vor, zog sein Telefon aus der Tasche und rief den Nachrichtenservice auf. Dabei dachte er kurz, dass er das früher nie gesagt hätte, *eine SMS schicken*, aber es gab inzwischen so viele Messengerdienste, dass die Eindeutigkeit wichtiger geworden war als die semantische Korrektheit. Er sah zur Seite, als sie nichts erwiderte. Sie betrachtete seine Hand. Seine rechte Hand, die mit dem Ehering, schlichtes Gelbgold. Clemens wusste nicht, warum, aber er musste in diesem Moment an seine Hochzeit denken und an seinen besten Freund Teddy, der, schon ziemlich angezählt, spät am Abend auf die Bühne gestolpert war, sein Bierglas in die Höhe gerissen hatte und dabei gut die Hälfte des Inhalts auf das Publikum in der Nähe verteilt hatte. Dann hatte er mit einem großen Küchenmesser gegen das Glas geschlagen und anschließend eine Trauzeugen-Rede gehalten, in deren Zentrum dieser Ring gestanden hatte oder Eheringe allgemein. Viel war nicht zu verstehen gewesen, wohl aber, dass Teddy auf dem Höhepunkt seiner Rede aus *Der Herr der Ringe* zitierte, nämlich die Inschrift des Einen Rings: *Ein Ring, sie zu knechten, sie alle zu finden, ins Dunkel zu treiben und ewig zu binden.* Sein Vortrag endete damit, dass Teddy erklärte, sie, Marie und Clemens, seien zwar mindestens so schön und strahlend wie Aragorn und Arwen (diesen Namen brachte er kaum noch raus), dass das aber nichts an der Natur des Ringes ändern würde und dass sie sich vor seiner Macht hüten sollten.

Die Frau neben Clemens hatte etwas gesagt.

»Bitte?«, fragte er.

»Meine Nummer«, sagte sie, schaute aber längst nicht mehr so fröhlich drein wie noch vor ein paar Sekunden. Er tippte mit, schickte ihr eine Kurznachricht, und wenig später hatte er das Katzenselfie auf dem Telefon.

»Ich muss«, erklärte er. Sie nickte, sagte »Danke noch mal«, klemmte sich die Katzenbox unter den Arm und ging in die andere Richtung davon.

Er trabte los und richtete den Blick dabei wieder auf die Uhr, wobei er die Dreizehn sah, die da durch das kleine Sichtfensterchen im Ziffernblatt zu sehen war. Ja, es wäre nicht nur ihr tausendster Freitag bei *Paolo*, sondern heute war auch noch ein Freitag, der Dreizehnte. Marie würde über diese Feststellung lachen, aber Clemens war sich nicht sicher, ob nicht doch etwas dran war. Als Entertainer wurde er natürlich fortwährend mit Aberglauben geflutet, zu dem gerade Leute, die viel live auftraten, zu neigen schienen. Nicht wenige Kolleginnen und Kollegen hatten sich Talismane in Taschen und Kostüme einnähen lassen, sie zuckten zusammen, wenn jemand auf der Bühne pfiff, ihnen entgleisten die Gesichtszüge, wenn es jemand wagte, auf der Bühne zu essen, und vieles mehr.

Und außerdem, fiel ihm in diesem Moment ein, war es heute, an diesem Tag, exakt zwei Monate her, dass Marie und er zuletzt Sex gehabt hatten. Damit war das zum zweiten Mal passiert. Beim ersten Mal hatten sie sich dieses weitreichende Versprechen gegeben.

Damals, vor sechs Jahren, hatte er es kaum bis zum Auto geschafft, als Marie ihn vom Flughafen abgeholt hatte. Die ersten Symptome hatten sich schon in Südafrika gezeigt, aber aus Angst vor einer mehrwöchigen, einsamen Quarantäne, von der er nicht gewusst hatte, ob sie wirklich verhängt werden würde, vor allem aber aus Sorge vor dem Aufenthalt in einem Krankenhaus so weit entfernt von Marie, hatte er es vor anderen zu verbergen versucht. Er hatte sich ins Flugzeug geschleppt und wie ein Irrer Wasser getrunken und sich ständig heimlich den Schweiß von der Stirn gewischt, obwohl es im viel zu gut klimatisierten Flieger eher kühl war, aber nach dem mehr als zwölfstündigen Flug und den quälend langsamen Zollkontrollen und der ewigen Warterei auf sein Gepäck wäre er beinahe zusammengebrochen. Das tat er schließlich, als Marie die Beifahrertür des Autos hinter ihm schloss. Als er wieder aufwachte, lag er – wie Marie damals, als das mit Bollo passiert war – im Virchow, das inzwischen anders hieß, weil die Berliner Krankenhäuser zusammengelegt oder privatisiert oder sonst wie umstrukturiert worden waren.

Die Malaria hatte ihn schwer erwischt und wochenlang nicht losgelassen.

Als er und Marie seinerzeit endlich wieder zärtlich zueinander hatten sein können, waren bis dahin, alles mitgerechnet, zwei Monate vergangen. Sie lagen atemlos nebeneinander in ihrem Bett im vierten Stock in der Rheinuferstraße 17 in Friedenau und lauschten darauf, wie Pitti den Flur über ihnen entlangtrabte, in dem immer noch keine Trittschalldämmung verlegt worden war, was kaum noch störte. Petra Krause, die da schon unfassbare sechsundzwanzig Jahre alt war und gelegentlich kam, um ihren Eltern zu helfen, und die es im Gegensatz zu ihrem Bruder geschafft hatte, sich von den Eltern zu emanzipieren, ohne sich von ihnen distanzieren zu müssen. Marie hatte nach dem Sex das mit den zwei Monaten angemerkt, und als Clemens nachgerechnet hatte, stimmte er ihr zu, und sie stellten beide fest, dass das viel zu lange gewesen war.

»Sollte es jemals wieder dazu kommen, dass wir zwei Monate lang nicht miteinander schlafen, ohne dass einer von uns Malaria hat, werden wir uns sofort trennen«, hatte Marie verkündet, und Clemens hatte zugestimmt, was leicht war, weil das niemals eintreten würde, und dann hatten sie gleich noch einmal gevögelt. Oder es zumindest versucht, denn auch die zwei Monate Abstinenz hatten Clemens nicht in einen Schnelllader verwandelt.

Doch keiner von ihnen beiden hatte während der vergangenen zwei Monate Malaria gehabt, und es hatte auch keinen anderen äußeren Einfluss gegeben. Es hatte einfach nicht stattgefunden. Sie waren ins Bett gegangen und nebeneinander aufgewacht, hatten sich Aufmerksamkeit geschenkt und ihr Leben gelebt, aber niemand hatte den ersten Schritt gemacht, um diese kleine Schwelle zu überschreiten. Clemens hatte hin und wieder daran gedacht, es dann aber auch okay gefunden, stattdessen einfach einzuschlafen oder rasch ihren Morgenkaffee aufzusetzen, und Marie war es wohl ebenso ergangen. *Verdammt*, dachte Clemens. Und dann konnte er sich nicht entscheiden, ob er sich wünschen sollte, dass sich Marie nicht daran erinnerte und es nicht ebenfalls bemerkt hatte, oder ob es ihm lieber wäre, dass sie ihn sofort mit der Nachricht begrüßte.

Aber er wurde mit einer anderen Nachricht begrüßt.

Freitags bei Paolo

1000/1000 Freitage

Als Clemens die Tür des Restaurants aufzog und ihn sofort die warmen und gleichsam *freundlichen* Gerüche umfingen, die das *Paolo* ausmachten, dachte er nicht zum ersten Mal daran, wie unterschiedlich Menschen, die einen Ort sehr häufig besuchten, und andere, die das zum ersten Mal taten, denselben Ort wahrnahmen. Das *Paolo* war für ihn und Marie wie ein zweites Wohnzimmer, es war ein Raum, der einen festen Rahmen um einen großen Teil ihres Daseins bildete, aber den Rahmen selbst nahm man bestenfalls noch als Begrenzung zur Kenntnis – als etwas, das nicht wirklich zum Bild gehörte. Er war allmählich unscharf geworden, gleichsam an den Rändern ausgefasert, und auch wenn an jedem Freitag andere, überwiegend fremde Leute an den Tischen saßen, war es hier an jedem Freitag ein bisschen wie der tägliche Blick in den Spiegel. Man sah beispielsweise den Pickel, der über Nacht gewachsen war (eines der Selbstporträts von Paolo fehlte, von denen mehrere Dutzend links vom Eingang an der Wand hingen), das wild wuchernde Haar an der Augenbraue, das da gestern noch nicht gewesen ist (Fiona, die Servicefrau, hatte sich einen Iro frisieren lassen), den blauen

Fleck an der Schläfe vom Querschläger beim Tennis (ein Gast hatte einen knallgelben Schirm in den Mülleimer neben dem Durchgang zu den Toiletten gesteckt, den Mülleimer also offenbar mit einem Schirmständer verwechselt), aber eigentlich sah man sich selbst schon längst nicht mehr. Vor allem nahm man die schleichenden Veränderungen nicht wahr, das Allmähliche, die Abnutzung, das Sich-Verbrauchen. Das Altern.

Er dachte außerdem an Wotan, den kleinen Kater, während er die Tür hinter sich zuzog, weil die, wie ihm jetzt einfiel, seit mindestens zwei ... *Scheiße, nein,* das mussten mehr als acht Jahre sein, dass die Tür schon nicht mehr von selbst schloss. Maries Vater hatte sich, wie es seine Art war, lautstark und ein bisschen herablassend darüber aufgeregt, als er mit ihnen hier gegessen hatte, an ihrem zehnten Hochzeitstag. Clemens sah nach oben, zu dieser Metallbox, in der die Hydraulik steckte, die das eigentlich erledigen sollte, das sanfte, automatische Schließen der Tür. Schwärzlich und unsauber und ein bisschen verölt sah das Ding aus, und auch die lange, sich leicht zur Seite neigende Griffstange, mit der man die verglaste Tür öffnete und schloss, war, wie Clemens feststellte, ganz schön abgegriffen und irgendwie ... speckig. Genau wie die dunkelrote Auslegeware unter seinen Füßen, auf der eine grau gemusterte Matte lag, die ein Serviceunternehmen alle paar Tage auswechselte, immerhin.

Natürlich lag das daran, dass Menschen fundamental konservativ waren und allgemein Veränderungen scheuten, vor allem bei Dingen, die sie mochten oder mal gemocht hatten und weiterhin zu mögen versuchten. Aus diesem Grund hatte sich Clemens vor nicht allzu langer Zeit einen High-End-Plattenspieler gekauft, eben um der Tatsache, dass er längst nicht mehr so gerne Musik hörte wie früher, irgendwie entgegenzuwirken. Er hatte gehofft, das edle Gerät und die teuren, schweren Vinylalben und die haptischen Aspekte und die Notwendigkeit, sich aktiv um die Musik zu kümmern, würden etwas daran ändern, dass er eher gelangweilt wahrnahm, wenn eine seiner früheren Lieblingsbands – Arcade Fire, Spoon, Elbow, Eels, solche Leute – etwas Neues vorlegte, aber tatsächlich verstaubte der sündhaft teure, elegant-schlichte Plattenspieler im Wohnzimmer, und einige der Alben, die er sich gekauft hatte, steckten immer noch in der Blisterfolie, in der sie geliefert worden waren. Wenn aus etwas die Luft wirklich raus war, dann konnte man sich die Lunge wund pusten, und es käme nicht mehr hinein. *Damned*, warum war er so fatalistisch drauf? Es war doch ein Freitag wie jeder andere. Wie jeder andere der anderen neunhundertneunundneunzig Freitage, die sie hier verbracht hatten, an diesem Ort, dessen Existenz so etwas wie die Garantie dafür war, dass Marie und Clemens Marie und Clemens blieben. Und das war, worauf es ankam.

Als er den Gastraum betrat und zum Fenster sah, wo Marie schon saß und kurz von ihrem Smartphone aufblickte, ihm ein flüchtiges Lächeln schenkte und wieder auf das Display blickte, was eigentlich nicht ihre Art war, stürmte ihm Paolo entgegen. Der Italiener kam allmählich auch in die Jahre, fand Clemens, der es offenbar nicht schaffte, diesen

Bereich der Gedankenwelt zu verlassen. Paolos Haare waren längst grau und seltener geworden, sein Gesicht von Falten beherrscht, wovon allerdings die meisten Lachfalten waren, und außerdem war Paolo der Typ, dem das Altern gut stand. Clemens freute sich über die ungewöhnliche Begrüßung an der Tür, genoss die Umarmung und ganz allgemein die Tatsache, hier sein zu dürfen. Er merkte, wie er sich entspannte. Zum Teufel mit den Katzen und dem dreizehnten Freitag und all diesen Sachen.

»Ich muss es dir gleich sagen«, flüsterte Paolo, als sie sich voneinander gelöst hatten und sich auf Oberarmlänge gegenüberstanden. Er wirkte besorgt, stellte Clemens fest. Sein Gesicht war ernst und etwas traurig.

»Was musst du mir sagen?«

»Ich werde zumachen. In gut zwei Monaten. Ich habe gestern die Kündigung bekommen.«

»Ach du Scheiße.«

Paolo nickte nur.

»Und warum?« In Clemens' Kopf begann es zu wirbeln, und er musste sich konzentrieren.

»Sie verlängern nicht«, sagte der Restaurantbesitzer. »Das Haus ist verkauft worden und wird saniert. Sie wollen keine Gastronomie mehr hier unten.« Er nickte in Richtung Gastraum.

»Ach du Scheiße«, wiederholte Clemens. »Und bist du schon auf der Suche nach einem neuen Standort?« Die Wohnungssuche in Berlin war zwar inzwischen die nackte Hölle, aber beim Erdgeschossgewerbe war das Angebot immer noch größer als die Nachfrage. Wenn Clemens nicht irrte, stand zwei Querstraßen weiter schon seit einigen Wochen ein Laden leer, der in etwa die richtige Größe hatte und in dem vorher ein griechisches Restaurant gewesen war.

Paolo sah zu Boden und dann wieder in Clemens' Gesicht. »Eigentlich ...«, begann er und hob dann den Kopf.

»Eigentlich?«, hakte Clemens nach und bekam ein ungutes Gefühl. Ein sehr, sehr ungutes Gefühl. Er bekam das Gefühl, dass in diesem Augenblick etwas unaufhaltsam zusammenzubrechen begann.

»Ein Onkel von mir hat ein Restaurant in einem kleinen Ort auf Sardinien«, sagte Paolo. »In Santa Caterina di Pittinuri, das ist an der Westküste. Und mein Onkel will in den Ruhestand gehen.«

»Auf Sardinien.«

»Nein, in Neapel.«

»Nein, ich habe nur ... ach was. Egal. Und du willst nach Sardinien?«

Paolo sah Clemens an, und Clemens sah, dass es in den Augen des Mannes jetzt schimmerte. »Wenn ich für die letzten zehn Jahre, die ich noch arbeiten will, etwas Neues anfangen soll, dann lieber dort als hier. Und es wäre nur für sechs, sieben Monate im Jahr. Ich würde meine Wohnung in Berlin behalten.«

»Verstehe«, behauptete Clemens, während ihm klar wurde, was hier geschah, und während er außerdem verstand, dass Nadine Frontzecki recht gehabt hatte. Er war jemand, der keine Veränderungen wollte und der dachte, dass sie einfach nicht eintraten, wenn man ihre Anzeichen lange genug ignorierte. Er hatte gedacht, das *Paolo* würde es einfach immer geben, und er hatte nie darüber nachgedacht, ob beispielsweise Paolo selbst das anders sah. Wenn es ihm und Marie so wichtig war, dass es das Ristorante gab, dann müsste Paolo das doch auch so betrachten.

»Scheiße«, wiederholte er, obwohl das eher Maries Art war.

»Es sind ja noch zwei Monate«, sagte Paolo und legte eine Hand auf Clemens' Rücken, um ihn zu ihrem Tisch zu schieben. »Also zehn Wochen.«

»Weiß es Marie schon?«

Der Restaurantbetreiber nickte.

Marie steckte das Telefon weg, während sie sich zur Begrüßung küssten, dann saßen sie schweigend voreinander, sahen sich prüfend an und lasen in den Gesichtern des anderen. Fiona brachte den Campari-O für Marie und das kleine Bier für Clemens, sie hoben die Gläser und sagten gleichzeitig, wie sie das seit über achtzehn Jahren taten, »Auf Bollo«, dann nickten sie lächelnd, nahmen die ersten Schlucke und stellten die Gläser wieder ab.

»Und auf den tausendsten«, sagte Marie.

»Was hast du gerade noch gemacht?«, fragte Clemens, nachdem er die Formel wiederholt hatte, und nickte in Richtung von Maries Handtasche, in der gerade das Smartphone verschwunden war.

Sie sah zur Tasche. »Peter Kautz ist hartnäckig.«

»Ich kann ihn verstehen.«

»Paolo hat es dir gesagt, oder?«

Clemens nickte und musste schlucken. Er trank etwas Bier, um den Heulimpuls wegzuspülen. »Was sagst *du*?«, fragte er dann.

»Ich kann ihn verstehen«, wiederholte sie. »Nichts ist für immer, und die letzten zehn Jahre in der Sonne arbeiten zu dürfen, das ist keine schlechte Perspektive. Obwohl es mich ein bisschen irritiert, dass Paolo nach Italien geht. Er hat alle Freunde und sein ganzes Umfeld in Berlin.«

»Außerhalb der Saison will er hier sein.« Nicht wirklich *hier*, dachte Clemens, sondern nur in der Stadt, was für ihn und Marie nicht viel anders wäre, als wenn er auf Sardinien bliebe.

Sie blinzelte und antwortete nicht, rührte dann mit dem gläsernen Strohhalm in ihrem Drink, sah ihn wieder an. Das Gefühl des unaufhaltsamen Zusammenbruchs in Clemens wurde abermals stärker, nahm ihm fast den Atem. Marie sah traurig aus, nachdenklich, müde, genervt. Sie sah aus wie jemand, der eine Last trug, das aber nicht länger wollte. Sie wollte etwas loswerden, in jeder Bedeutung des Wortes.

»Erinnerst du dich an die Zeit nach deiner Kreuzfahrt?«, fragte sie leise.

Clemens nickte.

»An die Malaria? Und an das, was wir uns damals versprochen haben?«

Er nickte wieder, nahm abermals einen Schluck Bier, aber er musste einen größeren Schluck nehmen, um seine Tränendrüsen zu beschwichtigen. Doch beinahe gleichzeitig kam noch ein anderes Gefühl in ihm auf, eine irritierende Perspektive von Chance und Freiheit, von Veränderung und Neubeginn. Er sah sich neben Paolo am Strand von diesem kleinen Ort mit dem lustigen Namen sitzen, ein Bier trinken und darüber nachdenken, was er mit seinem Leben anfangen sollte. Mit dem Rest seines Lebens. Dreißig Jahre, plusminus.

Er sah Marie in die Augen. »Wir haben uns versprochen, dass wir uns trennen würden, wenn wir jemals wieder für zwei Monate keinen Sex haben würden, ohne dass einer von uns eine Malaria als Ausrede anbringen könnte.«

Marie inhalierte den kompletten Drink durch ihren Strohhalm, während sie Clemens mit den Augen fixierte. »Wir hatten seit zwei Monaten keinen Sex mehr«, sagte sie dann und schnappte erst anschließend nach Luft.

»Ich kann mir ein Leben ohne dich nicht vorstellen«, erklärte er leise.

Sie schüttelte den Kopf. »Das kann ich auch nicht. Das ist unvorstellbar.« Sie pausierte, sog erneut am Strohhalm, doch es kam nur dieses schreckliche Geräusch. »Aber ich will mir auch nicht vorstellen, was aus uns wird, wenn wir zusammenbleiben, obwohl ...« Sie verstummte.

»Obwohl?«

»Obwohl wir uns nicht mehr lieben.«

Teil 2:

Zehn Freitage

Rufe aus der Vergangenheit

Marie schlich am Montagmorgen um kurz nach acht vorsichtig an Sanne vorbei, um sie nicht zu stören. Sanne war wie immer viel zu früh in der Kanzlei, was angeblich daran lag, dass ihr Freund Enno morgens ein ziemlicher Mistkerl war oder ein noch größerer als zu allen anderen Tageszeiten. Marie hatte den knurrigen, wortkargen und von seinem eigenen Körper mehr als begeisterten Typen bislang nur zweimal erlebt, aber sofort verstanden, was die schmale, leise junge Frau oft eher von ihm wegtrieb als zu ihm hin. Deshalb saß die Anwaltsgehilfin schon um halb acht, also eine Stunde zu früh, an ihrem Schreibtisch, der zugleich ein Empfangstresen war, hatte einen riesigen kabellosen Kopfhörer auf, der ihre ausladende rote Mähne teilte wie einst angeblich Moses das Meer, wiegte sich leicht in einem für Marie unhörbaren Takt, nippte ab und zu an ihrem aromatisierten Tee (Kirsche, Vanille, Mango) und tickerte dazu mit ihren langen, modellierten Fingernägeln auf dem Smartphone herum, das in einer mit Swarovski-Strasssteinen besetzten Hülle steckte. Wenn Marie dann ebenfalls lange vor dem eigentlichen Arbeitszeitbeginn eintrudelte, ließ sie

Sanne in Ruhe, machte sich ihren Morgen-Crema in der kleinen Kanzleiküche selbst und genoss in ihrem Büro die Stille vor dem Arbeitstag.

Was an diesem Montagmorgen nicht so leicht war. Sie hatte einen unfassbaren Sonntag hinter sich, eigentlich aber ein komplett wahnsinniges Wochenende, und sie schaffte es kaum, auch nur einen klaren Gedanken zu fassen, der sich nicht um diese unglaubliche Entscheidung drehte.

Sie waren nicht mehr zusammen.

Sie würden sich scheiden lassen.

Es war vorbei.

Für immer.

Wie betäubt tippte sie an der Kaffeemaschine herum, und als das Kreischen des Mahlwerks verstummte und das Gerät irgendein Kaffeeprodukt herausröchelte, wusste sie schon nicht mehr, welche Tasten sie gedrückt hatte. Immerhin schmeckte es nach Kaffee. Sie setzte sich an ihren Schreibtisch, startete den Rechner und sah sofort das Blinken der Voicebox ihrer virtuellen Telefonanlage. Fünfundzwanzig Nachrichten seit Freitagabend. *What the fuck?*, dachte Marie und wollte schon damit beginnen, das Zeug abzuhören, als das Telefon klingelte.

»Rechtsanwältin Marie Freitag, hallo«, sagte sie und wunderte sich darüber, wie sie dabei klang. Sie hatte angenommen, ihre Stimme müsse brüchig sein, es müsste etwas in erkennbarer Weise fehlen, aber sie hörte sich an wie immer. Als wäre alles ganz normal.

Nach einem kurzen Moment des überraschten Schweigens antwortete der Anrufer: »Ach, Marie, hey, wow, endlich. Ich hab's schon ein paar Male versucht. Hier ist Ralf.«

»Ralf? Welcher Ralf?« An einem normalen Morgen hätte sie Stimme und Allerweltsnamen vermutlich sofort einordnen können, aber heute nicht. Doch selbst in diesem Zustand war sie sicher, dass derzeit keine Ralfs zu ihrem unmittelbaren sozialen Umfeld gehörten.

»Ralf Dosetti«, sagte der Mann. Und: *»Ralfi.«* Der Anrufer schwieg kurz und lachte dann merkwürdig, wie jemand, der bei etwas Peinlichem ertappt wird. »Wir waren mal zusammen«, behauptete er.

Wir waren mal zusammen, die vier Worte schoben sich in ihr verlangsamtes Bewusstsein und triggerten Gefühle. Wir waren mal zusammen. Das würde sie vielleicht in fernerer Zukunft sagen, wenn es um sie und Clemens ginge. Sie hatte das nie sagen wollen, niemals in ihrem ganzen Leben, jedenfalls in dem Teil, der während der letzten einundzwanzig Jahre stattgefunden hatte, und sie wollte es immer noch nicht sagen müssen, nicht jetzt und nicht später. Es machte aus dieser gigantischen Singularität, die ihr Zusammensein gewesen war, einen knappen Satz, der es auf eine Ebene mit den ganzen Allerwelts-Durchschnittsbeziehungen hinunterzog.

»Waren wir?«, fragte sie gegen, erinnerte sich aber allmählich. Ralfi. Das war zur Anfangszeit ihres Studiums gewesen, sie hatte noch in andere Fachbereiche hineingeschnuppert, darunter Philosophie, das hatte sie später auch im Nebenfach studiert, weil das bei Umwelttechnik, die sie viel mehr interessiert hatte, nicht möglich war. Ralf Dosetti hatte irgendein langweiliges Seminar geleitet, Geschichte der antiken Philosophie oder so was. Und ihr anschließend nachgestellt, ziemlich intensiv sogar, bis sie ihm ein Date einräumte und zweimal das Bett mit ihm teilte, eher aus Freundlichkeit und ganz sicher nicht, weil sie ihn attraktiv oder aus anderen Gründen anziehend fand. Sie sah vor ihrem geistigen Auge diesen etwas ungepflegten, überbetont lässigen Bohème-Typen, der sich selbst dann nonkonformistisch gab, wenn keine Opposition erforderlich war, und der sich für unwiderstehlich hielt, weil ihm ein paar Erstsemester-Studentinnen an den Lippen hingen. Der Marie, wie ihr in diesem Augenblick klar wurde, an den eigenen Vater erinnerte. Und der es, wie ihr jetzt außerdem einfiel, *gehasst* hatte, »Ralfi« genannt zu werden. Nachdem ihm Marie klarzumachen versucht hatte, dass sie kein Interesse daran hatte, mehr Zeit mit ihm zu verbringen, hatte er es trotzdem noch monatelang versucht. Immer wieder war sie ihm *zufällig* irgendwo begegnet, vor Restaurants, Kinos, ihrem eigenen Hauseingang und, natürlich, an der Uni.

»Na ja«, sagte er. »Schon, irgendwie.«

»Wir hatten, glaube ich, zweimal Sex.«

Er schwieg wieder kurz. »Echt? Nur zweimal?«

Marie nickte und wurde traurig dabei. Das war zweimal zu oft gewesen, zweimal, die sie mit Clemens hätte Sex haben können, der vielleicht etwas geändert hätte, was natürlich ein absurder Gedanke war, zumal das mit Clemens erst später angefangen hatte. Und es hatte nicht am Sex gelegen, es lag einfach an der Zeit, die ihre Liebe erodiert hatte, wie es das Wetter mit Landschaften macht. Langsam, aber unerbittlich. »Was willst du?«, fragte sie mürrisch. Eigentlich wollte sie das nicht wissen. Egal, was dieser Mann wollte, es interessierte sie nicht.

»Ey, na ja, ich habe gehört, dass es dir nicht so gut geht, und da dachte ich, ich melde mich mal.«

Marie wurde hellhörig. »Du hast *was* gehört?«

»Genau genommen habe ich's gelesen. Bei Facebook. Eine Frau, die wir beide kennen, hat da was geschrieben.«

Sie versuchte, sich zu konzentrieren. »Eine Frau, die wir beide kennen, hat etwas darüber geschrieben, dass es mir nicht gut geht?,« wiederholte sie. »Bei fucking-scheiße *Facebook*? Welche Frau, von der du weißt, dass sie mich kennt, kennen wir beide?« Marie war nicht bei Facebook, jedenfalls nicht offiziell – sie führte einen unscheinbaren Account unter falschem Namen, um hin und wieder beobachten zu können, was dort geschah. Leute, die sie tatsächlich kannte, die aber sicher noch nie von einer gewissen Cornelia Bader gehört hatten, hielt allerdings nichts davon ab, ihre »Freundschaftsanfragen« umgehend zu bestätigen, weil es ja tatsächlich nicht um Freundschaft ging, sondern darum, sich ausbreiten zu können, und dafür musste man Multiplikatoren einsammeln. Aber sie verspürte nicht das geringste Bedürfnis, bei Facebook, Insta, Twitter, LinkedIn oder all diesen anderen Entleibungsservices etwas über sich selbst zu schreiben. Oder gar zu kommentieren, was andere Menschen zu sagen hatten. *Man könnte sich genauso gut einen ros-*

tigen Nagel ins Ohr treiben, das sagte sie gerne, wenn ein Gespräch über die sogenannten sozialen Medien aufkam. Clemens dachte ganz ähnlich. Er nutzte das nur so weit, wie sein Job es erforderte.

Verdammt.

Clemens.

»Ja«, sagte Ralf. »Diana. Diana Faltermeier.«

Diana. Marie fluchte stumm. Diana, die immer noch die Frau von Clemens' bestem Freund Teddy war, obwohl die beiden seit einer Weile getrennt lebten, aber zwei-, dreimal am Tag telefonierten, wie Marie wusste, was ausnahmslos von Diana ausging. Diana, die einzige Person, die sich über ihre Trennung freuen würde. Weil sie ein Mensch war, der sich über so etwas freute. Weil sie Freude empfand, wenn es anderen scheiße ging. Sie war die personifizierte Missgunst, vor allem, wenn es um Bereiche ging, in denen sie selbst gescheitert war.

»Woher kennst *du* Diana?«

Er schwieg einen Moment zu lang.

»Ich verstehe«, sagte Marie. »Kann es sein, dass du dich an meine Freunde und Bekannten herangewanzt hast, um etwas über mich zu erfahren? Wie lange machst du das schon?«

»Nein, das ist ein Zufall«, behauptete Dosetti. Das klang sehr schwach und nicht eben glaubwürdig. Aber er ging jetzt in die Offensive. »Jedenfalls habe ich von der traurigen Sache erfahren und wollte dir sagen, dass es mir leid tut für euch. Das muss sehr schwer sein nach so langer Zeit.«

»Ist es.« Marie wollte mit diesem Mann nicht sprechen. Mit diesem Gespenst aus der Vergangenheit vor dieser wichtigen Zeit, aus der gerade eine Vergangenheit geworden war, die nach und nach an Wichtigkeit verlieren würde, was Marie jetzt schon bitter fand. Ein Signal zeigte an, dass in diesem Augenblick ein weiterer Anruf eintraf. Was zur Hölle …? Es war noch nicht acht Uhr morgens, die Bürozeiten der Kanzlei begannen erst um neun. Aber vielleicht war es wichtig. »Moment«, sagte sie. »Da ist ein anderer Anruf.« Ohne seine Reaktion abzuwarten, legte sie Ralfi in die Warteschleife, wo er *Für Elise* hören würde, und klickte sich in die Leitung des neuen Anrufers.

»Marie Freitag«, sagte sie.

»Ach, Marie, guten Morgen. Hier ist, äh, Tobi.«

Diese Stimme erkannte sie sofort und konnte sie auch in Sekundenbruchteilen einordnen. Tobias. *Äh-Tobi.* Hatte vor zehn Jahren hier, in dieser Kanzlei gearbeitet. Und sich eine Beule am Kopf geholt, weil er versucht hatte, Marie durchs Schlüsselloch auf der Toilette zu beobachten. Anschließend hatte er ihr eine Liebeserklärung gemacht, während sich Teile seiner Stirn blaugrün einfärbten. Und er sich neben diesem Hämatom auch noch eine fristlose Kündigung einfing. Auf die Strafanzeige hatte Marie nach einem langen Gespräch mit Clemens verzichtet, der am liebsten selbst sofort zur Polizei gegangen wäre, ihr aber verdeutlichte, was das nach sich ziehen würde.

»Lass mich raten«, sagte sie harsch. »Du hast was bei Facebook gelesen und willst wissen, ob es mir gut geht, weil du ein so netter Typ und um mich besorgt bist.« Als Tobi nicht sofort antwortete, sondern nur ein leises *Äh* von sich gab, fuhr sie fort: »Aber eigentlich willst du nur schnellstmöglich Anspruch auf den Claim anmelden. Bester Tobias, fahr bitte umgehend zur Hölle, sonst sorge ich für deinen Transport dorthin. Äh. Danke.« Dann legte sie auf und wechselte zu Ralfi zurück.

»Nun zu dir«, erklärte sie schneidig. Plötzlich hatte sich ihre Laune etwas verbessert. Aber sie kam nicht zu Wort.

»Das mit der Liebe ist wie mit einem Gefäß, das eine Flüssigkeit enthält und das in der Sonne steht«, erklärte der ehemalige Philosophiedozent voller Inbrunst, als stünde er in einem Auditorium vor ihn anbetenden Erstsemester-Studentinnen, die sein Geschwätz kritiklos hinnahmen. »Es ist unvermeidlich, dass die Flüssigkeit allmählich verdunstet, und irgendwann ist das Gefäß leer.«

»Es sei denn, es regnet zwischenzeitlich«, sagte Marie.

»Aber …«

»Es hängt auch davon ab, in welcher Gegend das Gefäß steht. Und was sonst noch so passiert. Nachts und morgens gibt es Tau. Und andere Feuchtigkeitsquellen. Möglicherweise wird es aufgefüllt. Oder die Flüssigkeit gefriert. Man kann etwas tun, um die Verdunstung zu verhindern. Am einfachsten mit einem schlichten Deckel.« Aber während sie das sagte, dachte sie: *Scheiße, er hat recht. Auch wenn unser blödes Gefäß so groß wie der Bodensee war – wir konnten nichts dagegen tun, dass es ausgetrocknet ist. Nicht einmal* wir. *Die Flüssigkeit wollte einfach Feuchtigkeit in der trockenen Luft über dem See werden und war daran nicht zu hindern. Das nennt man Entropie.*

»Das ist eine Analogie«, sagte er, und an seiner Stimme war zu erkennen, dass er zu verstehen begann, dass er hier nichts gewinnen konnte.

»Echt?« Marie lachte. »Du bist auch eine Analogie, *Ralfi*.« Sie betonte den Kosenamen so abfällig wie möglich, und es fühlte sich gut an, das zu tun. »Wenn man sich nicht bei jemandem meldet, bester Ralfi. Das bedeutet bitte was?«

Er setzte tatsächlich zu einer Antwort an, aber sie ließ das nicht zu. »Das bedeutet, dass man nichts von der fraglichen Person will. Nichts hören, nichts sehen, nichts erfahren. Kein Kontakt.« Sie schnaufte. »Ich habe keine Ahnung, wie du zu der Meinung gelangt bist, ich könnte auch nur im Entferntesten Interesse daran haben, mit dir *Scheißtyp* je wieder etwas zu tun haben zu wollen, aber du warst ja schon damals gut darin, das Offensichtliche für etwas zu halten, das alle Personen betrifft, nur dich nicht.« Sie atmete durch, er wollte wohl antworten oder gegen die Beleidigung protestieren, machte jedenfalls ein Geräusch, aber sie war wieder schneller. »Ich möchte dich dringend bitten, damit aufzuhören, mich indirekt zu stalken, und außerdem darum, mich nie wieder in *deinem* ganzen Leben zu kontaktieren. Danke dafür. Alles Gute noch. Tschüss.«

Und dann legte sie auf.

Tatsächlich waren Tobias und Ralf auch die Verursacher der Voicebox-Nachrichten, aber als Marie danach ihre Mails checkte, wurde sie beim Durchschauen immer wütender.

Noch ein halbes Dutzend weiterer Männer, mit denen sie mal etwas Kontakt gehabt hatte, hatten sich aus ähnlich fadenscheinigen Gründen gemeldet, aber ausgerechnet Teddy schrieb ihr: *Tut mir sehr leid für euch. Wenn du jemanden zum Reden brauchst, bin ich gerne für dich da.* Theodor Faltermeier, der Gespräche mit Frauen nur führte, wenn sie absolut unumgänglich waren, wenn es sich um seine eigene Frau handelte – oder um jemanden anzubaggern. Marie war kurz versucht, die Nachricht an Clemens weiterzuleiten, entschied sich aber anders und löschte sie einfach. Vermutlich würde sie Teddy sowieso nur noch selten zu Gesicht bekommen. Warum sollte sie da einen Keil zwischen ihn und ihren Ex treiben.

Ihren Ex.

Sie ging auf Facebook und schaute sich bei Diana um, die die Freundschaftsanfrage von Cornelia Bader vor ein paar Jahren natürlich auch sofort bestätigt hatte. Ihr Profilbild war ein Foto von der eigenen Hochzeit, das sie selbst auf ungewöhnlich vorteilhafte Weise zeigte, von schräg hinten beleuchtet, im Halbprofil und lächelnd, wobei sie ausnahmsweise nicht lächelte wie eine Tigerin, die eine soeben erbeutete Antilope anschaut, sondern wie ein Mensch, dem es wirklich gut geht und der sich das für alle anderen ebenso wünscht. Ein altruistisches Lächeln. Teddy stand neben ihr, war aber kaum zu erkennen, weil er sich in diesem Augenblick weggedreht hatte – so, wie es aussah, um ein Glas abzustellen. Dass die beiden getrennt lebten oder, wie Diana es selbst gerne ausdrückte, eine Auszeit genommen hatten, um ihre Liebe langfristig wiederzubeleben, war online offenbar nicht so ein Thema.

Dianas aktuellstes Posting bestand aus einem Bild von Marie und Clemens, das von dem einen gemeinsamen Urlaub in der Vier-Vier-Sieben stammte, zwölf oder dreizehn Jahre musste das her sein. Die Freitags lagen nebeneinander auf einer Doppelliege im Garten der Villa und prosteten sich und dem Menschen hinter der Kamera mit Prosecco zu. Clemens wirkte äußerst entspannt, Marie war auf dem Bild anzusehen, dass es ihr zwar auch gut ging, sie aber in diesem Augenblick irgendwas störte, wahrscheinlich in der Nähe der Kamera oder dahinter. Aber sie sahen beide schön aus, wie sie da lagen. Es fühlte sich wie ein Hornissenstich an, das jetzt zu sehen. Unter das Foto hatte Diana geschrieben:

Das wunderbarste Paar der Welt hat sich getrennt. Es bricht mir das Herz. Ich weiß, dass es den beiden jetzt sehr schlecht geht. Ich fühle mit ihnen. Alles Gute, Clemens und Marie!!!!

Das Posting vom Samstagvormittag hatte zig Herzchen und Umarmungssymbole eingesammelt, dazu traurige Smileys, aber auch erhobene Daumen, wobei aufgrund der Systematik von Facebook nicht zu erkennen war, ob die Leute, die das angeklickt hatten, Dianas Kommentar gut fanden oder doch die Tatsache, dass sich Marie und Clemens getrennt hatten. Außerdem gab es über achtzig Kommentare, kaum zu glauben. Marie hätte nicht gedacht, dass Diana überhaupt so viele Leute kannte. Aber sie verzichtete darauf, sich das Zeug durchzulesen. Stattdessen zog sie die Akte zu sich, die sie am Freitagnachmittag noch angelegt hatte. Die Scheidungssache Luise und Leonard Benedickt. Sie warf einen Blick auf den grünen Umschlag, schüttelte dann den Kopf, sah kurz zur Uhr und griff sich ihr Telefon.

Mal schauen, ob Peter Kautz schon zu erreichen war.

Häuser und Wohnungen

»Du könntest erst mal bei mir wohnen«, bot Teddy Clemens an. Die beiden Freunde saßen auf dem Balkon im vierten Stock des Hauses Rheinuferstraße 17 und tranken aus den großen, klobigen Bechern, die Lara und Jenny zu Clemens' vierzigstem Geburtstag getöpfert hatten – Clemens Tee, Teddy Kaffee. Es war der Vormittag des Mittwochs nach der Trennung. Im Hof strahlte das Grün der riesigen Linde im Sonnenschein, Vögel zwitscherten um die Wette. Das Idyll wurde nur kurz unterbrochen, als Dr. Jackzo, der Pandadoktor aus dem zweiten Stock, seine Glasabfälle lautstark in den Container verklappte. Seit der Arzt in Rente war, war der Geräuschpegel angestiegen, der von ihm verursacht wurde. Als würde er auf diese Weise um Aufmerksamkeit betteln. Er wohnte alleine.

Clemens blinzelte. Seit dem vergangenen Freitag fiel es ihm schwer, sich auf etwas zu konzentrieren, das zu ihm gesagt wurde. Die Latenz hatte sich erhöht, es war, als würden Informationen viel langsamer zu ihm vordringen, auf verschlungenen und gedämpften Wegen. Er räusperte sich und zwang sich zu einem Lächeln. Im Moment schlief er im Kinderzimmer, weil die Zwillinge in Freiburg waren, aber sie kämen bald nach Berlin, denn die vorlesungsfreie Zeit stand bevor, also die Semesterferien. »Das ist schrecklich nett von dir, lieber Theodor«, sagte er. »Aber wir sind keine Zwanzigjährigen mehr, die in Jungs-WGs wohnen, bis zwei am Nachmittag schlafen, kistenweise Bier saufen und sich darum streiten, wer den Müll runterbringt oder neue Kippen holt. Ich bin achtundvierzig, ich werde in anderthalb Jahren fünfzig. Und ich könnte bis dahin sogar Opa werden, Lara und Jenny sind schließlich längst achtzehn.«

»Das sind doch nur Zahlen.«

»Zahlen, die anzeigen, wie viel Zeit noch bleibt, ja.« Clemens nahm einen Schluck Tee. »Und wenn du ehrlich bist, besonders viel ist das nicht mehr. Außerdem, ganz unter uns. Mit siebzig, achtzig ist man nicht mehr so drauf wie mit zwanzig oder dreißig. Freundlich ausgedrückt.«

Teddy hob eine Augenbraue. »Was willst du mir damit sagen?«

Clemens seufzte. »Dass die Perspektive jetzt eine völlig andere ist. Es ist eben nicht mehr wie früher, wo man sich nach einer Trennung ein bisschen die Wunden geleckt und dann wieder so weitergemacht hat wie vorher. Wir waren über zwanzig Jahre zusammen.« Er stockte, weil sich sein Hals verengte. »Unser verdammtes halbes Leben.« Er drehte sich um und sah in die Wohnung, die von hier aus wegen der starken Sonne im Dunkeln lag, wie seine eigene emotionale Zukunft. Marie war in der Kanzlei. Sie ging morgens schon lange vor sieben und kam spät zurück, aber Clemens hatte in dieser Woche keine Auftritte.

»Ich hätte alles darauf gewettet, dass ihr nie auseinandergeht. Echt alles. Ihr habt euch so ungeheuer geliebt. Ich kenne niemanden ...« Teddy hob die Hände.

»Vielleicht ist es so, dass man mit einem Kontingent Liebe auf die Welt kommt, und wenn das aufgebraucht ist, ist es einfach vorbei«, sinnierte Clemens. Eine Blaumeise setzte sich ein paar Meter entfernt auf das Balkongeländer und musterte die beiden Männer. »Und je intensiver es ist, umso höher ist der Verbrauch.«

»Wie mit den Eizellen in den Eierstöcken der Frauen?«

Clemens lachte, die Meise flog hektisch wieder davon. »Was für ein blöder Vergleich. Außerdem ist das ein Mythos, das hat man früher nur geglaubt. Es ist längst nachgewiesen, dass ...«

»Oder mit den tausend Schuss, die jeder Mann hat?«, führte Teddy den Gedanken fort, ohne auf seinen Freund zu achten. Er legte die Füße auf das Geländer. Teddy hatte sehr große Füße.

»Auch das ist Bullshit. Aber, ja, gedanklich schon. Wenn es so wäre.«

Teddy nippte am Kaffee. »Ich habe Marie am Sonntag eine Mail geschrieben«, sagte er und wischte sich mit dem Handrücken über die Oberlippe. Solange Clemens ihn kannte, trug Teddy einen Oberlippenbart, und er war einer der wenigen Männer, bei denen das nicht lächerlich aussah – vermutlich würde Teddy *ohne* diesen Bart lächerlich aussehen. »Irgendwie dachte ich, vielleicht kann ich noch was tun«, fuhr er fort. »Aber sie hat mir nicht geantwortet. Vielleicht rufe ich sie mal an. Soll ich?«

Clemens schüttelte den Kopf. »Das ist nett von dir, doch da ist im Moment nichts zu tun. Es ist ja der richtige Schritt, obwohl es sich wirklich nicht so anfühlt. Wir hatten eine unfassbare Zeit, völlig unvergleichlich, aber offensichtlich hatte auch unsere Liebe ein Verfallsdatum. Und wir wollen beide keine verfallene Liebe zu retten versuchen.«

»Vielleicht sollten wir etwas unternehmen«, sagte Teddy und sah auf die Uhr. »Heute Abend. Jetzt muss ich zu einem Kunden.«

»Und ich muss zu Judith und Karl nach Stahnsdorf.«

»Probleme?«

»Nein. Ich will ihnen sagen, dass sie sich endlich eine richtige Software und einen soliden Hersteller suchen sollen. Ich höre mit dem Quatsch auf.«

»Ach du Scheiße.« Teddy lachte. »Das ist eigentlich schon seit Jahren überfällig. Wenn man es genau nimmt, nutzen sie dich aus, und zwar nach Strich und Faden. Kumpel, du bist einfach zu nett für diese Welt.«

Clemens nickte langsam. Bei dem Gedanken, es den beiden zu sagen, bekam er tatsächlich eine Gänsehaut.

Als sich *Meine BioFarm* gegen Ende der Nullerjahre zu einem Erfolgsmodell entwickelte, kauften sich Judith und Karl im Speckgürtel von Berlin einen Hof, den sie für viel Geld in einen Schöner-Wohnen-Park für neureiche Bioaktivisten mit wenig Wohngeschmack umwandeln ließen. Ein großes Gutshaus mit dreihundert Quadratmetern Wohnfläche, mehrere Ställe, die ebenfalls bewohnbar gemacht wurden, und ein Gesindehaus am Rand des mehrere Hektar großen Geländes wurden unter Einsatz ungeheurer Mengen Holz und Glas saniert, modernisiert, aufgehübscht, mit teuren, handgefertigten Möbeln ausstaffiert und mit viel nützlicher Technik bestückt, die das Ensemble zu einem energiesparenden, fast energieautarken Projekt machte. Judiths Hoffnung, mit dem nicht ganz geschmackssicher renovierten Landhaus durch die einschlägigen Fachmagazine gereicht zu werden, erfüllte sich allerdings nicht; die zwei oder drei Journalistenteams, die ihren Einladungen folgten, zogen wieder ab, ohne anschließend etwas zu publizieren.

Die Großzügigkeit hatte den Vorteil, dass keiner der beiden nach der Trennung umziehen musste; Judith blieb im Haupthaus wohnen, während Karl das mit großen Fenstern ausgestattete, nicht viel kleinere Bedienstetenhaus bezog. Im ehemaligen Stall waren die gemeinsamen Büros untergebracht, über zwei Etagen hinweg, mit einer offenen Galerie und großen Dachbalken quer durch das Gebäude und unten einer Art Wohnzimmer für Besprechungen. Die offizielle Zentrale von *Meine BioFarm* befand sich zwar in Berlin-Mitte, aber das Königspaar, das kein Paar mehr war, regierte überwiegend vom Stadtrand aus. Zwischendrin kümmerte sich Judith um ihre Alpakas, während Karl nachmittagelang mit Goggles auf dem Kopf hinter seinem Haus stand und Kameradrohnen fliegen ließ. Er hatte sich eine ganze Armada dieser Spielzeuge zugelegt, die sich teilweise über mehrere Kilometer mit direktem Kamerablick fernsteuern ließen, und wenn ihn Clemens darauf hinwies, dass das erstens in dieser Form hierzulande nicht erlaubt war und zweitens in so großer Nähe zum Flughafen BER mehr als nur ein Kavaliersdelikt darstellte, lachte er lediglich. Karl hatte seine Passion gefunden: Miniquadrokopter herumsurren zu lassen und terabyteweise 4K-Filmmaterial zu sammeln, auf dem immer das Gleiche zu sehen war: Stahnsdorf, Teltow und Kleinmachnow von oben. Aber das machte nichts, denn keiner schaute es sich je an.

Er trug seine FPV-Brille noch auf der Stirn, als er jetzt ins Büro kam, wo Clemens bereits an seinem Biofrüchtetee nippte, während Judith etwas hektisch in den Aktenschränken wühlte. Um es sich leichter zu machen und es schnellstmöglich hinter sich zu haben, hatte Clemens sie gleich mit den Worten »Ich höre auf, ihr müsst euch endlich zeitgemäße Software anschaffen« begrüßt, wobei ihm vor Aufregung die Hände gezittert hatten. Jetzt suchte Judith nach vertraglichen Vereinbarungen, die es, wie sie meinte, ja irgendwo geben müsste, aber Clemens wusste es besser. Außer einer steinalten Lizenzbestellung gab es nichts Schriftliches zwischen ihnen. Und er war sich sicher, dass Judith das ebenso wusste. Andererseits irritierte es ihn, dass sie überhaupt suchte. Sofort beschlich ihn wieder das Gefühl, die beiden Biounternehmer zu betrügen, ihnen immerwährende Treue zu schulden und seine Entscheidung sofort zurücknehmen zu müssen. Es war nur der geänderten Situation zu verdanken, dass er dem Gefühl nicht sofort nachgab.

Die beiden waren unterschiedlich gut gealtert. Judith hatte mit dem Überschreiten der Fünfzig tatsächlich an Attraktivität gewonnen, sich zu einer reifen, natürlichen und vitalen Frau entwickelt. Sie verzichtete weitgehend auf Make-up und kleidete sich inzwischen auf teure Art dezent und, dank einer persönlichen Styleberaterin, auch typengerecht (und, natürlich, nachhaltig), sie trieb viel Sport und wanderte mit ihren sechs lustig ausschauenden Tieren stundenlang durchs Bäke- oder Nuthetal, manchmal in Begleitung von Kindergruppen, die sie kostenlos dazu einlud, wobei sie den Kids ganz nebenbei die Biosäfte von *Meine BioFarm* schmackhaft zu machen versuchte oder die zuckerfreien Öko-Süßigkeiten, die grässlich schmeckten. Karl demgegenüber ließ sich seit der Trennung gehen. Aus dem Rahmen um Judith war ein wandelnder, schattenhafter Vorwurf an sie geworden, ein verlotterter, schratiger Typ mit wild wuchernden Augenbrauen, Haaren, die aus den Ohren wuchsen, grobporiger Gesichtshaut, dichtem, unsauberem Bartwuchs und einer olfaktorischen Aura, die gut zum ehemaligen Bauernhof passte, ohne dass es hier noch eine Quelle für diese Gerüche gegeben hätte. Immerhin war er zu jemandem geworden, an dessen Begegnung man sich erinnerte. Allein Judith interessierte sich nicht dafür, was Karl mit seiner Erscheinung zu sagen versuchte, denn seit der Trennung ignorierte sie ihn auf der menschlichen Ebene. Clemens war immer wieder verblüfft darüber, wie gut ihr das gelang.

Zum Erstaunen aller, die die beiden kannten, hatte ein Seitensprung zum Zerwürfnis geführt, aber kein Seitensprung von Judith, sondern eine Affäre, die Karl offenbar aus Rache für ihre ständige Flirterei angefangen hatte und die dann eine gewisse Eigendynamik entwickelte. Dabei hatte Judith, wie sich bei dieser Gelegenheit herausstellte, nie auch nur einen Schritt weiter gemacht, als eben – nahezu durch die Bank unerwidert – zu kokettieren, und als Karls wochenlanger Betrug aufgedeckt wurde, war sie über alle Maßen wütend, verletzt und enttäuscht. Dann wandte sie sich kurzerhand von ihm ab, aber weil sie geschäftlich so ein Erfolgsteam waren, bot sie das Arrangement an, das inzwischen seit fast zehn Jahren funktionierte, für sie allerdings deutlich besser als für Karl. Dem, dachte Clemens manchmal, die Rolle des Leidenden aber auch zu gefallen schien. Wenn er keine Drohnen steigen ließ, trank er literweise Biobier aus dem hauseigenen Sortiment und bingte sich auf Netflix durch Romantikserien.

»Was ist los?«, fragte Karl, nahm die Fernsteuerbrille vom Kopf und fläzte sich in einen Rattansessel. Die Abdrücke der Goggles waren an den Schläfen und an der Stirn gut zu sehen.

»Clemens will aufhören«, brummte Judith, ohne sich umzudrehen.

Karl schnaufte, aber es klang fast ein wenig fröhlich. »Und warum?«

Clemens lächelte. »Es lohnt sich für mich schon lange nicht mehr, und ihr wärt mit einer aktuelleren Branchensoftwäre auch sehr viel besser dran. Ich mache das schon seit Jahren echt nur noch euretwegen, dabei habe ich einen anderen Job, der mich viel stärker ausfüllt und der auch finanziell mehr bringt.« Er stellte seine Teetasse ab. »Außerdem …« Sein Lächeln erstarb. Judith drehte sich zu ihm, einen Aktenordner aus den Neunzigern in den Händen.

»Außerdem?«, wiederholte Karl.

»Marie und ich.« Clemens schaffte es nicht, den Satz zu beenden.

Judith richtete sich auf. »Was ist mit Marie und dir?«, fragte sie leise.

»Wir sind auseinander«, erwiderte Clemens ebenso leise.

»Nein!«, sagte Karl laut und schlug sich die Hände vors Gesicht.

»Das geht nicht«, erklärte Judith mit großer Bestimmtheit, wobei sie nickte, um ihre Meinung zu unterstreichen. »Das ist ein Irrtum.« Sie sah plötzlich verzweifelt aus, ihre Mimik geriet außer Kontrolle. »Das ist nicht in Ordnung«, murmelte sie.

Als Clemens antworten wollte, wurde er von seinem Telefon unterbrochen. Es zeigte die Nummer der Booking-Agentur an, mit der er seit Glenda Brombachs Tod zusammenarbeitete, eine Empfehlung von Svenja Borowski, die er seit jenem Abend im niedersächsischen Metting vor acht Jahren noch ein paar Male getroffen, mit der er aber keinen privaten Moment mehr verbracht hatte. Ihre Karriere stagnierte, doch optisch hatte sich bei ihr wenig geändert. Ihre Programme waren allerdings inzwischen so selbstreferenziell und giftig, dass Lacher darin zur Ausnahme geworden waren. Sie kriegte die Kurve einfach nicht.

»Hallo«, sagte Clemens ins Telefon, wobei er entschuldigend erst zu Karl, dem Tränen in den Augen standen, und dann zu Judith blickte, die kalkweiß geworden war und mit flatternden Händen nach einer Gelegenheit zum Abstützen suchte.

»Ich weiß, dass Sie freitags nicht auftreten«, sagte die Frau am Telefon, nachdem sie sich vorgestellt hatte. Er hatte noch nie mit ihr gesprochen, die Agentur war allerdings auch ziemlich groß, was Clemens okay fand, denn so blieb es auch auf Dauer eine rein geschäftliche Sache. »Aber ich muss es wenigstens versuchen. Wir haben am Freitag noch einen unbesetzten Slot bei einem Comedyfestival in Lüneburg. Also übermorgen.«

»Das hat sich gerade geändert«, sagte Clemens. »Sie können mich jetzt auch für freitags buchen. Und gerne für das Festival.«

»Super. Details folgen gleich. Danke.« Die Frau legte auf. So mochte er das, knapp und sachlich – und ohne Risiko für emotionale Irritationen.

Karl und Judith saßen inzwischen nebeneinander, Karl immer noch im Rattansessel, Judith direkt daneben auf einem Sofa mit Bambusrahmen. Sie waren beide blass, aber Karl liefen tatsächlich schmale Bäche über die Wangen. Ihre Hände schwebten dicht beieinander im Luftraum zwischen den Sitzmöbeln, berührten sich jedoch nicht, als wären sie gleichgepolte Magnete oder Drohnen mit Kollisionssensoren.

»Das ist nicht zu fassen«, murmelte Karl.

»Und warum?«, wiederholte Judith die Frage ihres Exmanns, aber bezogen auf einen anderen Umstand.

Clemens hob die Hände, und dann versuchte er eine Erklärung. Es war nicht die erste und wäre längst nicht die letzte, und wie jedes Mal davor und danach wünschte er sich, dass sie sich aus so klaren Gründen getrennt hätten wie beispielsweise Judith und Karl.

Am Ende saßen sie zu dritt auf den nachhaltigen Biomöbeln und heulten synchron. Es war Judith, die als Erste aufstand, sich beidhändig mit den Handballen die Augen trocken wischte und wieder zum Aktenschrank ging.

»Warum machst du das?«, fragte Clemens. »Wonach suchst du? Das irritiert mich ein bisschen, um ehrlich zu sein.« Es war ihm sofort peinlich, das gesagt zu haben. »Willst du mich auf irgendwas festklopfen oder so?«

»Großer Gott, nein«, sagte sie energisch und schüttelte den Kopf. »Ich kann mir nur nicht vorstellen, dass wir ausreichend gewürdigt haben, was du für uns getan hast.« Sie pausierte kurz. »Oder deine Treue.«

»Wir hatten eigentlich schon vor Jahren erwartet, dass du uns kündigst«, ergänzte Karl. »Du hast uns eine Menge Ärger und Zeit gespart. So ein Wechsel ist irre aufwendig und teuer. Außerdem mögen wir dich sehr.«

»Und ohne dich wäre MBF auch nicht da, wo es jetzt ist«, sagte wiederum Judith.

»Jetzt übertreibt ihr aber«, murmelte Clemens gegen sein glühendes Gesicht an. Und er schämte sich unendlich für den Gedanken, dass Judith nach irgendeiner Möglichkeit gesucht hätte, ihn gegen seinen Willen in ihren Diensten zu behalten.

»Ganz im Gegenteil.« Judith griff wieder nach einem Ordner. »Wo willst du eigentlich wohnen?«, fragte sie. »Ich meine, ihr werdet doch nicht ...«

Clemens hob die Hände. »Ich muss mir was suchen. Marie bleibt in der Rheinuferstraße.«

»Wohnungssuche in Berlin, juhu«, sagte Karl. »Das ist derzeit ein Riesenspaß.« Er stand auf und stellte sich neben Judith. »Wir haben die Wohnung in Friedenau noch. Unsere Dachgeschosswohnung.« Er schwieg, und Clemens konnte quasi seine Gedanken lesen: *In der ihr euch damals kennengelernt habt.*

»Die mit dem Schutzraum«, sagte er.

»Den gibt es schon lange nicht mehr.« Judith kicherte. »Wir haben die Wohnung aufgeteilt, als wir ausgezogen sind, in eine sehr große Wohnung und in eine etwas kleinere.«

»Die immer noch fast hundert Quadratmeter hat«, ergänzte Karl. »Und sie ist gerade frei geworden.«

»Wir würden sie dir gerne überlassen«, sagte Judith und suchte dabei Karls Blick, der erst kurz flackerte, aber dann nickte ihr Exmann bedächtig. »Ich weiß nicht, wie das steuerlich am besten zu machen ist, doch wir finden einen Weg.«

»Das kann ich nicht annehmen«, flüsterte Clemens, bei dem auch einiges flackerte.

»Du bist ein zu guter Mensch, Clemens Freitag«, erklärte Judith.

»Du bist ein zu guter Mensch, Clemens Freitag«, wiederholte Clemens mit der Stimme von Volker Lechtenbrink, den er sehr gerne imitierte, für den er aber selten in seinen Programmen Platz fand, weil ihn einfach zu wenige Zuschauer kannten.

»Oder wir geben sie dir mietfrei, auf Lebenszeit, so was«, schlug Karl vor und sah dabei hilfesuchend zu Judith.

Die nickte und blätterte wieder in dem Ordner, den sie in den Händen hielt. »Ich habe vor einer ganzen Weile Angebote eingeholt. Wir wissen ungefähr, was es uns gekostet hätte, wenn du schon vor zehn oder fünfzehn Jahren aufgehört hättest. Und du hast uns quasi jeden Wunsch erfüllt. Das ist sowieso unbezahlbar. Kein normaler Anbieter hätte das gemacht.«

Clemens hörte kaum noch, was sie danach sagte. Es summte in seinem Kopf. Er würde weiter in Friedenau wohnen. Nicht weit weg von der Rheinuferstraße.

Oder von Paolo.

Es war kurz vor acht am Abend desselben Tages, als Clemens und Teddy über das weitläufige, zugleich ziemlich verwinkelte und etwas zerrupft wirkende Gelände an der Revaler Straße wanderten, auf dem sich das *Astra Kulturhaus* befand. Um sie herum waren viele Menschen auf demselben Weg, die meisten allerdings jünger als sie beide. Clemens hatte im *Astra* schon selbst gespielt, sozusagen als Vorprogramm, als Support von Detlef Einzick, der ein cleverer, eloquenter, neoliberaler Knurrhahn war und ein großes Publikum zog, nicht zuletzt, weil er sensationell gut aussah, der aber außerdem als großartiger Kollege galt und sich sehr für andere einsetzte, ohne viel Bohei darum zu machen. Es galt als karrierefördernd, sein Mentee zu sein, oder es hatte als karrierefördernd gegolten, denn Einzick war inzwischen *der* deutsche Kabarettist, der für seine Programme die meisten Shitstorms in den sozialen Netzen einfuhr und bei dessen Auftritten es immer häufiger zu Störungen kam, weshalb auch die Veranstalter allmählich nervöser wurden, obwohl Einzick nach wie vor volle Häuser garantierte. Clemens hatte den Abend vor zwei oder drei Jahren allerdings nicht in guter Erinnerung, denn der Saal war niedrig, die Bühne wurde deshalb fast nur von hinten beleuchtet, und mitten im Gastraum befanden sich Pfeiler, um das Dach des aulaähnlichen Flachbaus zu stützen, der zu DDR-Zeiten eine Kulturstätte für Reichsbahner gewesen war und aus dieser Geschichte keinen Hehl machte. Der Backstagebereich war kein Ort, an dem man sich gerne aufhielt. Und das Publikum von Einzick war es gewohnt, die Shows im Sitzen anzuschauen, doch im Astra gab es keine Bestuhlung. Deshalb hatte eher mäßige Laune geherrscht. Clemens hatte sich sogar dazu hinreißen lassen, den Hauptact zu parodieren, aber auf sehr vorteilhafte Weise für diesen, weshalb ihn Einzick wiederum zur Zugabe auf die Bühne geholt hatte, wo sie ganz am Ende zusammen *Genießen Sie die Ruhe* sangen – Clemens jede Zeile zweifach wie die amerikanischen Singer-Songwriter, einmal für Einzick zum Merken und dann beim gemeinsamen Singen. Eigentlich, dachte Clemens, war es ja doch ein ganz netter Abend gewesen. Und dabei fiel ihm ein, dass Einzick Marie auf der After-Show-Party ziemlich angeflirtet hatte, so war es ihm damals jedenfalls vorgekommen. Er blinzelte und zwang sich, an etwas anderes zu denken.

Sie wussten beide nicht, welche Band heute spielte, aber zumindest Clemens war das auch egal. Teddy hatte irgendwie dafür gesorgt, dass sie auf der Gästeliste waren, und Clemens fand die Idee gut, nicht zu Hause zu sein, wenn Marie heimkäme – ein Gedanke, der ihn erschütterte, denn *Heimkommen* wäre es bald für ihn selbst nicht mehr, und obwohl Marie nicht drängte, möglicherweise, weil sie selbst noch keine vollendeten Tatsachen wollte, war klar, dass sie von ihm erwartete, bald auszuziehen. Immerhin hatte er durch das Angebot von Judith und Karl jetzt eine interessante Option, aber er konnte sich ums Verrecken nicht vorstellen, wieder alleine zu leben. Er mochte es so ungeheuer gerne, mit Marie zusammenzuwohnen, das Leben gemeinsam mit ihr zu führen, sich Wohnraum und Interessen und Zeit auf bestmögliche Weise zu teilen, doch das wiederum war natürlich keine Option mehr. So viel würde sich ändern und darunter enorm viel, von dem er sicher gewesen war, dass es sich nie mehr ändern würde.

Sein Leben stand kopf.

Die Band begann pünktlich, wie das inzwischen selbst bei den abgefucktesten Uraltrockern Usus war; die Musiker kamen aus Schweden, waren jung und frisch und machten fröhlichen Poprock, der so gut rüberkam, dass sich Clemens'

Stimmung nach kurzer Zeit so deutlich verbesserte, dass er beinahe zu tanzen begann. Dazu trug auch Teddy bei, der alle zwei Songs zur Bar stiefelte, sich dort in die Schlange einreihte und mit schlecht gezapften Bieren zurückkehrte und irgendwann in Begleitung dreier Frauen aus Hannover, die der Band quer durch Europa hinterherreisten. Mit den dreien zogen sie nach dem Konzert noch um die Häuser, erst in Kreuzberg, dann in Neukölln, wo sie in einer irre gemütlichen, verrauchten Bar namens *Froschkönig* total versackten, und zum ersten Mal seit einigen Jahren dämmerte es bereits, als Clemens mit dem Taxi nach Hause kam. Mit einiger Mühe schloss er die Tür so leise wie möglich auf, aber als das endlich mehr schlecht als recht gelungen war, sah er, dass in der Küche Licht brannte. Marie saß vor ihrem Laptop an dem kleinen Tresen, den sie neben das Küchenfenster montiert hatten, das auf den Hof wies, und neben dem Laptop stand der große Kaffeebecher, den ihr Clemens irgendwann in Saint-Ambroix in diesem vertrödelten Souvenirshop gekauft hatte, in dem es so intensiv nach Lavendel gerochen hatte. Sie sah zur Tür, als er hereinkam. Sie sah traurig aus.

»Ich habe gerade die Vier-Vier-Sieben storniert«, sagte sie statt einer Begrüßung.

Es war, als hätte Clemens einen Klappspaten in den Nacken bekommen. Der Schlag traf ihn hart und schmerzte enorm. Seine Knie wurden weich, er musste nach Luft schnappen und tastete mit einer Hand haltsuchend nach der Wand. Der kommende Sommer hätte *der* Sommer sein sollen, in dem sie endlich das Versprechen einlösen wollten, das sie sich gegeben hatten, als die Zwillinge nicht mehr in das einsame Ferienhaus auf dem Hügel in der Provence hatten fahren wollen. Sie hatten die Vier-Vier-Sieben schon vor Monaten gebucht. Und sich beide wie blöd darauf gefreut.

Clemens atmete tief ein, und er überlegte, ob er etwas wie »Du kannst doch alleine fahren« sagen sollte, aber das wäre sinnlos gewesen. Also nickte er nur, nuschelte »Guten Morgen« und schlurfte erst ins Bad und dann ins Zimmer der Zwillinge, wobei er das drängende, erdrückende Gefühl nicht abstreifen konnte, dass sie beide einen krassen, riesigen und folgenschweren Fehler begingen.

Lüneburg, eins

Marie konnte sich nicht daran erinnern, wann sie zuletzt in einem Zug gesessen hatte, der sie an einem Freitag von Berlin wegtrug. Sie fuhr gerne mit der Bahn und tatsächlich sogar bevorzugt alleine, denn sie mochte es sehr, an ihrem Laptop zu arbeiten, hin und wieder aus dem Fenster zu schauen, sich aus dem sogenannten *BordRestaurant* einen Kaffee bringen zu lassen und sich ganz allgemein dem Gefühl hinzugeben, mehrere feine oder nützliche Dinge auf einmal zu tun – und auch noch die Umwelt zu schonen.

Aber der Freitag war bis vor einer Woche einem Plan gefolgt, der nun nicht mehr galt. Weshalb Marie in einem überraschend gut gefüllten Erster-Klasse-Großraumwagen des ICE 933 von Berlin nach Hamburg saß, an einem Tisch zusammen mit drei Männern, kaum Platz für Laptop und ihren Thermo-Kaffeebecher fand (den auffüllen zu lassen in der Bahn nicht einfach war), nicht wusste, wohin sie die Füße ausstrecken sollte, weil unter dem Tisch sechsmal Schuhgröße 48 in italienischen Edeltretern sämtlichen Platz beanspruchten, und permanent das ungute Gefühl hatte, *abgecheckt* zu werden. Wann immer sie von ihrem Computer in

Richtung eines der drei Anzugträger aufblickte, huschte dessen Blick soeben von ihr weg – meistens vom Gesicht oder vom Brustbereich. Die Männer waren in den Fünfzigern, sahen aus wie mehreiige Drillinge, hatten ihrerseits Laptops oder iPads vor sich aufgebaut, die aber unberührt blieben, trugen außerdem kabellose Ohrhörer und redeten pausenlos in immerhin erträglicher Lautstärke vor sich hin, wobei sie wirtschaftsspezifische oder technische Neologismen besonders betonten, was den Eindruck erweckte, als würden sie eine abgefahrene, klandestine Version von *Bullshit-Bingo* gegeneinander spielen. Dabei schauten sie zur Decke oder zum Fenster, jedenfalls, wenn Marie in Richtung ihrer Gesichter sah.

Immerhin hatte sie einen Fensterplatz in Fahrtrichtung abbekommen, und außerdem wären es ja nur anderthalb Stunden bis Büchen, wo sie aus dem InterCityExpress steigen und in einen RegionalExpress (Gott sei gedankt für die Schöpfung der Binnenversalie!) wechseln würde, der sie eine halbe Stunde später nach Lüneburg brächte. Zu einer Klausurtagung des Pfundi-Bundesvorstands, zu dem sie Peter Kautz kurzerhand eingeladen hatte.

Der Zug war nicht nur in ihrem Bereich gut besetzt, sondern in der zweiten Klasse sogar ordentlich überfüllt, wo die Leute in den Gängen standen oder saßen, wie sie auf der Suche nach einer Toilette hatte feststellen können – auf der Suche nach einer Toilette, deren hygienischer Standard wenigstens einen Hauch über dem eines Autobahnparkplatzscheißhauses an einem Samstagnachmittag in der Hauptreisezeit lag. Fehlanzeige. Und dann hatte sie selbst in der ersten Klasse zehn Minuten warten müssen, um schließlich ein nach lange nicht mehr geklärter Klärgrube stinkendes Kabuff für den Wechsel ihrer Binde benutzen zu können, das offenbar von Papierhandtuch- und Hygienebeuteldieben heimgesucht worden war, aber beides hätte man im überfüllten Abfallschacht sowieso nicht mehr unterbringen können. Der Mann, der ihr, rotköpfig und an seinem Hosengürtel nestelnd, aus dem Klo entgegenkam, entschuldigte sich vielmals für den Gestank, behauptete aber, nicht der Verursacher gewesen zu sein, was Marie ein bisschen absurd fand, denn Scheißhäuser waren ja letztlich dafür da, nach Scheiße zu stinken. Und so ganz konnte ihm Marie das auch nicht glauben. Also hielt sie die Luft an, so gut sie konnte, und atmete flach durch den Mund, als das nicht mehr ging. Als sie zum Platz zurückkehrte, meinte sie, einen leichten Fäkalgeschmack im Mund zu haben, der auch vom inzwischen kalten Kaffee nicht weggespült wurde.

Aber ab Büchen wurde alles besser. Da stand nämlich überraschenderweise ein junger Mann mit einem bedruckten Pappschild auf dem Bahnsteig, und auf dem Schild stand ihr Name. *Marie Freitag*. So hieß sie, weil sie die Frau von Clemens Freitag war.

Scheiße.

Sie zwang sich ein Lächeln ins Gesicht, verweigerte dem Helfer die Übernahme ihres Trolleys und stieg wenig später in einen Tesla, der sie schnurrleise zum nachhaltigen Biowellnesshotel am Rand von Lüneburg bringen würde, in dem die Pfundis tagten. In diesem Moment wurde sie dann doch etwas aufgeregt. Das war eigentlich nicht ihres. Sie war nicht kaltblütig oder überzogen selbstbewusst, aber sie kannte ihre eigenen Qualitäten gut, weshalb ihr Angst vor solchen Situationen fremd war. Und das war sowieso kein Verkaufsgespräch für sich selbst, das auf sie zukam. Es wären die Pfundis, die einen Gewinn machen würden, wenn sie, Marie Freitag, sich bereit erklärte, sich stärker in der Partei zu engagieren. Und Verantwortung zu übernehmen. Auf höchster Ebene.

Weil ihr, hatte Kautz gesagt, nach der nächsten Wahl der Posten einer parlamentarischen Staatssekretärin ziemlich sicher wäre. Und mit etwas Glück sogar mehr. Also das Umwelt- oder Justizministerium, kaum zu fassen. Obwohl sie mit ihren zweiundvierzigeinhalb ja ziemlich jung wäre (was sie im Detail anders sah), aber andererseits änderten sich die Zeiten gerade. Marie war überrascht gewesen, wie sehr sich Kautz über ihre verspätete Zusage gefreut hatte, nachdem sie ihn bei der Konferenz vor ein paar Monaten hatte abblitzen lassen, und seine Freude basierte ganz sicher nicht auf irgendeinem romantischen Interesse. Er war seit einem Monat mit einem ehemaligen niederländischen Supermodel verlobt, das vor allem dafür bekannt war, einen Großteil der Honorare an Umweltprojekte zu spenden. Die Klatschmedien berichteten fast nichts anderes mehr: Die schicke, engagierte Neeltje und der charismatische, attraktive Parteichef. Ein Paar, so cool und so schön wie Marie und Clemens Freitag.

Fuck.

Und dann ärgerte sie sich über sich selbst, weil sie reflexartig in diesen Kategorien dachte, und darüber, dass ihr ordentliches und gut begründetes Selbstbewusstsein trotzdem anzunehmen geneigt war, dass mächtige Männer an starken und auch noch gut aussehenden Frauen nur dann Interesse hatten, wenn Sex wenigstens als Dreingabe dabei heraussprang.

Was, andererseits, häufig immer noch zutraf.

Als sie im Auto saß und über das einem Schweben sehr ähnliche Fahrgefühl staunte, rief endlich Khaled zurück. Seit Tagen hatte sie versucht, ihren Jugendfreund zu erreichen, von dem sie so lange nichts gehört hatte, weil sie einfach eine Verbindung zur Zeit vor Clemens brauchte und etwas, woran sie sich emotional festhalten konnte. Khaled war Journalist geworden, Reporter für eine international tätige Nachrichtenagentur, und einige seiner Reportagen hatten internationale Beachtung gefunden.

»Pumalady«, sagte er. Seine Stimme klang ein bisschen kratzig, wie nach einer Nacht in einer echten Räucherhöhle. »Tut mir leid, ich war im Ausland.«

»Khaled«, konnte sie nur antworten, dann musste sie pausieren.

»Wo bist du?«

Sie erzählte ihm, wo sie war, was geschehen war, was geschehen würde.

»Ich bin in Hannover«, sagte er zur Antwort. »Das ist nicht weit weg. Wie ist dein Abendprogramm?«

»Es gibt irgendwas Geselliges, einen Theaterbesuch oder so, aber danach wäre ich frei, also gegen zehn oder elf oder so.«

»Ich komme rüber«, versprach er. Und sie freute sich. Mit einem Freund zu sprechen, und dann noch mit einem, der sie so gut und so lange kannte, das würde ihr guttun, hoffte sie.

Der Nachmittag verging wie im Flug. Marie lernte ein Dutzend hoher PFUND-Funktionäre kennen, die sie aus dem Fernsehen kannte oder auf dem Bundesdelegiertentag aus der Ferne gesehen hatte, und wurde mit Begeisterung begrüßt, die offenbar ehrlich gemeint war, obwohl sie als Quereinsteigerin mindestens einem von denen die Karriere versalzen würde, sollten sich Kautz' Pläne durchsetzen lassen. Sie war so verblüfft über die auf professionelle Weise herzliche Aufnahme, dass sie ihre privaten Sorgen ganz vergaß, bis sie, Stunden später, alleine im Hotelzimmer stand und sich für den Abend fertig machte, wobei sie die Hand mit dem Lippenstift mit der anderen festhalten musste, um sich nicht zu bekrakeln. Erst gäbe es im Hotel ein Essen, ganz ungezwungen, und dann gingen sie alle zusammen ins Kabarett. Ausgerechnet zu Detlef Einzick. Der hatte die Pfundis ganz besonders auf dem Kieker, aber Marie musste zugeben, dass er nicht selten mitten ins Schwarze traf (aber häufig auch komplett daneben, doch er war ja auch Kabarettist und kein politischer Analyst). Sie musste an Manfred Kuhweiter denken, den sie vor einem halben Jahr beim Parteitag getroffen hatte. Es war nicht ganz einfach, Ideale alltagstauglich zu machen, und manch ein Kompromiss erwies sich erst im Nachhinein als faul. Trotzdem war sich Marie sicher, dass sie die Guten waren. Die, die einen Weg finden würden. Und ihn gehen.

Als sie, gleich in der ersten Reihe des Hochparketts, zwei Sitze von Peter Kautz entfernt im Theatersaal saß, der bis auf den letzten Platz gefüllt war, ging vor ihr der eine oder andere Journalist in die Hocke und schoss Fotos, bis der Gong ertönte und alle verschwanden. Sie war irritiert und aufgeregt und spürte ein seltsames Vibrieren. Möglicherweise wäre das hier wirklich der Weg in ein anderes Leben, in eine neue, raumgreifende Erfüllung, statt in ein Loch zu fallen, aus dem es kein Heraus gäbe.

Als Natalie Penner die Bühne betrat, musste Marie lächeln, ein melancholisches Lächeln; sie erinnerte sich gut an jenen Abend, als ihr Clemens aus irgendeinem Nest nicht weit von hier gesimst hatte, dass er mit der Penner zum Essen wäre, und am nächsten Tag hatte er ihr davon erzählt, dass ihn die Kollegin zu verführen versucht hatte, was Marie erst für einen Witz gehalten hatte, bis sie begriff, dass Clemens – wie immer – natürlich die Wahrheit sagte. Die Frau sah nach wie vor sensationell aus, doch ihre Attitüde hatte sich, wie man allgemein meinte, inzwischen ein wenig abgenutzt, woran auch ihre spektakulären und sehr gewagten Outfits kaum noch etwas änderten. Wenn sie ehrlich zu sich war, irritierte es Marie, dass eine Künstlerin auch im dritten Jahrzehnt des einundzwanzigsten Jahrhunderts noch so sehr auf ihr Äußeres abstellte, aber dann begann Natalie Penner, die, wie Marie wusste, eigentlich ganz anders hieß, mit ihrem halbstündigen Auftritt, der so komprimiert, rasant, energiegeladen und provokant war, dass sie zwischendrin fast zu atmen vergaß. Die Komödiantin fuhr ein aggressives und, wie sie es selbst bezeichnete, feministisches Programm, aber nicht diesen linken Feminismus, den man derzeit kaum zu hinterfragen wagen durfte, sondern sie richtete ihre Vorwürfe in der Hauptsache gegen die Frauen selbst, und einiges von dem, was sie sagte, war kaum von der Hand zu weisen. Das Mantra, das sie ständig wiederholte, lautete: »Ihr habt es selbst in den Händen, Weibsbilder!« Zum zweiten Mal an diesem Tag war Marie verblüfft und überrascht, aber am Ende ihres Auftritts zog die junge Frau den Hammer aus dem Werkzeugkasten. Sie arbeitete sich an *#MeToo* ab und erzählte von nicht wenigen ihr persönlich bekannten Kolleginnen, die bewusst und sehenden Auges mit viel Körpereinsatz die Erreichung ihrer Karriereziele beschleunigt und nicht eben wenig Spaß dabei gehabt hatten. Im Saal gab es währenddessen ziemliches Murren, nicht nur von weiblichen Stimmen. Und dann erzählte Natalie Penner davon, wie sie vor fünfzehn Jahren an ihren ersten Auftritt im öffentlich-rechtlichen Fernsehen gekommen war. Sie erzählte von dem Redakteur, der für die Besetzung zuständig gewesen war, einem verheirateten Mann, Familienvater, in der evangelischen Gemeinde engagiert, passionierter Kricketspieler und gut situiert, außerdem attraktiv und, wie sich herausgestellt hatte, eine recht positive Erfahrung im Bett.

Und, *by the way*, immer noch in der fraglichen Redaktion tätig. Als Chef der ganzen Sache.

Womit den Eingeweihten im Saal natürlich sofort klar war, um wen es sich handeln musste – oder sie wussten, wie der Name schnell zu ermitteln wäre. Rings um Marie herum flammten die Smartphonebildschirme auf, und die Nachricht verbreitete sich wahrscheinlich wie die Druckwelle einer Explosion in den sozialen Medien. Peter Kautz allerdings sah unbewegt und leicht schmunzelnd nach vorne zur Bühne.

Während des etwas tumultartigen Schlussapplauses zu Natalie Penners Auftritt fragte sich Marie, warum sie eigentlich hier waren. Auch die Pfundis gaben sich in der Außendarstellung inzwischen hochprofessionell und wohldosiert, und man tat möglichst nichts, das in der falschen Waagschale landen könnte. Sie sah wieder zu Peter Kautz, der jetzt doch sein Smartphone hervorzog und darauf herumtippte und der dabei zwar die Stirn in Falten gezogen hatte, aber nach wie vor friedfertig lächelte. Einige Leute aus den Reihen vor ihnen hatten sich ebenfalls nach hinten, zu ihnen, umgedreht, um die Reaktionen der prominenten Politiker zu prüfen. Natalie Penner verneigte sich ein letztes Mal, wobei sie wölfisch lächelte, und dann sagte sie etwas, das Marie aus der Fassung brachte.

»Ich bedanke mich für eure Geduld, und ich bin natürlich unendlich dankbar dafür, dass die männlichen Weltklassekollegen, die noch kommen, immerhin eine Frau als Aufwärmerin akzeptiert haben.« Sie drehte sich um und verneigte sich zum Vorhang, also vor denen, die irgendwo dahinter auf ihre Auftritte warteten. Ein paar Leute klatschten. »Leider musste Charlie Kessler seinen Auftritt krankheitsbedingt kurzfristig absagen«, fuhr sie fort, wieder in Richtung Publikum. »Aber wir haben großartigen Ersatz gefunden.« Die Kabarettistin drehte sich zur Seite, wo sich vermutlich die Tonregie befand, nickte kurz, und dann sah sie wieder zum Zuschauerraum, wo es immer noch ziemlich unruhig war. »Und das ist *wirklich* eine Sensation, denn dieser sehr, sehr, *sehr* lustige Mann ist während seiner langen und steilen Karriere noch nie, glauben Sie's oder glauben Sie's nicht, noch nie, nie, *nie* an einem Freitag aufgetreten. *Meine Damen und ihre Herren* ...« Das war die Begrüßungsformel, die die Penner immer verwendete. »... bitte begrüßen Sie den fantastischen Clemens Freitag!«

Er sah müde aus, und Marie konnte natürlich sofort erkennen, dass ihm, wie vor jedem Auftritt, gerade noch die Muffe gegangen war, aber Clemens kam, wie immer, sehr schnell in Form, und er war Profi genug, um selbst in der Verfassung, in der er sich befand, eine großartige Show zu liefern. Während er mit einer hinreißenden Parodie auf Peter Kautz eröffnete, was wiederum viele aus den Reihen vor Marie und auch in ihrer eigenen Reihe dazu brachte, sich abermals vorsichtig-prüfend umzuschauen, zum Pfundi-Parteivorsitzenden, der seinerseits genüsslich lächelte und die Arme vor der Brust verschränkt hatte, schlug Maries Herz mit hundertfacher Normalfrequenz. Normalerweise, wurde ihr in diesem

Augenblick bewusst, säßen sie genau *jetzt* in Friedenau bei *Paolo,* würden sich auf die Vorspeisen stürzen, Weißbrot in aromatisches Olivenöl tunken, miteinander plaudern und lachen, sich zuprosten, den traditionellen Trinkspruch auf Bollo machen und die gemeinsame Zeit genießen.

Sie stand vorsichtig auf und schob sich geduckt an der Sitzreihe vorbei, aber sie war von der Bühne aus sicher nicht zu sehen. Sie fühlte sich wackelig und unsicher, und als sie an Kautz vorbeikam, flüsterte der: »Alles in Ordnung?«, doch Marie nickte nur und flüchtete zu den Toiletten.

Lüneburg, zwei

»Du wirst immer noch immer besser«, sagte Detlef Einzick und legte Clemens eine Hand auf die Schulter. Clemens bedankte sich mit einem Nicken, antwortete mit einer ähnlichen Floskel und sah sich um. Svenja Borowski wurde umringt, fast schon bedrängt, und um sie herum hingen zwanzig, dreißig Hände in der Luft, die Smartphones hielten, die wiederum auf Svenja gerichtet waren. Clemens war nicht der Meinung, dass sie sich mit der Brandbombe am Ende ihres Auftritts einen Gefallen getan hatte, aber ohne jeden Zweifel hatte sie sich wieder ins Gespräch gebracht. Dafür hätte möglicherweise schon ihr eigenwilliger, anachronistischer Kurswechsel gereicht, der Clemens ebenso wenig überzeugte. Andererseits war das alles vor allem Show und Unterhaltung und Vergnügen und eine Form des Meinungsaustauschs – und keine gesetzgebende Verfassungsversammlung. Und wenn Künstler nicht mehr das Recht hatten, sich zu irren, Fehler zu machen, Unsinn zu reden und auch mal schlechte Kunst abzuliefern, stand die Gesellschaft sowieso am Rand eines Abgrunds.

Der zweite Pulk, der die Aufmerksamkeit der ansonsten

etwas trüben After-Show-Party auf sich zog, war der PFUND-Bundesvorstand um Peter Kautz, der wohl in der Nähe tagte und gemeinsam das kleine Festival besucht hatte, wie Clemens erst kurz vor seinem Set erfahren hatte. In diesem Augenblick sah Peter Kautz zu ihm und zwinkerte freundlich; Clemens hob sein Bierglas und prostete dem Parteivorsitzenden zu. Er fand den Mann sehr sympathisch, aber es fiel ihm schwer, dessen Motivation einzuschätzen, womit er sicher nicht alleine war. Natürlich hatten auch Politiker, die sich für idealistische Ziele einsetzten, das unbedingte Recht, überwiegend im Eigeninteresse zu handeln, also ganz simpel Karriereziele zu verfolgen, doch bei Kautz war es nach Clemens' Gefühl noch deutlich komplexer. Er musste an Maries Erzählung von jenem Bundesdelegiertentag denken, vor ein paar Monaten war das gewesen, als ihr Kautz dieses Angebot gemacht hatte, in das Kernteam für die kommende Bundestagswahl zu stoßen. Marie hatte es ausgeschlagen, weil das bedeutet hätte, die Freitage und vielleicht noch etwas mehr zu opfern, und Clemens hatte ihr das seinerseits auszureden versucht, sie war allerdings kompromisslos geblieben, was vermutlich auch daran lag, dass er selbst, also dass Clemens schon seit Jahren die eigene Karriere bremste, weil ihm ihre Beziehung wichtiger war als alles sonst und weil er deshalb nie freitags auftrat.

Bis heute.

Peter Kautz löste sich aus dem Pulk und hielt auf Clemens zu, lächelnd, wie jemand, der einen alten Freund entdeckt hat, aber ein paar Schritte vor dem Zusammentreffen wurde er in Natalie Penners Gruppe hineingezogen, die sich wie auf Kommando zu ihm öffnete und ihn dann quasi zu verschlingen schien. Vermutlich wollte man sie an diesem legendären Abend gemeinsam auf den Fotos haben und Kautz' Meinung zu dieser eigenwilligen Form von Feminismus hören und, natürlich, zu jener Enthüllung, die wahrscheinlich irgendwo in der Republik gerade ein Schicksal veränderte, und zwar keineswegs zum Guten. Clemens stellte sich vor, wie in einem pittoresken Einfamilienhaus am Rand einer Kleinstadt die Telefone klingelten und die Messenger piepten, bis der Mann, dessen vergangenes Verhalten heute öffentlich geworden war, begriff, was sich da gerade tat. Clemens empfand Mitgefühl, aber nicht nur das. Denn selbst wenn die Initiative von Svenja ausgegangen war, handelte es sich unterm Strich um Machtmissbrauch.

Wenig später zog der Parteivorstand wieder ab, und dann leerte sich das Theaterfoyer, ohne dass Clemens Gelegenheit gehabt hätte, mit Peter Kautz zu sprechen. Er bedauerte das auch nicht sehr, denn das wäre wohl auf peinlichen Small Talk hinausgelaufen, oder sie wären, noch schlimmer, auf Marie zu sprechen gekommen. Stattdessen stand er mit Einzick und Svenja an einem Tisch, auf dem Dutzende leerer Gläser standen, Einzick zündete sich eine Zigarette an, und Svenja checkte ihr Telefon. Dabei oszillierte ihr Gesichtsausdruck wie bei einer Figur aus einem dieser hektischen Mangas, die sich die Zwillinge so gerne angeschaut hatten, als sie um die zwölf, vierzehn Jahre alt gewesen waren.

»Die Reaktionen sind etwas, mmh, uneinheitlich, aber wenn ich nur die Hälfte der Interviewanfragen annehme, bin ich bis zweitausendvierzig mit nichts anderem beschäftigt«, sagte sie dann, warf das Telefon achtlos auf den Tisch, nahm sich ein Sektglas, das noch halb voll war, aber mit Sicherheit nicht von ihr selbst stammte, und kippte sich den Inhalt in den Hals. Dann verzog sie das Gesicht. »Geil«, schnarrte sie. »Lauwarmes Mineralwasser.« Sie drehte sich suchend nach Personal um, aber die Kellner standen alle vor der Tür und rauchten dort – der Nebelbildung nach zu urteilen, die durch die verglaste Front zu sehen war, überwiegend Elektrozigaretten.

»Prost, liebe Svenja«, sagte Einzick. Er hatte die Stirn in Falten gelegt, was ihn ein bisschen abgerockt wirken ließ, fand Clemens. Der Mann alterte schneller, seit er sich im zentralen Fokus des politischen Korrektivs befand. »Du hättest das aber mit uns absprechen sollen.« Da schwang mit: *Es wird letztlich auf mich zurückfallen.*

»Ihr hättet versucht, es mir auszureden.«

»Aus gutem Grund. Verbrannte Erde zahlt sich nie aus.« Einzick nahm einen Schluck von seinem Whiskey. »Niemals.«

»Aber ohne Details wäre es unglaubwürdig gewesen.«

Ein paar letzte, verstreute Fans kamen an den Tisch und baten um Selfies, wobei plötzlich Clemens im Zentrum des Interesses stand. Das Gefühl, das er bis zu diesem Zeitpunkt gehabt hatte, nämlich hier und heute falsch zu sein, ließ allmählich nach. Er machte ein bisschen Small Talk, und dann beschlossen die drei Künstler, an die Hotelbar zu wechseln. Und gerade als sie draußen ins Taxi stiegen, meinte Clemens, eine Fehlwahrnehmung zu haben. Ein paar Dutzend Meter weiter stand eine wartende Frau an der Straßenecke, und hätte er es nicht besser gewusst, hätte er mittelwichtige Körperteile darauf verwettet, dass es sich um Marie handelte.

Der Abend wurde dann noch richtig lustig. In der Hotelbar wurden sie von einigen Fans erwartet, aber auch von einer kleinen Gruppe Journalisten, und obwohl oder gerade weil Clemens eher zufällig dabei war, freute es ihn maßlos, dass sich unter den Fans nicht wenige befanden, die ihm besonders zugetan waren, die sich sogar ganz ungeheuer darüber freuten, neben Einzick und dem vermutlich legendären Auftritt von Natalie Penner auch noch ihren Lieblingscomedian erlebt zu haben. Und dann auch noch an einem Freitag.

Sie alle drei gaben ad hoc noch kleine Zugaben an der Bar, ließen sich Getränke spendieren und signierten Servietten mit aufgedruckter Ramazotti-Werbung, und selbst der als nicht sehr gesellig geltende Einzick ging richtig aus sich heraus, lachte und gestikulierte und umarmte Leute. Gegen drei fuhren sie singend im Fahrstuhl nach oben, *Genießen Sie die Ruhe*; Einzick stieg im zweiten Stock aus, aber die Zimmer von Svenja und Clemens lagen im vierten, praktisch direkt nebeneinander.

»Meine Frau und ich«, sagte Clemens, schon ziemlich mühevoll und eher zur Tür, denn er war auf äußerst nette Art wirklich strunzhacke. »Wir haben uns letzte Woche getrennt.«

Svenja drehte sich zu ihm, steckte ihre Zimmerkarte wieder ein, machte die paar Schritte auf ihn zu und antwortete: »Na dann.«

Lüneburg, drei

Khaled kam zu spät, genau wie früher. Zum Glück war es warm, und Marie war für eine Weile ganz gerne alleine, auch, um zu verarbeiten, was am Abend (und überhaupt) geschehen war. Aber sie hatte jetzt schon zwei Stunden in einem mittelguten Restaurant gesessen, nicht weit vom Theater entfernt, weil sie schließlich hier mit Khaled verabredet war, und Khaled hatte sein Telefon offenbar ausgeschaltet. Kautz hatte sie ein paar Mal angepingt, um zu erfragen, wo sie sei, und sie hatte ihm schließlich geantwortet, dass sie sich unwohl fühle, dass es aber keinen Grund gebe, sich Sorgen zu machen, und am Samstagvormittag sei sie natürlich bei allen Gesprächsrunden dabei. Marie hoffte, dass Kautz nicht auf die Idee käme, mit Clemens zu sprechen. Er schrieb ihr nämlich, dass sie alle zusammen auf die After-Show-Party gehen würden. Kurz überlegte sie, Clemens eine Nachricht zu schicken, entschied sich aber doch dagegen.

Es war nach elf, als ein bulliger amerikanischer Oldtimer mit laut blubberndem Motor neben ihr hielt, sich ein glatzköpfiger Mann aus dem Fahrerfenster lehnte und »So spät am Abend noch alleine unterwegs, Pumalady?« raunte und anschließend aus dem Auto sprang, um sie zu umarmen, hochzuheben und sich mit ihr um die eigene Achse zu drehen, wie in einem billigen Romantikfilm, wenn *sie* sich am Ende doch noch kriegten. Marie kam sich tatsächlich ein bisschen blöd vor, bis Khaled sie endlich wieder abstellte, auf Armlänge von sich schob, sie von oben nach unten und wieder zurück musterte und strahlend »Toll siehst du aus, Pumalady« erklärte.

»Bitte nenn mich nicht so«, sagte Marie, auch weil sie das Kompliment nicht zurückgeben konnte, denn Khaled sah schlicht und ergreifend fürchterlich aus. Er war schmal geworden, fast dürr, was bei jemandem, der mal äußerst muskulös gewesen ist, umso tragischer aussah, seine Wangen waren eingefallen und seine Augen leicht gerötet und dunkel umrandet, fast wie bei Dr. Jackzo, dem Pandadoktor, ihrem Nachbarn aus der Rheinuferstraße 17. Khaleds Glatze war mit braungrauen Flecken übersät, und am Hals und an den Unterarmen hatte er eigenartige Narben, die selbst im Licht der Straßenbeleuchtung gut zu erkennen waren.

»Krebs«, sagte er und grinste dabei auf irritierende Weise. »Bevor du fragst. Und ich bin austherapiert. Es ist also nichts mehr zu machen.«

»Ach du Scheiße.«

»Noch ein halbes Jahr. Wenn ich asketisch lebe, vielleicht noch ein ganzes. Aber was habe ich von einem ganzen Jahr ohne Spaß? Da mache ich lieber das Beste aus einem halben.«

»Ich fürchte, am Ende dieses halben Jahres wirst du das

anders sehen«, sagte sie leise an ihrer Erschütterung vorbei und drückte seine Hand.

»Das wird definitiv so sein, aber dann kann ich's nicht mehr ändern.« Er drehte sich um und öffnete die Wagentür. Der Cadillac – oder was auch immer das war – hatte eine durchgehende Sitzbank vorne. »Rutsch rein, Pumalady. Lass uns fucking Lüneburg unsicher machen.«

»Ich fürchte, das ist schnell erledigt«, erwiderte Marie, stieg aber ein und schob sich zur Beifahrerseite durch. Das Sitzpolster fühlte sich angenehm an. »Lüneburg gilt nicht unbedingt als Hochburg der Party Scene.«

Doch sie fanden eine nette kleine Bar im Zentrum und sogar einen Parkplatz für das bullige Auto, das Khaled ebenfalls *Lady* nannte. Und mit dem er beim Einparken wie selbstverständlich redete.

Während sie tranken und erzählten, gewöhnte sich Marie allmählich an sein Aussehen, und als sie eine Stunde hinter sich hatten und wieder so richtig miteinander warm geworden waren, begann sie sogar, den alten Khaled hinter dieser neuen Fassade zu erkennen. Ein Teil von ihr wurde in die Kindheit zurückgebeamt, nach Reinbek. Der andere Teil war hier und versuchte, das alles auf die Kette zu kriegen, wie man vor ein paar Jahren gesagt hätte.

Er war Auslandsreporter für eine Nachrichtenagentur, spezialisiert auf die Krisenregionen, und er hatte während der letzten zehn Jahre den Jemen, den Kongo, Afghanistan, Venezuela, Pakistan, den Irak und ein halbes Dutzend weiterer Länder besucht, meist in kleinen Teams und abseits der üblichen Schwerpunkte. Mehr als einmal hatte er sich in Lebensgefahr befunden, aber nicht wirklich ernsthaft, meinte er grinsend, ohne zu erklären, wie man *nicht ernsthaft* in Lebensgefahr sein konnte, während man in Lebensgefahr ist.

»Du bist so eine Art Gefahrensucher geworden«, merkte Marie an.

»Nicht wirklich«, widersprach er mit ernster Miene. »Und seit diese Sache in mir ist, bin ich richtig vorsichtig geworden. Ich habe zwar viel weniger zu verlieren als früher, aber dieses Wenige ist mir ungleich wichtiger. Der Gedanke zu sterben erschüttert mich nicht mehr besonders. Aber es würde mich erschüttern, das bisschen Zeit zu vergeuden, das ich noch habe.«

Marie sagte nichts und betrachtete den alten Freund nur. Ganz erstaunlich, wie sich Schicksale entwickelten, fand sie, und vor allem die Menschen, denen sie zustießen. Sie war hin- und hergerissen zwischen Empathie und planetengroßem Mitgefühl (Clemens würde längst laut heulen, dachte sie für den Bruchteil einer Sekunde), Faszination und der Suche nach einer Lösung. Die Pragmatikerin in ihr wusste natürlich, dass es keine gäbe. Nichts lag ihr ferner, als todkranke Menschen beispielsweise mit Ernährungsumstellungsempfehlungen oder Tipps für Globuli zu traktieren, diesem Schwachsinn in potenzierter Form.

»Deshalb ist es natürlich umso schöner, dass du dich bei mir gemeldet hast, Marie de Bruijn.«

»So heiße ich schon seit zwanzig Jahren nicht mehr.«

»War aber ein schöner Name.«

»Namen sind nur ... *Namen.*« Sie zwinkerte ihm zu.

Khaled nickte und kippte sich das restliche Bier in den Mund, dann winkte er der Tresenfrau, die zurücknickte und sofort damit begann, ein neues Bier für ihn zu zapfen.

»So oder so«, sagte er dann, fast ein bisschen feierlich, und sah ihr in die Augen. In diesem Moment wurde ihr mulmig. »Das gibt mir die Gelegenheit, dir etwas zu sagen, das ich dir schon vor ... wie lange ist das her?«

»Du meinst Reinbek? Dreißig Jahre.«

»Also vor dreißig Jahren. Was ich dir schon vor dreißig Jahren hätte sagen müssen.«

Sie legte ihre rechte Hand auf die seine. Er legte seine linke obendrauf. »Bitte, Khaled, mach das nicht«, bat sie. »Tu mir das nicht an.«

Er lachte. »Nein, ich mache dir keine verdammte Liebeserklärung, keine Angst.«

»Ach so?« Maries Skepsis blieb.

Khaled legte den Kopf schief. »Ich bin kein Liebestyp. Ich hatte noch nie in meinem ganzen Leben eine Beziehung, und jetzt ist es zu spät, um damit anzufangen.«

»Aha. Und was willst du mir also gestehen?«

»Dass ich dich schon immer rattenscharf fand. Und dass ich schrecklich gerne mal mit dir in die Kiste hüpfen würde.« Er sagte das mit großer Ernsthaftigkeit, fast feierlich.

Marie schnappte nach Luft, dann wurde sie schlagartig enorm wütend. »Tickst du noch ganz rhythmisch?«, blaffte sie und zog die Hände vom Tisch. Sie schob ihren Barhocker etwas nach hinten und brachte Abstand zwischen ihn und sich. »Was soll denn diese Nummer? Denkst du, du kannst mit diesem blöden Geschwätz irgendwie einen Mitleidsfick bei mir abkriegen? Scheiße, Khaled, was ist nur aus dir geworden? Ich meine, ich verstehe ja, dass du in einer verdammten Situation bist, und du hast wirklich weit mehr als nur mein herzlichstes Mitgefühl, aber du warst früher integer und respektvoll.« Sie senkte die Stimme, während sie spürte, wie sich Tränendruck aufbaute. »Und ein echter Freund.«

Er lachte heiser, sein Gesicht hatte Farbe bekommen, und seine Mundwinkel zuckten. »*Ein echter Freund*? Für die privilegierte und verwöhnte weiße Göre aus dem Vorort? Wovon träumst du?«

Marie sprang auf und zog mit zitternden Fingern einen Geldschein aus der Tasche, den sie auf den Tresen warf, und schob sich, ohne ihn anzusehen, an Khaled vorbei zur Tür der Bar. Draußen beschleunigte sie ihre Schritte sofort, weg von ihm und in die Richtung, in der sein Mackerauto nicht stand.

Aber sie trug Pumps und hatte einen langen Tag hinter sich. Marie war gerade zwei Querstraßen von der Bar entfernt, als sie von einem schwer atmenden Khaled eingeholt wurde. Er griff sie an der Schulter und zwang sie zum Stehenbleiben.

»Scheiße, Pumalady, tut mir leid«, sagte er.

»Ich bin keine verdammte *Pumalady*«, knurrte sie und schob seine Hand von der Schulter. »Du kannst dein Scheiß-

Auto oder ein Boot so nennen, meinetwegen auch einen Panzer, aber nicht mich. Lass mich in Ruhe.«

»Ich hab's nicht so gemeint.« Er hob die Hände neben die Schultern und versuchte sich an einem Lächeln.

Marie verspürte zum ersten Mal in ihrem Leben den Wunsch, dazu in der Lage zu sein, jemandem Gewalt anzutun. Sie schämte sich gleichzeitig für den Wunsch.

»Geh weg«, sagte sie leise. »Geh einfach weg und hab noch ein schönes halbes Jahr, aber ohne mich. Ich will nichts mehr mit dir zu tun haben.«

Erst eine Viertelstunde später fing sie endlich ein Taxi, und es war schon fast halb zwei am Morgen, als sie die Tür ihres Hotelzimmers hinter sich zuschob. Im Foyer des Hotels hatte sie aus der Richtung der Bar Stimmen und Gelächter gehört, aber glücklicherweise wurde sie von niemandem gesehen.

Als sie dann im Bett lag, die Lichtstreifen an der Zimmerdecke beobachtete und endlich wieder gleichmäßig atmete, überkam sie das Gefühl, dass Clemens und sie mit dieser Trennung einen schrecklichen Fehler machten.

Heimkehr

Als sie am späten Sonntagnachmittag im vierten Stock des Hauses in der Rheinuferstraße 17 eintraf, hörte sie von drinnen Geschrei, und es fiel ihr nicht schwer, die Stimmen zuzuordnen. Lara und Jenny waren offenbar überraschend nach Hause gekommen, und die deutlich leisere, männliche Stimme, die wie eine ruhige Basslinie unter der dissonanten Melodie lag, war die von Clemens.

Während der Bahnfahrt in Richtung Heimat hatte Marie alles gesichtet, was während dieser Woche an Mails und Sprachnachrichten eingetroffen war, nachdem sie sich im Verlaufe des Montags erschöpft ausgeklinkt hatte. Selbst ernannte Clemens-Nachfolger traten zum Glück nur noch vereinzelt an (ein Klassenkamerad aus der Zehnten schrieb, er wäre »zufällig« nächste Woche in Berlin, ob sie sich nicht auf einen Kaffee treffen könnten), und es war sehr rührend, wer sich alles meldete, um ihr, eigentlich *ihnen* mitzuteilen, wie unfassbar scheiße das sei, dass sie sich getrennt hatten. Meryem heulte minutenlang auf die Voicebox, unterbrochen von nahezu unverständlichen Sätzen, die sich anhörten wie das, was die Leute in Jerusalem der Klagemauer entgegenriefen, und sogar Donna hatte eine lange, herzzerreißende Mail verfasst, in der es einerseits darum ging, wie schade das mit den *unterschiedlichen Interessenlagen* sei, andererseits war sie bis ins Mark erschüttert darüber, dass die einzige Heterobeziehung, die sie richtig *awesome* fand, nach so langer Zeit zerbrochen war.

Als eine Zugbegleiterin fragte, ob alles okay wäre, merkte Marie, dass ihr die Tränen liefen. Sie schüttelte den Kopf und lächelte. Die offenbar obligatorischen drei Businessanzugträger am Tisch im Großraumwagen erster Klasse sahen aus dem Fenster oder zur Decke.

Sie hatte sich in Lüneburg gut geschlagen, fand sie, als sie ihre Gedanken von dieser Sache auf die andere Sache lenkte. Man hatte ihr aufmerksam zugehört, ihre Konzepte mit professioneller Begeisterung aufgenommen und konstruktiv diskutiert, sie hatte eine Menge hochinteressanter Leute kennengelernt, hatte viele gute Ideen gehört und mitentwickelt – und war mit dem Gefühl abgereist, in eine Gruppe aufgenommen worden zu sein, die etwas bewegen würde. Peter Kautz hatte beim Abschied minutenlang beidhändig ihre rechte Hand festgehalten und davon gesprochen, was für ein großartiges Team sie alle zusammen sein würden. Und Marie hatte ihm gedanklich recht gegeben. Tatsächlich hatten sogar die Medien Wind von ihr bekommen, zeigten online Fotos aus dem Theater, mutmaßten Dinge wie »Die attraktive Juristin aus Berlin – eine neue Geheimwaffe im PFUND-Vorstand?«, während die bekloppte *BILD* ein Bild von Marie schlicht mit »Ist diese heiße Rechtsanwältin die Neue von Kautz?« betitelte, zum Glück aber nur unter *Vermischtes* irgendwo im hinteren Bereich der Onlinepräsenz. So oder so, die Treffer, die Marie beim Ego-Googeln zutage förderte, was sie gelegentlich tat, um zu prüfen, ob ihre Schriftsätze oder Fachartikel Beachtung fanden, hatten sich binnen einer Woche verdreifacht, und das wäre vermutlich erst der Anfang.

Nach dem Umsteigen in Büchen sank ihre Euphorie allerdings mit jedem Kilometer, der sie weniger von Berlin trennte. Als sie am Bahnhof Südkreuz ins Taxi stieg, war fast nichts mehr davon übrig, und die Sorge darüber, wie es privat weitergehen sollte, hatte auch die letzten Reste davon verdrängt, als die muffige und quietschende Daimlerlimousine in die Rheinuferstraße einbog, sie den Kopf an die Fensterscheibe des Autos legte und an der Fassade des Hauses hochschaute, das sie so liebte und in dem sie so gerne wohnte.

Außerdem war da noch das mit Khaled. Er hatte ein paar Mal versucht, sie anzurufen, und einmal, als er die Rufnummernunterdrückung aktiviert hatte, war das sogar geglückt, aber sie hatte ihn sofort wieder weggeklickt, nachdem er sich zu erkennen gegeben hatte – und ihm danach eine kurze, wütende und hoffentlich endgültige SMS geschickt. Es gab einfach keine denkbare Entschuldigung für das, was er gesagt hatte, und Marie war in dieser Beziehung nicht zu Kompromissen bereit. Das war eine Haltung, die sie mit Clemens gemein hatte: Loyalität war nicht teilbar, es gab sie nur ganz oder überhaupt nicht. Aber sie war sehr traurig darüber, dass ihre einzige freundschaftliche Verbindung in die eigene Kindheit nun gekappt war, ganz zu schweigen davon, dass sie offenbar jahrzehntelang ein absolutes Arschloch als besten Freund gehabt hatte. Und nun hatte der Scheißkerl sogar die schönen Erinnerungen kaputtgemacht.

Und Manfred Kuhweiter hatte sie angerufen, kurz nach dem Umsteigen, darüber hatte sie sich sehr gefreut. Sie waren befreundet, seit dem Parteitag vor ein paar Monaten, sie und der schratige Jutebeutel, und hatten danach einige Male telefoniert, sich Nachrichten und Mails geschrieben. Er war ein launiger, kluger, aufmerksamer Gesprächspartner, und jemand, der seine Meinung *nicht* für die ultimative Weisheit hielt, aber trotzdem energisch für sie eintrat. Marie fand schön, dass es diese Haltung noch gab.

»Frau Freitag, ich habe von dir gelesen«, sagte er. Im Hintergrund hörte sie tatsächlich Schafe meckern, was sie zum Grinsen brachte. Sie musste jedes Mal an die Knetfigurenserie *Shaun das Schaf* denken, wenn sie mit Manfred telefonierte. Er ähnelte dem Bauern aus der Reihe tatsächlich ein bisschen, und in Shaun waren sie und Clemens ganz vernarrt *(Fuck!)*. »Du hast dem Werben des Herrn Kautz nachgegeben«, versuchte er zu säuseln, traf jedoch den Ton nicht.

»Das ist so nicht ganz richtig«, erwiderte sie so leise wie möglich. Marie mochte es nicht, in der Öffentlichkeit zu telefonieren, es war ihr unangenehm, Fremde ungefragt in ihre Intimsphäre einzubeziehen. »Kautz hatte mich tatsächlich in Ruhe gelassen. Ich habe selbst die Initiative ergriffen. Dass gerade die PFUND-Vorstandsklausur anstand, war nur ein Zufall.«

Einer der Anzugträger hatte die Ohren gespitzt und musterte sie jetzt verstohlen. Dann beugte er sich zu seinem iPad und tickerte darauf herum. Dabei flackerte sein Blick zwischen Marie und dem Display hin und her.

»Es freut mich ja, wenn so kluge Menschen wie du an die Spitze gehen, selbst wenn sie nicht meiner Fraktion angehören«, sagte Kuhweiter. »Aber ich kenne Peter schon eine Weile. Du solltest ihn nicht unterschätzen.«

»Ich unterschätze niemanden«, erwiderte sie. »Glaube ich.« Dabei musste sie lächeln.

»Das kaufe ich dir ab, aber Kautz ist ein Machtmensch. Er meint es ernst, keine Frage, und die Ziele sind ihm wichtig. Doch er ist sich selbst noch ein kleines bisschen wichtiger.« Kuhweiter versuchte, das ironisch zu betonen, aber für verbalakustisches Theater war er einfach nicht der Typ.

»Wer ist das nicht?«

Der Schafzüchter hüstelte. »Ich, natürlich.« Zur Bestätigung mähte eines seiner Tiere. Marie stellte sich ein Schaf wie Shaun vor, das hinter ihm Faxen machte, während er nicht hinschaute. Sie lachte und plauderte noch ein bisschen mit dem rustikalen Hessen, den sie schrecklich gerne einmal Clemens vorstellen wollte. *Hatte vorstellen wollen.* Als sie das Gespräch beendet hatte und aufblickte, starrte sie der Mann gegenüber an, als wäre sie ein Alien. Oder ein Schaf.

»Was ist?«, fragte sie so freundlich wie möglich.

»Also *ich* werde Sie wählen«, erklärte der Typ und grinste.

»Wenn ich auf Ihrer Landesliste lande«, erwiderte sie lächelnd.

Die drei saßen in der Küche, und als Marie die Wohnungstür aufschob, endete das Streitgespräch abrupt. Lara und Jenny sprangen auf, kamen ihr entgegengerannt und umarmten sie von links und rechts gleichzeitig, wie sie das seit ihrer frühen Kindheit taten. Beide Gesichter waren tränennass, was ein Zwicken an Maries Herzmuskel verursachte. Sie schaute ein Jennys Kopf vorbei. Clemens saß am Tisch, hielt den Kopf gesenkt und seinen getöpferten Becher mit beiden Händen umklammert. Sie bedauerte ihn, weil er in dieser Situation allein mit den aufgeregten Zwillingen konfrontiert gewesen war.

»Hallo«, sagte sie zu den beiden, irgendwie aber auch zu Clemens, und dann küsste sie Laras und Jennys Haare, wie sie das ebenfalls immer tat. Lara rauchte wohl wieder heimlich, stellte sie dabei fest, und Jennys Haar roch irgendwie chemisch. Möglicherweise hatte sie Schuppen oder ein Ekzem und verwendete ein Spezialshampoo. Marie sagte jedoch nichts dazu, genoss die Umarmung, schob dann ihren Trolley beiseite und ging in die Küche. Die Mädchen, die längst junge Frauen waren, dackelten voran. Leute staunten immer wieder darüber, wie sehr sich die Zwillinge glichen, aber Marie fand das überhaupt nicht. Sie konnte sie sogar von hinten unterscheiden, selbst aus großer Entfernung und nach einem nur kurzen Blick. Aber, klar, sie war ja auch die Mutter.

»Hallo«, wiederholte sie, als sie vor Clemens stand.

Er blickte auf, seine Augen waren glasig. »Du warst in Lüneburg«, sagte er müde.

»Und du auch.«

»Ja. Was für ein irrer Zufall. Hast du noch mitgekriegt, was Svenja getan hat?«

Marie nickte und musterte ihren Mann, der bald ihr Exmann sein würde, aufmerksam. So hatte sie ihn tatsächlich noch nie gesehen. Er sah aus, als hätte ihm jemand einfach den Stecker rausgezogen. Wie eine Hüpfburg, deren Kompressor gerade abgeschaltet worden war.

»Ich hab's den beiden gestern am Telefon gesagt«, erklärte er und nickte in Richtung der Zwillinge. »Sie sind auch gerade erst angekommen.« Clemens sah auf die Uhr. »Also vor zwei Stunden. Wir haben jetzt zwei Stunden gestritten.«

»Papa, das war kein Streit«, sagte Lara, und in ihren Augen begann es zu glitzern.

»Alles gut, Süße«, sagte er rasch. Und dann, eher zu sich selbst: »Es ist, wie es ist.«

Marie sah sich in der Küche um, als würde sie etwas suchen, dabei suchte sie nur nach Worten. »Und wie machen wir das jetzt?«

Clemens seufzte. »Ich habe mir in der Nähe ein Hotelzimmer genommen. Und ab Ende der Woche hätte ich eine Wohnung. Judith und Karl haben mir ...«

Aber weiter kam er nicht, weil die Mädchen viel zu laut heulten.

Später kamen sie überein, noch zu viert in ein Restaurant zu gehen, bevor Clemens ins Hotel wechseln würde, und also spazierten sie in Richtung *Ländle*, einem schwäbischen Laden, der kürzlich neu eröffnet hatte und wo es, umrahmt von typischer schwäbisch-sparsamer Dekoration, wirklich leckeres Essen gab. Clemens ging voran und ließ dabei die Schultern hängen. Die Zwillinge hatten sich bei Marie eingehakt, die das starke Gefühl hatte, dass eine zusätzliche dunkle Wolke über Clemens hing. Irgendwas war außer *der Sache* noch geschehen, das spürte sie deutlich. Aber genauso klar war ihr auch, dass sie kein Recht mehr hatte, ihn danach zu fragen. Es tat weh, nicht seine Freundin sein zu können. Und ihn nicht mehr zum Freund zu haben. Ob sie das je hinkriegen würden? Und ob sie das wohl überhaupt wollen würde?

Sie gingen schweigend durch die kleinen Straßen von Friedenau, bis Clemens plötzlich wie angewurzelt stehen blieb. Vor dem *Irgendwann*. Diesem zweistöckigen, rot-gelb geklinkerten Einfamilienhaus, das sich wie ein gallisches Dorf gegen die Mietshäuser beiderseits behauptete – so, wie sich ihre Beziehung jahrzehntelang gegen die emotionale Erosion drumherum behauptet hatte. Es war schön wie eh und je, wurde von den Besitzern liebevoll gepflegt. Jedes Mal, wenn sie hier vorbeigewandert waren, hatte Clemens »Irgendwann« gesagt und ihre Hand gedrückt. Sie hätten sich das längst leisten können.

»Nächstes Jahr wollen sie tatsächlich verkaufen«, sagte er leise und drehte sich zu Marie um. »Ich wollte dich damit überraschen – ich habe schon seit Jahren mit den Leuten Kontakt. Sind nett.« Er wandte sich wieder dem Haus zu. »Aber jetzt hat sich das ja erledigt.« Er schob die Hände in die Hosentaschen.

Marie hatte es auf der Zunge: *Wir machen einen Fehler. Kommando zurück. Vergessen wir den ganzen Trennungsquatsch. Lass uns zusammenbleiben. Immer.* Der Wunsch, das in genau diesem Moment zu sagen, war enorm stark, aber das Wissen, dass es so einfach nicht ginge, war auch nicht eben schwach.

Er drehte sich wieder um und sah sie an. »Ich kann das nicht«, sagte er. »Geht ihr mal alleine. Mädels, ich melde mich.« Er sah kurz zu Boden. »Lasst mir ein bisschen Zeit. Wenn ihr zurückkommt, bin ich schon im Hotel.«

Marie wollte widersprechen, die Mädchen machten unglückliche Geräusche, aber Clemens zog einfach die Schultern hoch und stiefelte davon.

Scheißesturm

»Deine Tonlage heute passt gut zur düsteren Stimmung des Anfangs«, sagte Nadine Frontzecki ins Mikrofon. »Aber für die Folgekapitel müsstest du bitte ein bisschen aufdrehen.«

Clemens, der im Sprecherraum saß, nickte, so dass es die Autorin draußen in der Regie sehen konnte. Außerdem hob er den rechten Daumen. Sören Häkler zwinkerte ihm zu, aber glücklich sah er nicht aus.

Seit *Der Komiker* war fast genau ein Jahr vergangen. Der Roman hatte – wie jeder neue Titel von Nadine Frontzecki – in der Bestsellerliste ein zwar kurzes, aber intensives Feuerwerk abgebrannt, doch das Hörbuch stieg seither immer wieder mal in die Top 10 der Charts auf. Wie erwartet, hatte es den Deutschen Hörbuchpreis bekommen, und zwar gleich in zwei Kategorien, sozusagen den Oscar für den besten Film und für den besten Hauptdarsteller. Clemens fand seither fast täglich Anfragen in seiner Mail, auch Bücher anderer Autoren zu sprechen, auf die er jedoch lapidar mit der Nachricht »Ich mache keine Hörbücher mehr« antwortete, obwohl er genau das gerade in diesem Augenblick tat. Während der Lesereise mit der Autorin hatte er in Sälen auf der

Bühne gesessen, die größer als die meisten waren, die er mit seinen eigenen Programmen bislang bespielt hatte, doch auch wenn das oft ziemlichen Spaß gemacht hatte, empfand er es unterm Strich als Zeitverschwendung, als unerfüllend, und er hatte sich nicht selten für die Sätze geschämt, die er auch noch vor Leuten hatte vorlesen müssen. Das Publikum dieser Shows bestand mehrheitlich aus Frauen zwischen vierzig und sechzig, die während der endlosen Signiersitzungen am Ende der Lesungen immer wieder lobten, wie *spannend* die Romane seien. Sie meinten damit: blutrünstig und gewalttätig und komplett unlogisch, aber wahnsinnig reißerisch. Und sie standen darauf. Clemens war überrascht, wie irre groß die Menge dieser Frauen in den vermeintlich besten Jahren war, die ihre Freizeit damit verbrachten, sich solchen literarischen Splatter reinzuziehen. Aber er war auch stolz, weil ihn viele der Damen für das Hörbuch und die Lesungen lobten. Ja, er machte das auch wirklich gut, und er fand es schön, die CD-Boxen, auf die sein Name sehr viel kleiner als der von Nadine Frontzecki gedruckt war, mit einem dicken Filzer zu signieren. Frontzecki hatte es trotzdem nur mit sehr, sehr viel Hartnäckigkeit und Geduld geschafft, ihn davon zu überzeugen, auch den nächsten Roman einzulesen, und sie hatte ihn schließlich da gepackt, wo er am leichtesten zu kriegen war: Sie hatte ihm das Gefühl vermittelt, auf ewig enttäuscht zu sein, wenn er ablehnen würde, weil er ihr während der Tour angeblich Signale gegeben hätte, wenigstens noch einen Titel zu machen. Das Thema Lesereise war immerhin vom Tisch, aber beim Hörbuch blieb sie so hartnäckig, dass er schließlich keine andere Wahl mehr zu haben glaubte.

Dabei hieß der verdammte neue Roman auch noch *Die Anwältin,* was Clemens zuerst für einen schlechten Scherz gehalten hatte. Und der Text war sogar noch blöder als *Der Komiker.* Aber es war kein Scherz. Es ging um eine coole, smarte, hyperintelligente, sportliche, promiske *und* bildhübsche Strafverteidigerin. Vor mehreren Prozessen dieser Anwältin beging der jeweilige Hauptentlastungszeuge mysteriöserweise Selbstmord, und obwohl die Ermittlungsbehörden alle Hebel in Bewegung setzten, wurde nie ein Nachweis für Fremdeinwirkung gefunden. Und beim aktuellen Prozess würde, wie sich aber erst im Verlauf der Verhandlung herausstellte, eine sehr gute Freundin der Anwältin genau diese Rolle haben, also zugunsten des Tatverdächtigen die entscheidende Aussage machen. Und natürlich hätte die Anwältin keine Chance, das Mandat abzugeben oder den Prozess verschieben zu lassen.

Clemens hatte das Buch mehrfach entnervt gegen die Wand geschleudert – gegen die Schrägwand seines neuen, riesigen kombinierten Wohn-Schlafzimmers, in dem nur ein Sofa, ein Tisch, ein Bett, ein Stuhl und ein bisschen Elektronik standen, wodurch es wie ein fast ausgeräumter Lagerraum aussah. Er wohnte zwar schon seit fast vier Wochen genau in dem Raum, in dem er und Marie sich vor einundzwanzig Jahren zum ersten Mal gesehen hatten, aber er hatte noch nicht die Energie aufgebracht, sich um eine Einrichtung zu kümmern. Was natürlich auch daran lag, dass ein

Teil von ihm darauf hoffte, dass all das nicht wirklich passierte, dass es nicht endgültig wäre, dass es einen Weg zurück gäbe, dass die Liebe irgendwie zurückkehren würde. Der andere, weitaus größere Teil von ihm war sich dieser Sache allerdings ziemlich sicher.

Aber er hatte auch zu viel zu tun. Das Hörbuchprojekt nahm nur ein paar Tage in Anspruch, doch Clemens war mit seiner eigenen, echten Stimme als Synchronstimme für die Hauptfigur einer neuen Netflix-Comedyserie verpflichtet worden, was ihm überraschend viel Vergnügen bereitete, und in der Hauptsache arbeitete er an seinem Programm mit dem Arbeitstitel »Nur der Freitag«, wenn er nicht gerade vereinzelte Auftritte mit dem noch aktuellen Programm absolvierte, in Mixshows auftrat oder Comedyabende moderierte. Einmal hatte er sogar eine Firmengala bespaßt und sich anschließend zusammen mit dem Qualitätsmanagementteam des Unternehmens ins Koma gesoffen. Zwei nicht vollständig absurde Angebote des Fernsehens lagen außerdem vor – eine zweiwöchentliche politische Kabarettshow im Öffentlich-rechtlichen, die einen festen Programmplatz bekommen sollte und bei der er zur Stammbesetzung gehören würde, und eine Castingshow, bei der gestandene Comedians Nachwuchs coachen und dann gegeneinander antreten lassen sollten. Clemens fand Castingshows eigentlich komplett *banane*, aber das Angebot war erstens sensationell gut, er hätte zweitens konzeptionelles Mitspracherecht, und es gab drittens die Zusage, dass die Kandidaten nicht vorgeführt und live vor Publikum geschlachtet werden sollten, wie das sonst bei diesem Format der Standard war. Er wusste noch nicht, wie er sich entscheiden sollte, und sein wichtigster Ratgeber stand nicht mehr zu seiner Verfügung.

Also saß er in Häklers Studio in Potsdam und las diesen Schwachsinn vor. Bei Sätzen wie »Sie betrachtete das Messer, von dem schillerndes Blut tropfte, das die Farbe überreifer Tomaten hatte« zogen sich seine Eingeweide zusammen; Frontzeckis Schreibe war reine Effekthascherei, die Geschichte war noch schlechter recherchiert als *Der Komiker* und absolut frei von jedweder Logik, dafür gaben sich die an den Haaren herbeigezogenen Cliffhanger und irrwitzige Zufälle quasi die Klinke in die Hand. Es würde natürlich trotzdem ein Bestseller werden, woran auch das öffentliche Abkotzen von Starkritiker Jenns Bargeld nichts ändern würde (eher im Gegenteil, Frontzeckis Fans waren trotzig), aber noch mehr als beim ersten Versuch widerte Clemens der Gedanke an, dass man ihn immer stärker mit den Büchern von Nadine Frontzecki assoziieren würde. Auf der Lesereise hatte er sich ständig ausweichende Antworten darauf einfallen lassen müssen, wie er *Der Komiker* und die anderen Romane der Autorin fand, von denen er nicht einmal die Titel kannte (eines hieß wohl, Gott sei's getrommelt, *Der Bestatter*). Schließlich hatte er ausweichend »Ich bin kein großer Thrillerleser« genuschelt und einen Witz gemacht oder mit der Stimme des großartigen Dietmar Wunder, der für die Synchronisation von Daniel Craig und Adam Sandler bekannt war, einen Macho-Satz von Privatdetektiv Joseph W. Foxx (!) aus *Der Komiker* aufgesagt, etwa »Baby, überlass die Ermittlungen doch einfach dem Profi, der kann das besser« oder ähnliche. Nadine Frontzecki hatte ihm erzählt, dass sie nur wegen dieser Idee, also ihrem Ermittler im Hörbuch diese Stimme zu geben, die Figur auch in *Die Anwältin* genutzt hatte, obwohl sie sonst für jeden Roman neues Personal auffuhr. Nicht zuletzt, weil es ihr, wie sie nach drei hastig in den Hals gekippten Gläsern Weißwein an irgendeiner ungemütlichen Hotelbar verraten hatte, viel zu anstrengend war, sich die Eigenschaften ihrer Besetzung zu merken und konsequent fortzuführen. Es war leichter, sich neues Zeug auszudenken.

Clemens fand nicht die richtigen Stimmen und die richtige Stimmung für das zweite Kapitel. Er versuchte, den Text nicht mehr mitzudenken, also jeden Satz für sich zu betrachten, um den Ärger zu dämpfen, den er wegen der Story, wegen der ganzen Situation empfand. Aber das gelang nicht.

»Wollen wir eine Pause machen?«, fragte die Autorin irgendwann über die Gegensprechanlage. Clemens konnte vom Sprecherraum aus spüren, dass es sie nervös machte, wie er heute arbeitete. »Brauchst du was zu essen? Oder frische Luft?« Sie klang ehrlich besorgt. Häkler machte im Hintergrund Faxen.

Ich brauche einen anderen Text, wollte Clemens antworten. Er nahm die Kopfhörer ab und drückte den Knopf, der in die Tischplatte eingelassen war. »Eine Pause wäre nicht schlecht, ja.«

Nadine Frontzecki wollte ihn auf seinem Spaziergang begleiten, aber er lehnte höflich ab und huschte so schnell es ging aus dem Gebäude. Zwei Ecken weiter fand er eine Bank im Sonnenschein. Sein Telefon überraschte ihn mit der Nachricht, dass es während der vergangenen zwei Stunden dreiundzwanzig Versuche gegeben hatte, ihn anzurufen. Die meisten Nummern kannte er nicht, aber Michael Buchner hatte es alleine fünfmal versucht. Also rief Clemens diese Nummer zuerst zurück.

»Buchi, was ist?«

»Du weißt es noch nicht? Was auf Twitter los ist?«

»Ich habe mich in meinen Twitteraccount zuletzt eingeloggt, da gab es noch einen Kaiser. Twitter ist der Antichrist unter den sozialen Netzwerken. Also, nein, was ist denn auf Twitter los?«

»Herzlichen Glückwunsch zu deinem ersten Shitstorm.«

»Oh. Und weswegen?«

»Kannst du dich an einen Auftritt vor ungefähr vier Jahren erinnern? Im Upi-Werk in Berlin? Da hat es wohl einen kleinen Disput zwischen dir und einer Zuschauerin gegeben.«

Clemens erinnerte sich und nickte deshalb, und dann antwortete er: »Ja.«

»Und du hast die Frau als Rassistin bezeichnet.«

»Weil sie *mich* als einen Rassisten bezeichnet hat, weil ich die deutsche Synchronstimme von Eddie Murphy nachgemacht habe. Und weil sie faktisch gefordert hat, dass Menschen unterschiedlicher Hautfarben in der Kunst für sich bleiben sollen.«

»Mmh-mmh«, brummte Buchner. Clemens hatte ihn seit Glenda Brombachs Beerdigung nicht mehr gesehen; der Kollege hatte seine Ankündigung ernst gemacht und sich aus dem Comedybusiness zurückgezogen. »Es gibt wohl ein Video davon.«

»Das ist okay. Ich habe nichts Falsches oder Böses gesagt. Ich habe mit der Frau diskutiert, und zwar sehr sachlich.« Mit jedem Satz wurde die Erinnerung an jenen Abend klarer. Und die Frage in seinem Kopf immer lauter, warum diese Frau nach vier Jahren damit ankam.

Buchner seufzte. »Das glaube ich dir, aber es ist möglich, dass es eine zusammengeschnittene Version davon online gibt, die einen, äh, *etwas* anderen Eindruck erweckt.« Er pausierte kurz. »Und die geht gerade viral, wie man so schön sagt.«

Clemens erwiderte nichts. Seine Gedanken rotierten.

»Und dann bist du auch noch vor vier Wochen sozusagen zwischen Natalie Penner und Detlef Einzick aufgetreten«, ergänzte Michael Buchner.

»Da bin ich eingesprungen, ja.« Clemens überlegte einen Moment. »Wohl für Charlie Kessler.«

»Aber das war der Abend, an dem die Penner den Feministinnen vor die Hütte gekackt hat. Und der ganzen MeToo-Kampagne.«

Clemens seufzte. »Ich verstehe. Und irgendwer packt das jetzt alles in einen großen Topf.«

Buchner brummte zustimmend. »Ja, der digitale Mob. Du solltest rauszufinden versuchen, ob es von dem Upi-Abend eine Aufzeichnung gibt. Oder ob jemand im Publikum das gesamte Gespräch gefilmt hat.«

»Du meinst, ich soll mich gegen diesen Schwachsinn *verteidigen?*«

»Du solltest dir erst mal anschauen, was da los ist. Ein besonders eiliger Kollege hat sich schon vorsorglich von dir distanziert. Ich weiß nicht genau, wer, aber irgendeiner aus der zweiten Reihe hat erklärt, dass kein Weißer eine *Person of Color* imitieren sollte, dass es in Ordnung wäre, das anzuprangern, und dass Comedians, die die Zeichen der Zeit nicht erkennen und akzeptieren würden, doch bitte schön die Bühnen räumen sollten, allen voran Clemens Freitag. Vor allem, weil du das in deinen Programmen ja immer noch machst, also mit rassistischen Ressentiments Geld scheffelst, wie immer auf Kosten der Nichtweißen.«

Clemens lachte kurz. »Ich imitiere eine *Synchronstimme.*«

»Ich weiß das. Das ist alles komplett bescheuert. Aber so ist das nun einmal. Willkommen in der schönen neuen Welt.«

Zehn Minuten später saß er immer noch auf der Bank und rang um Fassung. Inzwischen hatte er sich die rasante Entwicklung auf Twitter angeschaut, wo man ihn quasi zu einer Art Nazikomiker gestempelt hatte, und noch während er das las, schrieb ihm die Booking-Agentur, dass zwei Auftritte in der kommenden Woche *aus logistischen Gründen* leider verschoben werden müssten. Der private Fernsehsender teilte kurz darauf mit, dass das Konzept der Castingshow gerade noch einmal auf den Prüfstand ginge und deshalb vorerst auf

Eis gelegt sei – man würde sich melden. Das Telefon klingelte – Nadine Frontzecki. Er drückte sie weg. Stattdessen rief er Marie an. Sie hatten seit über drei Wochen nicht miteinander gesprochen, aber wenn es jemanden gab, der ihm einen vernünftigen Rat geben konnte, dann sie.

Marie hörte ihm schweigend zu und schlug dann vor, dass sie sich in einer Stunde in ihrer Kanzlei treffen sollten. Clemens schickte eine Kurznachricht an Nadine Frontzecki und bat sie, sich einen anderen Sprecher zu suchen, für dieses und für alle kommenden Hörbücher, und seine Finger zitterten vor Aufregung, als er auf die »Senden«-Schaltfläche tippte. Die Thrillerautorin reagierte nicht. Er hörte nie wieder vor ihr, aber sie bezahlte das Honorar für den Tag, obwohl er ihr keine Rechnung schickte.

Ungefähr auf dem halben Rückweg von Potsdam nach Berlin, als er über die Glienicker Brücke fuhr, kam ihm das große Flattern. In diesem Moment wurde Clemens bewusst, was da gerade um ihn herum und mit ihm geschah oder zu geschehen drohte. Menschen versuchten, sein Leben, mindestens aber seine künstlerische Existenz, zu beschädigen oder sogar zu ruinieren, um ihre Meinung als die einzig richtige durchzusetzen. Nein, nicht einmal das. Wahrscheinlich war den meisten dieser Leute, die da um die Wette geiferten, unterm Strich völlig egal, worum es im Detail ging. Sie taten das, um sich selbst dafür *feiern* zu lassen, um bescheuerte Gefällt-mir-Klicks, Retweets und Shares zu sammeln, die ihnen das Gefühl gaben, *wichtig, mächtig und bedeutend* zu sein. Um sich darin zu sonnen, vermeintlich dafür gesorgt zu haben, dass die Aufteilung der Welt in gute und schlechte Menschen deutlicher wurde und schneller voranging, und zwar im Gleichschritt. Aber eigentlich taten sie das vor allem, weil sie verdammte Wichser und Arschlöcher waren, die ihre Befriedigung daraus zogen, die Macht des digitalen Plebs zu demonstrieren, den sie nach Belieben manipulieren konnten. Und um die Angst davor, in ihren Fokus zu geraten, noch weiter zu schüren. Wobei sie selbst jederzeit in Deckung blieben, nicht das allergeringste Risiko eingingen und ausnahmslos nie die Verantwortung für den Schaden übernahmen, den sie anrichteten. Wenn sich eine Anschuldigung als *besonders* unhaltbar herausstellte – haltlos waren die meisten ohnehin –, kam im besten Fall jemand daher und erklärte, man hätte das, was geschehen ist, in gewisser Weise sowieso verdient, als privilegierter, weißer Westeuropäer, dem schon vor der Geburt der Goldflitter in den Anus gepustet wurde. Eine Argumentation, die so undifferenziert und erbärmlich war, dass es kaum etwas zu erwidern gab.

Es war nichts falsch daran, Meinungen zu kritisieren, auf problematische Umstände hinzuweisen, zum Nachdenken anzuregen, die Welt zu verändern, zu verbessern und überhaupt Meinungen aufeinanderprallen zu lassen, fand Clemens. Aber darum ging es diesen Leuten nach seinem Gefühl längst nicht mehr und auch nicht um einen Diskurs, für den Twitter, Insta, TikTok, Telegram und Facebook ohnehin die falschen Plattformen waren. Die sozialen Medien hatten mit ihrem kontrollfreien Meinungs-Schneeballsystem ein Fass aufgemacht, das den egoistischen Interessen vieler Menschen extrem in die Karten spielte, aber die Suche nach dem Deckel blieb erfolglos.

Er musste kurz hinter dem Abzweig nach Steinstücken am Rand der Königstraße anhalten, um durchzuatmen. Er verfehlte dabei nur knapp einen Fahrradfahrer, den er in seiner Aufgeregtheit übersah, sprang deshalb aus dem Auto und rannte dem jungen Mann hinterher, schaffte es aber nicht, ihn einzuholen. Wahrscheinlich hatte der Mann den Beinahe-Zusammenstoß überhaupt nicht bemerkt.

»Die gute Nachricht ist, dass das in zwei, drei Wochen wieder vergessen sein wird«, sagte Marie. »Aber die schlechte Nachricht ist, dass der Schaden, der in dieser Zeit entsteht, ein langfristiger Schaden sein kann.« Sie seufzte. »Nein, seien wir ehrlich: sein *wird.* Wir müssen also etwas tun, bevor irgendein ernsthaftes Medium das Thema aufgreift, um diesen Schaden wenigstens zu begrenzen.«

Wir müssen etwas tun, wiederholte Clemens in Gedanken und freute sich darüber. *Wir.* Und im nächsten Moment erschütterte ihn bis in die Grundfesten, dass der Mensch, der ihm am nächsten stand, der ihm am meisten bedeutete, mit dem ihn am meisten verband, keine zentrale Rolle in seinem Leben mehr spielte.

»Ich habe schon mit Jörg Meier telefoniert«, ergänzte Marie, die offenbar nicht bemerkt hatte, was für einen Moment in ihm vorgegangen war. »Er kann sich auch noch gut erinnern und schickt mir später ein Statement. Jörgs Stimme wiegt in der Szene und in der Kulturwelt immer noch schwer. Außerdem fragt er die Leute vom Upi-Werk, ob jemand eine Aufzeichnung des Abends hat. Und du solltest deine Fans fragen. Bei Facebook, beispielsweise.«

Clemens atmete tief durch, nickte und zog sein Smartphone aus der Tasche. »Das kann ich gleich machen.«

»Gut. Ich formuliere außerdem eine Pressemitteilung für dich.« Marie setzte die Ellenbogen auf die Schreibtischplatte, verschränkte die Hände und stützte ihr Kinn darauf. »Ein weiteres Problem ist, dass das auch auf mich zurückfallen kann.«

»Oh.« Er blickte von seinem Smartphone auf. »Daran habe ich noch gar nicht gedacht.«

»Wir sind verheiratet. Und ich soll demnächst in den Bundesvorstand der Pfundis gewählt werden.«

»Oh«, wiederholte er und nickte ihr anerkennend zu. Er klickte, um das Posting abzusetzen, mit dem er seine Facebook-Fans fragte, ob jemand einen Mitschnitt des fraglichen Abends hatte, vor allem des vollständigen Disputs mit der Zuschauerin. Irritierenderweise gab es praktisch sofort einige »Gefällt mir«-Däumchen und sogar drei Herzchen als Reaktion.

»Hast du eine Ahnung, warum das jetzt erst kommt?«, fragte Marie.

Diese Frage hatte er sich auch schon gestellt. Natürlich wurden Auseinandersetzungen dieser Art immer aggressiver, während zugleich die Aufregungsschwelle stetig sank, also inzwischen Vorfälle ausreichten, nach denen vor zwei, drei Jahren kein sprichwörtlicher Hahn gekräht hätte, aber das alleine konnte es nicht sein. Ihm kam der Gedanke, dass nicht er, sondern Marie das eigentliche Ziel der Aktion war, doch diesen Gedanken wollte er nicht aussprechen. Deshalb schüttelte er den Kopf. Marie nickte, wandte sich wieder ihrem Laptop zu und tippte etwas.

»Es ist Freitag«, sagte sie, als sie damit fertig war und wieder zu ihm aufblickte.

»Es ist Freitag«, wiederholte er und sah auf die Uhr, weil es ihm irritierenderweise nicht leichtfiel, ihren Blick zu erwidern. »Paolo öffnet gleich.«

»Ich war seit *dem Abend* nicht mehr da.« Sie sprach *dem Abend* leise aus.

»Fünf Wochen. Ich auch nicht.«

»Meinst du, wir kriegen das hin?« Sie lächelte, was *irgendwas* mit ihm tat. Marie sah fantastisch aus, aber er konnte ihr auch deutlich ansehen, dass sie unter großem Druck stand, den sie einerseits mochte, denn sie liebte Herausforderungen, und sie war exzellent darin, sie zu bewältigen. Andererseits fehlte ihr wahrscheinlich der emotionale Ausgleich im Privaten. Clemens schimpfte sich gedanklich dafür, dass ihm dieser Gedanke ein bisschen gefiel. Aber eigentlich wusste er überhaupt nichts darüber, wie Maries Leben im Moment aussah.

»Das werden wir nie erfahren, wenn wir es nicht ausprobieren«, erwiderte er mit der Stimme von Wolfgang Pampel, der Larry »J. R.« Hagman und Harrison Ford synchronisierte.

Sie lächelte höflich und sagte: »Okay, in einer halben Stunde dort. Ich muss hier noch ein paar Dinge erledigen.«

Clemens parkte das Auto in der Nähe seiner neuen Wohnung und machte sich zu Fuß auf den Weg ins Ristorante. Inzwischen hatten ihm zwei Leute vollständige Videos von seinem kleinen Streitgespräch mit der Zuschauerin geschickt. Er steckte sich die Hörknöpfe in die Ohren und schaute sich auf dem Weg zu Paolo zuerst das Video an, das Auslöser des Shitstorms gewesen war. Es war nicht nur drastisch und in einer völlig falschen Reihenfolge zusammengeschnitten worden, sondern man hatte den Ton auch so manipuliert, dass von dem, was er sagte, einige wichtige Teile einfach nicht zu hören waren, weil sie von künstlichen Störgeräuschen übertönt wurden. Aus seinem freundlichen *»Bitte, gehen Sie einfach«* war durch die Verzerrungen und das Fehlen des Kontextes fast eine Drohung geworden. Das »Bitte« hörte man nur, wenn man wusste, dass da eins sein musste.

Dann sah er sich den Mitschnitt an, den ein Fan geschickt hatte. Seine Laune besserte sich sekündlich. Natürlich war er in dieser Angelegenheit subjektiv, aber es gab keinen Zweifel daran, dass er die Sache souverän gemeistert hatte. Und tatsächlich hatte er jene Zuschauerin überhaupt nicht als Rassistin bezeichnet – das war ein anderer Zuschauer gewesen. Als er nachsah, entdeckte er, dass dieser Vorwurf auch nur in den Kommentaren zum geschnittenen Video vorkam, aber nicht im Video selbst. Darin sagte er nur, dass ihm rassistisch vorkäme, was die Frau erklärte. Doch die Leute nahmen auf, was andere Leute behaupteten, und prüften nichts nach. *Nichts.*

Paolo freute sich wie eine Tüte Nudeln, als Clemens den Laden betrat. Marie war noch nicht da, aber ihr Stamm-Tisch war bereits besetzt. Ein junges Paar saß dort, himmelte sich an und hielt sich auf der Tischplatte an den Händen. Fiona stand neben dem Tisch und wartete geduldig auf die Bestellung, doch die beiden Männer im Studentenalter waren in einer anderen Welt. Die Kellnerin hatte sich den Iro abrasieren lassen und trug jetzt neongrüne Haare, die so kurz waren, dass sie ihren Kopf wie einen Helm umgaben. Clemens konnte sich nicht daran erinnern, wann das zuletzt Mode gewesen war. Musste einige Jahre her sein.

»Ich kann die beiden bitten, sich woanders hinzusetzen«, sagte Paolo, der Clemens' Unterarm festhielt und offenbar auch nicht wieder loslassen wollte. »Kommt Marie auch noch?«

»Ja, sie müsste gleich hier sein. Aber wir können auch einen anderen Tisch nehmen. Ich glaube, die beiden da sollten lieber nicht gestört werden.« Fiona drehte sich inzwischen tanzend auf der Stelle, wurde jedoch weiterhin ignoriert.

»Seid ihr wieder ... ich meine ... du weißt schon?« Die Frage klang beinahe flehentlich.

Clemens schüttelte den Kopf. »Nein, sind wir nicht.« Aber er wollte darüber jetzt auch nicht sprechen. »Was machen die Umzugsvorbereitungen?«, fragte er deshalb zurück.

Paolos eben noch erfreuter Gesichtsausdruck zerfiel. »So viele Leute sind so traurig, dass ich weggehe«, sagte er. »Es zerreißt mir das Herz.«

»Mir auch, aber du solltest tun, was dich selbst glücklich macht«, sagte Marie, die sich von hinten angeschlichen hatte. »Hallo, Paolo.«

Die beiden umarmten sich. In den Augen des Italieners begann es zu glitzern. Er seufzte laut.

Es war sehr eigenartig, an einem Tisch weiter hinten zu sitzen, eine ganz andere Sicht auf das Restaurant zu haben, das sich jetzt allmählich füllte. Überhaupt fühlte sich alles völlig anders an, fand Clemens, wie bei einem eigenartigen Blind Date, das ein Dritter organisiert hatte. Er studierte die Karte, als wäre er noch nie hier gewesen, und als Fiona den Aperitif hingestellt hatte und Marie ihr Glas nahm, zögerte er.

»Auf Bollo«, sagte Marie wie selbstverständlich.

»Auf Bollo«, wiederholte er, etwas leiser. In diesem Augenblick konnte er den enormen Verlust, den das Ende ihrer Beziehung darstellte, beinahe anfassen. Momente wie dieser. Eine Nähe wie diese, selbst nach den Wochen der Distanz, die bereits, wie er zu seiner Erschütterung feststellen musste, *einiges* verändert hatten, die die Vertrautheit und Verbundenheit verwandelt hatten, in etwas, das zu einem Teil schon Vergangenheit war, Geschichte, Erinnerung. Aber es gab einfach niemanden wie Marie. Es würde nie wieder jemanden wie Marie geben. Das war vollständig ausgeschlossen.

»Lächle doch mal«, bat sie freundlich. »Du hast ein so nettes Lächeln.«

»Das ist nicht so einfach.«

»Ich weiß.« Sie nickte. »Aber lass uns doch einfach für eine kleine Weile so tun, als wäre es so.«

Kompromisse

Als Marie vom Klingeln ihres Mobiltelefons geweckt wurde, war sie zuerst etwas desorientiert. Sie hatte während der letzten Wochen viele Nächte in Hotels verbracht, um an Sitzungen und Tagungen, Seminaren und Versammlungen, Konferenzen und Vorbereitungstreffen teilzunehmen, und sie hatte das eine ums andere Mal nach dem Augenaufschlagen nicht gleich gewusst, wo sie sich gerade befand, in welcher Stadt und in was für einem Raum oder Haus. Aber heute war etwas anderes anders als während dieser Wochen.

Sie war nicht allein.

Mit einem gewaltigen Schlag überkam sie die Erinnerung an jenen Samstagvormittag vor mehr als einundzwanzig Jahren, an den Ersten Ersten des neuen Jahrtausends, als sie zum ersten Mal neben Clemens erwacht war. Damals hatte sie sich auf den Ellenbogen gestützt und ihn minutenlang angesehen, sein im Schlaf so entspanntes, gleichsam geglättetes, jugendliches Gesicht, den schönen Mund, die verwuschelten dunklen Locken, die rechte Hand, die mit der Handfläche nach oben auf der Bettdecke lag. Dann war sie aufgestanden und zum Joggen gegangen, und sie erinnerte sich auch daran, wie sie seinerzeit – es war fast schon Mittag am Neujahrstag gewesen – im Park Frauen gesehen hatte, Single-Frauen in dem Alter, in dem sie jetzt angekommen war, und wie sie sich gewünscht hatte, niemals zu diesen Frauen zu gehören: möglicherweise erfolgreich, aber einsam.

Sein Gesicht war für einen Fastfünfzigjährigen noch ziemlich glatt und an diesem Morgen auch recht entspannt, obwohl er anders als früher inzwischen einen hippen Dreitagebart trug. Zwischen seinen dunklen Locken gab es nur sehr wenige helle Linien, dazu Fältchen an den Augen und auf der Stirn, und er hatte diese Angewohnheit immer noch, die rechte Hand mit der Handfläche nach oben auf die Bettdecke zu legen. Das geschah irgendwann im Schlaf, im letzten Drittel der Nacht, schätzte Marie. Sie hatte die Bewegung nie live gesehen, aber die Hand auch nie vor zwei, drei Uhr morgens dort bemerkt, wenn sie sich um diese Zeit rausschlich, etwa, weil sie rote Woche hatte. Beim Aufstehen lag die Hand jedoch fast immer dort, mit der Handfläche nach oben, als hätte er um etwas gebeten und wartete jetzt darauf, dass er es bekäme.

Das Telefon summte und ließ dazu eine gesampelte Akustikgitarre leise erklingen. Clemens schlief unbeirrt weiter; er war niemand, den man mit simplen Geräuschen wecken konnte, egal in welcher Lautstärke. Marie betrachtete ihn, leicht ungläubig und irritiert und ein bisschen erfreut, aber längst nicht nur, und griff nach dem Telefon. Dann schob sie sich vorsichtig vom Bett und huschte, das Telefon an die Brust gepresst, barfuß ins Wohnzimmer.

Es war Peter Kautz. Sie konnte kaum noch zählen, wie oft sie mit dem Pfundi-Vorsitzenden während der letzten Wochen telefoniert hatte; er telefonierte einfach irrsinnig gerne. Er schrieb nicht ganz so gerne, vor allem keine Mails, aber nur seinetwegen hatte sie sich WhatsApp installieren müssen, was sie hasste wie alles aus dem Hause Facebook. Aber auf ihre Anregung, für die Ad-hoc-Kommunikation auf einen weniger problematischen Messenger zu wechseln, was den Datenschutz anbetraf, hatte Kautz einfach nicht reagiert. Es schien ihm egal zu sein, dass man am Hacker Way No. 1, Menlo Park, Kalifornien, U.S. of A., mitlesen konnte, worüber sich der Vorstand der drittgrößten Partei Deutschlands so austauschte. Möglicherweise war es ja auch wirklich egal.

»Peter, es ist sehr früh«, begrüßte sie ihn mit einem Blick zur Wanduhr, auf der es kurz nach acht war.

»Ja«, erwiderte er, ohne auf den Vorwurf einzugehen. »Manfred Kuhweiter?«, fragte er dann, nach einer kleinen Pause. »Ist das dein Ernst?« Er klang auf freundliche Art knurrig, das war das Maximum an Ablehnung, das man von ihm öffentlich bekommen konnte. Zu seinem Image gehörte, sich jederzeit im Griff zu haben und immer höflich zu bleiben.

»Ich habe dir die Mail mit meinen Personalvorschlägen vorgestern geschickt. Musst du mich deswegen um acht am Samstagmorgen anrufen?«

»Kuhweiter geht gar nicht.« Er betonte die letzten beiden Wörter energisch.

Marie seufzte, atmete tief ein und setzte sich aufs Sofa. »Lifestyle geht auch gar nicht. Nicht mehr. Wir müssen uns pragmatisch aufstellen, aber wir müssen auch die Ambitionen wieder in den Blick nehmen. Das geht beides gleichzeitig. Kuhweiter wäre ein starkes Signal. Deine Vorortmuttis wählen dich schon trotzdem weiterhin.« Ihre Gedanken schwebten zum Schlafzimmer. Was hatten sie sich nur dabei gedacht? Andererseits ...

»Vorortmuttis klingt sexistisch.«

»Nein, *realistisch.*« Sie war sofort wieder konzentriert. »Leider. Aber es reicht nicht, wenn die ihren Müll trennen. Wir müssen allmählich eine Perspektive anbieten und an ernsthafteren Zielen arbeiten als an Vorortmülltrennung. Und uns wieder aktiv abgrenzen. Umweltschutz für den gehobenen Mittelstand, der früher links war, sich inzwischen aber nicht mehr festlegen will, ist kein Alleinstellungsmerkmal, das auf Dauer funktioniert.«

Sie hörte ihn lächeln. »Die Geister, die ich rief.«

»Ich habe nicht versprochen, dass ich's dir leicht mache. Und als Dekoration in einem Team, das nur nach deiner Pfeife tanzt, bin ich mir zu schade.«

»Aber Kuhweiter. Ausgerechnet Kuhweiter. Der Mann wäscht sich nicht mal die Haare. Es gibt doch andere Jutebeutel, die nicht so fundamentalistisch drauf sind.«

»Und die wir damit im Sack hätten. Außerdem hat Manfred viele sehr gute Eigenschaften. Er ist klug, loyal und ehrlich, er kennt sich in der Landwirtschaft exzellent aus, und er hat geniale Ideen, von denen ein paar sogar kompromissfähig wären.«

»Mmh«, machte Kautz. Marie hörte eine Tastatur klackern.

»Und deswegen hast du mich am Samstagmorgen aus dem Bett geholt?« Sie war sich inzwischen sicher, dass ihr Kuhweiter-Vorschlag nur ein Vorwand war.

Er schwieg, das Tastenklappern verstummte. »Das mit deinem Mann.«

»Das ist doch eigentlich schon wieder vom Tisch«, sagte sie rasch, wobei sie hoffte, dass das zumindest teilweise stimmte. »Das Video war manipuliert.«

Wieder eine Pause. »Wärst du trotzdem dazu bereit, dich von Rassismus in der Kunst, äh, so ganz allgemein zu distanzieren?«, fragte er dann.

Sie schnappte nach Luft.

»Ihr seid doch sowieso getrennt, oder?«, fragte er weiter. Das klang so scheinheilig, dass Marie kurz davor war, sehr wütend zu werden und das Projekt *PFUND-Vorstand* in diesem Augenblick hinzuschmeißen. Andererseits hatte sie während der letzten Wochen einen Eindruck davon gewonnen, was ihr in Zukunft möglich wäre, wenn sie sich geschickt anstellte. Hunderte von PFUND-Mitgliedern hatten sich bei ihr gemeldet, um ihre Freude darüber zum Ausdruck zu bringen, dass die coole Berliner Anwältin mit den knackigen Ideen für frischen Wind im Parteivorstand sorgen wollte, der sich allmählich zum Kautz-Feierverein entwickelt hatte. Marie hatte Dutzende Interviews gegeben, sich selbst in Zeitungen und auf Newssites gesehen, und ihre Fangemeinde war rasch angewachsen. Naturschutz-NGOs und Verbände und Vereine und Lobbyisten rannten ihr die Tür ein, um sie zur Zusammenarbeit zu bewegen, aber auch andere Juristen meldeten sich, um ihr Unterstützung anzubieten. Das hier könnte etwas werden. Dass Kautz' legendäre Offenheit auch ihre Schattenseiten hatte, war ihr allerdings ebenfalls längst klar geworden.

»Ich werde mich mit Sicherheit nicht von Clemens distanzieren, weder direkt noch auf mehr oder weniger subtile Weise indirekt«, sagte sie mit fester und, wie sie hoffte, kühler Stimme. »Wofür es, lieber Peter, auch nicht den geringsten Anlass gibt. Du weißt genauso gut wie ich, dass all diese Entwicklungen sowieso bald zu einem tödlichen Bumerang werden. Diese politische Einflussnahme auf das Kulturgeschehen und seine Protagonisten. Diese Art von korrigierender Einschüchterung.«

»Ich habe mein Privatleben schon immer als Aktivposten in der Selbstvermarktung betrachtet«, sagte er wie zu sich selbst und ohne auf ihre Anmerkung einzugehen. »Weißt du, liebe Marie, die klugen Menschen wählen Programme. Die weniger Klugen, und das sind die meisten, wählen *Personen.*«

»Man nennt so etwas, meine ich, Binsenweisheit«, erwiderte sie schnippisch.

»Was ich sagen will.«

»Ich weiß, was du sagen willst, Peter«, unterbrach sie. »Und die Antwort lautet Nein. Außerdem, bei allem Respekt.

Es ist acht am Samstagmorgen und ich habe eine anstrengende Woche hinter mir. Ich gehe jetzt zurück ins Bett.« Kurz war sie versucht, anzudeuten, wer sich dort befand. »Und das solltest du auch tun.«

Und dann beendete sie die Verbindung. Er würde sie nicht gleich wieder anrufen, das war nicht Kautz' Art. Er würde jemand anderes anrufen.

»Pancakes?«, fragte Clemens, ohne sich zu ihr umzudrehen, als sie in die Küche kam. Er stand an der Arbeitsplatte und füllte Wasser in die Kaffeemaschine. Ein großer Becher mit Teebeutel und Heißwasser stand da auch schon, aber nicht sein getöpferter Lieblingsbecher. Der befand sich in seiner neuen Wohnung, ein paar Straßen weiter. Da, wo sie sich zum ersten Mal gesehen hatten. In einem anderen Zeitalter.

Marie setzte sich an den Küchentisch. »Untersteh dich«, antwortete sie möglichst fröhlich. Früher wäre sie zu ihm gegangen, hätte ihn von hinten umarmt, aber ihn jetzt in der Küche zu sehen machte ihr klar, dass es sehr wahrscheinlich ein Fehler war, was sie hier taten. Der Sex in der vergangenen Nacht war eigenartig gewesen, und ihr fiel ein seltsamer Vergleich ein. Vor ein paar Jahren hatte sie mit Clemens ein Konzert besucht, nach sehr langer Zeit zum ersten Mal wieder, weil es vorher terminlich einfach nicht geklappt hatte, und sie hatte es sehr genossen, endlich wieder in einem vollen Saal zwischen gut gelaunten Menschen stehen und eine Band live sehen zu können, aber die Musik, die die Leute auf der Bühne machten, hatte ihr nicht so recht gefallen. Dabei hatte sich Clemens angestrengt, beinahe so wie beim ersten Mal damals, tastend und vom Bemühen beherrscht, es ihr auf jeden Fall recht zu machen, aber sie waren nicht mehr Anfang zwanzig und vögelten zum ersten Mal, sondern sie waren in den Vierzigern – sie am Anfang, er am Ende – und hatten über zwanzig Jahre Ehe hinter sich. Und mehrere Tausend Male Sex.

Die Situation war also einerseits vertraut und andererseits auf merkwürdige, irritierende Art neu. Marie beobachtete Clemens bei Handgriffen, die er in ihrer Gegenwart schon tausendfach ausgeführt hatte, und dachte wieder daran, wie es wäre, einem anderen Mann bei solchen Tätigkeiten zuzusehen – ein Gedanke, der sie aufs Äußerste irritierte. Natürlich hatte sie sich während der vergangenen Wochen oft einsam gefühlt, morgens alleine in der Küche, aber völlig neu war das ja nicht für sie gewesen, denn Clemens tourte viel. Doch da hatte sie natürlich immer gewusst, dass er zurückkommen würde, dass er am nächsten, übernächsten Tag, spätestens aber am Freitag wieder da wäre. Andererseits hatte ihr das auch manchmal gefallen, in letzter Zeit, so ganz und gar auf sich selbst konzentriert zu sein, ihr eigenes Leben mit sich als *einzigem* Mittelpunkt zu betrachten. Clemens ließ den tropfenden Teebeutel in die Spüle fallen, stemmte die Arme in die Seiten und sah der Kaffeemaschine dabei zu, wie sie röchelnd und dampfend den letzten Rest Wasser verarbeitete.

Um sich abzulenken, dachte Marie an Peter Kautz.

Inzwischen war sie im Bilde. Der Stern Kautz leuchtete

nicht mehr ganz so hell wie früher, es gab eine sogar recht starke innerparteiliche Opposition, aber noch nicht in einer Weise, die sich personell zu erkennen gab, die Ansprüche anmeldete. Aber der starke Fokus auf eine Person und die damit verbundene endgültige Abkehr vom Rotationsprinzip gefiel nicht allen, obwohl es allen gefallen hatte, als es die Partei vorangebracht hatte, von den fundamentalistischen Jutebeuteln abgesehen vielleicht, für die es okay wäre, in einer sehr kleinen Oppositionspartei zu sein, solange die Ziele stimmten, wie originell und unrealistisch die auch immer waren. Deshalb die personelle Neuorientierung, mit der Kautz von sich ablenken wollte. Er war offenbar bereit, zumindest vorübergehend etwas vom Scheinwerferlicht abzugeben, aber natürlich nicht vom Kapitänssitz.

»Käffilein«, sagte Clemens und stellte ihr den dampfenden Kaffeetopf hin. Er setzte sich, umschloss seinen Teebecher mit den Händen.

»Danke.« Sie bliesen synchron über die Becherkanten und musterten sich gegenseitig. Clemens nahm einen Schluck Tee, Marie etwas von ihrem Kaffee, während sie die Blicke hielten. Er schmeckte großartig. Durch das Fenster zum Hof strahlte das pralle, sonnenbeschienene Grün der großen Linde herein.

»Ich muss gleich los«, sagte er. »Ich bin heute Abend in Düsseldorf.«

»Verstehe.«

»Aber wir sollten hierüber reden.« Er nickte mit dem Kopf in Richtung Schlafzimmer.

»Mmh-mmh«, machte sie und schlürfte ihren Kaffee. Sie hätte in diesem Moment nichts *hierüber* sagen können.

Clemens lächelte, weil er wieder ihre Gedanken gelesen hatte. »Muss ja nicht gleich sein.«

»Wenn irgendwas ist«, sagte sie. »Wenn dich Journalisten ansprechen oder am Abend irgendwas passiert, lass dich auf nichts ein. Und ruf mich an, egal wann.« Sie versuchte, ihre Terminplanung abzurufen. »Ich bin heute hier.«

Er nickte. »Das ist sehr lieb von dir.«

Da musste sie lachen. Diesen Satz hatte sie während der gesamten einundzwanzig Jahre noch nicht von ihm gehört.

Weiße Mäuse

Es war ein Nachholabend, aber auf dem Weg nach Düsseldorf hatte Clemens beschlossen, in das Programm ein paar Sketche aus dem kommenden Programm einzubauen, um sie auszuprobieren. Der 400-Personen-Saal war schon seit Wochen ausverkauft, und er freute sich auf den Auftritt, obwohl ihm wie immer die Muffe ging, und das umso mehr, je näher er dem Ziel kam.

Seine Mails, die er beim Halt an einer Autobahnraststätte – Benzin zu Mondpreisen und Essen aus der Hölle – abgerufen hatte, hatten die Muffe weiter verstärkt. Einige Kollegen versicherten ihm ihre Solidarität, allen voran Detlef Einzick und Svenja Borowski, von der er seit jener Nacht auf diese Weise zum ersten Mal hörte, aber es war offenkundig, dass es rumorte, ohne dass Clemens hätte ausmachen können, wo genau und wie stark genau. Seine Booking-Agentur bat ihn um ein »offenes Gespräch« in der kommenden Woche, was nichts Gutes bedeuten konnte, und in einigen Nachrichten, die ihm über den Facebook-Messenger geschickt worden waren, wurde er massiv beschimpft, von wildfremden Leuten, die er mit Sicherheit noch niemals persönlich gesprochen hatte, obwohl sich einige Nachrichten so anhörten, als wären seine Persönlichkeit, seine Haltung und sein Privatleben ein offenes Buch für diese Menschen. Bei Twitter loggte er sich gar nicht ein.

Aber das Krasseste an diesem Tag war natürlich das mit Marie. Er war aufgewacht und hatte sie im Wohnzimmer telefonieren hören, in ihrem ehemaligen gemeinsamen Wohnzimmer. Er war aufgestanden, hatte die hohen, hölzernen Türen mit den großen Fenstern darin, die sie schließlich auf eigene Kosten restauriert hatten, aufgezogen, war auf den Balkon zum Hof getreten, hatte sich über die Wärme und die Sonne und den Ausblick einen Keks gefreut, während ihm zugleich bewusst gewesen war, dass es nicht so einfach wäre und dass sich außerdem *eigentlich* nichts geändert hatte. Wenn er daran dachte, kam er sich vor wie jemand, der an einer Wegabzweigung stand, an der nicht der leiseste Hinweis etwas darüber verriet, welcher Weg der bessere wäre. Während ihrer Urlaube in der Vier-Vier-Sieben hatten sie hin und wieder darüber gefrotzelt, wie hilfreich und schön es wäre, wenn sich die Provence doch anstelle von Brandenburg rund um Berlin befinden würde, nach Saint-Ambroix eine Stunde Fahrt höchstens, aber zwei so gute Sachen bekam man halt nie auf einmal oder wenigstens dicht beieinander. Ein Teil von ihm wusste, dass es sehr anstrengend werden würde, wenn sie einfach weitermachten, was aber nach seinem Verständnis auch nicht auf der Agenda stand. Marie hatte am Frühstückstisch genauso verwirrt auf ihn gewirkt, wie er selbst sich gefühlt hatte. Ein anderer Teil wollte, dass sich einfach nichts änderte. Er litt eben unter chronischer Methatesiophobie.

Kurz vor Hannover rief Teddy an.

»Das auf Twitter tut mir echt leid, Großer«, sagte er.

»Mir auch.« Clemens musste fast schreien, um die Fahrtgeräusche zu übertönen. Der kastenförmige Renault Kangoo war praktisch gewesen, als die Zwillinge noch häufiger mit ihnen unterwegs gewesen waren und natürlich ganz besonders am Anfang, aber inzwischen nervte ihn diese Schrankwand auf Rädern, die keinen Hering vom Teller zog und schon bei achtzig mehr Windgeräusche verursachte als ein Hurrikan in der Karibik. Er nahm sich vor, bald ein neues Auto zu kaufen. Was Schnittiges. Vielleicht einen Zweisitzer. Aber natürlich keine Midlifecrisiskarre, also keinen Porsche oder so.

»Das ist schon gut, dass du das Originalvideo reingestellt hast.«

»Mmh-mmh.« Clemens hatte keine Ahnung, ob Teddy das hören konnte.

»Aber so funktioniert das auf Social Media leider nicht. Es geht nicht darum, was stimmt und was nicht, sondern ausschließlich darum, was davon öfter geliked oder retweetet wird.«

»Ich weiß.«

»Andererseits wird die Sache in ein paar Tagen auch wieder vom Tisch sein. Jedenfalls zum größten Teil.«

»Mmh-mmh.«

»Du bist auf dem Weg nach Düsseldorf?« Teddy kannte Clemens' Tourpläne meistens auswendig.

»Ja.« Er war kurz versucht, seinem Freund von der vergangenen Nacht zu erzählen, aber er hätte nicht gewusst, wo und wie er anfangen sollte.

»Ich muss dir was erzählen«, sagte Teddy.

»Und was?« Vor Clemens wechselte ein Reisebus die Spur, auf dessen Rückseite der Versuch unternommen wurde, Busfahrer anzuwerben. *Guter Job, tolles Team, klarer Lohn* stand da. Weil Teddy antwortete, während Clemens noch darüber nachdachte, wie *klarer Lohn* zustande kam, was das bedeuten sollte und was wohl das Gegenteil davon war, musste er ihn bitten, zu wiederholen, was er gesagt hatte. Wenn es zum Lohn jedenfalls kein besseres Adjektiv als *klar* gäbe, wäre es vermutlich besser, sich dort nicht als Fahrer zu bewerben, fand Clemens.

»Ich find's ja selbst unglaublich«, sagte Teddy, der die Bitte um Wiederholung missverstanden hatte.

»Nein, sag bitte noch mal, was du mir erzählen willst.« Irgendwas mit Diana. »Ich hab's einfach nicht gehört. Es war hier drin gerade so laut.«

»Na gut. Wir versuchen es noch mal. Diana und ich. Sie zieht morgen wieder bei mir ein.«

»Oh.«

»Ja. Irre, oder?«

Clemens nickte. »Ja, das ist komplett irre. Und *warum?*« Teddy hatte sich so offensichtlich wohler und freier und entspannter gefühlt seit der räumlichen Trennung. Diana war für ihn wie Smog in der Luft, wie Asbest in den Deckenplatten, wie Formaldehyd in der Wandfarbe, wie Weichmacher im Kinderspielzeug. Und umgekehrt. *Toxisch*. Er fand das Adjektiv eigentlich blöd, weil es so undifferenziert zusammenfasste, aber hier passte es.

Teddy schnaufte. »Weil wir uns lieben. Sie will wirklich versuchen, sich zu bessern.« Er pausierte, möglicherweise, weil ihn das, laut ausgesprochen, selbst überraschte. »Und, ehrlich, ich will mit sechzig nicht alleine zu Hause hocken und Kartoffelsalat aus der Dose essen und dazu Bier aus der Flasche trinken. Oder mit irgendeinem Köter spazieren gehen, in der Hoffnung, dass mich irgendwer anquatscht, ganz egal wer. Verstehst du? Ich kann das nicht aushalten.«

Ja, Clemens verstand. Er ging in die Klötzer, weil in hundert Metern Entfernung die Ausfahrt zu einem Parkplatz zu sehen war. Er schaffte es gerade noch so. Es schüttelte und zerriss ihn, und zum ersten Mal seit jenem tausendsten Freitag bei *Paolo* wurde ihm so richtig bewusst, was es für sein Leben bedeuten würde, wenn sie beide, wenn Marie und Clemens endgültig und für immer kein Paar mehr wären. Und getrennter Wege gingen. Vollständig getrennter Wege. Die unausweichlich immer weiter voneinander wegführen würden.

»Alles okay? Alles okay?«, fragte Teddy in einer Dauerschleife, bis sich Clemens wieder äußern konnte.

»Nein, nichts ist okay«, antwortete er, zog sich ein Tempotuch aus der Mittelkonsole und schnäuzte sich herzhaft. »Wenn du *Weil wir uns lieben* sagst, Teddy, was meinst du damit genau? Wie weißt du das? Woran machst du das fest?«

Der Freund brauchte einen Moment für die Antwort. »Ich

fühle mich schlechter, wenn sie nicht in meiner Nähe ist, und besser, wenn das Gegenteil der Fall ist. Und ihr geht es auch so.«

»Das ist eine ziemlich banale Definition von Liebe.«

»Das ist die einzige, die ich zur Verfügung habe.«

Kurz vor der Autobahnausfahrt Hamm musste Clemens mitansehen, wie wenige Hundert Meter vor ihm ein LKW-Gespann erst ins Schlingern geriet, bis sich der Anhänger auf der Mittelspur wie in Zeitlupe auf die Seite legte und schließlich die Zugmaschine mitriss. Der umgekippte Transporter legte sich auf die gesamte Autobahnbreite, wo er noch einige Dutzend Meter weiterrutschte, und fünf oder sechs PKW krachten sofort in das Gespann. Ein großer Lieferwagen knallte beim Versuch, noch auf der Standspur auszuweichen, gegen den Anhänger, kippte ebenfalls um und versperrte so die Standspur. Das alles geschah innerhalb weniger Sekunden. Um Clemens herum dröhnten die Hupen und pfiffen vollbremsende Reifen, und er ging ebenso in die Bremsen, den Rückspiegel im Blick, um zu sehen, ob von hinten Gefahr drohte, der er allerdings sowieso nicht hätte ausweichen können. Aber die heranrasenden Autos verzögerten rechtzeitig, und noch im Abklingen des ersten Schrecks stauten sich die Fahrzeuge bereits bis zur nächsten Anhöhe. Clemens' Hände zitterten, und er konnte fühlen, wie sich seine Nackenhaare aufgestellt hatten. Sein Herz schlug so schnell wie bei Maries Heiratsantrag damals.

Aus dem verunfallten LKW schienen sich jetzt weiße, kieselsteingroße Punkte auf die Fahrbahn zu ergießen, erst ein paar wenige, dann immer mehr, bis daraus eine Art Strom wurde, während aus den Autos, die in den Laster gekracht waren, die irritierten Fahrer und ihre Begleitungen ausstiegen, sich aber glücklicherweise sofort zum Standstreifen orientierten, wo sie über die Leitplanken kletterten, während sie das weiß punktierte Gewusel zu ihren Füßen wie eine Geistererscheinung anstarrten. Offenbar war niemand verletzt, und als die ersten weißen Knäuel an Clemens' Auto vorbeihuschten, erkannte er, dass es sich um weiße Mäuse handelte – Hunderte, wenn nicht Tausende gut daumengroßer Nager, die in großer Eile vom LKW davonstoben, als wenn sie das lange geplant hätten. *Labortiere* konnte Clemens auf der Seite des liegenden Anhängers lesen. Welches Labor benötigte Tausende weißer Mäuse? Und wozu?

Jetzt krachte es zweimal kurz nacheinander sehr laut auf der Gegenfahrbahn, weil dort entweder auch die Labortiere herumrannten oder die Leute Vollbremsungen hinlegten, um den spektakulären Unfall anschauen zu können – oder beides. Und auch dort baute sich in Windeseile ein langer Stau auf. Auf der A2 war einfach immer viel Verkehr.

Wenige Minuten später wurde es eigenartig ruhig um Clemens herum, der noch immer das Lenkrad mit beiden Händen festhielt. Menschen schrien zwar, die meisten augenscheinlich im Zorn, aber es gab keine Motorengeräusche und kein Hupen mehr. Der unfallverursachende LKW-Fahrer kletterte durch die Fahrertür, die zu einer Dachluke geworden war. Clemens schaltete das Radio aus; der Motor des

Kangoo war bei der Vollbremsung ausgegangen. Er stieg aus, wie das die meisten getan hatten. Viele hielten sich ihre Smartphones an die Ohren, aber nicht wenige auch über die Köpfe, um die Szene zu filmen und die Bilder sofort auf Social Media zu teilen. Sie machten dem bizarren Namen dieser Kommunikationsplattformen damit alle Ehre.

Dann nahten die ersten Einsatzfahrzeuge von allen Seiten. Clemens, dessen Auto auf der Mittelspur stand, stieg rasch wieder ein, startete den Motor und versuchte, sich nach rechts zu orientieren, um seinen Teil der Rettungsgasse zu liefern, aber es war sehr wenig Platz zum Manövrieren, zumal das jetzt viele auf ziemlich unkoordinierte Art versuchten, während einige Autos fahrerlos waren, weil es den Leuten, denen die PKW gehören, wichtiger war, tolle Aufnahmen des umgekippten Transporters aus möglichst großer Nähe zu machen, bevor man sie von dort vertreiben würde. Aber glücklicherweise war die Standspur noch so weit frei, dass die Hilfskräfte auch von hinten bis zur Unfallstelle durchkamen.

Der Unfall war um halb vier passiert, aber es dauerte bis kurz nach sechs, bis die Unfallstelle so weit geräumt war, dass der Verkehr wenigstens über eine Spur vorbeigeleitet werden konnte. Clemens' Navi zeigte an, dass es noch gut anderthalb Stunden bis Düsseldorf wären, und der Auftritt war um acht. Es würde also ziemlich knapp werden, und im Hotel einchecken wäre auf keinen Fall mehr drin. Er sagte erst im Hotel und dann im Theater Bescheid.

Es war Viertel vor acht, als Clemens völlig aus der Puste am Hintereingang des Theaters ankam. Immerhin hatten die Aufregung um den Unfall und seine Verspätung dafür gesorgt, dass sein Lampenfieber viel geringer als sonst ausfiel. Cornelia Molkewisch, die Mittvierzigerin, die in vierter Generation das Familientheater führte, erwartete ihn vor dem Theater. Noch in einigen Metern Entfernung hob Clemens entschuldigend die Hände, aber sie schüttelte lächelnd den Kopf. »Gegen zehntausend weiße Mäuse kann man nichts machen«, sagte sie. »Ich hab's in den Nachrichten gesehen.«

Clemens umarmte sie kurz, wofür er in die Knie gehen musste, denn Cornelia Molkewisch war keine eins sechzig, weshalb sie wie alle überdurchschnittlich kleinen Menschen zwar im Fernsehen stark rüberkam, ihre Wirkung auf der Theaterbühne jedoch, wo die Mimik ab der fünften Sitzreihe sowieso kaum noch zu erkennen war und es mehr auf Körperlichkeit ankam, einfach nicht entfalten konnte. Sie gehörte bei zwei oder drei dieser wenig unterscheidbaren Vorabend-Lustig-Regionalkrimiserien zum festen Ensemble, war kinderlos und Single, weshalb zumindest die Theaterdynastie mit ihr enden würde.

»Ich glaube, es waren eher hunderttausend«, sagte Clemens. »Unfassbar. Ich wusste nicht, dass Mäuse immer noch für Tierversuche verwendet werden.« Es war ihm tatsächlich ein bisschen peinlich, das nicht gewusst zu haben. Er war so stolz darauf, so viel zu wissen.

»Besser als Schimpansen«, sagte Cornelia Molkewisch lakonisch.

»Nun aber hurtig«, erklärte er und wollte zum Eingang, doch sie hielt ihn am Unterarm fest.

»Clemens, ich muss dich um etwas bitten«, sagte sie.

»Aha.«

»Angesichts der Umstände. Wahrscheinlich hattest du das sowieso vor.«

»Und was?« Er bekam eine Ahnung, aber – das würde sie doch nicht ernsthaft wollen? Wo sollte das enden, wenn Künstler und Veranstalter dabei mitmachten?

»Vielleicht spielst du den Eddie Murphy heute besser nicht.« Sie sagte das leise und sah dabei zu Boden. Es war ihr immerhin peinlich.

»Ich spiele Eddie Murphy sowieso nicht. Ich imitiere Randolf Kronberg, Murphys deutsche Synchronstimme. Einen Weißen. Was, bei allem Respekt, sowieso verdammt scheißegal ist.« Clemens spürte große Wut in sich aufsteigen. Fluchen war nicht sein Ding, eher das von Marie, die das manchmal sogar vor Gericht tat, aber irgendwann war auch für ihn mal Schluss.

»So oder so. Es hat schon zu viel Aufregung gegeben. Bei mir hat heute den ganzen Tag das Telefon geklingelt. Dutzende Presseleute wollten noch auf die Gästeliste für den Abend. Oder Stellungnahmen von mir.«

»Und weil das Telefon geklingelt hat, aufgrund eines absurden Vorwurfs gegen mich, willst du, dass ich eine Nummer aus dem Programm nehme und damit den Vorwurf bestätige oder eigentlich sogar adle?«

»Was soll ich denn machen, wenn mein Theater plötzlich

als das Theater dasteht, in dem es rassistische Vorstellungen gegeben hat?«

»Die es aber nicht gibt. Diese Anschuldigungen sind blanker Schwachsinn. Nur weil etwas behauptet wird, wird es nicht wahr.«

»Ich weiß das«, sagte sie leise. »Aber ich fürchte, darauf kommt es nicht an, sondern auf die Reaktionen, die es erzeugt.«

»Wir sind Künstler, Cornelia.«

»Wir sind *Unterhalter*. Wir machen, was die Leute sehen wollen.«

»Nein, es ist umgekehrt. Und es ist acht Minuten vor acht. Du willst das jetzt und hier mit mir ausdiskutieren?«

»Ich bitte dich um etwas. Clemens, wir kennen uns seit mehr als zehn Jahren. Tu mir den Gefallen.«

»Es wäre kein verdammter Gefallen, sondern ein Wegducken. Ein Eingeständnis. Man würde diese Leute gewinnen lassen, das ist letztlich Zensur. Ich kann das nicht tun.«

Sie schwieg und sah ihn ernst und unglücklich an.

»Was willst du machen?«, fragte er. »Willst du den Abend absagen? Die Hütte ist voll. Du bist Theaterbesitzerin. Du solltest deinen Künstlern den Rücken stärken, statt ihnen in den Rücken zu fallen.«

»Ich würde anschließend eine Erklärung veröffentlichen.« Cornelia Molkewisch sah zu Boden. »Und ich würde darin erklären, dass wir dich nicht mehr buchen würden, so leid es uns tut.«

Er war für einen Augenblick völlig fassungslos, aber schon

nach wenigen Sekunden fing er sich, denn irgendwas in ihm hatte damit gerechnet, war darauf vorbereitet. »Das ist unglaublich schade, liebe Cornelia, denn damit wird das heute mein letzter Auftritt in deinem Haus.« Dann ging er an ihr vorbei, und während er durch die Gänge marschierte, die vom Hintereingang bis zu den Garderoben und zum Backstagebereich führten, musste er gegen den dringenden Wunsch ankämpfen, Marie anzurufen, um mit ihr die Situation zu besprechen, ihren Rat einzuholen, sich mit ihr abzustimmen, sich ihrer Zustimmung zu vergewissern. Doch er würde, dessen war er sich in diesem Augenblick sicher, in Zukunft ohne das auskommen müssen – warum also nicht gleich damit anfangen? Clemens betrat den Backstagebereich, drückte dem Techniker, der dort auf dem obligatorischen verschlissenen Sofa lungerte und kiffte, den USB-Stick mit den Playbacks und die dazugehörige Liste in die Hand und marschierte von dort aus direkt auf die Bühne.

Keine Herzchen

Die Ereignisse auf dem Sonderparteitag zur Neuwahl des PFUND-Bundesvorstands entwickelten sich so rasant, dass Marie beinahe zur atemlosen Zuschauerin wurde, obwohl sie – anfangs unfreiwillig – im Mittelpunkt der Ereignisse stand. Nach Peter Kautz' schneidiger, aber auch weitschweifiger und ein wenig selbstverliebter Grundsatzrede, an deren Ende seine eigene Bewerbung für eine erneute Amtszeit stand, die höflich beklatscht wurde, aber mit deutlich weniger Begeisterung als noch vor ein paar Monaten, ging eine junge Frau aus Bremen ans Rednerpult, mit der Marie wohl mal kurz Mailkontakt gehabt hatte, und sagte, zum Podium hin, wo Kautz saß: »Das ist ja alles schön und gut, lieber Peter, aber ich finde, und damit stehe ich keineswegs alleine, dass jetzt mal Zeit für einen Wechsel ist.« Sie drehte sich zum Publikum. »Und deshalb schlage ich Marie Freitag aus Berlin als Vorsitzende der PFUND vor.« Sie verneigte sich noch einmal ironisch in Kautz' Richtung, dessen Gesichtszüge unter Kontrolle blieben, und ging im Applaus des Publikums von der Bühne.

Im starken Applaus.

Im bemerkenswert starken Applaus.

Ein nicht geringer Teil der Delegierten erhob sich von ihren Sitzen. Marie schrieb per WhatsApp an Kautz: »Ich schwöre, dass ich damit nichts zu tun habe.«

Aber Kautz antwortete nicht. Dafür pingten und bömmelten die diversen Messenger auf ihrem Smartphone um die Wette, mit Nachrichten direkt aus diesem Saal, in denen sie gebeten wurde, bitte unbedingt gegen Peter Kautz anzutreten. Ganz erstaunlich, wie viele der Delegierten Maries Kontaktdaten kannten.

»Das ist eine hübsche Idee«, sagte Manfred Kuhweiter grinsend, der neben ihr saß.

»Das ist eine Scheißidee«, zischte sie. »Ich bin Newcomer, ich bin unerfahren, und es war Peter, der mich überhaupt erst ins Gespräch gebracht hat. Das wäre, wie nennt man das? *Hinterhältiger Königsmord?*« Clemens wüsste, wie man das nannte.

»Oder Demokratie?«

»Es ist *Scheiße.*«

»Scheiße ist relativ. Es ist übrigens möglich, dass Kautz an dieser Sache, die gegen deinen Mann lief, nicht ganz unbeteiligt war«, erklärte Kuhweiter.

Marie sprang von ihrem Sitz auf. »Was?« Sie hatte es fast geschrien; die Delegierten um sie herum ließen die eben noch klatschenden Hände sinken und starrten sie an.

»Kautz wollte dich für sich haben, ganz unromantisch. Ich würde dir das ja gerne ausführlicher erklären, aber dafür ist nicht der richtige Zeitpunkt. Schau doch.«

Marie sah sich um. Die Delegierten klatschten wieder, sogar rhythmisch, und die, in deren Gesichter sie sah, nickten ihr auffordernd zu. Leute, die sie nicht kannte und die sie nicht kannten. Und die trotzdem wollten, dass sie, die Familienrechtsanwältin aus Berlin, das unbeschriebene Blatt, das sich bislang nur mit ein paar Strategiepapieren zum Umweltrecht hervorgetan hatte, die Führung der Partei übernahm.

»Und das stimmt?«, fragte sie Kuhweiter. »Peter hat mit der Sache gegen Clemens etwas zu tun?«

Der Landwirt nickte.

»Steckst *du* hinter dieser Sache hier?«

Er grinste. »Nicht alleine.«

»Na dann.« Sie zog ihre Bluse unter der Jacke gerade und drehte sich zur Bühne. Kautz musterte sie von dort aus, und er schien sich sogar zu amüsieren. Eigentlich hätte sie erst später auf dem Podium Platz nehmen sollen, nach der erfolgten Wahl. Das war bereits durchchoreografiert, aber nun änderte sich plötzlich alles. Sie verspürte den starken Wunsch, sich zum Seiteneingang zu orientieren, hinauszurennen, Clemens anzurufen, seine Meinung einzuholen und, klar, sich der Tatsache zu vergewissern, dass er zu ihr stünde, ganz egal, wie dieser Tag enden würde. Aber im nächsten Augenblick wurde ihr klar, dass es mit dieser Perspektive sowieso nicht weiterginge und dass dieser Teil ihres Lebens vorbei war. Sie musste da alleine durch.

Die Versammlungsleiterin beugte sich zu ihrem Mikrofon. »Marie, möchtest du dazu etwas sagen?«, fragte sie.

Marie nickte und stieg auf die Bühne. *Aber hallo,* dachte sie.

Als sie am nächsten Tag um kurz nach elf vormittags in den Erster-Klasse-Waggon stieg, im dem für sie und die junge Referentin, die sie begleiten würde, ein Abteil reserviert war, hatte sich ihr Leben im Vergleich zu gestern Morgen komplett auf den Kopf gestellt. Auf dem gut gefüllten Bahnsteig drehten sich ein paar Leute nach ihr um, tuschelten miteinander oder zeigten auf sie, zwei oder drei nickten ihr freundlich zu. Von null auf berühmt. Marie Freitag, die mit einem Kantersieg zur neuen Vorsitzenden der PFUND geworden war. Nach der Wahl hatte sie Interviews über Interviews gegeben, hatte die Kameras und Mikrofone und Regieassistenten und Interviewpartner kaum noch zählen können, während sie wie automatisch agierte, und dann hatte sie sich abends selbst gesehen, in der *Tagesschau,* gleich im zweiten Beitrag, während sie sich in ihrem Hotelzimmer umzog, weil mit dem neu gewählten PFUND-Vorstand, *dem Peter Kautz nicht mehr angehörte,* gleich noch ein Essen anstand, das außerdem die erste Strategieberatung sein würde. Es gefiel ihr sehr, sich selbst in der *Tagesschau* zu sehen, und sie fand, dass sie ihre Sache ganz exzellent machte – selbstbewusst, souverän und direkt. Ihr Smartphone hatte sie schon Stunden vorher stumm geschaltet, es quoll förmlich über vor Nachrichten und Anrufversuchen und Mails, aber sie hatte bis dahin nur eine beantwortet, die von Clemens: »Ich habe Kautz so gerne parodiert. Du machst mich arbeitslos! Das ist unfassbar großartig. Ich bin sooooooo stolz auf dich«, ergänzt um Daumen-hoch-Symbole und lächelnde oder tanzende Smileys, aber nicht um Herzchen. Sie hatten auch noch telefoniert, allerdings nur sehr kurz, weil er in Hamburg war und backstage auf einen Auftritt wartete. Zum Abendessen hatte sie das Telefon nicht mitgenommen. Und sie würden sich ja heute treffen, an diesem Freitagabend, dem letzten Freitag, den es jemals bei *Paolo* in Berlin-Friedenau geben würde. Zum ersten Mal seit Wochen würden sie sich sehen.

Und wahrscheinlich zum letzten Mal für Monate.

Aber bis zum Abend hatte sie alle Hände voll zu tun. Gemeinsam mit der jungen Frau, die gestern noch zu Kautz' Tross gehört hatte, doch nun wie selbstverständlich Marie unter die Arme griff, rackerte sie sich in der Bahn durch Strukturen, Pressemitteilungen, Planungen, Terminabstimmungen, Interviewanfragen, Wahlkampfevents, Termine für Fotoshootings und vieles mehr. Nach vorsichtiger Schätzung würde sie in der kommenden Woche insgesamt höchstens fünf Minuten Schlaf abkriegen. In zwei Bundesländern lief der Landtagswahlkampf, in dem sie sich nun würde zeigen müssen, was sie so gar nicht auf dem Schirm gehabt hatte. Leute würden ihr helfen, Reden zu schreiben und Statements abzugeben, sie mit Informationen versorgen und zu Terminen begleiten, und schon in ein paar Monaten begänne der Bundestagswahlkampf. An dessen Ende sie möglicherweise Ministerin wäre. *Vizekanzlerin.* Und als sie zwischen zwei Telefonaten und fünfzig Mails diesen Gedanken dachte, wurde ihr klar, dass sie ab sofort kein Privatleben mehr hatte. Sie war zu einer öffentlichen Person geworden, aber anders als Clemens, der das selbst steuern konnte, sondern eine *jederzeitige* öffentliche Person – eine Person, die zu denen gehörte, die das ganze verdammte Land anführten. Man würde sie ständig sehen, beobachten, ihre Begleitungen abchecken, sie beim Essen in Restaurants wahrnehmen und stören – mit Clemens war das hin und wieder passiert –, bei Theaterbesuchen, auf Konzerten, sonst wo. Würde sie jetzt überhaupt noch einfach so auf ein Rockkonzert gehen können? Oder in irgendeine Bar, um einen Absacker zu trinken? In ein Restaurant wie das *Paolo*? Bekäme sie jetzt auch Bodyguards? Würde sie in der Mietwohnung in Friedenau bleiben können? Was würde mit Lara und Jenny werden? *What the fuck?*

»Alles okay mit dir?«, fragte die junge Assistentin. Sabrina. Ja, Sabrina.

Marie schüttelte lächelnd den Kopf. »Nein, ich glaube nicht. Mir wird nämlich gerade erst richtig klar, was das für mich bedeutet, was da gestern passiert ist.«

»Aber nicht, dass du jetzt aus Panik zurücktrittst.« Sabrina grinste schief.

»Ich muss zugeben«, sagte Marie und sah aus dem Fenster. Der ICE huschte soeben durch Wolfsburg. »Ich hatte den Gedanken für einen Moment.«

Sabrina sah auf ihr iPad. »Morgen hast du gleich zwei Talkshow-Auftritte. Das sind Late-Night-Talkshows, im Öffentlichen-rechtlichen, aber sie werden schon am Nachmittag aufgezeichnet.«

»Nicht zu fassen. Ich brauche Klamotten, oder?«

Sabrina nickte. »Darum kümmere ich mich. Und gleich drei Verlage fragen an, ob du etwas in petto hast, das man sehr kurzfristig in Buchform veröffentlichen könnte.«

Marie zog die Stirn kraus. »Was sollte das sein?«

»Alles Mögliche. Was Biografisches. Ein Ratgeber dazu, wie man als berufstätige Frau Kinder großzieht. Was Politisches. Auszüge aus deiner Examensarbeit. Wir könnten ...« Sie zog die Augenbrauen hoch. »... auch etwas schreiben lassen. Und du lieferst nur Stichpunkte.«

»Und das würden die einfach so nehmen?«

Sabrina nickte. »Und die Leute würden es kaufen. Weil es von dir ist.«

»Nicht zu fassen«, wiederholte Marie.

Die Assistentin strahlte. »Ich glaube, du wirst das großartig machen.«

Marie legte den Kopf schief und strahlte zurück. »Hast du das damals zu Peter auch gesagt?«

Sie fand beinahe keine einzige ruhige Minute, bis es schon fast Zeit war, ins Ristorante aufzubrechen. Auf allen Kanälen kamen weiter Anfragen und Nachrichten. Sie würde das anders organisieren müssen, und zwar kurzfristig. Sie würde es abgeben müssen. Sie würde zwischen der privaten Marie Freitag und der Parteichefin stärker trennen müssen. Sie würde filtern lassen müssen, was bei ihr ankommen sollte. Sie würde die Kanzlei herunterfahren müssen.

Was für absurde Gedanken!

Während sie auf der Loggia stand, die zur Straße wies, und ihren Kaffee schlürfte, scrollte sie mit dem rechten Daumen durch die letzten Nachrichten, die sie noch nicht beantwortet hatte. Peter Kautz äußerte sich nicht, hatte auch öffentlich nichts gesagt, war direkt nach der Wahl von der Konferenz verschwunden. Gerüchte besagten, er wäre mit Neeltje in Richtung Südsee aufgebrochen. In einem großen Segelkatamaran.

Khaled schrieb: »Marie, es tut mir unfassbar leid, und ich bereue zutiefst, was ich da für Unsinn gesagt habe. Bitte, bitte, bitte, bitte vergib mir.« Das hatte er noch vor der Parteitagssache abgeschickt. Vielleicht würde sie ihn ja wirklich irgendwann zurückrufen. Stattdessen telefonierte sie mit Lara und Jenny, die sich kaum noch einkriegten. »Das ist so megakrass, Mami!«, rief Jenny immer wieder. »So megakrass.« Und dann kreischten sie beide um die Wette.

Bei *Paolo* war es schon sehr voll, als sie eintraf. Es gab ein großes Hallo. Leute, die sie nicht kannte, gratulierten ihr, griffen nach ihr, fassten sie einfach so an, und Paolo, dessen Gesicht stark gerötet war, hielt sie minutenlang umarmt. Clemens saß schon an ihrem Tisch und grinste, als sich ihre Blicke trafen. Er sah gut aus. Er sah richtig gut aus. Marie betrachtete ihn, wie man einen sehr gepflegten Gebrauchtwagen betrachtet, den man schweren Herzens zu einem guten Preis soeben an einen Liebhaber verkauft hat. Sie grinste bei dem etwas schrägen Vergleich. Er stand auf, sie umarmten sich zur Begrüßung. Er hatte ein neues Rasierwasser, dabei war er nicht frisch rasiert. Dieser Dreitagebart stand ihm exzellent.

Fiona war leichenblass, sah hundeelend aus, stellte die Gläser mit den Aperitifs hin, und als Marie etwas Nettes zu ihr sagte, schüttelte sie nur den Kopf und stapfte wie ein trotziges Kind davon. Ihre Haare waren hellblond, fast weiß. Weil sie so kurz waren, sah es wie eine samtige Glatze aus.

Nachdem Marie und Clemens auf Bollo angestoßen hatten, sahen sie sich eine Weile schweigend an.

»Es wird immer ein Band zwischen uns geben«, sagte sie schließlich. »Etwas Untrennbares.«

Er lächelte. »Ich möchte das auch gerne glauben.«

Marie legte ihre rechte Hand auf seine. »Das ist keine Glaubenssache. Das ist Gewissheit. Etwas so Starkes endet einfach nie.«

»Ich bekomme die Show«, sagte er, vielleicht, um vom Thema abzulenken. »Wir produzieren in der kommenden Woche die Pilotfolge. Es wird *Das Par(odie)lament* heißen. Mit Klammern um *Odie*.«

»Wow.« Ein sehr warmes Gefühl überkam sie. »Das ist ein Ritterschlag.«

Clemens nickte und nahm einen Schluck Bier. »Jemand aus der Redaktion hat mich gestern allerdings angerufen, nach deiner Wahl. Sie waren etwas in Sorge, weil ich als der Ehemann einer Parteichefin ja nicht gerade objektiv wäre.

Für politisches Kabarett unter öffentlich-rechtlicher Ägide möglicherweise ein wenig *zu* nicht-gerade-objektiv.«

Jetzt nickte Marie.

»Aber ich habe gesagt, dass wir getrennt sind.« Sein Blick flackerte zum Tresen, zum Fenster, zur Tür. »Und dass wir uns scheiden lassen. Das ist für die okay.«

Und dass wir uns scheiden lassen.

»Dass wir uns scheiden lassen«, wiederholte Marie. »Das habe ich in der Kanzlei so oft gehört, aber ich hätte mir nie träumen lassen, das mal über uns zu sagen.«

Clemens hob die Hände. »Oder hast du andere Pläne?«

Sie lächelte, wobei sie wusste, dass es ein trauriges Lächeln wurde. »Nein, natürlich nicht. Und auch wenn das nicht stimmt – das Wort *Scheidung* hat etwas sehr Endgültiges.«

Clemens zog die Augenbrauen zusammen. »Das gilt für das Wort *Trennung* auch schon. Aber wir müssen nicht heute darüber reden. Nicht an diesem Abend. Wir werden hier ganz sicher nie wieder zusammensitzen, unter welchen Bedingungen auch immer.«

»Morgen früh um acht kommen die Arbeiter«, sagte Paolo, der sich soeben einen Stuhl heranzog und an den Tisch setzte. »Morgen am Abend wird man schon nicht mehr erkennen, wie es hier mal ausgesehen hat. Ich muss alles rausreißen lassen. Die Kücheneinbauten, den Tresen, alles. Montagfrüh ist die Übergabe.« Der Wirt sah sich um und seufzte. Es war laut, Leute prosteten sich zu, riefen nach Fiona. Für die meisten, spürte Marie, war das hier und heute einfach ein

Grund zum Feiern, und der Anlass war ihnen unterm Strich egal – etwas Altes ging, etwas Neues käme, na und? Für den Mann, der sich gerade zu ihnen gesetzt hatte, war es das Ende eines ungeheuer wichtigen Lebensabschnittes. Und für sie und Clemens sowieso. Etwas in Marie wusste, dass Clemens recht gehabt hatte mit dieser Vermutung, dass Paolo letztlich einen der Pfeiler ihrer Beziehung dargestellt hatte. Einen ganz besonderen.

Sie aßen und tranken und redeten, beinahe wie an einem normalen Freitag. Marie erzählte, wie sie sich das mit der Parteiarbeit vorstellte, welche Gedanken sie sich machte, was sie für ihr Privatleben erwartete, und Clemens kommentierte das, machte ihr Vorschläge, brachte sich mit Ideen ein. Und dann drehte es sich, und Clemens schilderte, wie das Konzept der Comedyshow genau aussähe. Er hätte eine Handvoll fester Rollen, die er spielen und parodieren würde, darunter Ansgar Grauhelm, den alten, mürrischen und menschlich vollständig widerwärtigen Fürsten der Rechtsnationalen, die sich alle vernünftigen Leute für die kommende Bundestagswahl weit unter der Fünf-Prozent-Hürde wünschten, am liebsten aber direkt im Orkus der Geschichte. Clemens gab ein paar Sätze von Grauhelm zum Besten, was ihm irritierte Blicke von den Nachbartischen einbrachte.

Und dann kam, was unvermeidlich war: Sie begannen damit, in Erinnerungen zu schwelgen, sie gerieten irgendwie ganz automatisch in den Weißt-du-noch-Modus. Bollo, Krauses, der Umzug nach Friedenau, die Zwillinge, die Vier-Vier-Sieben, Pancakes, Donna, Judith und Karl und ihr Panicroom,

Meryem und Francoise und Bradley und Justine, Khaled, Teddy und Diana, Clemens' Auftritte, die Kita Käsekuchen, die Schulzeit, die nächtliche Suche nach Sardinen in Öl. Aber sie brachten auch das hinter sich, und schließlich war alles aufgegessen, und die Tische wurden weggeräumt, weil so viele Freunde und Bekannte von Paolo in den Laden strömten, bis es schließlich beinahe so voll war wie bei jener Silvesterparty vor mehr als zwei Jahrzehnten. Und tatsächlich standen sie irgendwann nach Mitternacht auch an diesem Abend vor der Tür, genau wie seinerzeit, aber anders als damals war es mild, roch es nach Spätsommer, und das Gefühl des Aufbruchs war ein anderes. Clemens hielt ein Bierglas in der Hand, Marie Prosecco.

»Marie de Bruijn, ich bedanke mich bei dir für die alleraller*aller*beste Zeit meines Lebens«, sagte Clemens und hob sein Glas. Seine Augen begannen zu glitzern.

»Clemens Julius Freitag, ich kann dieses Kompliment nur zurückgeben.« Sie schluckte schwer. Und dann sagte sie »Ach, Scheiße« und umarmte ihren Mann, der bald ihr Exmann sein würde.

Er brachte sie noch bis zur Haustür der Rheinuferstraße 17.

»Du wirst hier nicht mehr länger wohnen können«, sagte er und sah an der Fassade hinauf. »Nicht, weil es unpassend wäre. Ich fürchte, es ist einfach sehr unpraktisch, im Hinblick auf das, was auf dich zukommt.«

Marie legte den Kopf ebenfalls in den Nacken, dann brummte sie zustimmend. »Aber ich wohne hier so gerne.«

Der Himmel war von einem tiefen Dunkelblau, und für einen Spätsommerabend mitten in der Stadt waren viele Sterne zu sehen. Also ungefähr drei.

»Ich habe hier auch sehr gerne gewohnt.«

Marie griff nach seiner Hand und drückte sie.

»Wir bleiben Freunde«, sagte sie.

Clemens lachte. »Okay, lass uns das versuchen.« Dann umarmte er sie, küsste ihre Stirn und ging rückwärts davon.

ENDE

Eigentlich.

Allerdings ...

Epilog eins:
Ein Jahr später

Teddy musste sich ziemlich zusammenfalten, um zu Clemens in dessen Audi TT zu klettern.

»Wie geht es ihr?«, fragte Clemens.

Teddy zog sich umständlich den Gurt über den Bauch und sah seinen Freund dabei nachdenklich an. »Ehrlich? Ich habe keine Ahnung. Wie geht es jemandem, der unter einer ausgewachsenen Psychose leidet? Sie starrt mich an oder durch mich durch. Sie redet nicht mit mir. Sie interagiert sowieso kaum. Die Ärzte sagen, sie wäre derzeit therapieresistent. Sie hätten keinen Zugang.«

»Das klingt nicht gut.«

Teddy nickte und lachte bitter. »Alles andere als das. Aber die Hoffnung stirbt zuletzt.«

»Das ist leider unrichtig. Der *Hoffende* stirbt zuletzt.«

»Super. Hast du so einen Wochenendkurs an der VHS gemacht? Wie baue ich Freunde auf, deren Alte in der Klapse sitzen?«

»*Klapse* sagt man nicht. Und *Alte* ist sexistisch.«

»Leck mich am Arsch, *Alter*. Gehen wir irgendwo ein Bier trinken?«

»Oder zwei?«

»Gerne zwei.«

»Das *Dr. Met* schließt Ende des Monats. Ein letztes Mal?«

»Wenn es für dich okay ist?«

Clemens schnaufte fröhlich. »Marie wohnt seit Monaten nicht mehr da und ich seit über einem Jahr. Es ist echt okay. Und es ist fußläufig von meiner neuen Wohnung. Ich gehe da sowieso hin und wieder auf einen Absacker rein.« Tatsächlich hatte er sich die leere Wohnung in der Rheinuferstraße 17 angesehen, ein paar Tage nach Maries Auszug, in Begleitung der Vampirmaklerin Sabine Böttcher, die nach Clemens' Eindruck inzwischen höchstens noch dreißig Kilo wog, so weiß im Gesicht war, dass sie fast so viel Licht reflektierte wie ein Spiegel, und ihre Karriere nicht beenden konnte, weil sie seit der Änderung der Courtageregelungen nur noch halb so viel verdiente wie früher und nicht rechtzeitig an Altersrücklagen gedacht hatte. Sie klackerte in völlig unmöglichen Schuhen schweigend hinter Clemens her, der aber schon beim Betreten gewusst hatte, dass er in dieser Wohnung nie alleine, nie ohne Marie würde wohnen können. Dann lieber weiterhin die halbe Dachetage ein paar Querstraßen weiter. Inzwischen war der vierte Stock natürlich längst wieder vollständig bewohnt; die Nachfrage nach Wohnraum in Berlin war in etwa so groß wie die nach frischem, kaltem Wasser an einem Sonnentag in der Kalahari.

»Na, dann.«

Sie ließen die Klinik hinter sich, an deren efeubewachsener Fassade noch die alten Metallbuchstaben aus dem frühen vorigen Jahrhundert zu sehen waren: »PSYCHIATRISCHE U. NERVENKLINIK«. Diana war dort in Behandlung, seit jenem Abend vor drei Monaten, als sie den spät heimkehrenden Teddy quasi klassisch mit der Bratpfanne in den Händen erwartet hatte, mit einer großen, sehr schweren, gusseisernen Bratpfanne, mit der sie ein halbes Dutzend schmerzhafter Treffer landete, bis der an Kopf, Hals, Armen und Schultern blutende Teddy sie überwältigen, mit einem Bademantelgürtel fixieren und die Polizei rufen konnte. Eine etwa zehn Zentimeter lange Narbe an der rechten Schläfe war als sichtbare Verletzung geblieben, und Teddys Gehör auf der rechten Seite war nachhaltig geschädigt, aber ansonsten trug er sein Schicksal mit Fassung. Und er weigerte sich, über Scheidung zu reden.

Clemens parkte den dunkelblauen Sportwagen in der Tiefgarage, die er in der Nähe seiner Wohnung für einen Tarif gemietet hatte, für den man in Städten wie ... *Hildesheim* ganze Villen mit Pool und Gesindehaus und Hubschrauberlandeplatz mieten könnte, und dann wanderten die beiden Freunde zur Rheinuferstraße 17. Es war ein Freitag, aber Clemens hatte keinen Auftritt. Er trat derzeit nicht so oft auf. Die Fernsehshow *Das Par(odie)lament* lief exzellent, bekam irre Einschaltquoten und war für den Grimme-Preis nominiert, er hatte außerdem mehrere Synchronjobs, und er las Hörbücher. Aber keine Thriller. Trotzdem massenweise davon, meistens anspruchsvolle Unterhaltungsliteratur, zwei oder drei Romane im Monat – er sah Sören Häkler häufiger als seine Freundin.

Er hatte eine Freundin.

Sie hieß Carolin, und ihr kleiner Kater, der schon nicht mehr ganz so klein war, hieß Wotan.

Es fühlte sich gut an, aber anders. Clemens hielt sie ein bisschen auf Distanz, was für sie ebenso okay war, denn sie war sehr beschäftigt und hatte einen Freundeskreis mit mehreren Lichtjahren Durchmesser. Ganz egal, wo Clemens mit Carolin hinging – sie traf jemanden, den sie kannte, und wenn sie noch niemanden kannte, lernte sie jemanden kennen, meistens gleich mehrere Leute auf einmal. Manchmal blieb sie, und Clemens ging alleine, zu sich nach Hause. Es würde nicht lange halten, da war er sicher, aber nicht wegen des Altersunterschieds (sie war erst zweiunddreißig, also siebzehn Jahre jünger als er). Sie hatten eine gute Zeit, sie amüsierten sich, sie hatten guten Sex, bei dem er ab und an immer noch das Gefühl hatte, er würde Marie betrügen. Möglicherweise würde das niemals weggehen. Clemens fand es okay, dass es möglicherweise niemals weggehen würde. Marie, das stand inzwischen fest, hatte einen Platz in seinem Herzen, wie man so schön sagte, und es war unwahrscheinlich, dass sie ihn je räumen würde. Dafür sah er sie auch zu oft, denn sie war fast täglich im Fernsehen. Und ausgerechnet Svenja Borowski alias Natalie Penner spielte unter anderen sie in *Das Par(odie)lament*.

Vor der Rheinuferstraße parkte ein kleiner Umzugswagen, und ein stark gealterer Peter Krause versuchte soeben, einen Karton auf die Ladefläche zu hieven. Neben der Eingangstür zum Haus standen zwei Helfer in Blaumännern, rauchten und starrten dabei auf ihre Mobiltelefone. Ein Stück weiter auf dem Gehweg saß Paul in seinem Rollstuhl, den Blick ebenfalls auf ein Smartphone gerichtet. Er sah gut aus, tiefbraun und erholt, und er hatte einen hippen Backenbart. Clemens freute sich, ihn zu sehen, und er war überrascht. Paul lebte seines Wissens in Thailand.

Er nickte dem schnaufenden Vater zu und ging zu dem Jungen, sie begrüßten sich herzlich.

»Ich nehme meinen Vater mit nach Phuket«, erklärte Paul. »Damit wenigstens die letzte Zeit etwas netter wird. Seine Leber wird nicht mehr lange halten.«

»Und deine Mutter?«

Paul sah am Haus hoch. »Die würde eher ihre beschissenen Kittelschürzen fressen, als dieses Haus zu verlassen.«

»Braucht ihr Hilfe?«, fragte Teddy.

Der junge Mann, den Clemens als kleinen Jungen kennengelernt hatte, schüttelte den Kopf. »Mein Vater macht das da nur, weil er einfach nicht anders kann. Die Jungs von der Umzugsfirma kriegen das schon hin.«

»Wir sind auf ein Bier bei Björn«, sagte Clemens. »Wenn du Lust hast ...«

Paul nickte grinsend. »Ich überleg's mir.«

Björn gab das *Dr. Met* nicht etwa auf. Irgendwann hatte sogar der nörgelnde Dr. Jackzo damit aufgehört, gegen die Kneipe zu agitieren, und deshalb saß der Pandadoktor jetzt auch auf einem Barhocker am Ende des Tresens und prostete Clemens beim Hereinkommen mit einem Glas Rotwein zu. Der

Wirt der kleinen Bar im Erdgeschoss der Rheinuferstraße 17 ging schlicht und ergreifend in den selbst gewählten Ruhestand. Aber die Einrichtung der Kneipe war längst zu abgerockt, um dafür noch einen Käufer zu finden, also hatte er sich nicht um eine Nachfolge bemüht. Clemens hatte läuten hören, dass der Versuch unternommen werden sollte, die Bar in Wohnraum umzuwandeln. Er fand den Gedanken ein bisschen gruselig. Es würde in diesen Räumen noch nach Rauch stinken, wenn das Haus längst abgerissen war.

»Sie könnten zweitstärkste Kraft werden«, sagte Teddy, nachdem sich die Freunde zugeprostet hatten.

Clemens nickte, und ein starkes Stolzgefühl überkam ihn. Es war sensationell, was Marie da veranstaltete, die innerhalb weniger Monate ein vollständig neues Image für die Pfundis entwickelt hatte, aber eines, mit dem sich auch noch alle wohlfühlten, das Tradition mit Zukunft verband, Realität mit Utopie, Pragmatismus mit echten Idealen. Inzwischen bedrängte man sie, auch die Kanzlerkandidatur zu übernehmen, aber das lehnte sie ebenso ab wie das Außenministerium, das traditionell automatisch an die Führung des kleineren Koalitionspartners ging, wobei einige Umfragen sogar in eine Richtung deuteten, die einen noch besseren Platz zur Folge gehabt hätte. Marie wollte maximal Justizministerin werden und Parteichefin bleiben. Alles andere konnten alle anderen unter sich aufteilen. Sie sorgte immer wieder für Fröhlichkeit bei den Medien mit ihren erfrischenden und sehr direkten Erklärungen. Das politische Deutschland war ganz verliebt in Marie Freitag. Während alle anderen stoisch erklärten, dass Gespräche über Personalien doch bitte nach der Wahl stattfinden sollten, forderte Marie ihre Parteigänger gerne auch in der Öffentlichkeit dazu auf, sich zu erklären.

Peter Kautz war wie vom Erdboden verschluckt. Clemens hatte durchgesetzt, aus ihm einen nörgelnden Off-Kommentator in der Show zu machen, den er natürlich auch spielte.

»Ich stelle mir vor, ich bin in ein paar Monaten der Exmann der Vizekanzlerin«, sagte er. »Das klingt echt cool.«

»Wann ist es denn so weit?«

»Mit der Scheidung?« Clemens verzog das Gesicht. »In ein paar Wochen.«

»Und was ist mit der Bühne?« Teddy winkte nach Björn, der ein bisschen müde, aber lächelnd nickte und zwei weitere Biere zu zapfen begann. »Du hast die Premiere des neuen Programms immer wieder verschoben. Allmählich wird es Zeit.«

»Ich weiß nicht. Es war toll, dass es so viel öffentliche Solidarität gab, auch von Veranstaltern und Bookern und Verlagen, ganz zu schweigen von der Presse, und dass sogar Cornelia Molkewisch schließlich ihre Erklärung zurückgezogen und sich entschuldigt hat, war natürlich klasse. Aber wenn ich danach auf die Bühne gegangen bin, auch ohne Murphy im Programm zu haben, war es nicht mehr dasselbe. Als hätte jemand meinen Luftballon zerpikst.«

»Luftballon?«

»Blöder Vergleich, ich weiß. Prost.« Sie stießen miteinander an. »Aber ich weiß nicht, wie diese eigenartige Entwicklung enden wird, ich weiß nur ganz sicher, dass ich nicht mit ihr enden will. Und ich fahre ganz gut mit der Fernsehsache und den Hörbüchern. Weißt du, in einer kleinen Stadt in Niedersachsen, da habe ich sogar mal gespielt.« Clemens dachte an jenen Abend mit Svenja Borowski, als sie ihn angemacht und er widerstanden hatte. »Metting. Die haben kürzlich eine Kulturprüfungskommission eingesetzt. Wenn du dort an einem öffentlich oder öffentlich geförderten Ort spielen willst, musst du vorher ein Script oder eine Videoaufzeichnung einreichen. Und die wird dann auf diffamierende Inhalte, auf Sexismus, auf Diskriminierungspotenzial, auf eventuell beleidigende Aspekte, auf antireligiöse Anteile, kulturelle Aneignung, Übergriffigkeit jeder Art und auf Mikroaggressionen untersucht. Oder auf mögliche Irritationen des Publikums. Und dann bekommst du eines von drei Testaten: Freigabe, Veränderungsvorschläge, Ablehnung. Wenn du trotz Ablehnung spielst oder auf die Veränderungsvorschläge nicht eingehst, drohen dem Veranstalter Geldbußen. Freie Theater, die sich dem freiwillig unterwerfen, erhalten Prämien.« Clemens kratzte sich an der Stirn. »Ein paar Städte beobachten das Modell und wollen es möglicherweise ebenfalls einführen. Und die soziologischen Fakultäten der Unis klatschen Beifall.«

An der Tür der Bar klackerte es, die beiden sprangen auf und halfen Paul mit seinem Rolli herein. Sie setzten sich mit dem jungen Mann an einen der wenigen Tische, Björn brachte für Paul ein Glas Weizenbier.

»Wie immer«, sagte er.

»Wie immer.« Paul nickte.

»Wie ist es in Thailand?«, fragte Clemens.

»Superschön. Und megaanstrengend.« Er schlug beidhändig auf die Reifen seines Rollstuhls. »Aber ich bin an jedem einzelnen Abend glücklich.«

Paul nahm einen Schluck Weizenbier und musterte Clemens. Dann sah er auf seine eigenen Beine. Das linke war im Bereich des Oberschenkels amputiert, vom rechten fehlte der Fuß, die beiden Prothesen steckten in einer Tasche an der Rückseite des Rollstuhls, aber gehen konnte Paul auch damit nicht mehr. »Und du ohne Marie?« Er nickte in Richtung seiner Beine. »Das ist ein bisschen wie das hier, oder?«

Clemens lächelte, wobei er ein Kopfschütteln andeutete. »Aber *du* bist trotzdem jeden Abend glücklich«, erwiderte er.

Epilog zwei:
Fünfzehn Jahre später

»Ich hätte ihm verzeihen sollen«, jaulte Judith und kippte sich einen Schnaps ins Gesicht.

»Dafür hattest du fünfundzwanzig Jahre Zeit«, sagte Marie und trank ebenfalls ein Gläschen mit klarem Birnenschnaps, der wie das Ergebnis eines schrecklichen Chemieunfalls schmeckte. »Warum hast du es nicht längst getan?«

»Weil ich ihn zappeln lassen wollte. Und weil ich dachte, dass noch mehr Zeit ist.« Wieder ein Gläschen – auf dem Tisch vor ihnen stand ein gut gefülltes Tablett. »Und jetzt ist nur noch das da von ihm übrig.« Judith nickte in Richtung der schwarz glänzenden Urne, die am anderen Ende der Tafel auf einer kleinen Empore stand.

Marie folgte ihrem Blick. Direkt neben der Urne saßen Clemens und Teddy und schauten soeben zu Marie und Judith. Marie zwinkerte ihrem Exmann zu. Teddy sah mit Glatze sehr eigenartig aus, zumal sein Gesicht deutlich schmaler geworden war, seitdem er wie ein Irrer trainierte, und weil er immer noch den Schnauzer trug, den er seit Jahren wachsen ließ und der deshalb seitlich über beide – sehr schmalen – Wangen hinausragte. Teddy war der Einzige an der Tafel, vor dem statt des Alkohols, über den sich alle sehr freuten, denn Alkohol in größeren Mengen trinken zu können war inzwischen zum Privileg geworden, ein Glas mit Mineralwasser stand, und auf dem Teller vor ihm lag ein halbierter, schrumpeliger Apfel aus dem MBF-Sortiment. Es waren noch zwei Wochen bis zum Berlin-Marathon, für Teddy das wichtigste Datum des Jahres. Seit seiner Midlifecrisis, die ein Jahr nach Dianas Einlieferung eingesetzt hatte, litt Theodor Faltermeier, wie Marie von Clemens wusste, unter permanenter und panischer Todesangst. Clemens' bester Freund hatte sein Leben vollständig umgekrempelt und kämpfte seither mit allen Mitteln um jede Sekunde Lebensverlängerung, die er glaubte, irgendwie rausschlagen zu können. Leider sah er genau deshalb so aus, als könne er jeden Moment tot zusammenklappen. Marie verspürte den Wunsch, ihm irgendwo eine fette Bratwurst zu besorgen. Falls es in dieser Gegend Bratwürste gab. Die waren heutzutage nicht mehr so leicht aufzutreiben.

Clemens hingegen sah wie eh und je aus. Er war jetzt sage und schreibe vierundsechzig, hatte aber immer noch überwiegend dunkle Haare, die ziemlich sicher nicht getönt waren, und nach wie vor diese unterschwellig-jugendliche Ausstrahlung, diese vitale Frische. Marie konnte sehen, dass ihm eigentlich zum Lachen zumute war, was vermutlich an Judiths Gezeter und Selbstvorwürfen lag, aber er versuchte, ernst zu bleiben und traurig zu tun. Ja, Karl war tot. Aber er war vierundachtzig geworden, hatte ein gutes Leben gehabt, und er hatte seinen Todeszeitpunkt selbst gewählt. Was wollte man mehr?

Marie war erst an diesem Morgen in Berlin eingetroffen, kaum eine Stunde vor der Einäscherung, denn selbst für eine ehemalige Bundesministerin, die drei Legislaturperioden ohne den geringsten Popularitätseinbruch überstanden hatte, war es heutzutage nicht leicht, an einen der stark kontingentierten Interkontinentalflüge zu kommen. Seit dem Ende ihrer politischen Karriere vor drei Jahren lehrte sie an der *UOC* in Berkeley, wo Lara und Jenny mit ihren Männern – Zwillinge aus Mosambik – schon fünf Jahre zuvor hingezogen waren. Clemens und Marie sahen sich gelegentlich per Facetime, und manchmal sogar mit ihren HiReel-Avataren in irgendeiner netten Virtualität.

Zweimal sogar an Freitagen.

Zu den wichtigsten Gesetzgebungsprojekten, die Marie während ihrer Amtszeit durchgesetzt hatte, hatte ein Paket gehört, das mit Umweltschutz und ökologischer Neuausrichtung überhaupt nichts zu tun gehabt hatte. Das *Freitagsgesetz*, wie es schließlich genannt wurde, obwohl es nicht nur aus einem einzelnen Gesetz, sondern einer Reihe von Gesetzesänderungen, Maßnahmen und Verordnungen bestand, formulierte eine Neuregelung der Sanktionen bei Verstößen gegen die Kunst- und Meinungsfreiheit, vor allem aber beim Versuch, zu zensieren oder die freie Kunstausübung zu behindern. Clemens hatte von dieser Initiative persönlich nichts mehr, denn als die Regelungen in Kraft traten, hatte er seine aktive Karriere als Comedian bereits beendet, und auch *Das Par(odie)lament* hatte nach acht sensationell erfolgreichen Staffeln und einem Platzregen aus Preisen schließlich das Zeitliche gesegnet. Tatsächlich kam Maries Vorstoß zumindest für diese Künstlergeneration einfach ein bisschen zu spät, die sich zur Hochzeit der Einflussnahme mehr und mehr zurückzog oder das Fach wechselte, aber auch die nachfolgenden Künstler taten sich noch jahrelang damit schwer, die zurückgewonnene Freiheit genießen zu können, einen Beitrag zum Diskurs zu liefern, anzuecken, zu provozieren und zum Nachdenken anzuregen. Es dauerte eine Weile, bis aus der *woken* Langeweile und peinlicher Selbstentleibung vor allem auf den Kabarettbühnen wieder etwas Unterhaltsames wurde. Und angewandt wurde das Gesetzespaket in dieser Zeit kaum, denn seine bloße Existenz reichte aus, um die Situation zu verändern.

Vor fünf Jahren hatte Marie abermals geheiratet, was sie selbst überrascht hatte, aber die Ehe mit einem Staatssekretär aus dem Innenministerium hatte noch vor der Amtszeit wieder geendet. Es war ihr, wie sie sich eingestehen musste, auch fast sechzehn Jahre *danach* nicht möglich, etwas Ähnliches zu versuchen, ohne ständig zu vergleichen. Okay, der Kollege hatte sich außerdem als lebensunfähiger Depp herausgestellt, als jemand, dem ohne Anzug und Krawatte vollständig die Luft ausging, aber nicht nur deshalb hatte sich Marie allmählich von der Vorstellung verabschiedet, das letzte Lebensdrittel mit jemandem zu teilen, den sie liebte und der sie liebte, und zwar auf eine bestimmte Weise. Das war ein sehr melancholischer Gedanke, einerseits, aber andererseits hatte sie diese wunderbaren zwei Jahrzehnte mit

Clemens gehabt, und das war etwas, das sie immer noch jederzeit zum Lächeln bringen konnte. Und genau deshalb hatte sie den Nachnamen auch behalten.

Sie trank noch einen Schnaps, küsste Judith auf die Stirn, was nach dieser grausigen Naturkosmetik aus der MBF-Kollektion schmeckte, die Marie auch mal ausprobiert hatte und die nicht die geringste kosmetische Wirkung hatte, und dann schlenderte sie zu Clemens.

»Wir haben jetzt ein starkes Berühmtheitsgefälle zugunsten dieser Tischseite«, erklärte Teddy. Aus dieser Entfernung sah er noch todesnäher aus.

»Das mit Diana tut mir leid«, sagte Marie und setzte sich. Teddys Frau war ein Jahr zuvor gestorben, in einer Einrichtung für Fälle ihrer Art irgendwo in Mecklenburg-Vorpommern.

»Mir auch«, erwiderte er. »Aber ihr Zustand war seit Jahren unverändert. Wie sagt man so schön?«

»Es ist besser so«, antworteten Clemens und Marie im Chor.

»Genau.«

»Und du?«, fragte Marie ihren ehemaligen Mann. Die Liebe ihres Lebens. Ihren Traumpartner. Den besten Menschen, den sie je getroffen hatte.

»Ich mache nur noch Sprechersachen, aber ich bin wirklich fein damit«, sagte er. »Und das mit meinem Lampenfieber ist immer schlimmer geworden, nachdem wir auseinandergegangen sind.«

»Mmh-mmh«, machte Marie.

»Kannst du dich an Buchi Buchner erinnern?«, fuhr er fort. »Der plant so ein Projekt mit nicht mehr ganz jungen Comedians, *Alte Falter* soll das heißen. Vielleicht mache ich da auch noch mit. Aber *Das Par(odie)lament* hat mir so viel eingebracht, dass ich eigentlich nicht mehr arbeiten muss.«

Sie schüttelte den Kopf. »Das weiß ich ja alles, aber das meine ich nicht.«

»Du meinst die Liebe?«, fragte Clemens feierlich.

»Genau.«

»Ich glaube nicht, dass mir da noch große Abenteuer bevorstehen. Ich habe ab und zu Dates, aber ich muss ganz ehrlich gestehen, dass es mir viel zu mühevoll ist, mich auf einen Menschen einzulassen, der mir so nahe kommt.« Er nahm auch eines der Schnapsgläser und musterte sie dabei. »Und Teddy hat ziemlich überraschend ein Seegrundstück in Brandenburg geerbt. Von Diana, die so ihre Geheimnisse hatte. Vielleicht machen wir eine Single-Alters-WG daraus. Mit Seezugang und Tretbooten.«

Teddy sah ihn verblüfft an. »Das ist eine Superidee!«, rief er.

Marie nickte lächelnd, aber es kostete sie ziemliche Kraft, bei dieser Vorstellung zu lächeln. Und bei der, was aus ihr selbst werden würde. Sie hatte ein großartiges, großes Haus in Kalifornien, die Zwillinge wohnten nicht weit weg, ebenfalls in Monterey. Sie mochte San Francisco, fuhr fast regelmäßig in den Yosemite-Nationalpark zum Wandern, und sie war immer noch als Gesprächspartnerin, als Autorin, als Expertin und ganz allgemein als Prominente gefragt. Die Seminare an der Uni machten ihr Spaß.

Doch eigentlich war das alles nur Beschäftigung, um sich abzulenken. Um die Zeit rumzukriegen, die noch blieb.

»Warum haben wir uns so selten gesehen?«, fragte sie. »Warum sind wir eigentlich keine guten Freunde geworden, die nächtelang telefonieren und herumtratschen?«

Clemens zog die Stirn kraus. »Weil Freundschaft keine kleinere Form von Liebe ist, glaube ich. Das sind einfach zwei ganz unterschiedliche Sachen.« Er lächelte. »So wenig, wie die Gefahr besteht, dass aus meiner Freundschaft zu Teddy plötzlich Liebe wird, gibt es den gegenteiligen Weg ganz automatisch.«

Sie nickte langsam, und ihr lag dieser eine Satz auf den Lippen, den sie schon so oft zu Clemens hatte sagen wollen und von dem sie wusste, dass er richtig war und gleichzeitig so falsch wie nur irgendwas: *Vielleicht hätten wir uns nicht trennen sollen.*

Doch sie sprach ihn nicht aus. Nicht an diesem Tag und an keinem anderen.

Epilog drei:
Noch ein Jahr später

»Das ist nett«, sagte Clemens und meinte die Aussicht. Er saß neben Teddy auf dem Steg, der zum Haus gehörte, das Teddy überraschend von Diana geerbt hatte. Zweihundertfünfzig Quadratmeter Wohnfläche, Seezugang, riesiger Garten, mitten im Nichts. Die drei kleinen Orte, die es ein paar Kilometer weiter gab, waren seit zwanzig Jahren ausgestorben, wie Geisterstädte im amerikanischen Westen nach dem Goldrausch. Zum Einkaufen musste man in die Stadt fahren. Es gab zwar noch vier andere Grundstücke am See, aber keines davon in Sichtweite.

Teddy goss eiskalte Limonade in die Gläser, die hinter ihnen auf dem Steg standen. Es plätscherte außerdem, weil Clemens seine nackten Füße im kühlen Wasser bewegte. Ein paar Libellen tanzten im Schilf. Über dem südlichen Ufer kreiste ein Seeadler. Wenn man hier saß, konnte man meinen, dass die Natur intakt wäre.

»Es gab in unserer Jugend so eine Fernsehwerbung, wo die beiden älteren Herren auf einem Steg am See sitzen. So wie wir jetzt.«

Clemens nickte. »Und der eine fragt den anderen, was er

wohl anders machen würde, wenn er noch einmal jünger wäre.«

»Genau. Das war Werbung für einen Optiker oder so.«

»*Fielmann.*«

»Genau.«

»Meine Augen sind aber immer noch ziemlich gut.«

Teddy kicherte. »Ich habe vorhin beobachtet, wie du herauszukriegen versucht hast, ob die Milch noch frisch ist. Ich wollte dir schon eine Lupe holen.«

»Ja, morgens. Später am Tag kann ich so gut sehen wie dieser Junge da.« Clemens zeigte auf den Seeadler, der möglicherweise auch nur ein Bussard war. Tatsächlich dachte er schon seit einer Weile darüber nach, sich lasern zu lassen.

Teddy trank Limonade. »Und?«, fragte er dann, nachdem er wegen der Kälte des Getränks geächzt hatte. »Was würdest du anders machen?«

Clemens sah ihn an. »Du meinst doch was Bestimmtes?«

»Ja, sogar was ganz Bestimmtes.«

Clemens seufzte. »Wenn ich also mit dem Wissen von jetzt und dem Wissen darüber, was seinerzeit danach passiert ist, noch einmal darüber nachdenken und die andere Variante Leben ausprobieren könnte?«

»Exakt.«

Clemens nickte langsam. »Darüber habe ich schon oft nachgedacht. Und ich bin immer zum gleichen Ergebnis gekommen. In meinem Leben hat etwas sehr Wichtiges gefehlt seit diesem Zeitpunkt, etwas Unersetzliches, das ich unendlich vermisst habe. Aber wenn wir weitergemacht hätten, wären wir zwar nicht wegen dieses Fehlens unglücklich gewesen, doch dafür wahrscheinlich noch viel, viel, viel unglücklicher. Deshalb lautet die Antwort: nichts. Einfach nichts. Ich würde überhaupt nichts anders machen.«

Was wurde aus …

Die Ehen von **Lara und Jenny Freitag** hielten nur ein paar Jahre. Danach lebten die Schwestern sehr lange zusammen in einem Strandhaus in Monterey, in dem auch ihre Mutter ihre letzten Lebensjahre verbrachte.

Teddy Faltermeier lernte im Alter von achtundsechzig Jahren in einem Restaurant am Zeuthener See eine Frau kennen, die aus Neuseeland zu Besuch war. Die beiden verliebten sich Hals über Kopf ineinander, und Teddy folgte ihr auf die südliche Erdhalbkugel.

Judith wurde achtundneunzig Jahre alt und starb friedlich auf ihrem Anwesen in Stahnsdorf. Ringo, ein dreißig Jahre alter Mann, der während der letzten Jahre ihr Gespiele war, saß dabei an ihrer Seite. Das umfangreiche Vermächtnis, auf das er hoffte, erhielt er jedoch zu seiner eigenen Überraschung nicht. Judith vermachte ihren gesamten Besitz einer Naturschutzorganisation.

Meryem und Francoise kamen schließlich doch wieder zusammen, heirateten abermals und blieben auch verheiratet, bis Francoise mit zweiundachtzig Jahren beim Bungeespringen in den Schweizer Alpen verunglückte.

Paul Krause wurde beinahe weltbekannt für seine unermüdlichen Bestrebungen, die Strände und anderen schönen Orte der Welt barrierefrei zu gestalten. **Peter Krause** starb drei Monate nach dem Umzug nach Thailand an den Folgen einer Hepatitis C.

Khaled hingegen lebte noch fast zwei Jahre, und es waren sehr gute Jahre. Nachdem Marie und er sich wieder versöhnt hatten, reiste er monatelang durch alle Kontinente, um religiös motivierte Gewalt gegen Frauen zu dokumentieren. Für diese Dokumentation wurde ihm posthum der Pulitzerpreis zugesprochen.

Carolin und Clemens blieben nur ein paar Monate zusammen, weil sie sich in ihren dreißig Jahre älteren Zahnarzt verliebte, den sie bald heiratete. Die beiden bekamen sechs Kinder, aber der Zahnarzt erlebte keinen einzigen der Volljährigkeitsgeburtstage mehr mit. Der Kater Wotan wurde einundzwanzig Jahre alt.

Michael »Das Buch« Buchner gründete tatsächlich noch die Kabarettgruppe *Alte Falter*, der sich Clemens aber nie anschloss. Buchner starb mit siebzig an einem Herzinfarkt während eines Auftritts. Das Video, das ein Zuschauer davon zufällig aufnahm und später ins Netz stellte, galt für lange Zeit als der meistgeklickte Fake aus Deutschland, obwohl es echt war.

Svenja Borowski wechselte das Fach und wurde Frontfrau einer Rockband namens Enchanted Hysteria, die nicht wegen Borowskis freizügiger Bühnenoutfits, sondern vor allem für ihr erstes Album *Blame Everybody* europaweit bekannt wurde. Vier Jahre nach der Gründung waren Enchanted Hysteria Headliner beim *Lollapalooza* in Paris.

Nadine Frontzecki schrieb noch siebenundvierzig Thriller, zuletzt *Der Metzger*, der aber nur noch in einem sehr kleinen Verlag als E-Book veröffentlicht wurde und kaum Leser fand. Als sie im Alter von einundachtzig Jahren auf ihrem Landsitz in der Toskana starb, umfasste ihr veröffentlichtes Werk über zweihunderttausend Seiten. Frontzecki blieb lebenslang Single.

Ralf Dosetti stalkte kurz vor dem Ende seiner Dozentenlaufbahn eine Frau, die das sehr wütend machte und die gegen ihn vorging, was eine Kettenreaktion auslöste, die zu mehreren Strafverfahren, einer fristlosen Kündigung, einigem an Presse und sogar einer kurzen Haftstrafe führte. Er verbrachte seine letzten drei Lebensjahrzehnte auf der griechischen Halbinsel Peloponnes, wo er als philosophischer Fremdenführer arbeitete.

Detlef Einzick zog sich kurz nach den Geschehnissen, die in diesem Buch geschildert wurden, von der Bühne zurück und gründete eine konservativ-liberale Partei mit dem Namen *Die Neue*, mit der er zwei Jahre nach der Gründung zur Landtagswahl in NRW antrat. In seinem Wahlkreis erhielt Einzick ein Direktmandat, das er nach sieben Monaten Arbeit im Landtag jedoch niederlegte, weil er Politik aus dieser Perspektive erschütternd langweilig fand.

Leonard und Luise Benedickt ließen sich tatsächlich scheiden. Leonard kehrte von einem Segeltörn auf der Ostsee nicht mehr zurück, aber das Wrack seines Segelboots wurde nie gefunden. Luise wurde stellvertretende Chefredakteurin einer kleinen Zeitung für Gartenfreunde, stieg bald zur Chefredakteurin auf und vervielfachte die Auflage des Blattes. Bono, der Border Collie der beiden, wurde zweiundzwanzig Jahre alt.

Peter Kautz kehrte an die Spitze der Pfundis zurück, nachdem Marie sich von dort nach dem Ende ihrer Karriere verabschiedet hatte. Er führte die Partei noch drei Jahre, bis zu einer Bundestagswahl, bei der sie nur noch drei Prozent der Zweitstimmen einfuhr. PFUND löste sich danach auf, und Kautz zog sich in ein Chalet in den österreichischen Alpen zurück.

Und ausserdem:

Die meisten Menschen und Gruppen, die in diesem Roman genannt werden, sind frei erfunden bzw. ausgedacht (man kann Menschen schließlich nicht erfinden, nicht einmal fiktive), bis auf die erwähnten Synchronsprecher und die von ihnen gesprochenen Schauspieler, die allesamt tatsächlich existieren oder existierten, außerdem Bands wie Depeche Mode und U2, und prominente berufslustige Leute wie Mario Barth, Mickie Krause, Heinz Erhardt und ein paar andere.

Das *Astra Kulturhaus* gibt es wirklich, und auch die bezaubernde Kneipe namens *Froschkönig* in Neukölln. Ansonsten sind die Auftrittsorte und Locations ebenfalls erdacht.

Den Ort Metting gibt es nicht.

Dank an Reinhard Rohn und alle beim Aufbau Verlag dafür, dass mir die Heimkehr so leicht gemacht wurde, für die Unterstützung bei diesem Projekt, das ich schon lange in meinem Herzen getragen habe und nun endlich verwirklichen durfte, und dafür, dass mit dem großartigen Thomas Nicolai mein Besetzungsvorschlag für das Hörbuch angenommen wurde. Besonderer Dank an Patrizia Di Stefano für das fantastische Cover.

Nie vergessen: *Genießen Sie die Ruhe!*